셜록 홈즈의 사건집

THE CASE-BOOK OF
SHERLOCK HOLMES

아서 코난 도일 지음
승영조 옮김

현대문학

| 차례 |

머리말

셜록 홈즈 씨가 질기게도 너무 오래 살아남아, 관대한 청중들에게 아직도 작별 인사를 되풀이하고 싶은 유혹을 받는 인기 테너 가수 같은 사람이 되지나 않을까 걱정스럽다. 그런 일은 그만두어야 하고, 허상이든 실상이든 홈즈 역시 여느 인간과 같은 길을 가야 한다. 사람들은 상상의 소산이 머무는 멋진 연옥 같은 곳이 있다고 생각하고 싶어한다. 필딩(헨리 필딩. 새뮤얼 리처드슨과 함께 영국 소설의 창시자로 평가된다—옮긴이)의 미남들과 리처드슨(새뮤얼 리처드슨. 서간체 기법을 도입해 소설의 극적 가능성들을 개척한 영국 소설가—옮긴이)의 미녀들이 여전히 사랑을 나누는, 있을 수 없는 낯선 세계 말이다. 스콧의 주인공들이 거리를 활보하고, 디킨스의 쾌활한 런던내기들이 여전히 너털웃음을 터트리고, 새커리의 속물들이 쾌씸한 짓거리를 계속하는 세계. 그런 발할라(북유럽 신화에 나오는 오딘 신의 전당—옮긴이)의 허름한 한쪽 구석에서 셜록과 그의 친구 왓슨이 잠시 머무는 듯도

하다. 더욱 기민한 탐정이 더욱 어수룩한 동료와 함께 그들이 비운 무대를 채우고 있는 동안 말이다.

홈즈의 탐정 경력은 꽤나 오래되었다. 그건 이렇게 과장해서 말할 수 있을 정도이다. 늙은 신사들이 내게 다가와서는 홈즈의 모험담을 읽으며 어린 시절을 보냈다고 단언하는 것 말이다. 그러나 나는 그들이 기대함직한 반응을 보이지 않는다. 어린 시절에 대해 그렇게 퉁명스럽게 반응하는 것을 좋아하는 사람은 없다. 사실 홈즈는 『주홍색 연구』와 『네 사람의 서명』으로 데뷔를 했는데, 얇은 이 두 권의 책은 1887년과 1889년에 나왔다. 「보헤미아 왕실 스캔들」을 필두로 해서 오랫동안 연재된 짧은 이야기가 처음 《스트랜드 매거진》에 선을 보인 것은 1891년이었다. 독자 여러분이 애독을 하고 더욱 많은 이야기를 듣고자 해서, 36년 전 그날부터 때로 중단되기도 하며 오래 이어져온 짧은 이야기가 56편에 이르렀다. 그것들이 『셜록 홈즈의 모험』과 『셜록 홈즈 회고록』, 『돌아온 셜록 홈즈』, 『그의 마지막 인사』라는 책으로 묶여 나왔고, 지난 몇 년 동안 발표된 12편의 이야기가 이번에 이렇게 『셜록 홈즈의 사건집』이라는 제목의 단행본으로 나오게 되었다. 홈즈가 모험을 시작한 것은 빅토리아 시대 후기였다. 짧았던 에드워드 치하(1901-1910)에도 활동을 이어갔고, 불안정한 지금 이 시대까지도 그럭저럭 탐정으로서 한몫을 해왔다. 그러니 어린 시절에 처음 그의 모험담을 읽은 사람이, 같은 잡지를 통해 같은 주인공의 모험담을 계속 읽으며 어느덧 어른이 되었다고 해도 틀린 말은 아닐 것이다. 이것은 영국 독자들이 얼마나 참을성이 많고 착실한가를 보여주는 놀라운 본보기가 아닐 수 없다.

나는 『셜록 홈즈 회고록』을 마치면서 홈즈 이야기는 그만 끝내기로 결심했다. 내 문학적 에너지가 너무 외길로만 치달아서는 곤란하다고 생각했기 때문이다. 창백하고 윤곽이 뚜렷한 얼굴에 사지가 유연한 이 주인공은 내 상상력의 세계를 독차지하다시피 했다. 나는 결심을 실천에 옮겼지만, 다행히 어떤 검시관도 그의 유해를 확인하지 못했다. 그래서 오랜 공백기를 거친 후 독자의 과분한 요구에 응해서, 내 경솔한 행동을 해명하고 다시 이야기보따리를 푸는 것은 그리 어려운 일이 아니었다. 나는 결코 후회하지 않는다. 가볍게 이야기보따리를 푸는 것은 내가 역사와 시, 역사 소설, 심리 연구, 드라마 등 여러 갈래의 문학적 탐구를 하며 내 한계를 끝까지 밀어붙이는 데 조금도 방해가 되지 않았다는 것을 실제로 확인할 수 있었기 때문이다. 좀 더 진지한 문학 작품에 다가서는 데는 홈즈가 좀 방해가 되었을지 모르지만, 홈즈가 존재하지 않았으면 내가 더 많은 문학적 탐구를 할 수 있었을 거라고 말할 수는 없다.

그러니 독자여, 이제 셜록 홈즈에게 작별을 고하라! 지난날 변함없이 성원을 보내주신 독자들께 감사를 드린다. 삶의 근심 걱정으로부터 해방되고 심기일전을 할 수 있는 자극을 받는 것은 아름다운 로맨스의 왕국에서나 가능한 일이지만, 홈즈 이야기를 통해서도 그런 일이 더러 가능했기를 다만 바랄 뿐이다.

아서 코난 도일

The Adventure of the
Illustrious Client

유명한 의뢰인

"이제는 괜찮겠지."

이번 이야기보따리를 풀 수 있게 허락해달라고 10년 동안 열 번은 부탁을 한 끝에 홈즈가 한 말이다. 어느 면에서 내 친구의 경력이 절정이 이르렀다고 할 수 있는 시절의 이야기를 마침내 공개해도 좋다는 허락을 받게 된 것이다.

홈즈도 나도 터키탕(빅토리아 시대의 터키탕에는 온도가 점점 높아지는 덥고 건조한 방이 여럿 있었다—옮긴이)이라면 사족을 못 썼다. 홈즈가 다른 어디에서보다 더 인간답고 말도 많아지는 것은 바로 터키탕 건실에서 쾌적하고 느긋하게 담배를 피울 때였다. 노섬벌랜드 애비뉴의 터키탕 2층에는 간이침대 두 개가 나란히 놓인 호젓한 구석 자리가 있었다. 1902년 9월 3일 우리가 누워 있던 곳이 바로 거기였다. 이번 이야기는 그날 시작된다. 새로운 사건이 없느냐고 내가 묻자, 그는 대답 대신 몸을 덮고 있는 시트 밖으로 길고 가늘고 억센 두 팔을 쭉 뻗더니 옆에 걸어둔 외투 안주머니에서 편지봉투를 꺼냈다.

"잘난 척하는 멍청이가 괜히 호들갑을 떠는 것일 수도 있지만, 목

숨이 달린 문제일 수도 있어." 그가 편
지를 건네주며 말했다. "이 편지
내용 말고는 나도 아는 게 없어."

칼턴 클럽(1896년 1,800명의
회원수를 자랑하던 사교 클럽—옮긴
이)에서 보낸 편지였는데, 바로 전날 저녁
의 소인이 찍혀 있었다. 내용은 이러했다.

제임스 데이머리 경이 셜록 홈즈 씨에게 안부를 전하며, 내일 4시
30분에 찾아뵙고자 합니다. 제임스 경께서 꼭 전해달라고 한 말이 있
는데, 홈즈 씨에게 자문을 구하고자 하는 문제가 매우 미묘하며 매우
중차대하다는 점입니다. 그래서 경께서는 홈즈 씨가 내일 면담에 꼭
응해주시리라 믿고 계십니다. 홈즈 씨께서는 부디 칼턴 클럽으로 전화
를 넣어 약속을 확인해주시기 바랍니다.

"두말할 나위 없이 약속 확인을 했지." 내가 편지를 돌려주자 홈즈
가 말했다. "데이머리라는 사람에 대해 아는 거 있어?"

"글쎄, 사교계에서 유명한 사람이라는 것밖에는."

"음, 나는 그래도 그보다는 더 많이 알고 있지. 그는 신문에 실릴 수
없는 미묘한 문제를 다루는 사람으로 알려져 있어. 그가 해머퍼드 유
언 사건을 맡아 조지 루이스(당시 잉글랜드에서 가장 유명한 변호
사—옮긴이)와 협상한 것을 자네도 알고 있을 거야. 그는 세상 물정에

밝은 타고난 수완가야. 그러니 이 편지는 허튼 소리가 아니고, 그가 우리의 도움을 절실히 필요로 하고 있다고 봐야겠지."

"우리의 도움?"

"그래, 왓슨, 자네만 좋다면."

"나야 영광이지."

"그럼 시간은 알고 있지? 4시 반. 그때까지 이 문제는 머릿속에서 지워버리자."

❋

당시 퀸앤 스트리트의 내 집에서 지내고 있었던 나는 약속 시간 전에 베이커 스트리트에 갔다. 정확히 30분에 대령 제임스 데이머리 경이 도착을 알렸다. 군이 그의 됨됨이를 묘사할 필요는 없을 것이다. 깔끔하게 면도한 넓적한 얼굴, 무엇보다도 쾌활하고 부드러운 음성에, 성격이 호방하고 솔직하고 정직하다는 것이야 많은 사람들이 두루 알고 있으니 말이다. 아일랜드 사람다운 잿빛 두 눈에서는 솔직한 성품이 그대로 드러났고, 늘 웃음을 머금고 있는 입술에는 유쾌한 성격이 묻어났다. 그는 옷을 잘 입는 것으로도 유명해서, 번들거리는 비단 중산모와 검은 프록코트, 검은 공단 넥타이에 꽂은 진주 핀부터, 반짝거리는 구두 위의 옅은 자줏빛 스패츠에 이르기까지 지나칠 만큼 차림새에 공을 들였다는 것을 알 수 있었다. 거구에 위풍당당한 이 귀족은 좁은 실내를 압도했다.

"물론 왓슨 박사님도 여기 계실 줄 알았습니다." 그가 예의바르게

유명한 의뢰인

절을 하며 말했다. "박사님의 협조가 무척 필요할 겁니다, 홈즈 씨. 이번에 우리가 다룰 사람은 폭력적인 것으로 유명하고, 말 그대로 수단 방법을 가리지 않을 자니까요. 유럽에서 그보다 더 위험한 자는 없을 겁니다."

"그런 말을 들을 만한 적을 여러 명 상대해봤습니다." 홈즈가 웃으며 말했다. "담배는 안 피우시나요? 제가 파이프를 피우는 것은 괜찮겠죠? 당신의 적이 작고한 모리아티 교수, 아니면 살아 있는 세바스찬 모런 대령보다 더 위험하다면 기필코 만나보지 않을 수가 없죠. 그의 이름이 뭡니까?"

"그루너 남작이라고 들어보셨습니까?"

"오스트리아의 살인자 말입니까?"

데이머리 대령이 새끼염소 가죽장갑을 낀 두 손을 쳐들며 껄껄 웃었다. "과연, 꿰고 계시는군요, 홈즈 씨! 놀랍습니다! 그렇다면 그가 살인자라고 벌써 판단을 내리신 겁니까?"

"유럽 대륙의 범죄를 속속들이 추적하는 것이 제 일입니다. 프라하를 떠들썩하게 한 사건 기사를 읽은 사람치고 그를 범인이라고 생각지 않을 사람이 누가 있겠습니까? 그가 목숨을 부지한 것은 순전히 형식적인 법적 절차 덕분이죠. 목격자도 수상쩍게 사망해버렸고 말입니다! 그의 아내가 슈플뤼겐 고개(스위스와 이탈리아 경계에 있는 고개─옮긴이)에서 이른바 '사고'를 당했다는데, 실은 그에게 살해를 당한 거라고 나는 확신합니다. 내 두 눈으로 똑똑히 본 것과 다름없이 말입니다. 나는 또 그가 잉글랜드에 왔다는 것도 알고 있었습니다. 그래

서 덕분에 조만간 내가 할 일이 생길 거라는 예감이 들었죠. 역시나 그루너 남작이 또 무슨 짓을 벌였나요? 예전의 비극이 다시 문제가 된 것은 아니겠죠?"

"아, 그보다 더 심각한 일입니다. 죄를 벌하는 것도 중요하지만, 사전에 예방하는 것은 더욱 중요하죠. 가슴 섬뜩한 사건을 지켜본다는 것은 참 끔찍한 노릇입니다, 홈즈 씨. 일이 어떻게 전개될지 빤히 아는데도 속수무책으로 그저 눈을 부릅뜨고 잔인한 상황을 지켜보기만 해야 한다는 것 말입니다. 한 인간으로서 그런 처지에 놓이는 것보다 더 큰 시련이 어디 있겠습니까?"

"없겠죠."

"그렇다면 홈즈 씨는 내가 대변하고 있는 의뢰인의 처지를 이해하실 겁니다."

"당신이 고작 중개인으로 나선 줄은 몰랐군요. 의뢰인이 누굽니까?"

"홈즈 씨, 부디 그 질문은 거두어주시기 바랍니다. 나로서는 그 분의 성함이 이번 사건에 엮여 들어가지 않도록 하는 것이 매우 중요합니다. 한사코 명예롭고 의롭고자 하는 것이 그분의 뜻입니다만, 성함은 밝히기를 바라지 않으십니다. 물론 자문료를 드릴 뿐만 아니라, 전적으로 홈즈 씨에게 조사를 맡긴다는 것은 두말할 나위가 없습니다. 꼭 의뢰인의 실명을 밝혀야 하는 것은 아니겠죠?"

"유감스럽군요." 홈즈가 말했다. "내가 맡은 사건의 한쪽 끝이 아리송한 경우는 많았지만, 양쪽 끝이 모두 아리송하니 곤혹스럽습니다. 제임스 경, 이번 사건 의뢰는 거절하겠습니다."

우리의 손님은 몹시 난감한 기색이었다. 울컥한 심정과 실망감으로 그의 큼직하고 민감한 얼굴에 그늘이 졌다.

"그런 행동의 결과가 어떻게 될지 모르시는군요, 홈즈 씨. 어째야 할지 정말 난감합니다. 사실을 밝히면 분명 당신은 자랑스럽게 사건을 맡을 겁니다. 하지만 나는 의뢰인에 대해 밝히지 않기로 약속을 했습니다. 그래도 내가 밝힐 수 있는 다른 모든 것에 대해 한번 들어는 보시지 않겠습니까?"

"그거야 좋죠. 내가 사건을 맡지 않을 걸 알면서도 이야기를 하시겠다면야."

"이해합니다. 먼저 여쭙고 싶은 게 있는데, 드 머빌 장군에 대해서는 물론 아시겠죠?"

"그 유명한 카이버의 드 머빌 말이죠? 아, 물론 들어봤습니다."

"그에게는 바이올렛 드 머빌이라는 딸이 있습니다. 젊고, 부유하고, 아리땁고, 교양 있고, 모든 면에서 놀라운 여성이죠. 그의 딸, 사랑스럽고 순수한 그 아가씨가 바로 우리가 악마의 수중에서 구하고자 하는 사람입니다."

"그녀가 그루너 남작에게 잡혀가기라도 했나요?"

"여자를 구속하는 가장 강력한 힘은 바로 사랑이죠. 그녀는 사랑의 포로가 되고 말았어요. 들어보셨는지 모르지만, 그 작자는 아주 잘생겼습니다. 행동거지가 퍽이나 매력적이고, 목소리도 나긋나긋하죠. 여성이 혹할 만큼 낭만적이고 수수께끼 같은 분위기도 물씬 풍기고 말입니다. 그는 어떤 여성의 마음이라도 사로잡을 수 있고, 그런 사실을 교묘히 이용한다고 합니다."

"하지만 그런 남자가 어쩌다 바이올렛 드 머빌 양 같은 신분의 여성과 만나게 된 겁니까?"

"지중해 요트 유람을 할 때였습니다. 승객은 엄선을 했는데, 각자 뱃삯을 냈습니다. 흥행주 측에서 그 남작의 정체를 알았을 때는 이미 때가 늦고 말았죠. 그 악당은 드 머빌 양에게 접근해서, 누구에게나 통하는 완벽한 재간을 발휘해서 그녀의 마음을 사로잡았습니다. 그녀가 그를 사랑한다고 말하는 걸로는 부족할 정도입니다. 아예 홀딱 빠져버렸어요. 그에게 사로잡힌 겁니다. 세상에 그 남자밖에 없다고 할 정도로 말입니다. 그녀는 그를 비난하는 말은 한사코 들으려 하지 않습니다. 그녀의 열병을 치료하려고 별의별 수단을 다 썼지만 헛일이었죠. 결국 그녀가 청혼을 해서 다음 달 그와 결혼을 합니다. 그녀는 성년이고 의지가 워낙 단호해서, 결혼을 어떻게 막아야 할지 알 수가 없어요."

"오스트리아에서 생긴 일을 그녀도 압니까?"

"교활한 악마가 세상에 알려진 불미스러운 자신의 과거를 그녀에게 낱낱이 털어놓았습니다. 하지만 마치 자기가 무고한 순교자인 양 둘러댔죠. 그녀는 그의 말을 곧이곧대로 받아들이고는 다른 사람의 말은 귓등으로 흘려버립니다."

"저런! 하지만 당신은 무심코 의뢰인의 이름을 발설한 거 아닙니까? 의뢰인은 보나마나 드 머빌 장군이겠죠."

우리의 손님은 의자에 앉은 채 어쩔 줄을 몰랐다.

"그렇다고 말해서 당신을 속일 수도 있습니다. 홈즈 씨. 하지만 그 건 사실이 아닙니다. 드 머빌은 망가져버렸어요. 그 억센 군인이 이번 사건으로 완전히 타락하고 만 겁니다. 전장에서 결코 패배를 몰랐던 용기를 다 잃고, 약하고 늙어빠진 영감이 되고 말았습니다. 이 오스트 리아인같이 영악하고 억센 악당과 맞서 싸울 힘이 그에겐 없어요. 내 의뢰인은 장군과 여러 해 동안 허물없이 지낸 옛 친구입니다. 그 젊은 아가씨가 아장거릴 때부터 친아버지처럼 예뻐했지요. 그분은 이번 비 극을 수수방관할 수가 없어서 어떻게든 막아보려고 하는 겁니다. 이건 런던 경찰국이 끼어들 일이 아닙니다. 홈즈 씨를 부르자고 한 것도 바 로 그분의 제안이었습니다. 하지만 아까 말씀드렸듯이, 그분은 개인 적으로 이번 일에 개입되어서는 안 된다고 못 박아 말씀하셨습니다. 홈즈 씨의 능력이라면 나를 통해 손쉽게 의뢰인의 뒤를 캘 수 있다는 것을 잘 압니다. 하지만 그건 부디 삼가주시기 바랍니다. 그건 명예가 걸린 문제니, 그분의 신분을 밝히지 말아주세요."

홈즈는 얄궂은 미소를 머금었다.

"그건 약속드리겠습니다." 그가 말했다. "덧붙여 말하면, 사건이 꽤나 흥미로우니 기꺼이 조사하도록 하겠습니다. 당신과 연락하려면 어떻게 하죠?"

"칼턴 클럽으로 연락하시면 됩니다. 하지만 비상시에는 집 전화인 'XX.31'번으로 연락하십시오."

홈즈는 연락처를 받아 적고, 여전히 미소를 짓고 자리에 앉은 채 무룹 위에 수첩을 그대로 펼쳐놓고 있었다.

"그 남작은 현재 어디서 지내죠?"

"킹스턴 근교의 버넌 하숙집입니다. 커다란 저택이죠. 그는 꽤 수상쩍은 투기를 해서 부자가 되었습니다. 그가 더욱 위험한 것도 그래서입니다."

"지금 그는 집에 있나요?"

"예."

"그 사람에 대해 지금까지 얘기해주신 것 말고 더 전해줄 정보는 없나요?"

"그는 사치스러운 취미를 갖고 있습니다. 말이라면 사족을 못 씁니다. 잠깐 동안 헐링엄에서 폴로 선수로도 뛰었지만, 그때 프라하 사건으로 시끄러워지자 그만두어야 했죠. 그는 책과 그림을 수집합니다. 꽤 예술적인 기질이 있는 남자예요. 중국 도자기에 상당히 정통하다는 인정을 받고 있는 것으로 알고 있습니다. 그 방면의 책까지 냈죠."

"복잡한 정신의 소유자군요." 홈즈가 말했다. "대단한 범죄자들이 다 그렇죠. 내 옛 친구인 찰스 피스는 바이올린의 거장이었습니다. 웨인라이트는 대단한 화가였고, 그 밖에 수많은 사람을 댈 수도 있습니다. 아무튼 제임스 경, 내가 그루너 남작을 조사할 거라고 의뢰인에게 말씀드려도 좋습니다. 그 밖에는 할 말이 없군요. 내게도 나름대로 정보원이 있으니, 사건을 해결할 방법을 곧 찾아낼 겁니다."

우리의 손님이 떠난 후 홈즈는 마치 내 존재를 잊어버린 듯 아주 오랫동안 생각에 잠긴 채 앉아 있었다. 하지만 마침내 그는 활달하게 다

The Case-Book of Sherlock Holmes

시 세상으로 돌아왔다.

"그래, 왓슨, 자네는 어떻게 생각해?" 그가 물었다.

"그 숙녀를 직접 만나보는 게 좋지 않을까?"

"이봐 왓슨, 낙담한 늙은 아버지도 그녀를 어쩌지 못했는데, 생판 처음 보는 내가 무슨 설득을 할 수 있겠어? 다른 모든 시도가 실패하면 그런 제안도 의미가 있겠지. 하지만 우리는 다른 각도에서 시작해봐야 할 거야. 신웰 존슨이 도와줄 수 있을 것 같군."

이제까지 회고록을 쓰며 나는 한 번도 신웰 존슨을 언급할 기회가 없었다. 그것은 여태 내 친구의 후기 사건을 다룬 적이 없었기 때문이다. 새로운 세기가 시작된 첫 해에 존슨은 소중한 조수가 되었다. 안쓰럽게도 그는 처음에 아주 위험한 악당으로 이름을 날리고 파크허스트 (1838년에 세워진 와이트 섬에 있는 형무소—옮긴이)에서 두 차례 복역을 했다. 결국 회개를 한 그는 홈즈와 손을 잡고 런던의 거대한 지하 범죄계에서 홈즈의 정보원 노릇을 했다. 그는 곧잘 극히 중요한 정보를 얻어오곤 했다. 그가 경찰의 '앞잡이'였다면 이내 정체가 들통 나고 말았을 것이다. 그러나 법정으로 직행하지 않는 사건들을 다루었기 때문에, 범죄계 동료들은 그의 활동을 눈치채지 못했다. 그는 두 차례의 화려한 복역 경력에 힘입어, 런던의 모든 나이트클럽과 싸구려 여인숙, 도박장을 거침없이 드나들었다. 눈썰미가 좋고 두뇌도 번뜩이는 그는 정보 수집에는 이상적인 요원이었다. 셜록 홈즈가 이번에 도움을 받고자 하는 사람이 바로 존슨이었다.

나로서는 친구가 취한 즉각적인 조치를 따를 수는 없었다. 나도 의

사로서 급한 볼일이 있었기 때문이다. 하지만 약속을 하고 저녁때 심 슨 식당에서 그를 만났다. 거기서 앞쪽 창가의 작은 식탁에 앉아 스트 랜드 거리를 질주하는 삶의 흐름을 굽어보며, 홈즈에게 그동안의 경과 를 들었다.

"존슨이 발품을 팔고 있어." 그가 말했다. "지하세계의 어두운 뒷 골목에서 쓰레기를 뒤져 뭔가 찾아올 거야. 범죄의 검은 뿌리를 파고 내려가서 그 인간의 비밀을 캐내야 하니까 말이야."

"하지만 그 아가씨가 이미 알려진 사실들을 인정하지 않는다면, 자 네가 새로운 사실을 캐낸다 해도 그녀가 마음을 바꿀 까닭이 없잖아?"

"그야 모르지. 남자에게 여자의 마음이란 게 결코 풀 수 없는 퍼즐 같은 거야. 살인은 묵과되거나 변명될 수 있어도, 그보다 사소한 잘못 은 억장을 무너지게 할 수 있어. 그루너 남작이 내게 말하길……."

"아니, 그루너 남작을 만났어?"

"아, 그리고 보니 자네에게 내 계획을 미처 알려주지 못했구나! 아 무튼 왓슨, 나는 문제의 인물과 만나서 맞장 뜨길 좋아해. 그 됨됨이를 내 눈으로 직접 보고 판단하고 싶어서 말이야. 존슨에게 지시를 내린 다음 마차를 타고 킹스턴으로 가서 남작을 만났는데, 사람이 아주 사 근사근하더군."

"자네가 누군지 알고?"

"나를 알아보는 거야 어려울 것 없었지. 미리 명함을 들여보냈으니 까. 그는 제법 뛰어난 적수야. 얼음처럼 차갑고, 목소리는 비단처럼 부 드럽고, 자네 같은 일류 의사처럼 태도가 나긋하고, 코브라처럼 독을 품은 인간이었어. 그는 혈통 있는, 범죄계의 진정한 귀족이더군. 짐짓 오후의 차 한 잔을 권하며 속으로는 칼을 가는 그런 인간 말이야. 그래, 아델베르트 그루너 남작을 주목하게 된 것이 나로선 즐거워."

"그런데 그가 사근사근했다고?"

"기분 좋게 가르랑거리는 고양이 같았지. 장차 한 입 거리가 될 생쥐쯤으로 나를 바라보며 말이야. 험악하게 구는 건달보다 사근사근하게 구는 인간이 훨씬 더 치명적일 때가 있어. 인사말이 참 별났어. '그렇지 않아도 조만간 만나게 될 줄 알았소, 홈즈 씨.' 이러더군. '분명 드 머빌 장군한테 고용되었겠지. 그의 딸 바이올렛이 나와 결혼하는 것을 막으려고. 안 그렇소?'

나는 묵묵히 시인했어.

'이보시오, 홈즈 씨, 당신은 잘나가던 이름에 먹칠이나 하게 될 거요. 이건 당신이 성공을 거둘 수 있는 그런 사건이 아니오. 헛물만 켜고 말 텐데, 위험한 일을 당할 수도 있지. 당장 손을 떼라고 아주 강력히 충고하는 바이오.'

그래서 내가 응수했어. '그것 참 묘하군요. 내가 하고 싶은 말을 하시다니 말입니다. 남작의 두뇌에는 저절로 고개가 숙여집니다. 성격에는 문제가 좀 있어 보였지만, 그렇다고 남작에 대한 내 존경심이 약해질 정도는 아니었습니다. 남자 대 남자로서 말하겠습니다. 당신의 과거를 캐서, 부당하게 폐를 끼치려는 사람은 아무도 없습니다. 다 지난 일이고, 이제 당신에게 문제가 될 것은 없습니다. 하지만 이번 결혼을 고집하신다면, 막강한 적들이 떼로 몰려들어서 당신을 가만두지 않을 것입니다. 잉글랜드가 들썩거릴 정도로 말입니다. 이번 게임이 과연 그럴 만한 가치가 있을까요? 그 숙녀는 건드리지 않는 게 현명할 겁니다. 그녀가 당신의 과거를 알게 되면 당신에게도 좋을 리가 없겠죠.'

남작의 코 아래 왁스를 먹인 듬성듬성한 털이 꼭 곤충의 짧은 더듬이 같았어. 내 말을 듣는 동안 그 터럭들이 파들거렸어. 즐거워 못 견디겠다는 듯이 말이야. 그러다 마침내 나직이 낄낄거리더군.

'웃어서 미안합니다, 홈즈 씨.' 그가 뇌까렸어. '손에 아무런 패도 쥐지 않고 게임을 하려는 당신 모습이 정말 웃깁니다. 누구라도 당신보다 더 잘하진 못하겠지만, 퍽이나 애처롭기는 마찬가지입니다. 홈즈 씨, 당신 손에는 으뜸패 한 장 없소. 아주 시시한 패밖에는.'

'그렇게 생각하시는군요.'

'그렇게 알고 있소이다. 당신에게 사실을 일러주리다. 내 패가 워낙 강해서 그 정도는 보여줘도 무방하니까 말이오. 나는 운 좋게도 그 아가씨의 마음을 송두리째 얻었소. 내 과거의 불운한 사건들을 그녀에게 죄다 털어놓았는데도 그랬단 말이오. 나는 또 그녀에게 말했지. 사악하고 음흉한 인간들이 찾아와서 그런 일들을 떠벌릴 거라고. 홈즈 씨도 다를 바 없다는 것을 인정하기 바라오. 그런 인간들을 어떻게 상대해야 할지도 그녀에게 단단히 일러두었지. 후최면 암시(최면이 끝난 후 특정 암시가 실현되도록 최면 중에 암시를 주는 것ㅡ옮긴이)라는 말 들어봤소, 홈즈 씨? 아무튼 그 효과를 곧 알게 될 겁니다. 나 같은 인격자는 최면술사처럼 천박한 손짓이나 허튼짓을 하지 않고도 최면술을 쓸 수 있으니 말이오. 그녀는 당신을 만날 준비가 되어 있고,

장담컨대 당연히 만나줄 겁니다. 그녀는 아버지의 뜻을 어길 사람이 아니니까. 딱 한 가지 작은 문제만 빼고 말이오.'

왓슨, 이러니 내가 무슨 말을 더 하겠어? 그래서 최대한 냉정하고 품위 있게 작별을 고했지. 그런데 내가 문손잡이를 잡는 순간 그의 말이 내 발길을 붙잡더군.

'그런데, 홈즈 씨, 르 브룅이라 는 프랑스 탐정을 아시오?' 그가 말했어.

'압니다.' 내가 말했지.

'그가 무슨 일을 당했는지 아시오?'

'몽마르트르에서 깡패에게 맞아서 불구가 되었다더군요.'

'그렇습니다, 홈즈 씨. 요상한 우연의 일치로, 그는 그 일주일 전에 내 사건을 조사하기 시작했댔지요. 그러지 마시오, 홈즈 씨. 그랬다가 좋은 꼴을 못 봐요. 그런 사람이 한두 명이 아니올시다. 마지막으로 할 말은, 당신은 당신의 길을 가고, 내 길을 가로막지는 말라는 것이오. 안녕히 가시오!'

여기까지야, 왓슨. 일이 여기까지 진행됐지."

"위험한 녀석 같은걸?"

"아주 위험하지. 험악하게 구는 사람이라면 나는 콧방귀도 뀌지 않지만, 이 남자는 속내를 감추고 말을 삼가는 부류의 사람이야."

"자네가 꼭 막아야 할까? 그가 그 아가씨랑 결혼한다고 해서 문제될 건 없잖아?"

"그가 아내를 살해한 것이 분명하다는 점을 생각하면, 그건 큰 문제가 아닐 수 없지. 게다가 의뢰인도 있어! 그래그래, 그건 논의할 필요도 없지. 커피 다 마셨으면 이제 같이 집에 가보는 게 좋겠어. 유쾌한 우리 친구 신웰 존슨이 보고하러 와 있을 테니까."

과연 그가 와 있었다. 거구에 투박하고 얼굴이 붉은 괴혈병 환자인 그는 생기가 넘치는 검은 두 눈만 아니면 실은 아주 노회하다는 것이 전혀 표가 나지 않았다. 그는 특히 자기 왕국이었던 세계에 잠수해서 여자를 하나 건져왔는지, 긴 의자에 앉은 그의 곁에는 화끈한 여자가 앉아 있었다. 파리하고 열띤 얼굴에 체격은 늘씬하고 불같은 성격의 이 여자는 한창 젊은 나이였지만, 한센병에 걸린 흔적이 남아 있는 모습에는 죄악과 슬픔에 찌든 채 모진 세월을 살아온 기색이 역력했다.

"키티 윈터 양입니다." 신웰 존슨이 살찐 손으로 여자를 가리키며 말했다. "이 아가씨가 모르는 것은, 아, 그러니까, 그건 본인이 직접 말하는 게 낫겠군요. 아무튼 홈즈 씨의 전갈을 받고 한 시간 만에 바로 찾아냈죠."

"나를 찾기는 쉬워요." 젊은 여자가 말했다. "빌어먹을 런던에 늘 목을 매고 있으니까요. 뚱땡이 신웰과는 주소도 같죠. 우리는 옛 친구예요, 뚱땡이, 당신과 나 말이지. 그런데 넨장! 세상에 정의가 살아 있다면 우리보다 더 비참한 지옥에 떨어져야 할 인간이 있어요. 홈즈 씨가 잡으려는 게 바로 그 인간이죠."

홈즈가 빙그레 웃었다. "윈터 양이 우리의 행운을 빌어주시는군요."

"그 인간을 지옥에 처넣을 수만 있다면 내 목숨이라도 바치겠어요." 우리의 손님이 열렬히 말했다. 희고 단호한 얼굴과 이글거리는 두 눈에 증오가 드러나 보였다. 남자는 결코 품을 수 없고, 여자에게서도 보기 드문 맹렬한 증오였다. "내 과거를 들먹일 필요도 없어요, 홈즈 씨. 그런 건 쓸데없으니까요. 하지만 지금의 나를 요 모양 요 꼴로 만든 게 바로 아델베르트 그루너예요. 그 인간을 몰락시킬 수만 있다면!" 그녀는 두 손으로 미친 듯이 허공을 움켜쥐었다.

"아, 그가 그 많은 인간을 몰락시킨 그 나락으로 그를 끌어내릴 수만 있다면!"

"일이 어떻게 돌아가고 있는지는 아시죠?"

"뚱땡이 신웰이 얘기해주었어요. 그 인간이 전에는 그 불쌍한 바보를 쫓아다니더니, 이번에는 그 여자랑 결혼하고 싶어한다고요. 당신은 그걸 막으려 하고요. 그러니까 당신도 그 악마에 대해 잘 알고 있으니까 그를 막으려는 거겠죠. 정신도 멀쩡한 고상한 여자가 그런 남자와 한지붕 아래서 살고 싶어하다니."

"정신이 멀쩡하지 않아요. 미치도록 사랑에 빠졌답니다. 그 인간에 대한 얘기는 다 전해 들었는데도, 그걸 아랑곳하지 않아요."

"살인에 대해서도 들었나요?"

"예."

"맙소사, 정말 간이 큰 여자로군요!"

"그 모든 얘기가 중상모략인 줄 알지요."

"콩깍지가 씐 그 눈앞에 증거를 들이댈 수는 없나요?"

"글쎄요, 그러도록 우리를 도와줄 수 있겠습니까?"

"나 자신이 증거잖아요? 내가 그녀 앞에 서서 어떻게 이용당했는지 말한다면."

"그렇게 해주시겠어요?"

"정말? 못 할 것 없죠."

"그래요, 그건 시도해볼 가치가 있을 겁니다. 하지만 그는 이미 그녀에게 자기가 지은 죄를 대부분 털어놓고, 용서를 받았습니다. 그러니 그녀는 그 문제를 다시 들추고 싶어하지 않을 겁니다."

"그 인간이 죄다 털어놓았을 리가 없어요." 윈터 양이 말했다. "그 난리를 피운 사건 말고도 한두 건의 살인 사건에 대해 잠깐 들은 적이 있어요. 누군가에 대해 무덤덤하게 말하다가 나를 빤히 바라보며 이렇게 말하는 거예요. '녀석은 한 달 만에 죽었어' 하고요. 그 말투 역시 무덤덤했죠. 나는 아랑곳하지 않았어요. 아시다시피 그때는 그 인간을 사랑했거든요. 그가 무슨 짓을 해도 나는 거스르지 않았죠. 그 불쌍한 바보처럼 말예요! 내 마음을 흔들어놓은 것은 딱 한 가지밖에 없었어요. 그래요, 젠장, 그가 거짓말을 나불거리는 독 묻은 혓바닥으로 나를 어르며 둘러대지만 않았다면, 나는 그날 밤 바로 그의 곁을 떠났을 거예요. 그 인간한테 책이 하나 있었는데, 갈색 가죽 장정에 자물쇠가 달렸고, 겉에는 가문의 문장을 금박으로 새긴 책이었죠. 그날 밤 그가 꽤 취했던 것 같아요. 안 그랬으면 나한테 그걸 보여주었을 리가 없죠."

"그게 무슨 책이었나요?"

"홈즈 씨, 뭐냐 하면 말이죠, 그 인간은 여자를 수집한 거예요. 나방이나 나비를 수집하듯 여자 수집하는 걸 자랑인 줄 알더라고요. 바로 그 책에 그 모든 게 담겨 있었어요. 여자 사진에 이름, 신상 정보 등 별의별 게 다 기록돼 있었죠. 아주 몹쓸 책이었어요. 인간이 아무리 망나니라고 해도 어떻게 그런 걸 만들 수가 있죠? 그런데도 그 아델베르트 그루너란 인간은 그걸 만들었어요. 그가 마음만 먹었다면 표지에 이런 제목을 달 수도 있었을 거예요. '내가 망가뜨린 영혼들.' 하지만 이런 얘기가 다 무슨 소용 있겠어요? 어차피 그 책이 홈즈 씨한테 도움이 되지도 않을 테고, 도움이 된다 한들 손에 넣을 수도 없을 테니까요."

"그건 어디 있죠?"

"지금 어디 있는지 내가 어떻게 알겠어요? 내가 떠난 지 1년도 넘었는걸요. 그때 어디 두었는지는 알아요. 그는 까다롭게 깔끔을 떠는 게 꼭 고양이 같았어요. 그러니 어쩌면 지금도 서재 내실의 낡은 책상 안에 있을지도 몰라요. 그의 집은 아세요?"

"서재에 들어가 봤습니다." 홈즈가 말했다.

"어머나, 벌써요? 오늘 아침에야 시작한 일이 그 정도면 참 민첩하시군요. 그 인간이 이번에는 임자를 만났나 보네요. 서재에는 중국 도자기가 잔뜩 있죠. 창문 사이의 커다란 유리 찬장에요. 그리고 책상 뒤에는 내실로 통하는 문이 있어요. 내실은 서류 따위를 보관해두는 작은 방이죠."

"도둑맞을 걱정을 하지 않던가요?"

"아델베르트는 겁이 없어요. 아무리 무서운 적이라도 그에게 겁이 있다고는 말 못할 거예요. 그는 제 한 몸쯤은 지킬 수 있는 인간이거든요. 야간 방범 장치도 있고요. 게다가 도둑이 들어와서 뭘 가져가겠어요? 그 화려한 도자기를 털어간다면 모를까."

"그건 소용없는 짓이지." 신웰 존슨이 전문가답게 딱 잘라 말했다. "녹일 수도 되팔 수도 없는 그런 물건을 원하는 장물아비는 없어요."

"그렇군요." 홈즈가 말했다. "자, 그럼, 윈터 양, 내일 저녁 5시에 다시 들러주십시오. 그 아가씨를 직접 만나보겠다는 윈터 양의 제안이 받아들여질지 그사이에 알아보겠습니다. 윈터 양이 도와주시는 것에 대해 진심으로 감사드립니다. 두말할 나위 없이 이번 의뢰인이 아주 후하게……."

"그럴 필요 없어요, 홈즈 씨." 젊은 여성이 외쳤다. "제가 돈을 벌자고 이러겠어요? 다만 그 인간이 진창에 처박히는 걸 보고 싶어요. 내가 일한 보상은 그것으로 충분해요. 가증스러운 그 상판대기를 콱 밟아서 진창에 처박고 싶다고요. 나한테는 그게 보상이죠. 홈즈 씨가 그를 쫓는 한, 내일이든 언제든 부르면 항상 달려오겠어요. 이 뚱땡이한테 말만 하시면 언제든 저를 찾을 수 있을 거예요."

내가 다시 홈즈를 만난 것은 이튿날 저녁이었다. 우리는 예의 스트랜드가 식당에서 다시 저녁 식사를 했다. 그 아가씨를 만난 성과가 있었느냐고 묻자 그는 어깨를 으쓱했다. 그러고는 말문을 열었는데, 그

이야기는 다음과 같다. 그의 진술은 너무 메마르고 딱딱해서 좀 부드럽게 일상의 말로 풀어서 쓰지 않을 수 없었다.

"약속을 잡는 것은 어렵지 않았어." 홈즈가 말했다. "약혼을 하면서 독하게 불효한 것을 벌충하려고 다른 일에는 너무나 고분고분한 모습을 보여주고 있거든. 모든 준비가 되었다고 장군이 전화를 했고, 성난 윈터 양이 예정대로 나타나서, 우리는 마차를 타고 5시 반에 노병이 사는 버클리 광장 104번지에 내렸지. 거긴 교회를 남루해 보이게 만드는 으스스한 회색의 런던 성채들 가운데 하나였어. 하인의 안내를 받아 거창한 노란 커튼을 드리운 거실로 들어가니, 숙녀가 기다리고 있더군. 다소곳하고, 창백하고, 말수 적고, 산꼭대기에 쌓인 눈만큼이나 고고하고 완고한 숙녀였지.

그녀에 대해서는 어떻게 더 잘 설명해야 할지 모르겠군. 우리가 일을 끝내기 전에 자네도 그녀를 만날 기회가 있을 거야. 그러면 자네의 어휘 능력으로 잘 묘사할 수 있겠지. 그녀는 아름다워. 그런데 그건 이 지상이 아닌 높은 곳을 열망하는 이의 천상의 아름다움이었지. 중세 거장들의 그림에서 그런 얼굴을 본 적이 있지. 그런 초월적인 존재에게 야수 같은 인간이 어떻게 이빨을 들이댈 수 있었는지 상상도 할 수가 없어. 하긴 극과 극은 서로 통한다는 것을 자네도 알 거야. 영적인 존재와 동물이, 동굴 인간과 천사가 통하는 거지. 하지만 이번 같은 최악의 경우는 자네도 본 적이 없을 거야.

그녀는 물론 우리가 찾아간 목적을 알고 있었어. 그 악당이 득달같이 그녀의 마음속에 우리에 대한 반감을 심어놓았더군. 윈터 양의 출

현에 좀 놀란 듯하지만, 그녀는 나병에 걸린 두 명의 탁발승을 받아들인 존경할 만한 대수녀원장처럼 우리에게 의자에 앉으라고 손짓을 했지. 이봐, 왓슨, 혹시 자만심이 들 때면, 바이올렛 드 머빌 양을 본받도록 해.

'아, 선생님의 성함이 귀에 익어요.' 그녀가 빙하에서 불어온 바람 같은 음성으로 말했어. '제 약혼자인 그루너 남작을 헐뜯기 위해 오신 것으로 알고 있습니다. 이렇게 선생님을 뵙는 것은 순전히 아버지의 요청 때문입니다. 미리 말씀드리지만, 선생님이 어떤 말씀을 하시든 결코 제 마음을 움직일 수 없어요.'

그 아가씨가 참 딱했지. 그때는 내 친딸처럼 여겨질 만큼 안쓰러웠어. 나는 그리 달변이 아니야. 나는 가슴을 쓰기보다는 머리를 쓰지. 하지만 정말이지 내 성질머리에 그나마 가능한 온갖 따뜻한 말로 호소했어. 그의 아내가 된 후 비로소 그의 본성을 깨달은 여성, 그러니까 그의 피 묻은 손과 타락한 입술에 몸을 맡겨야 하는 여성의 처지가 얼마나 끔찍한가를 실감나게 이야기해주었어. 솔직히 다 말했지. 그 온갖 치욕과 고뇌와 절망감을 말이야. 그렇게 열변을 토했는데도 상아빛 두 볼에는 조금도 화색이 돌지 않았고, 멍한 두 눈에는 어떤 느낌의 기미도 보이지 않았어. 그 악당이 후최면 암시 효과에 대해 한 말이 생각나더군. 정말 누구라도 그 아가씨가 세속을 떠나 황홀한 꿈속에서 살고 있다고 믿을 거야. 그러면서도 대답만큼은 야무지더군.

'홈즈 씨의 말씀에 여태 참을성 있게 귀를 기울였어요.' 그녀가 말했지. '미리 말씀드린 대로 내 마음은 결코 흔들리지 않아요. 제가 알기로 제 약혼자 아델베르트는 모진 삶을 살아왔어요. 혹독한 미움을 받고 너무나 부당한 험담을 들었죠. 선생님을 비롯해서 수많은 사람이 제 앞에서 험담을 늘어놓았어요. 선생님이야 어쩌면 선의에서일 수도 있겠죠. 유료 대리인으로 지금 우리 남작님을 반대하듯, 언제라도 돈만 받으면 기꺼이 남작님을 위해 일하겠지만 말예요. 어쨌거나 지금 제가 그이를 사랑하고, 그이는 저를 사랑한다는 사실을 부디 알아주셨으면 해요. 세상의 온갖 비방이 저에게는 그저 창밖에서 지저귀는 새소리쯤으로밖에 들리지 않는다는 것을. 그이의 고상한 인성이 잠시라도 타락했다면, 본래의 고매한 높이로 끌어올리기 위해 신이 저를 보냈는지도 모르죠. 그런데' 하고 그녀가 내 동행을 바라보며 말했어. '젊은 이 숙녀는 누구죠?'

내가 막 입을 열려는데 원터 양이 바람처럼 끼어들었어. 불과 얼음이 마주하고 있는 것을 본 적이 있나? 두 여자가 바로 그런 모습이었지.

'내가 누군지 말해주죠.' 그녀가 의자에서 벌떡 일어서며 외쳤어. 속 터진다는 듯 입이 잔뜩 일그러져 있었지. '나는 그의 지난번 여자였어요. 그가 유혹해서 이용해먹다가 망가져서 쓰레기더미에 패대기친 백 명의 여자 가운데 하나라고요. 댁한테도 그럴 거예요. 댁의 쓰레기더미는 아마 무덤일걸요? 어쩌면 그게 더 낫겠지. 정말이지 당신이 그 남자랑 결혼을 했다가는 바로 죽음이에요, 이 바보 같은 여자야. 가슴이 찢어져 죽을지, 목이 부러져 죽을지 그야 모르지만 그는 댁을 죽이고야 말 거라고요. 내가 지금 댁을 사랑해서 이런 말을 하는 게 아니

에요. 댁이 죽든 말든 난 콧
방귀도 안 뀐다고요. 이러는 건
그 인간을 미워하기 때문이에요.
그가 내게 했던 대로 그를 괴롭히고
앙갚음을 하기 위해서라고요. 하지만

피장파장이니, 나를 그런 눈으로 바라볼 필요 없어요. 이제는 나보다
도 당신 코가 석 자일 테니까.'

'그런 문제는 이야기하고 싶지 않아요.' 드 머빌 양이 차갑게 말했
어. '다시 한 번 말씀드리지만, 나는 다 알고 있어요. 엉큼한 여자들한
테 말려들어 세 차례 관계를 맺은 적이 있다는 것을요. 그리고 그이가
무슨 짓을 했든 진심으로 뉘우치고 있다는 것을 난 알아요.'

'세 차례 관계라고!' 내 동행이 외쳤어. '이런 바보 같으니! 이런
천치!'

'홈즈 씨, 이런 면담은 이만 끝내주세요.' 싸늘한 음성이 흘러나오
더군. '아버지의 뜻에 따라 선생님을 만났지만, 이런 사람의 헛소리를
경청할 의무가 나한테는 없어요.'

그때 외마디 욕설과 함께 헌터 양이 달려들었어. 내가 그녀의 손목

을 잡지 않았더라면 사람을 속 터지게 하는 그 숙녀의 머리끄덩이를 쥐어뜯었을 거야. 대문까지 그녀를 끌고 가서 다행히 남의 눈에 띄지 않고 마차를 탈 수 있었지. 그녀가 분노로 정신이 나갔으니 어쩌겠어. 나도 꽤나 냉정한 분노를 느꼈어, 왓슨. 우리가 구해주려고 한 여성이 태연히 아주 고고하고 도도하게 구는 것에는 정나미가 뚝 떨어졌거든. 이제 자네도 우리의 현 상황을 정확히 알게 되었어. 그런데 첫수가 실패로 돌아갔으니 작전을 새로 짜야겠어, 왓슨. 자네도 거들 일이 있을 듯하니 계속 연락을 취하게. 우리보다는 그들이 먼저 다음 수를 쓸 가능성이 높지만 말이야."

정말 그랬다. 그들이, 아니 그가 일격을 가했다. 그 아가씨가 관여했다고는 믿을 수 없으니까 말이다. 내가 플래카드를 바라보고 서 있던 자리를 지금도 기억하고 있다. 그때 통렬한 공포가 내 영혼을 꿰뚫고 지나갔다. 그곳은 그랜드 호텔과 채링크로스 역 사이였다. 그곳에는 외다리 신문팔이가 석간신문을 팔고 있었다. 지난번 대화를 나눈 후 딱 이틀이 지난 그날, 끔찍한 신문 용지에는 노란색 바탕에 이런 검은 글씨가 쓰여 있었다.

MURDEROUS ATTACK UPON SHERLOCK HOLMES

> ## 셜록 홈즈, 습격당하다

나는 아연 놀라서 한참 제자리에 서 있었던 듯하다. 그 뒤의 기억은 어렴풋하다. 갑자기 신문을 낚아챘고, 신문팔이가 돈을 내라고 호통을 쳤고, 기어이 그 불길한 기사를 읽은 것은 어느 약국 앞에서였던 것 같다. 내용은 이러했다.

안타깝게도 유명한 사립탐정 셜록 홈즈 씨가 오늘 아침 습격을 당해 중태에 빠졌다. 정확한 경위는 알 수 없지만, 리전트 스트리트의 카페 로얄 밖에서 사건이 일어난 것은 12시경이었다. 지팡이를 든 두 명의 괴한이 공격을 가해서, 머리와 몸통 부위를 맞은 홈즈 씨는 의사의 진단에 따르면 아주 심각한 부상을 당했다. 그는 채링크로스 병원으로 이송되었고, 그 후 베이커 스트리트의 그의 집으로 옮겨주길 고집했다고 한다. 그를 공격한 악한들은 점잖은 옷차림이었는데, 행인들을 피해 카페 로얄로 들어가서 후문을 통해 글래스하우스 스트리트로 달아난 것으로 보인다. 범인들은 피습자의 천재적인 활동에 원한을 품은 범죄 단체의 인물들인 것이 분명하다.

이 신문을 보자마자 부리나케 핸섬 마차를 잡아타고 베이커 스트리트로 달려갔음은 두말할 나위가 없다. 유명한 외과의사 레슬리 오크숏 경이 홀에 있었고, 길옆에는 그의 마차가 대기 중이었다.

"당장 위독하지는 않습니다." 의사가 말했다. "두피가 두 군데 찢어졌고, 꽤 멍이 들었습니다. 여러 바늘을 꿰매야 했죠. 모르핀을 주사했고, 안정이 필요합니다만, 몇 분쯤 얘기를 나누는 것 정도는 엄금하지 않겠습니다."

이런 허가를 받고 나는 어두운 실내로 조용히 들어갔다. 환자는 말똥말똥 깨어 있었다. 목쉰 소리로 나직이 내 이름을 부르는 소리가 들렸다. 커튼이 사분의 삼쯤 드리워져 있었지만, 햇살이 비껴들어 붕대를 감은 환자의 머리를 비추었다. 하얀 아마포 압박붕대로 스며 나온 핏자국이 보였다. 나는 그의 곁에 앉아 고개를 푹 숙였다.

"괜찮아, 왓슨. 그렇게 두려워할 것 없어." 그가 아주 여린 음성으로 중얼거렸다. "보기보다 나쁘지 않아."

"그렇다니 다행이야!"

"자네도 알다시피 내가 목검을 좀 휘두를 줄 알잖아. 대부분의 공격은 막았지. 그런데 두 번째 남자한테 당하고 말았어."

"홈즈, 내가 어떻게 해줄까? 괴한들을 보낸 것은 보나마나 그 작자야. 자네가 말만 하면 내가 가서 박살을 내주겠어."

"이런, 왓슨! 그건 안 돼. 경찰이 그들을 붙잡지 못하는 한 우리는 아무것도 할 수 없어. 그런데 달아난 것을 보면 사전에 치밀하게 준비한 모양이야. 그건 분명해. 잠깐만 기다려. 나한테 생각이 있어. 먼저할 일은 내 부상을 과장하는 거야. 사람들이 소식을 듣기 위해 자네를 찾아갈 거야. 그러면 잔뜩 과장을 하도록 해, 왓슨. 일주일을 넘길 수 있다면 다행이라는 둥, 뇌진탕이라는 둥, 정신이 오락가락한다는 둥, 마음대로 과장해! 최대한 말이야."

"하지만 레슬리 오크숏 경은 어떡하고?"

"아, 그분은 괜찮아. 내게서 최악의 상태만 보게 될 테니까. 그건 내가 알아서 할게."

"다른 것은 없어?"

"아, 윈터 양을 피신시키라고 신웰 존슨에게 전해줘. 그 귀여운 것들이 이제 그녀를 쫓을 테니까. 물론 그녀가 나를 도왔다는 것을 그들도 알고 있어. 감히 나를 해치려고 했으니, 그녀를 내버려둘 리가 없지. 이건 서둘러야 해. 오늘 밤 바로."

"그럼 가볼게. 또 다른 것은 없어?"

"파이프를 탁자에 좀 놓아둬. 잎담배는 슬리퍼 속에. 그래! 그리고 아침마다 들러줘. 작전을 짜야 하니까."

그날 저녁 존슨과 의논을 해서, 윈터 양을 조용한 교외로 보내 위험이 사라질 때까지 몸을 사리고 있도록 했다.

엿새 동안 사람들은 홈즈가 죽음의 문턱에 이른 줄로만 알고 있었다. 의사는 아주 심각하다는 소견을 냈고, 신문에는 불길한 기사가 실렸다. 나는 계속 홈즈에게 들른 덕분에 그렇게 건강이 나쁘지 않다는 것을 알고 있었다. 그의 강인한 체질과 단호한 의지력이 놀라운 효과를 발휘한 것이다. 그가 어찌나 빠르게 회복되고 있던지 때로 의심이 들 정도였다. 실은 보기보다 더욱 빨리 회복되고 있는데, 나까지 속이고 있는 것은 아닌가 하고 말이다. 그는 이상한 비밀을 키워서 나중에 극적으로 터트리는 버릇을 가지고 있었다. 가장 가까운 친구에게도 정확히 무슨 속셈인지 가르쳐주지 않고 말이다. 그는 혼자 꾸민 음모만이 안전하다는 격언을 철저히 지킨다. 나는 그 누구보다 홈즈 가까이 있었지만, 우리 둘 사이에 언제나 틈이 있다는 것을 느꼈다.

이레째 되는 날 실밥을 뽑았지만, 석간신문들에는 홈즈가 단독(피부의 헌데나 다친 곳으로 세균이 들어가서 열이 높아지고 얼굴이 붉어지며 붓게 되어, 부기 동통을 일으키는 전염병—옮긴이)에 걸렸다는 기사가 났다. 그날 석간신문을 나는 아프든 말든 친구에게 가져가지 않을 수 없었다. 금요일에 리버풀에서 출항하는 커나드 해운사의 루리 타니아호 승객 가운데 아델베르트 그루너 남작이 포함돼 있다는 기사 때문이었다. 그는 바이올렛 드 머빌 양과의 임박한 결혼식을 앞두고 처리해야 할 중요한 사업상의 볼일로 미국에 간다는 것이었다. 홈즈는 창백한 얼굴에 냉정하고 골똘한 표정을 지은 채 이 소식에 귀를 기울였는데, 사뭇 충격을 받은 기색이 역력했다.

"금요일이라고!" 그가 외쳤다. "딱 사흘밖에 안 남았잖아. 그 악당이 위험을 피하려고 그러는 거야. 그럴 순 없어, 왓슨! 맹세코 그럴 수는 없어! 자, 왓슨, 자네가 나를 위해 뭐 좀 해줘야겠어."

"나는 늘 대기 중이야, 홈즈."

"좋아, 그럼 지금부터 24시간 동안 중국 도자기에 대해 집중적으로 공부를 하도록 해."

그는 아무런 설명을 해주지 않았고, 나는 묻지 않았다. 오랜 경험을 통해 나는 순종의 지혜를 배웠다. 하지만 그의 집을 떠나 베이커 스트리트를 걸어가며, 이런 이상한 지시를 따르려면 도대체 어떻게 해야 할지 머리를 써야 했다. 결국 나는 세인트제임스 광장에 있는 런던도서관으로 마차를 타고 가서, 사서보인 내 친구 로맥스에게 부탁해서, 책을 한 아름 안고 집으로 향했다.

전문가 증인을 심문하기 위해 월요일에 벼락치기로 사건을 연구한 변호사는 주말에 사건을 까맣게 잊어버린다는 말이 있다. 이제 와서 내가 도자기 권위자인 척한다는 것은 주제넘은 짓일 것이다. 하지만 그날 저녁 내내, 그러니까 아주 잠깐만 쉬고 그날 저녁 내내, 그리고 이튿날 내내 나는 지식을 흡수하고 용어를 달달 외웠다. 위대한 화가와 문장가들의 낙관, 수수께끼 같은 육십갑자, 주원장의 인장, 영락제 시대의 걸작들, 당인의 글씨, 송나라와 원나라 때의 예술작품에 대해 알게 되었다. 다음 날 저녁에 홈즈를 만났을 때 나는 이러한 정보가 머릿속에 가득 들어 있었다. 그는 이제 자리에서 일어났는데, 신문 보도만 접한 사람들은 상상도 할 수 없는 일이었다. 그는 가장 좋아하는 안락의자에 푹 파묻힌 채 붕대를 칭칭 감은 머리를 한 손으로 받치고 있었다.

"이런, 세상에. 신문이 옳다면 지금 자네는 죽어가고 있어." 내가 말했다.

"바로 그런 인상을 세상에 퍼뜨리고 싶었지." 그가 말했다. "그런데 왓슨, 공부는 많이 했어?"

"적어도 노력은 했지."

"좋아. 그럼 도자기에 대해 지적인 대화를 나눌 수 있겠어?"

"가능할 거야."

"그럼 저 벽난로 위에서 작은 상자 좀 내려줘."

그가 뚜껑을 열고서 동양의 섬세한 비단으로 곱게 싼 작은 물건을 꺼냈다. 비단을 벗기자 그지없이 아름다운 진청색의 섬세하고 작은 받침잔이 모습을 드러냈다.

"살살 다루도록 해, 왓슨. 이건 명나라 때의 진품 박태자기라는 거야. 크리스티 경매에 이보다 섬세한 작품은 나온 적이 없어. 이 받침잔에 찻잔까지 한 벌로 갖추면 그 가치가 한 나라 왕의 몸값에 이른다고 하지. 그건 베이징의 황궁에나 있겠지만 말이야. 아무튼 전문가가 이걸 보면 눈이 돌아갈걸?"

"그걸로 내가 어째야 하는데?"

홈즈는 내게 이런 명함을 한 장 건네주었다. "힐 바턴 박사, 하프문 스트리트 369번지. 이것이 오늘 저녁 자네 이름이야. 그루너 남작을 찾아가도록 해. 그의 일과를 좀 아는데, 8시 반이면 아마 한가할 거야. 자네가 방문할 거라는 편지를 미리 보내야겠지. 중국 명나라 도자기 한 벌을 갖고 있는데, 견본을 보여주겠다고 하는 거야. 의사라고 하는 것이 더 나을 거야. 그러면 엉뚱한 연기를 할 필요가 없으니까. 자네는 골동품 수집가인데 이것을 손에 넣었고, 남작이 도자기에 관심이 많다는 소문을 들어서, 값만 좋으면 팔고 싶다고 하는 거야."

"얼마에?"

"좋은 질문이야, 왓슨. 자기 도자기의 가치를 모른다면 분명 실패하겠지. 이 찻잔은 제임스 경이 건네준 것인데, 그의 의뢰인이 수집한 것으로 알고 있어. 이건 세상에 둘도 없는 물건이라고 말해도 지나치지 않아."

"전문가에게 감정을 받아봐야겠다고 하면 되겠군."

"훌륭해, 왓슨! 오늘 기지가 번뜩이는걸! 크리스티나 소더비 얘기를 슬쩍 해봐. 잘만 하면 자네 입으로 가격을 말할 필요가 없을 거야."

"그런데 그가 나를 만나려고 할까?"

"아, 물론 자네를 만날 거야. 그는 아주 열렬한 수집광이야. 특히 도자기에 대해서라면 그는 인정받은 권위자이기도 해. 거기 앉아봐, 왓슨. 편지 내용을 구술할 테니까. 답장은 필요 없어. 그저 방문하겠다는 뜻과 이유만 밝히면 돼."

편지 문장은 놀라웠다. 간결하고 예의바르면서도, 전문가가 솔깃할 만큼 자극적이었다. 이 거리의 배달부 편에 때맞춰 편지를 보냈다. 같은 날 저녁, 귀중한 찻잔을 손에 들고, 주머니에는 힐 바턴 박사의 명함을 간직한 채, 나는 혼자 모험에 나섰다.

아름다운 주택과 마당을 보니, 제임스 경이 말한 대로 그루너 남작이 상당한 부자라는 것을 알 수 있었다. 길 양쪽이 진기한 관목으로 에워싸인 긴 진입로를 구부러져 돌아가자 자갈이 깔린 널따란 마당에 조각상이 세워져 있었다. 이 집은 남아프리카의 금광 왕이 한창 재산을 불릴 때 지은 것인데, 길고 낮은 건물 모서리마다 작은 탑이 세워져 있었다. 건축의 악몽이랄 수 있는 건물이지만 크기나 견고함은 아주 인상적이었다. 주교의 벤치(성공회 주교는 영국 국교의 대표자로서 상원의원으로 자동 임명된다. 그 상원 의원석이 여기서 말하는 주교의 벤치다—옮긴이)에 앉으면 어울릴 법한 집사가 나를 집 안으로 맞이해서 화려한 옷을 입은 하인에게 인계했고, 하인이 남작 앞으로 안내했다.

그는 창문 사이에 놓인 커다란 진열장 앞에 서 있었다. 문이 없는 이 진열장에 그의 중국 도자기 수집품 일부가 진열되어 있었다. 내가 들어서자 그는 작은 갈색 단지를 든 채 나를 돌아보았다.

"앉으십시오, 의사 선생." 그가 말했다. "내 보물을 둘러보며 내가 정말 여기에 더 추가를 할 여유가 있는지 생각하는 중이었소. 7세기 당나라 때 만든 이 작은 도자기라면 아마 선생도 관심이 갈 겁니다. 이렇게 표면이 멋진 정교한 작품을 본 적은 없을 거라고 확신합니다. 그런데 말씀하신 명나라 때의 찻잔은 가지고 오셨나요?"

나는 조심스럽게 포장을 풀어서 그에게 건네주었다. 그는 책상에 앉아서, 날이 저문 탓에 램프를 끌어당기고 도자기를 살펴보기 시작했다. 그때 노란 불빛이 그의 모습을 비추어, 나는 느긋이 그를 살펴볼 수 있었다.

그는 분명 눈에 띄게 잘생긴 남자였다. 유럽에서 미남으로 이름을 날릴 만한 용모였다. 체구는 보통 크기를 넘지 않았지만, 선이 우아하고 날렵했다. 얼굴은 거의 동양인처럼 거무스레했고, 우수 어린 크고 검은 두 눈은 여성들이 쉽게 뿌리칠 수 없는 매력을 지니고 있었다. 머리칼과 콧수염은 칠흑같이 검었다. 콧수염은 짧고 끝이 뾰족했는데, 밀랍을 발라 갈무리했다. 이목구비는 단정하고 호감이 갔는데, 얇은 일자 입술만은 예외였다. 살인자의 입이 있다면 바로 그것이었다. 잔인하게 쭉 찢어져 앙다문 입은 무자비하고 끔찍해 보였다. 콧수염으로 입을 가리지 않은 것은 미련한 짓이었다. 그것은 희생자들에게 보내는 경고와도 같은 자연의 위험 신호였기 때문이다. 그의 음성은 매력적이고 태도는 흠잡을 데가 없었다. 나이는 서른 남짓으로 보였는데, 나중에 기록을 보니 마흔 두 살이었다.

"아주 훌륭해요, 정말 아주 훌륭합니다!" 마침내 그가 말했다. "그런데 이와 같은 것을 여섯 벌 갖고 계시다고요. 어리둥절한 것은, 이런 대단한 골동품에 대해 내가 들어본 적이 없다는 겁니다. 잉글랜드에는 이런 것이 딱 한 점 있다고 알고 있어요. 그런데 그건 시장에 나오지 않을 게 확실하죠. 힐 바턴 박사님, 이것을 어떻게 구했는지 여쭤봐도 될까요?"

"그것이 중요합니까?" 내가 가능한 한 천연덕스럽게 되물었다. "당신은 이것이 진품이라는 것을 알 겁니다. 가치에 대해서는 전문가의 감정을 받으면 그만입니다."

"정말 이상하군." 수상쩍다는 듯 검은 두 눈을 번뜩이며 그가 말했다. "이런 고가의 물건을 거래할 때는 당연히 거래 내역을 죄다 알고 싶어합니다. 이것이 진품이라는 것은 확실합니다. 그 점에 대해서는 전혀 의심의 여지가 없어요. 하지만 나로서는 모든 가능성을 고려하지 않을 수 없습니다. 그러니까 선생이 이것을 팔 권리가 있다는

것이 입증되어야 한다는 겁니다."

"그건 내가 보증하겠소."

"그것은 물론 선생의 보증이 얼마나 가치가 있느냐는 질문으로 이어집니다."

"그건 내 거래은행에서 답해줄 겁니다."

"좋아요. 하지만 그 모든 거래가 어째 석연치가 않군요."

"거래를 하든 말든 알아서 하시오." 내가 시큰둥하니 말했다. "당신에게 먼저 제안을 한 것은 전문가라고 생각했기 때문이오. 하지만 다른 곳에서도 구매자를 찾기는 어렵지 않을 거요."

"내가 전문가라고 누가 그러던가요?"

"골동품에 대한 책까지 쓴 것으로 알고 있습니다."

"그 책을 읽어보셨나요?"

"아니요."

"이런, 갈수록 이해가 안 되는군! 선생은 전문가에다, 아주 값진 골동품을 소장한 수집가입니다. 그런데 선생이 소장한 물건의 진짜 의미와 가치를 일깨워줄 책 한 권 보지 않았다니. 그걸 어떻게 변명할 겁니까?"

"나는 매우 바쁜 사람이오. 개업 의사란 말이오."

"그건 말이 안 됩니다. 취미를 가진 사람이라면 그걸 열심히 공부하게 마련입니다. 무슨 직업을 가졌든 간에 말입니다. 선생은 전문가라고 편지에 쓰지 않았습니까?"

"나는 전문가요."

"그럼 시험 삼아 몇 가지 물어봐도 될까요? 선생이 정말 의사인지 모르겠지만, 아무튼 의사 선생한테 이렇게 말하지 않을 수 없습니다. 갈수록 일이 수상쩍다고 말입니다. 어디 답해보십시오. 일본의 쇼무 천황에 대해 무엇을 알고 계십니까? 나라 근교의 쇼소인과 쇼무 천황과의 관계는? 맙소사, 그걸 몰라요? 중국 북위 왕조와 도자기 역사에서 북위가 차지하는 위치에 대해 조금만 말해보십시오."

나는 짐짓 화를 내며 의자에서 벌떡 일어났다.

"이것은 참을 수 없소, 남작." 내가 말했다. "내가 여기 온 것은 선의에서였소. 학생처럼 시험을 치르러 온 것이 아니란 말이오. 골동품에 대한 지식이 남작만은 못하겠지만, 나도 알 만큼은 아는데 이런 식으로 불쾌하게 질문한 것에 대해서는 답하지 않겠소."

그는 나를 빤히 바라보았다. 그의 두 눈에 어린 우수는 사라졌다. 그의 눈이 갑자기 이글거렸다. 잔혹한 입술 사이에서는 이빨이 번들거렸다.

"대체 무슨 속셈이지? 당신 스파이로군. 홈즈의 밀정이야. 골동품은 눈속임이고 말이지. 그 친구는 죽어가고 있다던데, 그래서 나를 감시하려고 끄나풀을 보낸 거야. 당신은 이곳에 무단 침입을 한 거야. 맹세코, 들어오긴 쉬웠는지 몰라도 나가긴 어려울 거야!"

그가 벌떡 일어나자, 나는 뒤로 물러서며 공격에 대비했다. 그가 분노로 제정신이 아니었기 때문이다. 어쩌면 처음부터 나를 의심했는지도 모른다. 이런저런 질문을 던진 끝에 사실을 간파한 게 분명했지만, 애당초 그를 속일 수는 없었다. 그는 옆 서랍에 손을 넣고 뭔가를 맹렬히 찾았다. 그러더니 무슨 소리를 들었는지, 일어선 채로 골똘히 귀를 기울였다.

"이런!" 그가 외쳤다. "이런!" 그는 자기 뒤쪽의 방으로 뛰어 들어갔다. 내가 열린 방문까지 가는 데는 두 걸음밖에 걸리지 않았다. 방안의 장면을 결코 잊지 못할 것이다. 정원으로 이어진 창문이 활짝 열려 있었고, 그 옆에 홈즈가 서 있었다. 피 묻은 붕대를 머리에 감은 채

홈즈가 끔찍한 유령 같은 모습으로 창백한 얼굴을 찡그리고 있었다. 다음 순간 그는 창밖으로 뛰어내렸다. 바깥의 월계수 덤불 사이에 떨어지는 소리가 들렸다. 집주인이 화가 나서 호통을 치며 홈즈를 따라 열린 창문으로 뛰어내렸다.

바로 그때였다! 그것은 순간적으로 일어난 일이었다. 하지만 나는 그것을 분명히 보았다. 팔 하나, 여인의 팔 하나가 잎사귀 사이에서 불쑥 나왔다. 그와 동시에 남작이 끔찍한 비명을 질렀다. 결코 잊을 수 없는 비명이었다. 그는 얼굴을 두 손으로 감싸고 방 안을 뛰어다니며 사방 벽에 머리를 짛어댔다. 그러더니 양탄자 위에 쓰러져 몸부림을 치고 뒹굴며 집이 떠나가라고 계속 비명을 질러댔다.

"물! 물 좀 줘!" 그가 외쳤다.

나는 보조탁자에서 유리 물병을 집어들고 그에게 달려갔다. 그와 동시에 집사와 하인 여러 명이 홀에서 달려왔다. 상처 입은 남작 곁에서 내가 무릎을 꿇고 그 처참한 얼굴을 등불 쪽으로 돌렸을 때 하인 중한 명이 기절을 한 기억이 난다. 황산이 얼굴 전체를 녹이며 귀와 턱에서 뚝뚝 떨어지고 있었다. 한쪽 눈은 이미 하얘지고 눈동자가 흐릿했다. 다른 쪽 눈은 빨갛게 충혈이 됐다. 불과 몇 분 전에 내가 찬탄했던 바로 그 얼굴이 이제는 화가가 더러운 젖은 스펀지로 문질러버린 아름다운 그림 같았다. 더러워지고 변색한 얼굴이 인간 같지도 않게 참혹했다.

황산 공격에 관한 한 나는 사건을 몇 마디 말로 정확히 설명해주었다. 하인들 몇은 창밖으로 기어 내려갔고, 몇은 잔디밭으로 뛰어나갔다. 그러나 날이 어둡고 비까지 내리기 시작했다. 희생자는 비명을 지르면서 사이사이에, 복수를 한 여자에게 이를 갈며 절규를 터트렸다. "키티 윈터! 그 악녀였어!" 그가 외쳤다. "이 죽일 년! 두고 보자! 가만두지 않겠어! 오, 맙소사, 통증을 견딜 수가 없어!"

나는 오일로 그의 얼굴을 닦아내고 타버린 피부에 약솜을 얹은 다음 모르핀 피하주사를 놓았다. 이런 충격적인 일을 당한 그의 마음속에서 나에 대한 의심은 씻은 듯 사라졌다. 그는 나를 쳐다보는 죽은 물고기 같은 눈을 내가 행여나 고쳐줄 힘이 있기라도 한 것처럼 내 손을 붙잡고 매달렸다. 그토록 소름끼치는 일을 당하기에 이른 그의 사악한 삶을 내가 똑똑히 알지 못했다면 그의 몰락에 눈물을 흘렸을지도 모른다. 그의 타는 듯 뜨거운 두 손아귀의 감촉은 혐오스러웠다. 그의 외과 주치의에 이어 곧바로 전문의가 와서 내 부담을 덜어주자 나는 마음이 놓였다. 경위도 도착해서, 나는 그에게 내 진짜 명함을 건네주었다. 다른 사람인 척하는 것은 부질없고 어리석은 짓이었다. 런던 경찰국에서 나는 거의 홈즈만큼 얼굴이 알려져 있었기 때문이다. 그 후 나는 암울한 테러의 현장을 떠났다. 한 시간도 안 되어 베이커 스트리트에 도착했다.

홈즈가 평소의 의자에 앉아 있었다. 몹시 창백하고 지친 모습이었다. 부상을 당한 것과는 별도로, 이날 저녁의 사건으로 그의 무쇠 같은 신경도 충격을 받은 것이었다. 그는 남작의 변화에 대한 내 설명을 듣고 진저리를 쳤다.

"죗값이야, 왓슨. 죗값을 받은 거야!" 그가 말했다. "조만간 그렇게 될 일이었어. 단연코 그럴 만한 죄를 지었지." 그가 탁자에서 갈색 책을 집어들며 덧붙여 말했다. "그 아가씨가 말한 책이 이거야. 이것으로도 결혼을 막지 못하면, 그 어떤 것도 소용이 없을 거야. 하지만 이걸로 되겠지. 분명 될 거야. 그렇게 자존심이 강한 여성이라면 이런 걸 참을 수 없지."

"그의 연애 일기야?"

"아니면 욕정의 일기랄까. 뭐라고 불러도 무방해. 그 아가씨가 이걸 얘기하는 순간, 나는 이것만 손에 넣으면 얼마나 파괴적인 무기가 될 수 있을지 바로 깨달았지. 그때 아무런 말도 하지 않은 것은 그 아가씨가 혹시 발설을 할까봐 그런 거야. 나는 혼자 한참 생각했어. 그러다 습격을 당한 후, 남작이 나를 경계할 필요가 없다고 생각하게끔 만들 기회를 잡았지. 일이 술술 풀렸어. 안 그랬으면 좀 더 기다렸을 텐데,

그가 미국에 가려고 한 바람에 손을 쓸 수밖에 없었지. 이름에 먹칠을 하게 될 일기를 남겨둘 리가 없으니까 말이야. 그래서 우리는 바로 행동에 나서야 했어. 밤에 훔쳐내기는 불가능하지. 경계를 하고 있으니까. 하지만 저녁에 그의 주의력을 확실히 분산시킬 수만 있다면 기회를 잡을 수 있었어. 그래서 자네가 푸른 도자기를 들고 들어가게 된 거야. 하지만 나는 일기장이 어디 있는지 알아내야 했어. 중국 도자기에 대한 자네의 지식이 짧아서, 내가 움직일 시간이 몇 분밖에 안 된다는 것을 알고 있었지. 그래서 마지막 순간에 그 아가씨를 불렀어. 외투 속에 아주 조심스레 숨겨 간 그 작은 꾸러미가 무엇인지 내가 짐작이나 할 수 있었겠어? 나는 그녀가 내 일을 도와주러 가는 줄로만 알았는데, 그녀도 속셈이 있었던 거야."

"그는 자네가 나를 보냈다는 것을 알아차렸어."

"그럴 것 같았지. 하지만 자네는 내가 일기장을 손에 넣을 수 있을 만큼 충분히 오래 그를 붙잡고 있었어. 몰래 달아날 시간을 벌어주지는 못했지만 말이야. 아, 제임스 경, 오셨군요. 반갑습니다."

우리의 예의 바른 친구는 홈즈의 부름을 받고 나타난 것이었다. 그는 그동안 일어난 일에 대한 홈즈의 설명에 골똘히 귀를 기울였다.

"놀라운 일을 해내셨군요! 놀랍습니다!" 이야기를 다 듣고 그가 외쳤다. "하지만 왓슨 박사의 말씀대로 그렇게 끔찍한 상처를 입었다면, 흉측한 이 일기장이 없어도 결혼을 막겠다는 우리의 목적은 충분히 이루어진 겁니다."

홈즈가 고개를 내둘렀다.

"드 머빌 같은 유형의 여성은 그렇게 처신하지 않아요. 아마 그를 상처 받은 순교자쯤으로 여기고 더욱 사랑할 겁니다. 그래요. 우리가 파괴해야 하는 것은 그의 신체가 아니라 정신적인 측면인 겁니다. 일기장이 그녀를 정신 차리게 해주겠지요. 그 밖에는 어떤 것으로도 안 될 겁니다. 일기장은 그가 자필로 쓴 겁니다. 그녀가 그걸 무시하지 못할 겁니다."

제임스 경이 일기장과 찻잔을 가지고 떠났다. 나도 시간이 늦어서 그와 같이 거리로 내려갔다. 브루엄 마차가 대기 중이었다. 그가 펄쩍 올라타더니 마부에게 서둘러 지시를 했다. 꽃 모양 모표가 달린 모자를 쓴 마부가 재빨리 말을 몰았다. 제임스 경이 외투를 창밖으로 반쯤 늘어뜨려 창틀의 문장을 가렸지만, 나는 채광창의 불빛으로 이미 문장을 본 뒤였다. 나는 놀라서 입을 딱 벌렸다. 나는 돌아서서 홈즈가 있는 방으로 다시 계단을 올라갔다.

"의뢰인이 누군지 알아냈어." 내가 외치며 엄청난 소식을 알렸다. "글쎄, 홈즈, 그게……"

"의뢰인은 장군의 충실한 친구이자 기사도를 지닌 신사지." 홈즈가 손을 들어 말을 막으며 말했다. "우리한테는 그걸로 충분해."

유죄를 증명하는 일기장이 어떻게 쓰였는지는 모르겠다. 제임스 경이 알아서 잘 처리했을 것이다. 아니면 그것은 미묘한 문제라서 젊은 숙녀의 부친에게 뒤처리를 맡겼을 수도 있다. 어쨌든 효과는 만족스러웠다. 사흘 후《모닝 포스트》지에 아델베르트 그루너 남작과 바이올렛 드 머빌 양의 결혼이 취소되었다는 기사가 났다. 같은 신문에 키

티 윈터 양이 황산을 투척한 무거운 범죄에 대한 즉결재판소의 첫 공판 기사가 났다. 다들 기억하시겠지만, 이 재판에서는 정상이 참작되어 그러한 범죄에 대한 가장 낮은 형량이 선고되었다. 셜록 홈즈는 절도죄로 기소될 뻔했지만, 목적이 건전하고 의뢰인이 워낙 유명한 덕분에, 엄격한 영국 법조차 인간적이고 탄력적인 모습을 보였다. 내 친구는 여태 한 번도 피고석에 선 적이 없다.

The Adventure of the
Blanched Soldier

피부가 하얘진 병사

내 친구 왓슨은 일단 마음을 먹으면, 무한정은 아니라도 여간 끈덕진 게 아니다. 그는 오랫동안 나더러 체험담을 직접 써보라고 들볶았다. 어쩌면 내가 괴롭힘을 자초한 것인지도 모른다. 그가 쓴 이야기가 얼마나 피상적인지 걸핏하면 꼬집어대며, 사실과 수치에 충실하지 않고 대중의 취향에 영합한다고 빈정대곤 했기 때문이다.

"그럼 직접 써보지그래!" 그가 툴툴거렸다.

막상 펜을 들고 보니, 고백건대 독자가 흥미를 느낄 수 있는 방식으로 사건을 진술해야 한다는 생각이 비로소 들기 시작한다. 이 사건은 왓슨의 기록에서 빠졌지만, 내 사건 가운데 가장 기묘한 편에 속하기 때문에 아마 독자의 기대에 어긋나지 않을 것이다. 내 옛 친구이자 전기 작가인 왓슨 이야기를 꺼낸 김에 짚고 넘어가고 싶은 것이 있다. 다채로운 사건들에 굳이 왓슨을 대동한 것은 감상이나 일시적인 기분에서가 아니라, 왓슨에게 주목할 만한 장점이 있어서였다. 그는 내가 한 일에 대해 지나치게 높이 평가하면서도 자신의 장점에 대해서는 고지식하게도 대수롭지 않게 여겼다. 생각의 결론과 행동 과정을 내다보는 공모자는 항상 위험한 법이다. 하지만 매번 사건이 전개될 때마다 늘 놀라는 사람, 미래가 늘 닫힌 책과 같은 사람에게는 그런 공모자야말로 이상적인 협력자가 아닐 수 없다.

공책을 펼쳐 보니 제임스 M. 도드 씨가 나를 찾아온 것은 보어 전쟁이 막 끝난 1903년 1월이었다. 거구에 늘씬하고 활기차고 볕에 잘 그을린 영국인이었다. 그 당시 선량한 왓슨은 나를 버리고 아내한테 갔는데, 그건 우리의 관계에서 내 기억에 유일하게 남아 있는 이기적인 행동이다. 나는 혼자였다.

나는 창문을 등지고 앉은 채, 손님은 빛을 받아 얼굴이 잘 보이도록 맞은편 의자에 앉히는 버릇이 있었다. 제임스 M. 도드 씨는 면담을 어떻게 시작해야 좋을지 몰라 당황한 듯했다. 나는 그를 도와줄 생각이 없었다. 그가 말이 없으면 그만큼 관찰을 할 시간이 늘어나기 때문이었다. 의뢰인에게는 강한 인상을 주는 것이 현명한 노릇이라는 것을 잘 알고 있었으므로 나는 관찰 결과 몇 가지를 넌지시 흘렸다.

"남아프리카에서 오신 모양이군요."

"그렇습니다." 그가 좀 놀라서 대답했다.

"대영제국 기마 의용병이셨나 봅니다?"

"맞습니다."

"보나마나 미들섹스 부대였겠군요."

"그렇습니다. 홈즈 씨는 마법사시군요."

그가 눈이 휘둥그레진 것을 보며 나는 씩 웃었다.

"씩씩한 모습의 신사가 영국의 태양으로는 불가능한 구릿빛 얼굴을 하고 내 방에 들어왔는데, 손수건을 주머니가 아니라 소매에 넣고 있다면 그가 어떤 사람인지 알아보는 것은 어렵지 않지요. 선생이 짧은 수염을 길렀다는 것은 정규군이 아니었다는 것을 나타냅니다. 머리 모양을 보면 기병대죠. 미들섹스에 대해 말하자면, 선생은 스록모턴 스트리트의 증권 중개인이라고 쓰인 명함을 내게 주었습니다. 그렇다면 자원할 만한 부대가 빤하지 않겠습니까?"

"훤히 꿰뚫어 보시는군요."

"선생보다 더 많은 것을 보는 건 아닙니다. 보이는 것을 눈여겨보는 훈련을 했을 따름이죠. 그런데 도드 씨, 이렇게 아침부터 나를 찾아오신 것은 관찰학을 논의하기 위해서가 아니겠죠? 턱스베리 올드 파크에서 무슨 일이 일어났습니까?"

"세상에!"

"아아, 신기해할 것 없어요. 선생의 편지가 거기서 왔고, 아주 급하게 이런 약속을 잡았다는 것은 분명 그만큼 갑작스럽고 중요한 일이 일어났다는 뜻이니까요."

"예, 맞습니다. 하지만 편지를 쓴 것은 오후였는데, 그 이후 많은 일이 벌어졌습니다. 엠스워스 대령이 나를 쫓아내지만 않았다면……."

"쫓아내요?"

"결국 그런 셈입니다. 그는 참 모진 사람이에요, 엠스워스 대령이란 사람은. 당시 육군에서 가장 깐깐한 사람으로 통했죠. 그때는 말투도 참 거친 시대였고요. 고드프리를 위해서가 아니라면 나는 대령이라

는 존재를 참을 수 없었을 겁니다."

나는 파이프에 불을 댕기고 의자에 등을 기댔다.

"방금 말씀하신 것을 설명해주시겠습니까?"

의뢰인은 짓궂게 히죽 웃었다.

"홈즈 씨는 듣지 않고도 모든 것을 아는 줄 알았습니다." 그가 말했다. "사실을 말씀드리죠. 어떻게 된 영문인지 홈즈 씨가 가르쳐주시기만 바랄 뿐입니다. 수수께끼를 풀어보려고 밤새 머리를 굴렸지만, 생각을 할수록 더욱 의구심만 쌓이더군요.

내가 입대한 것은 1901년 1월, 그러니까 꼭 2년 전이었습니다. 그때 고드프리 엠스워스가 같은 기병 대대에 들어왔어요. 그는 엠스워스 대령의 외아들이었죠. 크림 전쟁 때 빅토리아 십자훈장을 받은 엠스워스 대령 말입니다. 고드프리는 군인의 피를 타고난 거죠. 그러니 자원을 한 것도 이상할 게 없어요. 연대에 그보다 뛰어난 녀석은 없었습니다. 우리는 친구가 되었죠. 같은 삶을 살며 동고동락하는 사이에만 가능한 그런 친구 말입니다. 우리는 단짝이었죠. 군대에서 단짝이라는 것은 의미가 막중합니다. 혹독한 전투를 벌인 1년 동안 우리는 고락을 함께 나누었어요. 그 후 그는 프레토리아 교외의 다이아몬드 힐 근처에서 작전을 벌이다 코끼리 총(구경이 큰 소총. 원래는 코끼리 등 커다란 동물을 사냥하기 위해 만들었다—옮긴이)에 맞았습니다. 나는 그가 케이프타운의 병원에서 보낸 편지 한 통과 사우샘프턴에서 보낸 편지 한 통을 받았죠. 그 후로는 소식을 듣지 못했어요. 6개월이 넘도록 단 한 마디 소식도 듣지 못한 겁니다. 가장 가까운 친구였는데 말입니다.

아무튼 전쟁이 끝나서 우리 모두 귀국을 한 후, 나는 그의 부친에게 편지를 보내 고드프리가 어디 있는지 여쭈어보았습니다. 답장이 없더 군요. 좀 더 기다렸다가 다시 편지를 띄웠습니다. 이번에는 짧고 퉁명 스러운 답장을 받았죠. 고드프리가 세계 일주 항해를 떠났다는 겁니 다. 1년은 돌아오지 않을 거라더군요. 그게 전부였습니다.

나는 어쩐지 성이 차지 않았습니다, 홈즈 씨. 모든 게 너무 부자연 스러워 보였거든요. 그는 멋진 녀석인데, 그런 식으로 친구한테 등을 돌릴 리가 없었어요. 그건 그답지 않았습니다. 그 후 우연히 알게 되었 는데, 그가 큰돈을 물려받았다더군요. 그런데 아버지와는 영 사이가 좋지 않다는 것이었습니다. 부친이 때로 횡포를 부린다는데, 그는 혈 기 왕성해서 그런 것을 참고 넘어가질 못하죠. 그래요, 나는 성이 차질 않아서, 문제를 파헤쳐보기로 작정했습니다. 하지만 내가 2년 동안 자 리를 비운 사이에 해결해야 할 일이 많이 생겨서, 이번 주에야 비로소 고드프리 문제를 돌아볼 겨를이 생겼습니다. 그런데 일단 시작하면 나 는 끝까지 해치울 때까지 뒤도 돌아보지 않습니다."

도드 씨는 적으로 삼지 말고 친구로 삼아야 할 부류의 사람인 듯 했다. 그런 말을 할 때 그의 푸른 두 눈은 단호했고, 사각의 턱은 야 무졌다.

"그래서 어떻게 하셨습니까?" 내가 물었다.

"첫 번째 조치는 그의 집으로 내려가는 것이었습니다. 베드퍼드 근처의 턱스베리 올드 파크에 가서, 사정이 어떤지 내 눈으로 직접 볼 참이었죠. 그래서 어머니에게 편지를 띄웠습니다. 아버지라는 분의 심술에는 질렸으니까요. 나는 정공법을 택했습니다. 고드프리는 절친한 친구다, 우리가 공유한 경험에 대해 어머니에게 들려드릴 흥미로운 얘기가 많다, 이웃에 묵으려고 하는데 괜찮으시겠는가, 등의 내용이었죠. 답장으로 아주 우호적인 대답을 들었습니다. 나더러 묵어가라고 청하시더군요. 그래서 월요일에 내려갔습니다.

턱스베리 올드 홀 저택은 외딴곳에 있더군요. 어디서든 8킬로미터는 더 들어가야 했지요. 역에는 마차도 없어서 가방을 들고 한참 걸어가야 했습니다. 거의 날이 저물어서야 도착했죠. 헤매기 좋은 커다란 저택이었는데, 정원도 아주 컸습니다. 건축물은 여러 시대의 온갖 스타일이 뒤섞여 있는 듯했습니다. 뼈대는 엘리자베스 시대의 목골조로 올리고, 빅토리아 시대의 주랑 현관으로 마무리를 했더군요. 내부는 전부 판벽널을 둘렀고 태피스트리와 반쯤 빛바랜 해묵은 그림이 걸려 있었습니다. 음산하고 수수께끼 같은 집이었죠. 집사는 랠프 영감이었는데, 저택만큼이나 나이를 먹은 듯했습니다. 영감에게는 아내가 있었는데, 영감보다 더 나이 들어 보였죠. 그녀는 고드프리의 유모였습니다. 고드프리가 어머니 다음으로 유모를 사랑한다는 말을 들은 적이 있어서 그런지, 외모가 이상했지만 그래도 마음이 끌리더군요. 어머니 역시 마음에 들었습니다. 순하고 하얀 생쥐 같은 분이었죠. 꺼림

칙한 것은 대령뿐이었습니다.

우리는 곧바로 언쟁을 했어요. 다 때려치우고 떠나고 싶을 정도였습니다. 하지만 그게 바로 대령이 노리는 것이라는 생각에 꾹 참았죠. 곧바로 안내를 받아 서재로 갔더니, 거기 대령이 있었어요. 거구에 등이 활처럼 굽고, 피부는 거무튀튀한데, 반백의 수염은 뒤엉킨 채, 너절한 책상 뒤에 앉아 있었습니다. 붉은 핏줄이 드러나 보이는 코가 독수리 부리처럼 돌출했고, 사나운 잿빛의 두 눈이 무성한 눈썹 아래서 나를 노려보았습니다. 그제야 고드프리가 아버지 이야기를 좀처럼 하지 않은 이유를 알겠더군요.

'어이, 그래, 이렇게 방문한 진짜 이유가 뭔지 궁금하군.' 그가 귀에 거슬리는 음성으로 말했습니다.

나는 그의 아내에게 보낸 편지에 쓴 대로 대답했습니다.

'그래그래. 자네는 아프리카에서 고드프리를 만났다고 했지. 물론 그 사실을 뒷받침하는 건 자네의 말뿐이지만.'

'주머니에 그의 편지가 있습니다.'

'어디 좀 보여주게.'

그는 건네받은 편지 두 통을 힐끔 보고 돌려주더군요.

'그래, 그래서 어쩌겠다고?' 그가 물었습니다.

'저는 아드님인 고드프리를 좋아했습니다. 우리는 많은 인연과 추억으로 엮인 사이죠. 그런데 갑작스레 소식이 끊겼으니 이상하게 생각하는 게 당연하잖아요? 그래서 어떻게 된 일인지 알고 싶었습니다.'

'그러고 보니 생각나는 게 있군. 이미 자네에게 편지로 그 애가 어떻게 되었는지 말해줬지 않나. 세계 일주 항해를 떠났다고 말이야. 아프리카에서 그런 일을 겪은 후 건강이 몹시 안 좋았어. 그래서 그의 어미와 나는 그 애가 푹 쉬면서 기분전환을 할 필요가 있다고 생각했지. 이 문제에 관심이 있을지도 모르는 다른 친구들에게도 그렇게 전해주게나.'

'그러겠습니다.' 내가 대답했죠. '하지만 그가 탄 증기선 이름과 언제 어디로 향했는지 좀 가르쳐주시겠습니까? 편지라도 부칠 수 있게 말입니다.'

내 요청에 대령은 곤혹스러우면서도 짜증이 난 듯했습니다. 큼직한 눈썹을 찌푸리며 손가락으로 초조하게 탁자를 두드려대더군요. 그러다 체스에서 상대방이 결정타를 날린 것을 보고, 마침내 어떻게 응수할지 결심한 사람과도 같은 표정으로 고개를 들었습니다.

'웬만한 사람이라면 자네의 지독한 옹고집에 화를 내며 무례하기 짝이 없다고 생각할 걸세.' 그가 말했습니다.

'아드님에 대한 진정한 우정이라고 여겨주십시오, 대령님.'

'그래. 그래서 이미 다 용서를 했지. 하지만 그런 질문은 이제 그만 두라고 요청하지 않을 수 없네. 어느 집안이든 남에게는 밝힐 수 없는 자기들만의 사정과 사연이 있는 법일세. 자네가 아무리 선의라 해도 말이야. 내 아내가 고드프리의 옛일에 대해 무척이나 듣고 싶어하더군. 자네가 들려줄 수 있다는 이야기 말일세. 하지만 현재와 미래에 대해서는 더 이상 상관하지 말게. 그런 것을 물어봐야 도움이 되질 않고, 우리 입장만 난처해지니까 말일세.'"

"그래서 막다른 벽에 부닥치고 말았습니다, 홈즈 씨. 어떻게 벽을 넘을 길이 없었어요. 겉으로는 상황을 받아들이는 척했지만 속으로는 친구가 어떻게 되었는지 밝힐 때까지 결코 포기하지 않겠다고 작심을 했습니다. 저녁에는 정말 답답했습니다. 우리는 말없이 식사를 했죠. 우리 셋이 음침하고 빛바랜 낡은 방에서 말입니다. 부인은 아들에 대해 열렬히 질문을 했습니다만, 노인은 부루퉁하고 의기소침해 보였습니다. 나는 그 모든 상황이 너무 따분해서, 정중하게 사과를 하고 침실로 물러갔습니다. 다른 방들만큼이나 음산하고, 가구도 거의 없이 휑 뎅그렁한 1층 방이었죠. 하지만 홈즈 씨, 남아프리카의 초원지대에서 한 1년 잠을 자보면 잠자리를 가리지 않게 되죠. 나는 커튼을 젖히고 정원을 내다보았습니다. 반달이 환해서 참 맑은 밤이다 싶더군요. 그 후 옆에 있는 탁자 위에 램프를 밝혀놓고 이글거리는 벽난로 불가에 앉아, 소설을 읽으며 마음을 다독이려고 했습니다. 하지만 집사인 랠프 영감이 방해를 했죠. 벽난로에 넣을 석탄을 더 가져온 겁니다.

'밤중에 석탄이 떨어질까봐서요. 날이 몹시 추워서 침실들이 썰렁합니다.'

그는 우물쭈물하며 떠날 생각을 하지 않았습니다. 내가 돌아보니 주름진 얼굴에 뭔가 바라는 표정으로 나를 마주 보고 서 있더군요.

'죄송합니다만, 본의 아니게 저녁 식사 때 고드프리 도련님에 대해 하신 말씀을 들었습니다. 아시겠지만 제 아내가 도련님을 키웠죠. 그래서 저는 도련님의 양부라고 할 수도 있으니, 관심이 가지 않을 수 없더군요. 도련님이 훌륭하게 처신했다고 하셨죠?'

'연대에서 그보다 용감한 병사는 없었습니다. 한번은 보어인들의 총알이 빗발칠 때 나를 구해주었죠. 안 그랬으면 나는 지금 여기 없을 겁니다.'

집사 영감이 앙상한 두 손을 비볐습니다.

'그래요, 그래, 그게 바로 우리 도련님다운 모습이죠. 도련님은 항상 용감하셨답니다. 정원 나무 중에서 올라가보지 않은 나무가 없어요. 아무도 못 말렸죠. 정말 멋진 소년, 아니, 멋진 사나이였어요.'

나는 벌떡 일어났습니다.

'이봐요!' 내가 외쳤어요. '사나이였다'고요? 그 친구가 마치 죽기라도 한 것처럼 말씀하시는군요. 다들 왜 이러시는 거죠? 고드프리 엠스워스가 어떻게 되기라도 한 겁니까?'

내가 영감의 어깨를 움켜쥐자, 영감이 주춤 물러섰습니다.

'무슨 말씀을 하시는지 모르겠습니다. 도련님에 대해서는 주인님께 여쭈어보세요. 그건 주인님이 알아요. 그건 제가 나설 일이 아닙니다.'

영감이 떠나려고 했지만, 내가 팔을 붙들었습니다.

'들어봐요.' 내가 말했습니다. '딱 하나만 묻겠습니다. 대답을 하지 않으면 밤새 붙잡고 있을 테니 알아서 하세요. 고드프리는 죽었나요?'

영감은 차마 나와 눈을 마주치지 못했습니다. 마치 최면에 걸린 사람 같았죠. 마지못해 대답을 내뱉었는데, 그건 끔찍하고 전혀 예상치 못한 대답이었습니다.

'차라리 그랬다면!' 그가 외쳤어요. 그러고는 내 손을 뿌리치고 방을 뛰쳐나갔습니다.

홈즈 씨, 짐작이 가시겠지만 나는 참담한 심정으로 다시 의자에 주저앉았습니다. 나로서는 영감의 말을 한 가지로밖에는 해석할 수가 없었어요. 딱한 내 친구는 분명 모종의 범죄에 연루된 겁니다. 아니면 적어도 불명예스러운 거래에 휘말려 가족의 명예를 더럽힌 거예요. 그래서 엄격한 대령이 아들을 사람들 눈에 안 띄는 곳으로 보내 숨긴 겁니다. 추문이 드러나지 않도록 말이죠. 고드프리는 경솔한 데가 있어요. 주위 사람들에게 쉽게 영향을 받는 편이죠. 분명 못된 녀석들에게 걸려서 신세를 망치게 된 겁니다. 정말 그렇다면 딱한 일이지만, 이제라도 그를 찾아내서 도와줄 일이 없는지 알아보는 게 친구로서의 도리일 겁니다. 그런 걱정을 하다가 무심코 고개를 들었는데, 눈앞에 떡하니 고드프리 엠스워스가 서 있지 뭡니까."

❧

의뢰인은 마음이 울컥했는지 잠시 말을 멈추었다.

"계속 말씀하세요." 내가 말했다. "이 사건은 아주 독특한 데가 있군요."

"그는 창밖에 있었습니다, 홈즈 씨. 얼굴을 유리창에 대고 있었어요. 내가 밤에 정원을 내다보았다고 아까 말씀드렸죠? 그때 커튼을 좀 젖혀 놓았어요. 그의 모습이 바로 그 커튼 사이로 보인 겁니다. 바닥까지 내려온 창문이라서 그의 전신이 보였지만, 내 눈길을 끈 것은 그의 얼굴이었습니다. 얼굴이 지독하게 창백했어요. 생전 그렇게 하얀 얼굴은 본 적이 없어요. 혹시 유령을 본 것이 아닌가 하는 생각이 들 정도였죠. 하지만 우리는 눈이 마주쳤는데, 그건 살아 있는 사람의 눈이었죠. 그는 내가 바라보고 있다는 것을 알고 풀쩍 뒤로 물러서더니, 이내 어둠 속으로 사라져버렸습니다.

홈즈 씨, 그에게는 놀라운 데가 있었어요. 어둠 속에서도 치즈처럼 하얗게 번들거리는 유령 같은 얼굴만이 아니라, 뭔가 은밀하고, 수상쩍고, 죄를 진 듯한 묘한 분위기를 풍긴 겁니다. 내가 아는 남자답고 솔직한 녀석과는 전혀 다른 분위기였어요. 그건 내 마음속에 두려움을 불러일으켰습니다.

하지만 보어인과 한두 해 붙어본 병사라면, 용기도 있고 행동도 민첩한 법이죠. 고드프리가 사라지는 순간 나는 이미 창가에 서 있었습니다. 걸쇠가 뻑뻑해서 창문을 들어올리는 데 시간이 좀 걸렸죠. 그 후 부리나케 창문을 지나, 그가 사라진 것으로 보이는 방향으로 정원 길을 달려갔습니다.

길은 멀었고 불빛은 너무 약했습니다. 하지만 앞에서 뭔가 움직이고 있다는 것을 느낄 수는 있었죠. 나는 계속 달려가며 그의 이름을 불렀지만 대답이 없었습니다. 그러다 여러 방향의 별채를 향해 난 갈림길에 이르렀습니다. 우물쭈물하고 있을 때 멀리서 문을 닫는 소리가 들렸어요. 그건 뒤쪽 저택에서 난 소리가 아니었습니다. 내 앞의 어둠 속 어디선가 난 소리였죠. 내가 본 게 헛것이 아니었다는 것은 그것으로 확실해졌습니다, 홈즈 씨. 내게서 달아난 고드프리가 어느 별채로

들어가 문을 닫은 겁니다. 그건 분명해요.

하지만 더 이상 내가 할 수 있는 일은 없었습니다. 나는 그 일을 곰곰 생각하며 밤새 뒤척였죠. 이 사실을 설명할 수 있는 가설을 생각하면서 말입니다. 이튿날 대령을 만났더니 많이 부드러워졌더군요. 가까운 곳에 가볼 만한 곳이 있다고 어머니가 말씀을 하시기에, 나는 얼른 기회를 잡아서 하루만 더 묵어갈 수 있겠느냐고 물었습니다. 대령이 마지못해 승낙해서 나는 조사할 시간을 하루 더 벌 수 있었습니다. 나는 어딘가 가까이에 고드프리가 숨어 있다고 확신하고 있었죠. 어디에 왜 숨어 있는지는 이제 알아내야 했지만요.

그 집은 워낙 크고 사방으로 뻗어 있어서 일개 연대가 숨어도 찾아내지 못할 겁니다. 그곳에 비밀이 감춰져 있다 해도 나로서는 파헤치기가 어려웠어요. 하지만 닫히는 소리가 들린 문은 분명 그 저택에 딸린 문이 아니었습니다. 정원을 뒤져서 어디 있는지 알아내야 했죠. 그거야 어려울 게 없었습니다. 대령 내외는 나름대로 바빠서 나를 혼자 내버려두었거든요.

별채는 여러 채가 있었는데, 정원 끝에 외딴 건물이 있었습니다. 정원사나 사냥터지기가 살 만한 크기의 집이었죠. 문 닫는 소리가 난 곳이 그곳이었을까? 하고 생각하며 다가가 보았습니다. 그저 정원을 이리저리 산책하는 양 천연덕스레 다가갔죠. 그때 작은 체구에 턱수염을 기른 팔팔한 남자가 검은 외투에 중산모 차림으로 문을 열고 나왔습니다. 전혀 정원사로 보이진 않았죠. 놀랍게도 그는 방금 나온 문을 잠그더니 열쇠를 주머니에 넣었습니다. 그러고는 나를 보고 놀란 표정을 짓더군요.

'당신은 이 집 손님인가요?' 그가 물었습니다.

나는 그렇다고 해명하고 고드프리의 친구라고 말했습니다.

'그가 여행을 떠나서 안타깝습니다. 그 친구도 나를 몹시 보고 싶을 텐데 말입니다.' 내가 이어서 말했죠.

'그래요. 그렇고말고요.' 그가 다소 켕기는 듯이 말했습니다. '다음에 때를 맞춰 꼭 다시 찾아오십시오.' 그가 지나갔습니다만, 내가 돌아보니 정원 멀리 월계수 덤불 사이에 반쯤 숨어서 나를 지켜보고 있더군요."

⁂

"지나가면서 그 작은 별채를 자세히 바라봤지만, 창문이 온통 커튼으로 가려져 있었습니다. 아무튼 겉보기에는 아무도 없는 것 같았죠. 섣불리 행동했다가는 일만 그르치고, 어쩌면 쫓겨날지도 몰랐습니다. 뒤에서 지켜보고 있다는 것을 계속 느꼈거든요. 그래서 어슬렁어슬렁 걸어서 저택으로 돌아가 날이 저물기를 기다렸습니다. 밤에 다시 조사해볼 참이었죠. 날이 어두워지고 조용해지자, 몰래 창문으로 빠져나가서 가능한 한 조용히 수수께끼의 별채로 향했습니다.

온통 커튼으로 가려져 있었다고 말씀드렸는데, 이제는 덧문까지 닫혀 있었습니다. 하지만 살짝 빛이 새어나오기에 안을 들여다보았죠. 다행히 덧문에 틈이 있었고, 커튼도 완전히 쳐져 있지는 않아서 방 안을 훔쳐볼 수 있었습니다. 램프를 환히 밝힌 실내는 아늑해 보였고, 벽난로 불도 활활 타올랐습니다. 아침에 본 키 작은 남자가 내 쪽을 향해 앉아 있더군요. 그는 파이프담배를 피우며 신문을 읽고 있었습니다."

"무슨 신문이었나요?" 내가 물었다.

의뢰인은 이야기를 중단시킨 것에 짜증이 난 듯했다.

"그게 중요한가요?" 그가 물었다.

"매우 중요합니다."

"그건 자세히 보지 못했습니다."

"용지가 컸는지, 주간지처럼 작았는지는 알아보았을 겁니다."

"그 말씀을 듣고 보니 크지 않았습니다. 《스펙테이터》지였는지도 모르죠. 하지만 그런 사소한 일은 생각할 겨를이 없었습니다. 창 쪽으로 등을 돌리고 앉은 다른 남자가 있었으니까요. 그는 고드프리인 것이 분명했습니다. 얼굴은 볼 수 없었지만, 그의 어깨선만 봐도 알 수 있었습니다. 그는 아주 우울한 태도로 팔꿈치를 짚고 벽난로를 바라보고 있었죠. 어째야 할지 망설이고 있을 때 누가 내 어깨를 툭 쳤습니다. 엠스워스 대령이 곁에 와 있더군요.

'이리 오게!' 그가 낮은 음성으로 말했습니다. 그는 묵묵히 저택을 향해 걸었고, 나는 그를 따라 내 침실로 돌아가야 했습니다. 그는 홀에 있던 기차 시각표를 들고 있었죠.

'8시 반에 런던행 기차가 있네.' 그가 말했습니다. '8시에 마차를 문 앞에 대기시켜놓겠네.'

그는 화가 나서 얼굴이 하얬습니다. 난처해진 나는 두서없이 사과를 하는 수밖에 없었죠. 친구가 걱정돼서 그랬다고 둘러대면서 말입니다.

'그 얘기는 더 이상 하고 싶지 않네.' 그가 딱 잘라 말했습니다. '자네는 우리 집안의 사생활에 너무 깊이 개입했어. 손님으로 와놓고 스파이 짓을 하다니. 더 할 말이 없네. 다시는 보고 싶지 않다는 말밖에는.'

그 순간 나는 화가 치밀었습니다, 홈즈 씨. 발끈해서 이렇게 말했죠.

'나는 아드님을 보았습니다. 아드님을 숨기고 있는 데는 분명 무슨 사연이 있을 겁니다. 이런 식으로 아드님을 격리시킨 까닭이 뭔지는 모르겠지만, 그는 자유를 잃어버린 게 분명합니다. 엠스워스 대령님, 내 친구가 안전하게 잘 있다는 것을 확인할 때까지 나는 기어코 이 수수께끼를 파헤치고야 말 겁니다. 대령님의 언행에 결코 겁먹지 않을 거라고요.'

노인이 무시무시한 표정을 지었습니다. 당장이라도 나를 후려칠 기세였죠. 몸이 여위고 사나운 거인 같은 노인이라고 앞서 말씀드렸는데, 내가 약골은 아니지만 노인과 맞붙었다가는 아마 혼쭐이 났을 겁니다. 하지만 화가 나서 나를 한참 노려보더니 휙 돌아서서 나가버렸습니다. 나는 아침에 그 기차를 탔죠. 앞서 보낸 편지에 쓴 대로, 홈즈 씨한테 곧장 달려와서 조언과 도움을 구할 작정으로 말입니다."

·❦·

의뢰인이 내게 들려준 사건은 그러했다. 영민한 독자라면 이미 느꼈겠지만, 이 사건을 푸는 것은 그리 어려울 게 없었다. 다른 경우의 수가 없는 사건은 핵심만 파악하면 되기 때문이다. 하지만 초보적인 사건이긴 해도, 이렇게 기록으로 남길 만큼 흥미롭고 새로운 데가 있었다. 이제 나는 익숙한 논리적 분석 방법을 사용해서 가능한 해결책의 범위를 좁히기 시작했다.

"집 안에 하인들은 몇이나 있던가요?" 내가 물었다.

"내가 알기로는 집사 영감 내외밖에 없습니다. 그들은 아주 검소하게 지내는 듯했습니다."

"그럼 별채에도 하인이 없던가요?"

"없습니다. 수염을 기른 작은 남자가 하인이 아니라면 말이죠. 그는 신분이 높아 보였습니다."

"의미심장한 사실이군요. 먹을거리를 저택에서 별채로 가져다주는 것을 혹시 보았나요?"

"말씀을 듣고 보니 랠프 영감이 바구니를 들고 정원 길을 내려가는 것을 본 기억이 납니다. 별채 쪽으로 갔죠. 그때는 그게 먹을거리일 거라는 생각이 나지 않았습니다."

"마을 사람들에게 탐문은 해봤나요?"

"예. 역장과 마을의 여관 주인과 이야기를 나눠봤습니다. 내 옛 친구 고드프리 엠스워스에 대해 아는 게 있느냐고만 물어봤습니다. 둘다 고드프리가 세계 일주 항해를 떠났다고 확답하더군요. 집에 돌아왔다가 거의 바로 다시 떠났다는 겁니다. 마을에서 다들 그렇게 알고 있는 게 분명합니다."

"수상쩍은 데가 있다는 말은 하지 않았나요?"

"전혀요."

"아주 잘 하셨습니다. 이 사건을 확실히 조사해볼 필요가 있군요.

턱스베리 올드 파크에 같이 가봅시다."

"오늘 갈까요?"

그때 나는 왓슨이 애비 스쿨 사건으로 기록한, 그레이민스터 공작이 깊이 연루된 사건을 조사하고 있었다. 또한 터키의 술탄이 의뢰한 사건도 급히 해결해야 했는데, 소홀히 여겼다가는 아주 심각한 문제가 초래될 수 있는 정치 사건이었기 때문이다. 그래서 내 일기에 따르면, 제임스 M. 도드 씨와 함께 베드퍼드셔로 향할 수 있었던 것은 다음 주 초나 되어서였다. 우리가 유스턴으로 마차를 타고 갈 때, 나는 미리 약속을 해둔, 철회색의 옷을 입은 근엄하고 과묵한 신사를 한 명 태웠다.

"이쪽은 내 옛 친구입니다." 내가 도드에게 말했다. "같이 갈 필요가 없을지도 모르지만, 어쩌면 꼭 필요할 수도 있습니다. 사실 지금으로서는 사건을 더 조사할 필요도 없습니다."

왓슨의 이야기를 읽은 독자라면, 내가 사건을 생각 중일 때는 내 생각을 드러내거나 허튼 소리를 하지 않는다는 사실을 잘 알고 있을 것이다. 도드는 놀란 듯했지만, 나는 더 이상 입을 열지 않았다. 우리 세 사람은 함께 여행을 계속했다. 기차를 타고 가며 나는 동행한 친구에게 들려주고 싶은 것을 도드에게 다시 물어보았다.

"창가에서 친구의 얼굴을 분명히 보았다고 하셨는데, 신원을 확신할 만큼 그렇게 분명히 보았나요?"

"그 점에 대해서는 전혀 의심의 여지가 없습니다. 그는 유리창에 코를 바짝 대고 있었죠. 램프 불빛이 그의 얼굴을 고스란히 비추었습니다."

"닮은 사람일 수도 있지 않나요?"

"아니요, 아닙니다. 그건 그 친구였어요."

"하지만 모습이 변했다면서요?"

"안색만 변했어요. 얼굴이, 그러니까 그걸 뭐라고 해야 하나, 얼굴이 물고기 배처럼 하얗더라고요. 표백한 것처럼요."

"온통 하얗던가요?"

"그건 아닌 것 같습니다. 내가 또렷이 본 것은 이마입니다. 유리창에 대고 있을 때 말입니다."

"그의 이름을 불렀나요?"

"그 순간 나는 너무 놀라고 겁이 나서 그럴 경황이 없었습니다. 그후 말씀드린 대로 그를 뒤쫓아갔는데, 아무 성과가 없었죠."

사건은 사실상 해결된 것이나 마찬가지였다. 한 가지 작은 사안을 마무리하는 것만 남았을 뿐이니까. 꽤 오래 마차를 타고 가서 의뢰인이 말한 묘한 고택에 이르렀을 때, 나이 지긋한 랠프 집사가 문을 열어주었다. 나는 마차를 종일 사용하기로 한 터라, 나이 많은 내 친구는 우리가 부를 때까지 마차 안에 남아 있도록 했다. 늙어 주름살이 잡힌 랠프 영감은 검은 상의에 희고 검은 점이 섞인 바지 등 전통적인 의상을 입었는데 한 가지만 예외였다. 갈색 가죽 장갑을 끼고 있었던 것이다. 우리를 본 그는 재빨리 장갑을 벗더니, 홀 탁자 위에 내려놓았다. 우리는 탁자 곁을 지나갔다. 내 친구 왓슨이 말했는지 모르지만, 비정상적으로 예민한 감각을 지니고 있는 나는 희미하게나마 코를 쏘는 냄새를 맡았다. 홀 탁자 위에서 풍기는 듯했다. 나는 돌아서서 그곳에 모자를 내려놓으며 장갑을 툭 쳐서 떨어뜨리고는, 몸을 숙이고 집어들며 장갑 가까이 코를 갖다 댔다. 과연, 장갑에서 이상한 타르 냄새가 풍겼다. 이어 서재로 들어섰을 때 이미 사건은 해결된 셈이었다. 이런, 이야기보따리를 풀면서 이렇게 손에 쥔 패를 다 보여주고 말다니. 왓슨이 그럴싸한 결말을 만들어낼 수 있었던 것은 그런 연결고리를 감춤으로써 가능했건만.

엠스워스 대령은 자기 방에 있지 않았다. 그러나 랠프의 전갈을 받고 바로 돌아왔다. 복도에서 그의 무거운 발소리가 다급히 울리는 소리가 들렸다. 문이 와락 열리면서 대령이 수염을 곤두세우고 얼굴을 잔뜩 찌푸린 채 안으로 뛰어 들어왔다. 내가 본 그 어떤 노인 못지않게 살벌한 모습이었다. 우리 명함을 들고 있던 그는 그것을 갈가리 찢어서 발로 짓밟았다.

"이 집에 발을 들여놓지 말라고 내 진작 말했거늘. 중뿔나게 나대는 이 못된 녀석 같으니. 감히 또다시 면상을 들이대다니. 내 허락 없이 다시 들어왔다가는 내가 폭력을 써도 할 말이 없을 것이다. 총으로 쏴버리겠어! 맹세코 쏴버릴 거야. 그리고 자네!" 그가 나를 향해 돌아섰다. "자네에게도 역시 경고하겠네. 자네의 수치스러운 직업에 대해서는 나도 잘 알고 있는데, 그 유명한 재능은 다른 일에나 써야 할 걸세. 여기서는 그걸 써먹을 데가 없으니까."

"저는 떠날 수 없습니다." 의뢰인이 단호하게 말했다. "고드프리가 갇혀 있는 게 아니라는 말을 본인한테 직접 듣기 전에는 말입니다."

마지못한 주인이 초인종을 울렸다.

"랠프." 그가 말했다. "주 경찰에 전화를 넣어서, 경위에게 순경 두 명을 보내달라고 하게. 우리 집에 도둑이 들었다고 해."

"잠깐만." 내가 말했다. "우리가 이 집에 있을 법적 권리가 없다는 것과 엠스워스 대령께서 우리를 쫓아낼 권리가 있다는 것을 도드 씨는 아셔야 합니다. 한편으로는 도드 씨의 행동이 전적으로 아드님을 걱정한 데서 비롯했다는 것을 대령님께서 인정하셔야 합니다. 감히 바라건대, 대령께서 내게 5분만 이야기할 시간을 주신다면, 이 문제에 대한 대령의 마음을 돌려놓을 수 있습니다."

"내 마음은 그렇게 쉽게 바뀌지 않을 것이오." 노인이 말했다. "랠프, 내가 말한 대로 하게. 도대체 뭘 우물쭈물하는 것인가? 경찰서에 전화를 걸어!"

"그건 안 됩니다." 내가 입구를 막아서며 말했다. "경찰이 개입하면 아주 비참한 일이 벌어질 겁니다." 나는 수첩에서 종이 한 장을 뽑아서 낱말 하나를 휘갈겨 썼다. 그것을 엠스워스 대령에게 건네주며 말했다. "우리가 여기 온 것은 이것 때문입니다."

놀라움 이외의 모든 표정이 지워진 얼굴로 그가 종이를 노려보았다.

"어떻게 알았소?"

그는 아연 놀라서 의자에 털썩 주저앉았다.

"뭐든 알아내는 것이 내 일입니다. 그게 직업이죠."

그는 얽힌 수염을 수척한 손으로 잡아당기며 자리에 앉아 한참 생각을 했다. 그러고는 체념의 몸짓을 했다.

"그래, 고드프리를 보고 싶다면 마음대로 하게. 나는 그럴 뜻이 없는데 자네들이 강요했어. 랠프, 고드프리와 켄트 씨에게 전하게. 5분 뒤에 우리가 들를 거라고."

⁂

시간이 되자 우리는 정원 길을 내려가 수수께끼의 집 앞에 섰다. 수염을 기른 키 작은 남자가 상당히 놀란 표정을 짓고 문 앞에 서 있었다.

"느닷없이 무슨 일입니까, 엠스워스 대령." 그가 말했다. "이래서는 우리 계획이 흔들립니다."

"어쩔 수 없었소, 켄트 씨. 우린 속수무책이오. 고드프리를 만날 수 있겠소?"

"예, 안에서 기다리고 있습니다." 그가 돌아서서, 평범한 가구가 놓인 큼직한 거실로 우리를 안내했다. 한 남자가 등을 돌린 채 벽난로를 향해 서 있었다. 그를 본 내 의뢰인은 냉큼 달려가서 팔을 뻗었다.

"아, 고드프리, 이 친구야, 이 얼마나 다행인가!"

그러나 상대는 다가오지 말라는 손짓을 했다.

"내게 손대지 마, 지미. 내게서 떨어져. 그래, 바라보는 건 괜찮아! 왕년 B기병대의 멋쟁이 엠스워스 병장 같지가 않지, 응?"

그의 얼굴 모습은 정말 특이했다. 지난날 아프리카의 태양에 그을린 조각 같은 얼굴의 잘생긴 남자였다는 것은 누구나 알아볼 수 있었다. 그러나 검은 얼굴 곳곳에는 마치 표백된 듯 이상한 흰 반점이 퍼져 있었다.

"이게 내가 손님을 꺼린 이유야." 그가 말했다. "자네라면 괜찮아, 지미. 하지만 자네 친구는 곤란해. 그럴 만한 사정이 있겠지만, 이건 나를 곤혹스럽게 하는 짓이야."

"자네가 무사한지 확인하고 싶었어, 고드프리. 그날 밤 자네가 내 창문을 들여다보았을 때 나도 자네를 보았어. 나로서는 사연도 모른 채 수수방관할 수는 없었어."

"자네가 찾아왔다고 랠프 영감이 말하더군. 그래서 얼굴이라도 잠깐 훔쳐보고 싶었던 거야. 자네 눈에는 띄지 않기를 바랐지. 자네가 창문을 들어올리는 소리를 듣고 나는 굴속으로 달아나지 않을 수 없었어."

"그런데 도대체 어쩌다 이렇게 된 거지?"

"뭐, 사연이 기구하진 않아." 그가 담배에 불을 댕기며 말했다. "프레토리아 밖의 버펠스프루트에서 그날 아침 벌어진 전투를 기억할 거야. 동부 철도 노선이 있는 곳 말이야. 내가 총에 맞았다는 소식은 들었지?"

"그래, 들었어. 자세히는 모르지만."

"본대에서 우리 세 사람이 떨어져 나왔는데, 자네도 알겠지만 그곳은 기복이 심한 지역이었어. 우리가 대머리 심슨이라고 부른 녀석, 그리고 앤더슨과 나 이렇게 셋이었지. 우리는 보어인을 소탕하고 있었는데, 놈이 엎드려 있다가 우리를 덮쳤어. 두 친구가 살해되고, 나는 어깨에 코끼리 총을 맞았지. 하지만 나는 말 등에 달라붙어 10킬로미터 넘게 질주한 후 기절해서 굴러떨어졌지.

정신을 차리고 보니 해질녘이었어. 몸을 일으켰지만 도무지 힘이 없고 아프기만 하더군. 놀랍게도 가까운 곳에 집이 있었어. 많은 창문과 널따란 베란다가 딸린 꽤 큰 집이었지. 날이 지독하게 추웠어. 저녁에 밀려드는 살을 에는 추위를 자네도 기억할 거야. 서리가 긴 상큼한 추위와는 아주 딴판인 혹독한 추위 말이야. 아무튼 뼈가 다 시리도록 추워서, 그 큰 집까지 가는 것만이 유일한 희망인 것 같았어. 비틀거리면서 억지로 걸었는데, 사실 거의 의식이 없었지. 힘겹게 계단을 올라가서 활짝 열린 문 안으로 들어간 기억이 어슴푸레하게 나. 침대가 여러 개 놓인 큰 방으로 들어가서 안도의 한숨을 내쉬며 침대에 몸을 던진 모양이야. 잠자리 준비가 안 된 침대였지만 그건 전혀 문제될 게 없었지. 덜덜 떨리는 몸 위로 이불을 덮자마자 나는 바로 곯아떨어졌어.

깨어난 것은 아침이 되어서였는데, 온전한 세상으로 빠져나온 것이 아니라 기괴한 악몽의 세계로 빠져든 것만 같았어. 작열하는 아프리카의 태양이 커튼도 없는 커다란 유리창으로 쏟아져 들어오자, 별다른 가구도 없이 하얗게 벽을 칠한 커다란 공동침실이 눈에 확 띄더군. 그런데 알뿌리 같은 커다란 머리에 키가 작은 난쟁이가 내 앞에 서서 잔뜩 흥분해서 마치 갈색 스펀지처럼 보이는 끔찍한 두 손을 내두르며 네덜란드어로 뭐라고 떠들고 있는 거야. 그의 뒤에 서 있는 한 무리의 사람들은 이 상황을 무척이나 흥겨워하는 듯했지만, 나는 그들을 보고 소름이 쭉 끼쳤어. 정상적인 사람이 한 명도 없는 거야. 모두가 이상하게 몸이 뒤틀리거나 퉁퉁 붓거나 얼굴이 뭉그러져 있었어. 이상한 불구자들의 웃음소리를 듣고 있자니 아주 섬뜩하더군.

우리말을 할 줄 아는 사람은 아무도 없는 것 같았어. 하지만 뭔가 해결이 필요한 상황이었지. 머리가 커다란 인간이 점점 화를 내며 야수처럼 울부짖고 있었거든. 그는 기형적인 손으로 나를 붙잡고 침대에서 끌어내렸어. 내 상처가 터져서 새로 피가 흘렀는데 아랑곳하지 않고 말이야. 키 작은 그 괴물은 황소처럼 억세더군. 분명 책임자인 듯한 나이 많은 사람이 무슨 소동인가 하고 쫓아오지 않았다면 나는 어떻게 되었을지 몰라. 쫓아온 사람이 네덜란드어로 몇 마디 야단을 치자, 나를 괴롭히던 인간이 움찔 물러서더군. 그 후 비로소 나를 돌아본 그 사람은 어처구니가 없다는 듯 나를 빤히 바라보는 거야.

'아니 도대체 여기는 어떻게 온 겁니까?' 그가 놀라서 물었어. '잠깐 기다리세요. 무척 피곤해 보이는데, 부상당한 어깨도 치료해야 되겠군요. 나는 의사입니다. 바로 붕대를 감아드리죠. 그런데 맙소사! 당신은 전장에 있는 것보다 이곳에 있는 것이 훨씬 더 위험합니다. 여긴 한센병원이에요. 당신은 한센병 환자의 침대에서 잔 겁니다.'

지미, 여기서 더 말해 무엇 하겠어? 불쌍한 그 인간들은 다가올 전투에 대비해 모두 피신을 했다가 영국군이 진격하자 병원장이 다시 데려온 거야. 원장은 자기가 한센병에 면역이 되었는데도 감히 환자의 침대에서 자지는 않는다고 말하더군. 그는 내게 독방을 주고 친절하게 치료를 해주었어. 일주일쯤 후 나는 프레토리아의 일반 병원으로 옮겨졌지.

이제 자네도 내 비극을 알게 됐군. 혹시나 하고 요행을 바랐지만, 집에 도착해보니 얼굴에 끔찍한 증상이 나타난 것을 보고 결국 병에 걸리고 말았다는 것을 알았지. 그러니 내가 어째야 했겠어? 이런 외딴 집에 머물 수밖에. 그래도 전적으로 믿을 수 있는 하인이 두 명 있고, 내가 살 수 있는 집도 있었어. 외과의사인 켄트 씨가 비밀 맹세를 하고 내 곁에 머물기로 했지. 이러는 것은 어려울 게 없었어. 하지만 다른 길은 끔찍했지. 풀려날 가망도 없이 격리되어 낯선 사람들과 함께 평생을 지내는 것 말이야. 아무튼 결단코 비밀을 유지해야 했어. 이렇게 조용한 시골에서도 사람들이 알게 되면 항의가 빗발쳐서, 어디론가 끌려가 끔찍한 여생을 보내게 될 테니까. 지미, 자네도, 자네한테도 비밀을 지켜야 했어. 그런데 아버지가 왜 마음이 약해졌는지 모르겠군."

엠스워스 대령이 나를 가리켰다.

"이 신사 때문에 어쩔 수 없었다." 그는 내가 '한센병'이라고 쓴 쪽지를 펴 보였다. "이것을 이미 알고 있다면 차라리 다 털어놓는 것이 더 안전할 것 같았다."

"그렇습니다." 내가 말했다. "그래서 혹시 좋은 일이 생길지 누가 알겠습니까? 환자를 진찰한 것은 켄트 씨뿐이라고 알고 있습니다. 켄트 씨, 열대나 아열대에서 발병하는 것으로 알고 있는 이 질병을 잘 알고 계시는지 여쭤봐도 될까요?"

"의료 교육을 받은 사람이라면 다들 아는 수준의 지식을 갖고 있습니다." 그가 다소 굳은 얼굴로 말했다.

"켄트 씨가 충분히 유능하다는 것은 의심치 않습니다. 그러나 이런 환자의 경우에는 반드시 또 다른 의사에게도 진찰을 받아봐야 한다는 데 동의하실 겁니다. 그런데 그렇게 하지 않았습니다. 환자를 격리시켜야 한다는 압력을 받을까봐 그랬겠지요."

"그렇습니다." 엠스워스 대령이 말했다.

"이런 상황을 예상하고 전적으로 믿을 수 있는 신중한 지인을 모시고 왔습니다." 내가 말했다. "전에 내가 탐정으로서 그를 도와준 적이 있는데, 이번에 그는 의사로서가 아니라 친구로서 조언을 해주기로 했습니다. 성함은 제임스 손더스 경입니다."

로버츠 경(인도 항쟁 때 영국의 야전사령관으로 수훈을 세워 빅토리아 십자훈장을 받아 유명해진 인물—옮긴이)을 면담할 수 있게 된 신참 소위보다 더 놀라고 반가운 표정이 켄트 씨의 얼굴에 고스란히 드러났다.

"참으로 영광입니다." 그가 말했다.

"그럼 제임스 경을 이리 모시도록 하죠. 지금 문밖의 마차 안에 계십니다. 엠스워스 대령, 우리는 대령의 서재에 가 있는 것이 좋겠군요. 거기서 필요한 설명을 해드리겠습니다."

❧

왓슨이 한결 그리운 것은 바로 이때다. 그는 교묘한 질문과 탄성으로 단순한 내 기술을 띄워줄 줄 알았다. 상식을 체계화한 것에 지나지 않은 것을 천재적인 것인 양 말이다. 내가 직접 이야기를 하려니 그런 도움을 받을 수가 없다. 하지만 그때 엠스워스 대령의 서재에서 고드프리의 어머니를 비롯한 몇몇 청중에게 들려준 그대로 내 생각의 과정을 이야기해보겠다.

"그 과정은 이러한 전제에서 시작됩니다." 내가 운을 뗐다. "불가능한 것을 제외하고 남아 있는 것은 뭐든, 그것이 아무리 사실 같지 않더라도, 틀림없이 사실이라는 것 말입니다. 여러 가지 가능성이 남아 있을 수도 있습니다. 그러면 하나하나 검증을 해서 확실한 증거가 뒷받침되는 것을 찾아냅니다. 이제 우리는 바로 그런 원칙을 이 사건에 적용할 겁니다. 나는 처음 이야기를 듣고, 이 신사가 아버지의 저택 별채에 감금 또는 격리된 데에는 세 가지 가능성이 있다고 보았습니다. 범죄를 저지르고 숨어 있을 가능성, 아니면 미쳤는데 정신병동에 보내고 싶지 않았을 가능성, 아니면 격리할 필요가 있는 어떤 병에 걸렸을 가능성이 그것입니다. 타당한 다른 가능성이 또 있을 것 같지는 않더군요. 그렇다면 이제 이 세 가지를 감별하고 비교 평가를 해야 했죠.

그 결과 범죄 가능성은 배제되었습니다. 그 지역에서 발생한 범죄 가운데 해결되지 않은 것이 있다는 보고가 없었으니까요. 그것은 분명했습니다. 혹시 아직 발각되지 않은 범죄였다면, 부모는 범죄자 자식을 집에 숨겨두기보다 해외로 피신시키려고 했겠지요. 범죄자라면 그런 식으로 집에 숨겨놓을 리가 없죠.

정신병일 가능성은 한결 높았습니다. 별채에 제2의 인물이 있다는 것은 보살피는 사람을 두었다는 뜻일 수 있죠. 그가 외출을 하면서 문을 잠갔다는 사실은 이 추측을 뒷받침합니다. 감금했다는 생각이 드니까요. 한편으로는 이 감금이 그리 심각한 것은 아니었습니다. 심각했다면 친구를 만나러 밖으로 나올 수가 없었겠죠. 도드 씨는 내가 이 대목에서 가능성을 타진한 사실을 기억할 겁니다. 그러니까 켄트 씨가 무슨 신문을 읽고 있었는지 물어본 것 말입니다. 그게 《란셋》이나 《영국 의료 저널》이었다면 이 추리를 더욱 뒷받침했겠지요. 하지만 정신병자를 개인 집에서 돌보는 것은 불법이 아닙니다. 돌봐줄 의사가 있고 당국에 신고만 했다면 말입니다. 그렇다면 왜 그토록 철저히 비밀을 지키려고 했을까요? 따라서 정신병일 가능성 역시 사실과 들어맞지 않았습니다.

이제 남은 것은 세 번째 가능성뿐입니다. 그건 희귀한 일이라 가능성이 적지만, 모든 면에서 사실과 맞아떨어집니다. 남아프리카에서라면 한센병은 희귀병이 아닙니다. 이 젊은이는 우연히 이 병에 걸렸을 수 있죠. 그랬다면 식구들은 처지가 여간 난처하지 않았을 겁니다. 일단 격리되는 것을 막고 싶겠죠. 소문이 퍼져서 보건 당국이 나서는 것을 막기 위해서는 철저하게 비밀을 지킬 필요가 있을 겁니다. 충분한 보수만 준다면 환자를 돌봐줄 헌신적인 의사를 찾기는 쉬울 겁니다. 날이 저문 뒤라면 환자가 자유롭게 돌아다니지 못할 이유도 없을 테고요. 피부가 하얘지는 것은 이 병에서 흔히 나타나는 증상입니다. 이 가능성은 아주 유력했습니다. 사실상 입증된 것으로 치고 다음 조치를 취하기로 결심할 만큼 유력했죠. 이곳에 도착했을 때, 먹을거리를 가져다주는 랠프 영감이 살균 소독을 한 장갑을 끼고 있는 것을 보자 마지막 의심마저 제거되었습니다. 그래서 대령의 비밀은 탄로가 났다는 것을 낱말 하나로 보여주었죠. 그걸 말로 하지 않고 글로 쓴 것은, 내가 비밀을 떠벌릴 사람이 아니라는 것을 보여주기 위한 것이었습니다."

이렇게 사건 분석을 마칠 무렵 문이 열리더니 근엄한 자태의 위대한 피부학자가 실내로 들어섰다. 그러나 이때 그의 스핑크스 같은 이목구비는 긴장되어 있지 않았고, 두 눈에는 따스한 인간미가 배어 있었다. 그는 엠스워스 대령에게 성큼 다가가서 악수를 나누었다.

"내가 불려 가면 좋은 쪽보다 나쁜 쪽 진단이 나오기 일쑤입니다." 그가 말했다. "그런데 이번에는 다행입니다. 이건 한센병이 아닙니다."

"뭐라고요?"

"뚜렷한 유사 한센병으로, 어린선(선천적인 유전성 피부질환—옮긴이)이라는 병입니다. 피부가 비늘처럼 흉하게 벗겨지는데, 잘 낫지 않지만 치료는 가능합니다. 전염병은 확실히 아닙니다. 그래요, 홈즈 씨, 이건 참 절묘한 우연의 일치로군요. 하지만 이게 정말 우연의 일치일까요? 우리가 모르는 교묘한 힘이 작용한 것은 아닐까요? 이 젊은이가 전염병에 노출된 후 걱정이 되어 이루 말할 수 없이 괴로웠던 것이 분명하니, 그런 걱정 때문에 그가 두려워한 것과 비슷한 신체적 변화가 생긴 것은 혹시 아닐까요? 아무튼 의사로서의 내 명성에 걸고 맹세하겠습니다. 저런, 부인께서 기절하셨군요! 즐거운 충격에서 회복될 때까지 켄트 씨가 곁에 계시는 것이 좋겠군요."

The Adventure of the
Mazarin Stone

마자랭 보석

그토록 많은 놀라운 모험의 출발점이었던 베이커 스트리트 2층의 어수선한 방을 오랜만에 다시 찾은 왓슨 박사는 감회가 새로웠다. 그는 방을 둘러보았다. 벽에 붙은 과학 도표, 산성 물질에 까맣게 탄 화학 작업대, 구석에 기대놓은 바이올린 케이스, 파이프와 담배를 담아두던 석탄통이 보였다. 마지막으로 그의 눈길은 미소를 머금은 앳된 빌리의 얼굴에 멈추었다. 어리지만 아주 똘똘하고 재치 있는 사환아이 빌리는 위대한 탐정의 무뚝뚝한 얼굴에 감도는 외로움과 고립감의 그늘을 지우는 데 다소나마 보탬이 되었다.

"모든 것이 여전해 보이는구나, 빌리. 너도 여전하고 말이야. 그 친구도 여전하면 좋겠는걸?"

빌리가 조금 걱정스레 닫힌 침실 문을 힐끔 쳐다보았다.

"침실에서 주무시고 계신 것 같아요." 빌리가 말했다. 때는 화창한 여름날 저녁 7시밖에 안 됐지만, 왓슨 박사는 놀라지 않았다. 옛 친구의 생활습관이 불규칙한 것을 잘 알고 있었기 때문이다.

"사건을 맡았다는 뜻이겠지?"

"예, 그래요. 요즘은 사건에 아주 푹 빠져 계신답니다. 건강이 걱정될 정도예요. 더 창백해지고 더 여위셨는데 아무것도 안 드시지 뭐예요. '홈즈 씨, 저녁 식사는 언제 하실래요?' 하고 허드슨 아줌마가 물으면 이렇게 답하신답니다. '모레 7시 반.' 사건에 열중하고 계실 때의 버릇 잘 아시죠?"

"암, 잘 알지."

"지금 누군가를 뒤쫓고 계세요. 어제 나가실 때 모습은 일자리를 찾는 노동자였는데, 오늘은 영락없는 할머니였답니다. 저는 깜빡 속았지 뭐예요. 세상에, 이제는 알 만도 한데 말이죠." 빌리가 해죽 웃으며 소파에 기대놓은 후줄근한 양산을 가리켰다. "할머니 소품이죠." 그가 말했다.

"아니 빌리, 대체 뭐 하려고 그러는 거지?"

빌리가 국가 기밀이라도 말하는 듯이 목소리를 깔았다. "말씀드리고는 싶지만 더는 곤란해요. 이건 왕관 다이아몬드 사건이거든요."

"아니, 도난당한 그 10만 파운드짜리?"

"예, 박사님. 그걸 되찾아야 해요. 글쎄, 바로 저 소파에 총리와 내무장관께서 앉아 계셨답니다. 홈즈 선생님은 아주 친절하셨어요. 이내 두 분의 마음을 편안하게 해드리고는 최선을 다하겠다고 약속하셨죠. 그 후 캔틀미어 경께서 오셔서……"

"아!"

"그래요, 박사님, 그게 무슨 뜻인지 아시죠? 제가 이렇게 말씀드려도 된다면, 그분은 그러니까 아주 꽉 막혔어요. 나는 총리님이랑 잘 지

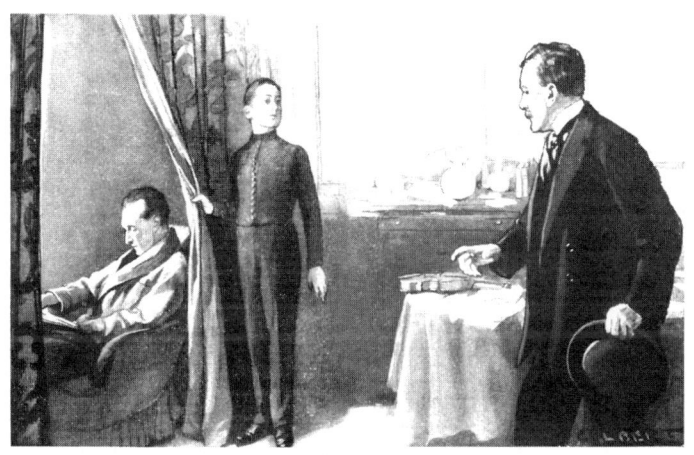

낼 수 있고, 내무장관님이랑도 아무런 문제가 없어요. 점잖고 자상하
니까요. 하지만 캔틀미어 경은 참을 수가 없어요. 홈즈 선생님도 그랬
답니다. 아 글쎄, 홈즈 선생님을 못 믿겠다며 의뢰에 반대를 하셨다니
까요. 오히려 실패했으면 좋겠다는 투더라고요."

"홈즈 선생님도 아시던?"

"선생님은 알아야 할 건 항상 뭐든 아세요."

"그래, 우리는 그가 실패하지 않길 바라야지. 캔틀미어 경이 한 방
먹게끔 말이야. 그런데 얘야, 창문을 가린 저 휘장은 뭐지?"

"선생님이 사흘 전에 달았어요. 그 뒤에 재미난 것이 있답니다."

빌리가 다가가서 둥근 내닫이창의 우묵한 곳을 가린 휘장을 젖혔다.

왓슨 박사는 놀라움을 금할 수 없었다. 거기 옛 친구의 실물 모형이
실내복 차림으로 안락의자에 푹 파묻혀, 창 쪽으로 4분의 3쯤 고개를

돌린 채, 밖에서는 보이지 않는 책을 읽는 자세로 고개를 숙이고 앉아 있었다. 빌리는 모형의 머리를 떼어서 고개를 위로 돌려놓았다.

"우린 이것을 여러 각도로 돌려놓아요. 더 실물처럼 보이라고요. 커튼을 치지 않았을 때는 함부로 건드리지 않아요. 건너편에서 이게 보이거든요."

"전에도 이런 것을 한 번 사용한 적이 있단다."

"제가 없을 때죠." 빌리가 말했다. 아이는 창문 커튼을 젖히고 거리를 내다보았다. "저기서 우리를 지켜보는 사람들이 있어요. 지금 창가에 한 사람이 있는 게 보이네요. 직접 한번 보세요."

왓슨이 앞으로 한 걸음 다가갔을 때 침실 문이 열리더니 홀쭉하고 늘씬한 모습의 홈즈가 나타났다. 창백한 얼굴을 찡그리고 있었지만 발걸음과 태도는 예전처럼 활기찼다. 그는 한 번 홀쩍 뛰어 창가에 이르러서는 다시 커튼을 쳤다.

"이러면 안 돼, 빌리." 그가 말했다. "너는 방금 목숨을 잃을 뻔했어. 나는 아직 네가 없으면 안 된단 말이야. 아, 왓슨, 자네가 옛집에 다시 찾아온 것을 보니 반갑군. 아주 결정적인 순간에 찾아왔어."

"그런 것 같군."

"빌리, 너는 가보렴. 저 애가 문제야, 왓슨. 이런 위험에 노출시켜서는 곤란한데."

"무슨 위험?"

"비명횡사할 위험. 오늘 저녁에 일이 터질 것 같아."

"아니, 무슨 일이?"

"살해당할 거야, 왓슨."

"이런, 이런, 설마 농담이겠지."

"내가 아무리 유머 감각이 없다지만 고작 그런 농담을 하겠어? 그래도 그때까지는 마음 푹 놓고 있어도 될 거야. 술 한잔 어때? 소다수 제조기와 시가가 예전 자리에 그대로 있어. 평소에 쓰던 안락의자에 앉은 모습을 다시 보고 싶군. 설마 내 파이프와 조촐한 잎담배를 경멸하게 된 것은 아니겠지? 요즘은 이게 내 밥이야."

"아니 왜 식사를 안 하는 거야?"

"정신력은 끼니를 걸러야 날이 바짝 서거든. 아, 왓슨, 분명 의사로서 자네도 인정해야 할 거야. 혈액 공급의 면에서, 소화기관이 가져가는 만큼 뇌는 피를 잃게 된다는 것 말이지. 나는 두뇌야, 왓슨. 다른 장기는 부속기관에 지나지 않아. 따라서 내가 무엇보다 먼저 고려해야 할 것은 두뇌지."

"그런데 지금 위험하다면서?"

"아, 그래, 일이 터질 경우를 대비해서, 살인자의 이름과 주소를 자네가 기억해두는 것이 좋겠군. 그걸 런던 경찰국에 넘겨주면 돼. 내 사랑과 작별 인사를 곁들여서 말이야. 이름은 실비어스야. 니그레토 실비어스 백작. 적어놔, 이 친구야, 적어놔! 서북 지구 무어사이드 가든스 136번지, 됐어?"

왓슨의 정직한 얼굴이 고민으로 일그러졌다. 그는 홈즈가 막대한 위험을 무릅쓰고 있다는 것을 너무나 잘 알게 되었는데, 홈즈는 과장하기보다 줄여 말하는 경향이 있다는 것도 잘 알고 있었다. 왓슨은 사색하기보다 행동하는 인간이어서, 바로 이 난국에 맞서려고 했다.

"홈즈, 나도 도울게. 하루 이틀은 특별히 할 일도 없으니까."

"왓슨, 자네의 행실은 나아지질 않았군그래. 이제는 소소한 거짓말까지 하다니. 매시간 환자가 들이닥치는 바쁜 의사라는 티가 팍팍 나는 주제에 말이야."

"중요한 일은 없어, 홈즈. 그런데 그 작자는 체포할 수 없는 거야?"

"있지, 물론 체포할 수 있어. 그 녀석이 두려워하는 것도 그거야."

"그럼 왜 체포하지 않는 거야?"

"다이아몬드의 소재를 모르거든."

"아! 빌리한테 들었어. 잃어버린 왕관 보석!"

"그래, 노란색의 커다란 마자랭 보석(루이 14세가 어렸을 때 프랑스의 총리이자 추기경이었던 쥘 마자랭이 수집해 후에 프랑스 왕관에 부착하도록 유증한 보석 중 18개의 다이아몬드를 마자랭 보석이라 한다—옮긴이)이지. 내가 이미 그물을 던져서 물고기를 가둬놓았어. 그런데 보석은 찾지 못한 거야. 놈들을 체포해봐야 뭐 하겠어? 그들을 감옥에 처넣으면 세상이 좀 나아지긴 하겠지만, 내가 얻고자 하는 것은 그게 아냐. 그 보석이지."

"그럼 그 실비어스 백작이 물고기인 거야?"

"그래, 그는 상어지. 그는 물어뜯어. 다른 한 명은 권투선수인 샘 머턴이야. 악당은 아니지만 백작이 그를 이용했어. 샘은 상어가 아니라, 둔하고 고집 세고 크기만 한 모샘치(낚시 미끼로 사용되는 작은 민물고기—옮긴이)야. 내 그물에 걸려 펄떡거리고 있지."

"실비어스 백작은 지금 어디 있지?"

"내가 오전 내내 바짝 미행했어. 왓슨, 자네는 노파가 된 나를 본 적이 있지? 이번엔 그 어느 때보다 더 완벽했어. 한번은 그가 내 양산을 집어주기까지 하면서, '실례합니다, 마담!' 하고 말하더군. 그는 반은 이탈리아인이라서, 기분이 내키면 남쪽 나라의 우아한 태도를 보이는데, 다른 때는 악마의 화신 같지. 인생이란 참 종잡을 수 없는 구석이 많아, 왓슨."

"비극이라고 해야겠군."

"그럴지도 모르지. 그의 뒤를 밟아서 미노리즈 거리의 스트로벤지 씨네 작업장까지 갔어. 스트로벤지는 공기총을 만드는데, 내가 알기로는 그게 꽤 괜찮은 물건이야. 그게 지금 저 맞은편 집 창가에 있다고 봐야겠지. 아까 실물 모형 봤지? 물론 빌리가 보여주었겠지. 그러니까 그 아름다운 머리가 언제 총알에 관통될지 몰라. 아, 빌리, 그게 뭐지?"

사환아이가 명함을 얹은 쟁반을 들고 다시 방에 나타났다. 홈즈가 눈썹을 치켜들며 힐끔 쳐다보더니 씩 웃었다.

"바로 그 남자야. 설마 이렇게 찾아올 줄은 몰랐는걸? 만일의 경우를 대비해, 왓슨. 아주 강심장이야. 맹수 사냥꾼으로서의 그의 명성을 자네도 들어봤을 거야. 나를 그의 사냥감 자루 속에 담을 수 있다면 그의 뛰어난 사냥 기록에 정말 대단한 대미를 장식하겠지. 이건 내가 밀착 미행을 한 낌새를 그가 알아차렸다는 증거야."

"경찰을 부르자."

"그럴 거야. 하지만 지금은 아냐. 왓슨, 창밖을 잘 좀 내다봐. 거리에서 누군가 어슬렁거리고 있지 않아?"

왓슨이 커튼 끝으로 돌아가서 창밖을 신중히 내다보았다.

"그래, 문 가까이 우락부락한 녀석이 한 명 있어."

"그건 샘 머턴일 거야. 충직하지만 백치 같은 녀석이지. 빌리, 이 신사는 어디 계시지?"

"대기실에요."

"내가 초인종을 울리면 모셔와."

"예, 선생님."

"내가 방에 없더라도 상관 말고 안으로 모셔."

"예."

왓슨은 문이 닫힐 때까지 기다렸다가, 열띤 얼굴로 친구를 돌아보았다.

"나 좀 봐, 홈즈. 이러면 안 돼. 궁지에 몰려서 그자가 무슨 짓을 할지 몰라. 자네를 살해하러 왔을지도 모르잖아."

"그렇다고 해도 놀랄 일이 아니지."

"나도 곁에 같이 있겠어."

"꽤나 방해가 될 텐데?"

"그에게 말이지?"

"이 친구야, 그게 아니라 나한테."

"어쨌거나 자네를 혼자 둘 수는 없어."

"아니야, 그래도 돼, 왓슨. 자네는 그렇게 할 거야. 게임을 하는 데

실패한 적이 없으니까. 자네는 분명 끝까지 게임을 할 거야. 이 남자는 제 잇속을 차리려고 왔지만, 결국에는 내 잇속만 채워주게 되겠지."

홈즈는 공책을 꺼내 재빨리 몇 줄 적었다. "마차를 타고 런던 경찰국에 가서 이걸 C.I.D.(런던 경찰국의 범죄 수사부—옮긴이)의 율에게 줘. 그리고 경찰과 함께 돌아오도록 해. 그때 그를 체포하게 될 거야."

"기꺼이 그렇게 하지."

"자네가 돌아오기 전에 아마 그 보석이 어디 있는지 알아낼 수 있을 거야." 그가 초인종을 건드렸다. "우리는 침실로 나가는 게 좋겠어. 이 제2의 출구는 정말 쓸모가 많아. 그 상어가 나를 보지 못하는 곳에 숨어서 지켜보고 싶어. 자네도 기억하겠지만, 숨어서 지켜보는 좋은 방법이 있지."

그래서 빌리가 1분 후 실비어스 백작을 안내해서 들어온 방은 텅 비어 있었다. 유명한 사냥꾼에 스포츠맨이고 멋쟁이 신사인 백작은 거구에 피부는 거뭇하게 탔고, 위압적인 검은 콧수염이 잔인해 보이는 얇은 입술을 가렸는데, 길게 굽은 코는 독수리 부리처럼 돌출해 있었다. 옷은 잘 차려입어서, 환한 넥타이와 빛나는 넥타이핀, 반짝이는 반지가 화려한 분위기를 자아냈다. 등 뒤의 문을 닫은 그는 매 굽이마다 함정이 깔렸을 거라고 의심하는 사람처럼 사나운 경계의 눈초리로 주위를 두리번거렸다. 그러다 창가의 안락의자 등받이 위로 나온 무심한 뒤통수와 실내복 목깃을 보고는 화들짝 놀랐다. 처음에는 다만 놀란 표정이었다. 그러다 살기 어린 검은 두 눈에 잔인한 희망의 빛이 번들거렸다. 그는 한 번 더 주위를 둘러본 뒤 아무도 보는 사람이 없다는 것

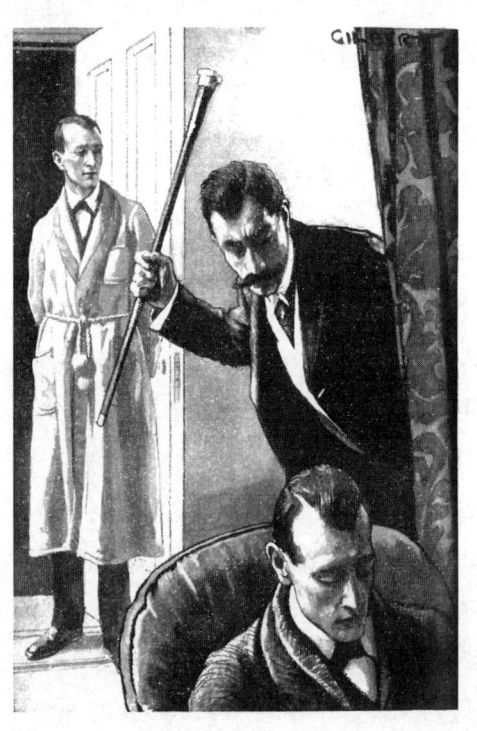

을 알고는, 두툼한 지팡이를 반쯤 치켜들고 조용히 앉아 있는 인물을 향해 까치발로 다가갔다. 마침내 도약을 해서 한 방 갈기려고 몸을 웅크린 순간, 열린 침실 문 쪽에서 싸늘하고 냉소적인 음성이 날아왔다.

"부수지 마시오, 백작! 깨뜨리지 말아요!"

암살자가 놀라서 움찔 뒤로 물러서서 얼굴을 씰룩거렸다. 그는 순간 모형에서 원본 쪽으로 일격의 방향을 바꿀 듯이, 납을 채운 지팡이를 다시 반쯤 들어올렸다. 그러나 지그시 바라보는 회색 눈동자와 비아냥거리는 미소 속에서 무엇인가를 감지한 그는 손을 내렸다.

"이것 참 깜찍하지 않습니까?" 홈즈가 모형 쪽으로 다가가며 말했다. "프랑스의 모형 제작자 타베르니에가 만든 겁니다. 그는 당신의 친구 스트로벤지가 공기총 만드는 솜씨만큼 밀랍 모형 만드는 솜씨가 빼어나죠."

"공기총이라고? 그게 무슨 뜻이오?"

"모자와 지팡이를 그 보조탁자에 얹어놓으십시오. 고맙습니다! 자리에 앉으시죠. 권총도 꺼내놓으시겠습니까? 아, 깔고 앉으시겠다면 그것도 좋습니다. 백작께서 들러주시다니 정말 잘됐습니다. 마침 할 말이 좀 있어서 꼭 만나고 싶던 참이었습니다."

백작이 위협적인 진한 눈썹을 잔뜩 찌푸렸다.

"나 역시 몇 마디 하고 싶었소, 홈즈. 그래서 여기 온 것이오. 방금 공격하려고 했다는 것은 부정하지 않겠소."

홈즈가 한 다리를 휙 들어올려 탁자 끝에 턱 올려놓았다.

"속으로 그런 생각을 하고 있을 줄 알았습니다. 그런데 어찌 이렇게 몸소 찾아와서 관심을 보이시나요?"

"일부러 나를 괴롭혔기 때문이지. 하수인들에게 나를 미행시키고 말이오."

"하수인들이라니요! 결코 그런 적 없습니다."

"터무니없는 소리! 나는 일부러 따라오게 했소이다. 그런 게임은 혼자 할 수 있는 게 아니오, 홈즈."

"실비어스 백작, 이건 사소한 문제입니다만, 나를 부를 때 이름에 경칭을 덧붙여주셨으면 좋겠습니다. 아시겠지만 내 일의 성격상 악당들의 절반과는 친한 편이라서, 백작에게만 예외를 두면 남들의 시샘을 받기 쉽다는 데 동의하실 겁니다."

"그렇다면, 홈즈 씨라고 하겠소."

"좋습니다! 그런데 예의 하수인들 말씀은 장담컨대 실언을 하셨습니다."

실비어스 백작이 코웃음 쳤다.

"당신만 눈썰미가 좋으란 법은 없소이다. 어제는 운동을 하는 늙은이였소. 오늘은 늙은 여자였고. 그들이 종일 나를 따라다녔소."

"진실로 나를 칭찬해주시는군요. 도슨 남작이 교수형을 당하기 전날 저녁 이렇게 말했습니다. 무대에서 잃어버린 셜록 홈즈를 법정에서 차지했다고. 이제는 백작이 친절하게도 내 분장 솜씨를 칭찬해주시는군요."

"그것이, 그것이 당신이었다고?"

홈즈가 어깨를 으쓱했다. "백작이 미행을 의심하기 전에 미노리즈

거리에서 아주 정중하게 내게 건네준 양산이 저쪽 구석에 있는 게 보일 겁니다."

"내가 그때 알아차렸다면 당신은 결코……."

"허름한 이 집을 다시 보지 못했겠죠. 나도 잘 압니다. 기회를 놓치고 개탄 한번 해보지 않은 사람이 누가 있겠습니까. 공교롭게도 백작이 알아차리지 못한 덕분에 일이 이렇게 됐습니다그려!"

백작의 섬뜩한 두 눈 위의 찌푸린 눈썹이 더 심하게 찌푸려졌다. "그런 말을 해서는 일만 더욱 꼬일 뿐이오. 그게 당신의 하수인이 아니라 참견 잘 하는 당신이 직접 연기를 한 것이라니! 내 뒤를 밟았다는 사실을 인정하는 이유가 뭐지?"

"생각해보십시오, 백작. 백작은 알제리에서 곧잘 사자를 잡지 않았습니까?"

"그런데?"

"이유가 뭐죠?"

"이유? 스포츠, 재미, 그 위험!"

"그리고 분명 또 페스트로부터 나라를 구하기 위해?"

"그렇소."

"내 이유도 그겁니다."

백작이 벌떡 일어났다. 그의 한 손이 자기도 모르게 바지 뒷주머니로 돌아갔다.

"앉으십시오, 앉아요, 백작! 더욱 구체적인 이유가 또 있습니다. 그 노란 다이아몬드를 돌려주시오!"

실비어스 백작이 사악한 미소를 머금고 의자에 다시 앉았다.

"이거야, 원!" 그가 말했다.

"내가 그 때문에 뒤를 밟고 있다는 것을 당신은 알고 있었습니다. 오늘 밤 여기 온 진짜 이유는 그 일에 대해 내가 얼마나 알고 있는지, 나를 필히 죽여야 할 것인지, 그걸 떠보려는 거죠. 당신이 보기에는 반드시 죽여야 할 겁니다. 내가 죄다 알고 있으니까. 당신이 곧 말하게 될 한 가지 사실만 빼고 말입니다."

"오, 저런! 그래 알고 싶은 사실이 대체 무엇이오?"

"왕관 다이아몬드가 지금 어디 있는지."

백작이 상대를 날카롭게 쏘아보았다. "아, 그것을 알고 싶다? 그런데 그게 어디 있는지 내가 어찌 말할 수 있겠소?"

"말할 수 있고, 말하게 될 겁니다."

"설마!"

"나를 속일 수는 없습니다, 실비어스 백작." 백작을 바라보는 홈즈의 두 눈동자가 응축되어 마치 섬뜩한 쇠꼬챙이 끝처럼 빛을 발했다. "당신은 판유리 같습니다. 속셈까지 다 들여다보인단 말입니다."

"그렇다면 당연히 다이아몬드가 어디 있는지도 알겠군!"

홈즈가 흥겹게 손뼉을 치고는 조롱의 손가락질을 했다. "그러니까 그걸 아신다 이거군요. 방금 그것을 시인했습니다!"

"아무것도 시인하지 않았소."

"자, 백작, 당신이 이성적이라면 우린 거래를 할 수 있습니다. 아니라면 다칠 겁니다."

실비어스 백작이 눈길을 천장으로 휙 돌렸다. "누가 누구를 속이려는지 모르겠군!"

홈즈는 묘수를 생각하는 체스 대가처럼 생각에 잠겨 그를 바라보았다. 그러다 탁자 서랍을 와락 열더니 네모난 공책을 꺼냈다.

"이 공책에 내가 무엇을 기록하고 있는지 아시겠습니까?"

"내가 어찌 알겠소."

"백작!"

"나?"

"그렇습니다, 바로 당신. 당신의 모든 것이 여기 기록되어 있습니다. 그 모든 사악한 행위와 흉흉한 삶 말입니다."

"이런 빌어먹을!" 백작이 눈빛을 이글거리며 소리쳤다. "참는 데도 한계가 있다!"

"그 모든 것이 여기 기록돼 있습니다. 블라이머 저택, 그러니까 당신이 노름을 해서 날려버린 그 저택을 물려준 헤럴드 부인의 죽음에 관한 진상 말입니다."

"허튼소리 작작 해!"

"그리고 미니 워렌더 양의 한평생도."

"쯧! 그런 것은 아무짝에도 쓸모없어!"

"그뿐만이 아닙니다, 백작. 1892년 2월 13일 리비에라행 호화열차 강도 사건도 있습니다. 같은 해 크레디트 리요네 은행의 위조 수표 사건도 있고."

"아니, 그건 틀렸어."

"그럼 다른 것은 맞았단 말이군! 자, 백작, 당신은 노름꾼입니다. 상대가 으뜸패를 죄다 갖고 있다면 일찌감치 손을 터는 게 시간 절약이 되죠."

"그 모든 이야기가 당신이 말한 보석과 무슨 관계가 있다는 거지?"

"고정하세요, 백작. 마음을 차분히 가라앉히십시오! 간단히 요점을 말씀드리죠. 백작에게 불리한 모든 증거가 나한테 있습니다. 무엇보다도, 왕관 다이아몬드 사건에서 당신과 그 싸움 졸개에게 불리한 명백한 증거를 가지고 있죠."

"이런!"

"당신을 화이트홀로 싣고 간 마부와 거기서 싣고 떠난 마부를 증인으로 확보했습니다. 진열장 부근에서 당신을 보았다는 경비원도 확보했죠. 당신이 부탁한 다이아몬드 절단을 거절한 아이키 샌더스도 확보했습니다. 아이키가 고발을 했으니 게임은 끝난 겁니다."

백작의 이마에서 정맥이 도드라졌다. 그는 털이 난 거뭇한 두 손을 부르쥔 채 감정을 억누르며 부르르 떨었다. 무슨 말인가 하려고 했지만 말문이 열리지 않았다.

"이게 내가 가진 패입니다." 홈즈가 말했다. "내 패를 다 꺼내놓았는데, 하나가 빠졌죠. 다이아몬드 킹 말입니다. 그 보석이 어디 있는지를 모르겠거든요."

"결코 알아내지 못할 것이다."

"그럴까요? 자, 이성을 찾으십시오, 백작. 상황을 생각해봐요. 백작은 20년 동안 갇혀 지내게 될 겁니다. 샘 머튼도 마찬가지고. 다이아몬드를 가져가봐야 좋을 게 뭐가 있습니까? 아무 쓸모도 없어요. 하지만 그것을 돌려주면 중죄에 대한 고소를 하지 않겠습니다. 우리가 원하는 것은 백작이나 샘이 아닙니다. 보석이죠. 포기하세요. 그러면 다시 사건을 일으키지 않는 한 앞으로 자유롭게 살 수 있을 겁니다. 또다시 실수를 하면, 음, 그때는 마지막이 되겠죠. 하지만 이번 내 임무는 백작이 아니라 보석을 손에 넣는 것입니다."

"그러나 내가 거절한다면?"

"이런, 그러면 보석 대신 백작을 잡아야겠죠."

초인종을 울리자 빌리가 나타났다.

"이 모임에 당신의 친구 샘도 자리를 같이하는 것이 좋을 거라고 봅니다, 백작. 결국은 그의 이해관계도 걸려 있으니 얘기를 들어봐야겠죠. 빌리, 현관문 밖에 덩치 크고 못생긴 신사 한 분이 계실 거야. 좀 올라오시라고 해라."

"오지 않겠다고 하면 어쩌죠?"

"폭력은 안 돼, 빌리. 그에게 거칠게 굴지 마라. 실비어스 백작이 부른다고 하면 냉큼 달려올 거야."

"지금 뭘 하려는 거지?" 빌리가 사라지자 백작이 물었다.

"내 친구 왓슨이 아까 나와 같이 있었습니다. 그 친구에게 말했죠. 내 그물에 상어와 모샘치가 걸렸다고. 이제 그물을 당겨서 잡아 올려야죠."

백작이 자리에서 일어나 한 손을 뒤로 가져갔다. 홈즈는 실내복 주머니에서 뭔가를 쥐고 반쯤 꺼냈다.

"너는 곱게 죽지 못할 것이다, 홈즈."

"나도 종종 그런 생각을 했습니다. 그런데 그게 그렇게 중요합니까? 결국 당신은 수평이 아니라 수직으로 세상을 뜰 것 같군요(교수대에 매달려 죽을 거라는 뜻—옮긴이), 백작. 하지만 그런 미래를 예상하면 참 우울하죠. 체념을 하면 현재의 무한한 즐거움을 누릴 수 있는데, 우리는 왜 그걸 못 할까요?"

범죄자 두목의 검고 위협적인 두 눈에서 돌연 야수의 눈빛이 휘번뜩거렸다. 긴장해서 대비를 하는 순간 홈즈의 키가 더 커지는 듯했다.

"방아쇠를 당겨봐야 소용이 없습니다." 그가 나직한 음성으로 말했다. "감히 그것을 사용할 수 없다는 것을 당신은 너무나 잘 알고 있어요. 혹시 그것을 꺼낼 겨를이 있다고 해도 말입니다. 리볼버는 소리깨나 납니다, 백작. 고약하죠. 차라리 공기총을 쓰는 게 나아요. 아! 당신의 존경할 만한 파트너의 우아한 발소리가 들리는군요. 좋은 날입니다, 머턴 씨. 길거리에 서 있기는 좀 따분하죠?"

프로 권투선수인 아주 건장한 청년이 멍청하고 고집스럽고 길쭉한 얼굴을 하고 문간에 되통스럽게 서서 어리둥절한 표정으로 주위를 두리번거렸다. 홈즈의 사근사근한 태도가 퍽이나 생소해서, 그는 어렴풋이 적개심을 느끼면서도 어떻게 대응해야 할지 몰라 우물쭈물했다. 그는 도움을 청하듯 좀 더 눈치 빠른 공범을 바라보았다.

"지금 뭐가 어떻게 된 거죠, 백작님? 이 사람이 뭘 하는 거예요? 이게 무슨 일이냐고요."

귀에 거슬리는 저음의 굵은 목소리였다.

백작이 어깨를 으쓱하자, 홈즈가 대신 대답했다.

"머턴 씨, 한마디로 말하면, 깡그리 끝났다는 겁니다."

그래도 권투선수는 공범을 향해 다시 말했다.

"이 사람이 지금 나를 웃기려고 이러는 거죠? 나는 웃을 기분이 아닌데."

"그래요, 그럴 겁니다." 홈즈가 말했다. "밤이 이슥할수록 더욱 웃을 기분이 아닐 게 분명해요. 자, 좀 봅시다, 실비어스 백작. 나도 바쁜 사람이라서 마냥 시간 낭비를 하고 있을 수는 없습니다. 나는 이제 침실로 들어갈 겁니다. 내가 없는 동안 아주 편안히 계십시오. 당신 친구에게 일이 어떻게 돌아가고 있는지 설명해주세요. 내 눈치를 볼 것 없이 말입니다. 나는 바이올린으로 호프만의 뱃노래나 켜겠습니다. 5분 후 다시 돌아와서 대답을 듣기로 하죠. 백작인가, 보석인가? 양자택일을 해야 한다는 것을 잘 알고 있죠?"

홈즈가 지나가며 구석에서 바이올린을 집어들고 물러났다. 잠시 후 닫힌 침실 문 너머에서 좀처럼 잊지 못할, 구슬픈 긴 가락이 희미하게 들려왔다.

"이게 대체 뭔 일입니까?" 머턴이 묻자 일행이 그를 돌아보았다. "그 보석에 대해 저 사람이 알고 있나요?"

"지랄같이 많은 것을 알고 있어. 죄다 알고 있는 것 같아⋯⋯."

"맙소사!" 권투선수의 창백한 얼굴이 더욱 하얘졌다.

"아이키 샌더스가 우리를 고발했다는 거야."

"아니, 정말요? 내가 교수형을 당하게 되면 놈을 작살내고 말겠어."

"그건 우리한테 도움이 안 돼. 우리는 이제 어째야 할지 결정을 해야 해."

"잠깐만요." 권투선수가 침실 문을 수상쩍게 바라보며 말했다. "저 사람은 아주 교활해서 엿보려고 할지 몰라요. 지금 엿듣고 있는 게 아닐까요?"

"연주를 하면서 어떻게 엿들을 수 있겠어?"

"하긴. 커튼 뒤에 혹시 누가 있을지도 몰라요. 이 방에는 무슨 커튼이 이렇게 많은 거야?" 주위를 둘러보던 그에게 문득 창가의 모형이 처음으로 눈에 띄었다. 그는 화들짝 놀라서 말을 잊은 채 손가락질을 하며 빤히 바라보기만 했다.

"쯧! 그건 인형일 뿐이야." 백작이 말했다.

"가짜라고요? 깜짝 놀랐잖아! 마담 튀소가 만든 건 아니겠지. 실내복이랑 죄다 실물과 똑 닮았군요. 그런데 백작님, 저 휘장 좀 봐요!"

"그래, 빌어먹게도 헷갈리는군! 우리는 시간 낭비를 하고 있어. 지금 시간이 별로 없어. 녀석은 보석 때문에 우리를 감옥에 처넣을 수도 있어."

"제기랄!"

"하지만 장물이 어디 있는지만 말해주면 우리를 놓아주겠다더군."

"뭐라고요? 그걸 포기해요? 10만 파운드를 포기한다고요?"

"이거냐 저거냐의 문제야."

머턴이 짧게 깎은 머리를 벅벅 긁었다. "그는 저기 혼자 있어요. 없애버리자고요. 그를 없애버리면 우리는 두려워할 게 없잖아요."

백작이 고개를 내둘렀다.

"녀석은 무장을 한 채 단단히 대비하고 있어. 이런 곳에서는 총을 쏜 뒤 달아날 곳도 없고. 게다가 그가 증거를 갖고 있다는 것을 경찰이 알고 있을 가능성이 높아. 어라! 방금 뭐였지?"

창문에서 들려오는 듯한 희미한 소리가 났다. 두 남자가 주위를 획 둘러보았지만 사방이 조용했다. 의자에 앉아 있는 묘한 인형 말고는 방에 분명 아무도 없었다.

"거기에서 무슨 소리가 났어요." 머턴이 말했다. "이봐요, 대장. 대장한테는 머리가 있잖아요. 대장이라면 좋은 수를 생각해낼 수 있을 거예요. 그를 없애버리는 게 안 된다면 이제 이 일은 대장한테 달렸어요."

"나는 그보다 더 뛰어난 자들도 속여 넘겼어." 백작이 대꾸했다. "보석은 여기 내 비밀 주머니 안에 있지. 위험을 무릅쓰고 다른 데 두고 다닐 순 없어서 말이야. 오늘 밤 잉글랜드 밖으로 내보내서, 일요일 이전에 암스테르담에서 네 조각으로 자를 거야. 그는 밴 세다에 대해 아무것도 몰라."

"벤 세다는 다음 주에 떠나는 줄 알았는데요."

"그러려고 했지. 하지만 이제 다음 배편으로 떠나지 않을 수 없게 됐어. 우리 중 하나가 보석을 가지고 라임 스트리트로 몰래 가서 말을 해줘야 해."

"하지만 이중 바닥이 미처 준비가 안 됐어요."

"위험을 감수하고 그냥 가라고 해. 우물쭈물할 시간이 없어." 스포츠맨으로서 본능이 된 위험 감지 능력으로 그는 말을 멈추고 창문을 노려보았다. 분명 거리에서 희미한 소리가 들려왔다.

"홈즈라면 손쉽게 속일 수 있어." 그가 계속 말했다. "그러니까 그 바보는 보석을 찾을 가능성만 있다면 우리를 체포하지 않을 거야. 음, 우리는 그에게 보석을 주겠다고 약속하면 돼. 그래서 엉뚱한 데를 가르쳐주는 거지. 그가 허탕을 쳤다는 것을 알아차리기 전에 우리는 이 나라를 빠져나가고, 보석은 네덜란드에 무사히 도착할 거야."

"그러면 되겠군요!" 샘 머턴이 히죽 웃으며 외쳤다.

"자네가 가서 그 네덜란드인에게 말해. 서두르라고. 나는 어수룩한 이 친구한테 거짓 자백을 늘어놓을 테니까. 보석이 리버풀에 있다고 말할 거야. 음악이 빌어먹게도 징징거리는군. 내 신경을 긁고 있어! 보석이 리버풀에 없다는 것을 그가 알게 될 때쯤이면 이미 네덜란드에 가 있을 테고, 우리는 푸른 바다 위에 있겠지. 저 열쇠 구멍으로 안 보이게 이쪽 뒤로 와. 보석은 여기 있어."

"그걸 갖고 다니다니 놀랍군요!"

"더 안전한 곳이 어디 있겠어? 우리가 이걸 화이트홀에서 훔칠 수 있었으니, 다른 누군가 내 숙소에서 또 훔칠 수도 있지 않겠어?"

"어디 좀 봐요."

실비어스 백작은 공범을 빤히 바라보고는 자기를 향해 내민 지저분한 손을 무시해버렸다.

"내가 그걸 뺏어가기라도 할까봐 그러세요? 이봐요, 대장이 이러는 것에 슬슬 진절머리가 나요."

"이런, 이런, 화내지 말게, 샘. 우리는 말다툼할 겨를이 없어. 이 예쁜 녀석을 잘 보고 싶으면 창가로 와. 이제 빛에 비춰봐. 자!"

"고맙소이다!"

인형 의자에서 도약을 한 홈즈가 단번에 보석을 낚아챘다. 그는 한 손에 보석을 쥐고, 다른 손으로는 백작의 머리에 권총을 겨누었다. 두 악당은 아연 실색을 해서 비틀비틀 뒤로 물러섰다. 그들이 정신을 차리기 전에 홈즈는 전기초인종을 눌렀다.

"폭력은 안 됩니다, 신사 여러분. 폭력은 안 돼요. 부탁합니다! 가구가 망가져요. 두 분은 빠져나갈 구멍이 없다는 것을 분명히 알 겁니다. 경찰이 밑에서 기다리고 있습니다."

백작은 당황해서 분노도 두려움도 잊어버렸다.

"아니 도대체 어떻게……." 그가 입을 딱 벌렸다.

"놀라는 것도 당연합니다. 내 침실의 두 번째 문이 이 휘장 뒤로 통한다는 사실을 모르니 말입니다. 내가 인형을 치우고 앉을 때 소리가 난 것을 분명 들었을 겁니다. 그런데 운이 좋았어요. 내가 있는 줄 알았다면 결코 입에 올리지 않았을 아슬아슬한 이야기를 경청할 기회를 잡았으니까요."

백작이 체념의 몸짓을 했다.

"네 승리를 인정한다, 홈즈. 너는 정말 악마야."

"뭐, 전혀 아니랄 수는 없겠죠." 홈즈가 점잖게 웃으며 말했다.

샘 머턴이 아둔한 지능으로 상황을 이해하는 데는 시간이 좀 걸렸다. 바깥 계단에서 무거운 발소리가 들려오자, 마침내 그가 침묵을 깼다.

"경찰이다!" 그가 말했다. "그런데 저 지독한 깽깽이 소리는 대체 뭐야? 아직도 들리잖아."

"쯧쯧!" 홈즈가 말했다. "물론 아직도 들릴 수밖에. 언제 한번 써보시오! 저 현대 축음기는 정말 굉장한 발명품이죠!"

경찰이 들이닥쳐서 범죄자들에게 수갑을 채워 대기 중인 마차로 끌고 갔다. 홈즈와 둘이 남게 된 왓슨은 영광의 월계수 관에 새 잎사귀 한 장이 덧붙은 것을 축하해주었다. 그들의 대화는 명함 쟁반을 들고 온 씩씩한 빌리 때문에 또다시 중단되었다.

"캔틀미어 경입니다, 선생님."

"들어오시라고 해, 빌리. 이번에는 왕실의 이익을 대변하시는 고명한 귀족께서 납시었군." 홈즈가 말했다. "그는 뛰어나고 충직한 사람이지만 좀 구닥다리지. 그의 마음을 편안하게 해줄까? 아니면 한번 짓궂게 장난을 좀 쳐볼까? 방금 일어난 일을 그는 모를 테니 말이야."

문이 열리고 마른 체구에 근엄한 인물이 들어왔다. 여위고 모난 얼굴에 빅토리아 중기에 유행한 검은 구레나룻을 길고 무성하게 길렀는데, 굽은 어깨와 허약해 보이는 걸음걸이에는 그런 수염이 전혀 어울리지 않았다. 홈즈가 정중하게 다가가서 맥없는 손을 잡고 흔들었다.

The Case-Book of Sherlock Holmes

"안녕하십니까, 캔틀미어 경. 쌀쌀한 계절이지만 실내는 오히려 후끈합니다. 외투를 벗겨드릴까요?"

"아니요, 됐습니다. 벗지 않겠습니다."

홈즈는 끈질기게 소매를 잡고 늘어졌다.

"부디 허락해주십시오. 의사인 내 친구 왓슨도 이런 기후 변화는 건강에 아주 해롭다고 장담할 겁니다."

캔틀미어 경은 다소 성가시다는 듯 홈즈의 손을 뿌리쳤다.

"나는 아주 편안합니다. 여기 오래 있을 일도 없어요. 그저 당신이 자진해서 맡은 일이 어떻게 진척되었는지 알아보려고 잠깐 들렀을 뿐이오."

"그건 까다로운 일입니다. 아주 까다로워요."

"그렇게 생각할 줄 알았소."

늙은 대신의 말과 태도에는 냉소가 자르르 흘렀다.

"사람은 누구나 자기 한계를 알게 되나 봅니다, 홈즈 씨. 하지만 덕분에 자만심이라는 약점은 치료하게 되지요."

"그렇습니다. 저는 정말 어째야 좋을지 모르겠더군요."

"그랬을 거요."

"특히 한 가지가 그랬습니다. 어쩌면 경께서 도와주실 수 있을지도 모릅니다."

"퍽이나 때늦게 도움을 청하는구려. 홈즈 씨는 남의 도움 따위는 전혀 필요로 하지 않는 줄 알았소. 하지만 나는 도와줄 준비가 돼 있소이다."

"그러니까, 캔틀미어 경, 우리가 도둑들을 기소할 수 있는 것은 분명합니다."

"잡기만 한다면야."

"그래요. 하지만 의문이 있습니다. 장물 취득자는 어째야 할까요?"

"그걸 묻는 건 시기상조 아니오?"

"계획이야 미리 세워두는 것이 좋겠지요. 장물 취득자라는 명백한 증거는 무엇이라고 보십니까?"

"그 보석을 실제로 갖고 있는 거지."

"그럴 경우 그를 체포하시겠습니까?"

"두말하면 잔소리요."

옛 친구 왓슨의 기억에 따르면 홈즈는 좀처럼 웃는 법이 없었는데, 이번에는 거의 호쾌하게 한바탕 웃음을 터트렸다.

"그렇다면 캔틀미어 경, 마음 아프게도 경을 체포하라는 조언을 하지 않을 수 없군요."

캔틀미어 경은 버럭 화를 냈다. 그의 창백한 두 볼에서 태곳적의 불길 같은 것이 일렁거렸다.

"참으로 무례하군, 홈즈 씨. 공직 생활 50년 만에 이런 일은 처음이오. 나는 바쁜 사람이올시다. 중요한 볼일이 있어서 어리석은 농지거리를 늘어놓고 있을 시간이 없소. 솔직히 말하면 나는 당신의 능력을 믿지 않았소. 이번 일은 정규 경찰에게 맡기는 것이 훨씬 더 안심이 된다는 게 일관된 내 소신이었소. 당신의 행동을 보니 역시 내 생각이 옳았소. 삼가 좋은 저녁이 되길 빌겠소이다."

홈즈가 재빨리 몸을 움직여 이 귀족과 문 사이에 섰다.

"잠깐 기다리십시오." 홈즈가 말했다. "마자랭 보석을 진짜로 가지고 떠나시면 잠시 몸에 지닌 것보다 더 심각한 범죄 행위가 될 겁니다."

"홈즈 씨, 이건 참을 수 없소! 비키시오!"

"오른쪽 외투 주머니에 손을 넣어 보십시오."

"그게 무슨 말이오?"

"자, 어서요, 그렇게 해주세요."

잠시 후 놀란 귀족이 파르르 떨리는 손바닥에 노란색의 커다란 보석을 올려놓고 우두커니 선 채 눈을 끔벅거리며 말을 더듬거렸다.

"아니! 이럴 수가! 이게 어떻게 된 거요, 홈즈 씨."

"나쁘십니다, 캔틀미어 경, 아주 나쁘십니다그려!" 홈즈가 외쳤다. "짓궂은 장난을 즐기는 개구쟁이 같은 버릇이 나한테 있다는 것은 여기 있는 내 옛 친구가 증언해줄 겁니다. 또 물불을 안 가리고 아주 극적인 상황을 연출하고 싶어하죠. 그래서 잠시 무례했습니다. 매우 무례했다는 것을 인정합니다. 다가서자마자 경의 주머니에 보석을 집어넣은 것 말입니다."

늙은 귀족은 보석에서 눈을 떼고 앞에서 웃고 있는 얼굴을 바라보았다.

"정말 당황했소. 하지만, 그래요, 이건 정말 마자랭 보석이 맞군. 정말 큰 빚을 졌소이다, 홈즈 씨. 당신의 유머 감각은 스스로 인정했듯이 다소 상궤에서 벗어났고 타이밍도 좋지 않았소. 하지만 당신의 놀라운 능력에 대해서는 고쳐 생각하도록 하겠소. 그런데 어떻게……."

"사건은 아직 반만 해결되었습니다. 자잘한 일들이 좀 남아 있어요. 하지만 캔틀미어 경, 돌아가서 성공적인 결과를 고귀하신 분들께 알릴 수는 있게 되었습니다. 그 즐거움은 내 짓궂은 농담에 대한 작은 보상이랄 수도 있겠지요. 빌리, 경을 배웅해드리도록 해라. 그리고 허드슨 부인에게 전해. 될수록 빨리 2인분 저녁 식사를 올려 보내주면 고맙겠다고 말이야."

The Adventure of the
Three Gables

세 박공 집

셜록 홈즈와 함께한 모험 가운데 이번 세 박공(박공지붕으로 된 집을 박공집이라고 하며, 박공지붕은 추녀가 없이 용마루까지 비탈지게 얹은 지붕이다—옮긴이) 집과 관련된 모험만큼 느닷없고 극적인 것도 없을 것이다. 나는 홈즈를 한동안 보지 못해서, 그가 어떤 사건을 새로 맡았는지 알지 못했다. 그러나 그날 아침은 홈즈도 입이 근질근질했는지, 나지막한 낡은 팔걸이의자에 나를 앉히고 자기는 맞은편 의자에 옹그리고 앉아 입에 파이프를 물었는데, 때마침 손님이 찾아왔다. 아니 차라리 미친 소가 들이닥쳤다고 하면 무슨 일이 일어났는지 한결 더 선명하게 떠올릴 수 있을 것이다.

문이 벌컥 열리면서 거구의 흑인이 실내로 뛰어들었다. 그가 험상 궂게 생기지만 않았다면 꽤나 웃음을 자아냈을 것이다. 그는 눈에 확 띄는 회색 체크무늬 양복에 연어살빛 넥타이를 늘어뜨린 차림으로, 넓적한 얼굴에 납작한 코를 앞으로 내밀며 악의적인 눈빛이 일렁이는 음침한 검은 두 눈으로 우리를 차례로 쓱 훑어보았다.

"두 분 신사 가운데 누가 홈즈 선생이슈?" 그가 물었다.

홈즈가 뜨악한 미소를 머금고 파이프를 쳐들었다.

"아! 그쪽이슈?" 하며 손님은 꼴사납게 살금살금 걸어서 탁자 모서리를 돌아 다가왔다. "이보슈, 홈즈 선생. 딴 사람 일에선 그만 손 떼슈. 지들끼리 알아서 하라고 말이지. 아셨수?"

"계속 해보게. 괜찮으니까." 홈즈가 말했다.

"엥? 괜찮다고?" 야만인이 으르렁거렸다. "내 손맛을 좀 보여주면 괜찮지 않을걸? 전에도 선생 같은 부류를 상대한 적이 있는데, 손을 봐준 후엔 영 괜찮아 보이지 않더구먼. 이보슈, 홈즈 선생!"

그는 울퉁불퉁 혹이 난 우람한 주먹을 내 친구의 코앞에 들이댔다. 홈즈는 신기하다는 듯이 주먹을 꼼꼼히 살펴보았다. "태어날 때부터 이랬나?" 그가 물었다. "아니면 차츰 이렇게 변한 건가?"

내 친구가 얼음장같이 차가워서 그랬는지, 아니면 내가 부지깽이를 집어들며 달그락거리는 소리를 내서 그랬는지 모르겠다. 어쨌든 손님의 난리법석이 좀 잦아들었다.

"암튼 경고했수." 그가 말했다. "해로 쪽에 쭉 관심을 기울여온 친구가 있는데, 이게 뭔 말인지 알 거유. 그 친구는 선생이 참견하는 걸 좋아하지 않지. 알겠수? 선생은 법관이 아니고 나도 법관이 아니유. 선생이 끼어들면 나도 가만있지 않을 테니, 잊지 마슈."

"안 그래도 자네를 만나고 싶었다네." 홈즈가 말했다. "앉으라고 하진 않겠네. 자네한테서 나는 냄새가 언짢아서 말일세. 그런데 자네는 권투선수 스티브 딕시 아닌가?"

"그렇소. 괜히 허튼소릴 했다가는 큰코 다칠 줄 아슈."

"그럴 리가 있나." 홈즈가 손님의 흉흉한 입을 바라보며 말했다. "하지만 퍼킨스 청년이 호본 바 밖에서 살해당했는데, 아니, 왜 그러나?"

흑인은 얼굴이 창백해진 채 펄쩍 뒤로 물러났다. "그딴 얘기는 듣지 않겠수." 그가 말했다. "내가 퍼킨스와 뭔 상관이 있다고. 녀석이 일을 당했을 때 나는 버밍엄의 불 링에서 훈련 중이었수."

"그래, 그 이야기는 치안판사에게 하게, 스티브." 홈즈가 말했다. "자네와 바니 스톡데일을 쭉 지켜봤는데……."

"맙소사! 홈즈 선생……."

"됐네. 자네는 그만 가보게. 필요하면 내가 찾아가지."

"안녕히 계슈. 이렇게 불쑥 찾아왔다고 뿔내진 마슈."

"누가 자네를 보냈는지 말하지 않으면 그럴 거야."

"그거야 비밀도 아니지. 그는 선생이 방금 말한 그 신사유."

"그럼 그에게 일을 맡긴 사람은 누구지?"

"넨장, 난 몰라. 그는 이렇게만 말했수. '스티브, 홈즈 씨한테 가봐. 그가 해로 쪽에 내려왔다간 무사하지 못할 거라고 전해!' 이게 다유."

손님은 더 이상의 질문을 기다리지 않고 들이닥칠 때만큼이나 부리나케 밖으로 뛰쳐나갔다. 홈즈는 피식 웃으며 파이프의 담뱃재를 털어냈다.

"그 곱슬머리를 자네가 박살냈어야 할 일이 생기지 않아서 다행이야, 왓슨. 자네가 부지깽이를 집어든 걸 봤어. 하지만 사실 그는 그리 해로운 녀석이 아니야. 겁쟁이고 말이지. 스펜서 존 일당 가운데 한 명인데, 나중에 시간이 나면 내가 해결해볼까 하는 최근의 추한 사건에 연루된 녀석이지. 그를 부하로 둔 바니는 좀 더 영악한 녀석이야. 그들은 주먹질과 협박 전문이지. 내가 알고 싶은 것은 이번 사건을 벌인 그들의 배후가 누구냐는 거야."

"그런데 그들이 왜 자네를 겁주려고 하는 거지?"

"이건 해로 월드 사건이야. 그래서 내가 조사하기로 결심한 거지. 누군가 그토록 힘겹게 일을 벌일 가치가 있는 사건이라면, 거기엔 틀림없이 뭔가 있다는 얘기거든."

"어떤 사건인데?"

"안 그래도 그 얘기를 하려던 참이었는데, 막간에 이런 활극이 벌어졌어. 자, 이건 매벌리 부인이 보낸 편지야. 자네가 나와 함께 가고 싶다면 그녀에게 전보를 치고 바로 가보자."

친애하는 셜록 홈즈 씨

이 집 때문에 잇달아 나한테 이상한 사건이 일어났습니다. 그래서 귀하의 조언이 절실히 필요해요. 내일 언제든 집에 들러주세요. 이 집은 월드 역에서 가깝습니다. 작고한 남편 모티머 매벌리는 귀하의 초기 고객 가운데 한 명이었답니다.

— 매리 매벌리 올림

주소는 '해로 월드, 세 박공 집'이었다.

"그래 거기야." 홈즈가 말했다. "자, 왓슨, 시간을 낼 수 있다면 지금 바로 가보자."

❖

잠깐 기차를 타고, 더 잠깐 마차를 타고 도착한 그 집은 벽돌과 목재로 지은 집인데, 개발되지 않은 목초지에 세워져 있었다. 2층 창문 위로 솟은 세 개의 박공지붕이 어렴풋이나마 이 집의 이름이 제격이라고 주장하는 듯했다. 뒤쪽으로는 반쯤 자란 음울한 솔숲이 있어서, 전체적인 모습이 빈약하고 침체되어 보였다. 그렇지만 집 안의 가구는 잘 갖춰져 있었다. 우리를 맞이한 여성은 나이가 지긋하면서도 아주 매력적이었는데, 세련되고 교양 있는 분위기를 풍겼다.

"부군을 잘 기억하고 있습니다, 부인." 홈즈가 말했다. "사소한 일로 그분이 내 도움을 좀 받은 지 벌써 여러 해가 지났지만요."

"아마 남편보다는 우리 아들 더글러스의 이름이 귀에 더 익을 거예요."

홈즈가 관심을 보이며 그녀를 새삼스레 바라보았다.

"이런! 이제 보니 더글러스 매벌리의 모친 되시는군요. 그를 좀 알지요. 물론 런던 사람치고 그를 모르는 사람이 없죠. 그는 참 걸출한 인물이었습니다. 그런데 지금은 어디 있죠?"

"죽었어요, 홈즈 씨, 죽었어요! 그 아이는 로마 주재 대사관원이었는데, 지난달에 거기서 폐렴으로 죽고 말았어요."

"삼가 조의를 표합니다. 그런 청년이 죽다니 너무나 뜻밖입니다. 그렇게 활력이 넘치는 청년을 본 적이 없는데 말입니다. 그 청년은 정말 열정적인 삶을 살았습니다. 온 몸과 마음을 다 바쳐서!"

"너무나 열정적이었어요. 그래서 그만 쓰러진 거죠. 홈즈 씨는 그 아이가 쾌활하고 당찬 모습을 기억하고 계시는군요. 우울하고 시무룩하고 수심 어린 모습은 보지 못하셨겠죠. 나중에 그렇게 변했답니다. 마음에 상처를 입었죠. 그렇게 씩씩하던 아이가 한 달 만에 그만 완전히 지치고 냉소적인 모습으로 돌변한 거예요."

"연애를 했나요? 여자와?"

"아니 악마였어요. 아무튼 홈즈 씨를 부른 것은 세상을 뜬 그 아이 이야기를 하려는 것이 아니에요."

"왓슨 박사와 내가 도와드리겠습니다."

"아주 이상한 일이 일어났어요. 이 집에 산 지 1년이 넘었는데, 조용히 살고 싶었기 때문에 이웃사람들은 거의 만나지 않았답니다. 사흘 전 부동산 중개인이라는 남자가 찾아왔어요. 자기 고객이 이 집을 마음에 쏙 들어한다면서, 내가 팔 생각만 있다면 돈은 문제가 안 된다는 거예요. 참 이상한 소리였죠. 이 집과 다를 게 없는 빈집이 여러 채 매물로 나와 있거든요. 하지만 그가 한 말에 나는 귀가 솔깃했답니다. 그래서 산 금액에 500파운드(요즘 구매력으로 약 2,600만 원—옮긴이)를 얹어서 값을 불렀죠. 그는 선뜻 받아들이더군요. 그런데 고객이 가구도 사고 싶어한다기에 따로 값을 불렀어요. 가구 일부는 내 옛집에서 가져온 건데, 보시다시피 아주 멋진 가구라서 높은 가격을 매겼어요. 그것 역시 선뜻 받아들이더군요. 나는 늘 여행을 꿈꾸었는데, 이렇게 흥정이 잘 된 덕분에 남은 평생 자유롭게 지낼 수 있게 되었답니다.

어제 그 남자가 계약서를 작성해서 가져왔어요. 다행히 그걸 변호사인 서트로 씨한테 보여주었는데, 그분은 해로에 사신답니다. 그분이 이러더군요. '이것은 아주 이상한 서류입니다. 이 서류에 서명을 하면 이 집에서 법적으로 그 어떤 것도 가져갈 수 없다는 것을 아십니까? 소지품도 가져갈 수 없어요.' 그래서 저녁에 그 남자가 다시 왔을 때 그 점을 지적했죠. 나는 가구만 팔 생각이었다고 말예요.

'아니, 아닙니다. 전부 파셔야 합니다.' 그가 말했어요.

'하지만 옷은요? 내 보석은요?'

'아, 그러니까, 소지품이야 가져가실 수 있겠지요. 하지만 그 어떤 것도 허락 없이 집 밖으로 내가면 안 됩니다. 내 고객은 자유분방한 분이지만 일 처리에는 자기 취향과 방식이 있으시죠. 그분에게는 전부 아니면 전무입니다.'

'그럼 없던 일로 할 수밖에 없군요.' 내가 말했죠. 일이 그렇게 되고 말았어요. 하지만 그 모든 과정이 워낙 이상해서 내가 생각하기에……."

이 대목에서 우리의 얘기는 갑자기 중단되었다.

홈즈가 조용히 하라는 뜻으로 손을 들어 말을 막은 것이다. 그리고

는 방을 성큼성큼 가로질러가서 문을 와락 열어젖히더니, 수척한 여자의 어깨를 붙잡아 방 안으로 끌어들였다. 꼴사납게 버둥거리며 끌려 들어온 그녀의 모습은 마치 꽥꽥거리고 푸드득거리며 닭장을 벗어나려는 다루기 힘든 커다란 암탉 같았다.

"놔요! 뭐 하는 거예요?" 그녀가 날카롭게 외쳤다.

"아니, 수잔, 무슨 일이야?"

"아, 마님, 손님들이 이따가 점심을 드실 건지 물어보려고 왔는데 이분이 갑자기 뛰쳐나오셨지 뭐예요."

"이 여자가 내는 소리를 이미 5분 전부터 듣고 있었는데, 부인의 이야기가 워낙 흥미로워서 중단하고 싶지 않았습니다. 수잔, 당신은 숨을 쌕쌕거리죠? 몰래 엿듣는 짓을 하기에는 숨소리가 너무 크군요."

수잔이 자기를 붙잡은 남자를 향해 부루퉁하면서도 놀란 얼굴을 돌렸다.

"근데 누구시죠? 무슨 권리로 이렇게 나를 붙잡고 있는 거예요?"

"직접 한 가지 묻고 싶은 게 있을 뿐입니다. 매벌리 부인, 내게 편지를 보내서 자문을 구하려고 한다는 얘기를 누구한테 하신 적 있나요?"

"아니요, 홈즈 씨. 그런 적 없어요."

"편지는 누가 부쳤나요?"

"수잔이 부쳤어요."

"그랬군요. 자, 수잔, 마님이 나한테 자문을 구하려고 한다는 소식을 누구한테 알렸죠?"

"말도 안 돼요. 나는 그런 적 없어요."

"자, 수잔, 숨을 쌕쌕거리는 사람은 단명할 수 있다는 것을 잘 알 겁니다. 거짓말을 하면 못 써요. 누구한테 알렸죠?"

"수잔!" 그녀의 여주인이 외쳤다. "이제 보니 네가 못되게도 배신을 했구나. 네가 생울타리 너머로 누구와 얘기하는 것을 본 적이 있어."

"그건 개인적인 볼일이었어요." 여자가 부루퉁하니 말했다.

"얘기를 나눈 사람이 바니 스톡데일 아니었나요?" 홈즈가 말했다.

"그렇게 잘 안다면 묻기는 왜 물어요?"

"몰랐는데, 방금 알게 되었습니다. 그럼 수잔, 바니의 뒤에 누가 있는지 알려주면 10파운드(요즘 구매력으로 약 50만 원─옮긴이)를 주겠어요."

"당신이 10파운드를 낼 때마다 1,000파운드를 낼 수 있는 사람도 있어요."

"호, 그렇게 돈이 많은 남자인가요? 아니군요. 웃는 것을 보니 그건 여자로군요. 자, 여기까지 왔으니, 이제 이름을 대주고 10파운드를 받는 게 나을 겁니다."

"지옥에나 가라지."

"아니, 수잔! 그런 말을!"

"나는 나가겠어요. 당신들 모두 신물이 나요. 짐은 내일 사람을 보내서 찾아가겠어요." 수잔은 휙 돌아서서 방문 쪽으로 향했다.

"안녕히 가십시오, 수잔. 파레고릭(아편과 장뇌로 만든 알코올 용액으로, 일반적으로 진정제를 뜻했다─옮긴이)이 효과 만점이랍니다." 화가 나서 얼굴이 빨개진 여자가 문을 닫고 사라지자 홈즈는 활달한 모습을 갑자기 진지한 모습으로 바꾸고 이어 말했다. "그 일당이 무슨 일을 꾸미고 있습니다. 그들이 얼마나 치밀하게 수작을 부리고 있는지 보세요. 부인이 내게 부친 편지에는 오후 10시 소인이 찍혀 있었습니다. 수잔은 바니에게 말을 전하고, 바니는 아직 시간이 있어서 고용주에게 가서 지시를 받습니다. 내가 뭘 모른다고 생각하고 수잔이 히죽 웃은 것으로 볼 때 고용주는 아마 여인인 듯합니다. 그녀는 계획을 세웁니다. 흑인 스티브를 부르고, 이튿날 아침 11시 무렵 나는 손을 떼라는 경고를 받습니다. 이렇게 일 처리가 신속하기 짝이 없습니다."

"그런데 그들이 뭘 원하는 거죠?"

"그래요, 그게 문제입니다. 부인 이전에 이 집은 누구 소유였나요?"

"퍼거슨이라는 퇴역 선장이었어요."

"그 사람에게 주목할 만한 점이라도 있었나요?"

"들어보지 못했어요."

"집에 뭔가 묻어 두었을지도 모르죠. 물론 오늘날엔 묻어둘 보물이 있으면 그걸 우체국 은행에 묻어두지만, 언제나 괴짜가 있게 마련이죠. 그들이 없으면 세상은 따분할 겁니다. 처음에 나는 귀중품이 묻혀 있을 거라고 생각했습니다. 하지만 그럴 경우 그들이 가구는 왜 원하는 것일까요? 혹시 라파엘로나 셰익스피어 2절판 초판본 같은 보물을 갖고 있으면서도 그걸 모르시는 건 아니겠죠?

"아니에요, 내가 가진 희귀한 물건이라고는 크라운 더비 찻잔 세트

뿐이에요."

"이번의 수수께끼 같은 사건이 겨우 그것 때문에 일어났다고 볼 수는 없을 겁니다. 그것이라면 갖고 싶다고 터놓고 말하지 못할 이유가 무엇이겠습니까? 부인의 찻잔 세트를 탐내고 있다면 이것저것 오만 가지를 죄다 사들일 필요 없이 그것만 사겠다고 하면 되죠. 그래요, 내 생각대로라면, 부인이 가지고 있다는 사실도 모르는 뭔가가 있습니다. 부인이 알게 되면 팔려고 하지 않을 물건 말입니다."

"내 생각도 그래." 내가 말했다.

"왓슨 박사가 그렇다고 하면 그런 겁니다."

"그럼 그게 대체 뭘까요, 홈즈 씨?"

"이렇게 순수한 정신적 분석만으로 더욱 깊이 파고들 수 있는지 어디 한번 알아봅시다. 부인은 이 집에서 1년 동안 사셨습니다."

"거의 2년이에요."

"더욱 잘 됐군요. 그렇게 긴 시간 동안 부인에게 뭔가를 원한 사람은 아무도 없었습니다. 그런데 이제 와서 갑자기 사나흘 전에 급한 요청을 받았습니다. 그 점을 어떻게 생각하시나요?"

"그거야 빤하죠." 그녀가 말했다. "그 물건이 무엇이든 간에, 그것을 얼마 전에야 집에 들여놓았다는 뜻이겠죠."

"또 한 가지가 해결됐군요." 홈즈가 말했다. "자, 매벌리 부인, 얼마 전에 무엇을 들여놓았나요?"

"아니요. 올해 새로 산 물건은 없어요."

"아하! 그건 아주 중요한 사실입니다. 그럼 좀 더 사건이 전개되길 기다리는 게 낫겠군요. 명백한 정보를 얻을 때까지 말입니다. 부인의 변호사는 유능한 사람인가요?"

"서트로 씨는 아주 유능해요."

"하녀가 또 있나요? 방금 문을 박차고 나간 수잔 말고?"

"어린 여자애가 있어요."

"서트로를 불러서 이 집에서 하루 이틀 묵게 합시다. 부인은 보호를 받을 필요가 있을지도 모릅니다."

"누구로부터요?"

"그거야 모르죠. 그것은 아직 알 수 없습니다. 그들이 무엇을 노리는지 알 수가 없으니, 사건을 반대쪽에서 접근해서 주범을 알아낼 필요가 있습니다. 그 부동산 중개인이 연락처를 주던가요?"

"명함에 이름과 직업만 나와 있었어요. 헤인즈 존슨, 경매인 겸 가격 사정인."

"인명록에 그 이름이 나올 것 같지 않군요. 정직한 업자라면 사업장 주소를 숨기지 않으니까요. 아무튼 일이 진전되면 알려주십시오. 일단 부인의 사건을 맡았으니, 끝까지 맡아서 해결해드릴 거라고 믿어도 됩니다."

우리가 홀을 지나갈 때 그 무엇도 놓치는 법이 없는 홈즈의 시선이 구석에 쌓인 여러 개의 가방에 꽂혔다. 가방에는 꼬리표가 붙어 있었다.

"'밀라노.' '뤼체른.' 이탈리아에서 왔군요."

"우리 더글러스의 물건들이랍니다."

"짐을 풀지 않았군요? 저것을 받은 지 얼마나 됐나요?"

"지난주에 도착했어요."

"하지만 부인께서는……, 아, 아무튼 이것이 잃어버린 고리인지도 모르겠군요. 저 안에 값진 물건이 없다는 것을 어떻게 아시나요?"

"그런 게 있을 리가 없어요. 홈즈 씨. 더글러스는 월급에 연금 몇 푼을 받았을 뿐인걸요. 그런데 어떻게 귀중품을 갖고 있겠어요?"

홈즈는 잠시 생각에 잠겼다.

"더 이상 이대로 두지 마세요, 매벌리 부인." 마침내 그가 말했다. "2층 부인의 침실로 얼른 옮기세요. 가능한 한 빨리 짐을 풀어서 뭐가 들었는지 알아보십시오. 나는 내일 와서 그 얘기를 듣겠습니다."

⚜

세 박공 집은 철저히 감시를 당하고 있는 것이 분명했다. 우리가 오솔길 끝의 높다란 생울타리를 돌아갔을 때, 흑인 권투선수가 그늘 속에 서 있었다. 우리는 아주 갑자기 그와 마주쳤다. 외진 곳에 있는 그의 모습은 음산하고 위협적으로 보였다. 홈즈가 급히 주머니에 손을 찔러 넣었다.

"총이라도 찾으슈, 홈즈 선생?"

"아니, 향수병을 찾고 있네, 스티브."

"홈즈 선생은 참 재밌는 분이우."

"스티브, 내가 자네를 추궁하면 그리 재밌지 않을 걸세. 오늘 아침 이미 경고했지만."

"아, 홈즈 선생, 선생이 한 말을 생각해봤는데, 퍼킨스 씨 사건에 대해서는 더 이상 말하지 않겠수. 내가 도울 수 있다면 돕겠지만 말이우."

"그래, 그럼 이 일의 배후에 누가 있는지나 말하게."

"허, 이런! 그건 전에 사실대로 말했잖수. 모른다고. 바니 대장이 내게 지시를 했고, 그게 전부라니께."

"흠, 명심하게, 스티브. 저 집에 있는 부인과 지붕 아래 있는 모든 것이 내 보호 아래 있다는 것을. 잊지 말게."

"알았수, 홈즈 선생. 명심하겠수."

"왓슨, 녀석에게 단단히 겁을 줬어." 홈즈가 걸어가며 말했다. "배후가 누군지 안다면 밀고를 하게 될 거야. 스펜서 존 일당에 대해 좀 알고 있었던 것이 다행이야. 녀석이 그 일당이라는 것을 말이야. 왓슨, 이건 랭데일 파이크에게 어울리는 사건이야. 지금 가서 그를 만나봐야겠어. 내가 돌아오면 그때 사건을 해결할 수 있을 거야."

세 박공 집

그날은 더 이상 홈즈를 보지 못했지만, 그가 어떻게 시간을 보내고 있는지는 충분히 상상할 수 있었다. 랭데일 파이크라는 사람은 사교계의 모든 스캔들에 관한 걸어다니는 참고서였던 것이다. 언제나 나른해 보이는 이 기묘한 인물은 깨어 있는 시간에는 늘 세인트제임스 스트리트에 있는 클럽의 둥근 내닫이창 가에서 시간을 보냈다. 그는 런던의 모든 뒷소문 수신자이자 발신자였다. 그는 대중의 호기심을 충족시키는 쓰레기 같은 신문에 매주 글을 기고해서 네 자릿수의 수입을 올린다는 소문이 자자한 인물이었다. 런던 생활의 혼탁한 심층부에서 뭔가 기묘한 소용돌이나 회오리가 치면, 그 표면에 떠 있는 이 인간 계기판에 자동으로 정확히 표시되었다. 홈즈는 신중하게 헤아려보고 랭데일에게 정보를 주었고, 때로 정보를 제공받았다.

이튿날 아침 일찍 친구의 집에 찾아간 나는 그의 태도를 보고 모든 일이 잘 풀렸다는 것을 알 수 있었다. 하지만 뜻밖에 아주 불쾌한 일이 우리를 기다리고 있었다. 다음 전보가 바로 그것이었다.

즉시 와주시오. 밤에 의뢰인의 집에 도둑이 들었음. 경찰 조사 중.

— 서트로

홈즈가 휘파람을 불었다. "드라마가 위기 국면에 이르렀군. 생각보다 빠른걸? 배후 인물이 꽤나 저돌적으로 밀어붙이고 있어, 왓슨. 이미 이야기를 들은 터라 놀랄 것은 없지만 말이야. 서트로라는 이 인물은 물론 그녀의 변호사야. 내가 실수를 한 것 같아. 그날 밤 자네한테 집을 지켜달라고 부탁할 것을 그랬어. 알고 보니 변호사는 부러진 갈대(이사야 36장 6절 "네가 부러진 갈대 지팡이에 기대는구나" 구절을 인용한 것—옮긴이)였군. 아무튼 해로 월드에 다시 가볼 수밖에 없겠어."

세 박공 집은 전날의 질서정연한 모습과는 딴판이었다. 정문에는 할 일 없는 구경꾼들이 여럿 모여 있었고, 순경 두 명이 창문과 제라늄 화단을 조사하고 있었다. 집 안에서 우리는 변호사라고 밝힌 반백의 노신사와, 부산을 떨고 있는 혈색 좋은 경위를 만났다. 경위는 오랜만에 만난 친구처럼 홈즈를 맞이했다.

"아, 홈즈 씨, 이번 사건은 당신이 나서고 말고 할 것도 없는 것 같습니다. 그저 그런 도둑 사건이니까요. 변변찮은 우리 경찰의 능력만으로 충분합니다. 전문가를 모실 필요가 없어요."

"믿음직한 분이 사건을 지휘하고 있다는 것을 잘 압니다." 홈즈가 말했다. "그런데 그저 그런 도둑 사건이라고요?"

"그렇습니다. 우리는 도둑들의 신원과 소재를 이미 파악했습니다. 거구의 흑인이 낀 바니 스톡데일 일당이죠. 이 주변에서 놈들이 목격되었습니다."

"훌륭하시군요! 훔쳐간 건 뭡니까?"

"글쎄요, 놈들이 많은 것을 훔쳐간 것 같지는 않습니다. 매벌리 부인은 클로로포름에 마취되었고, 집은……아! 부인이 마침 나오는군요."

어제 만난 부인이 아주 창백하고 아픈 표정으로 어린 하녀의 부축을 받으며 방 안으로 들어왔다.

"좋은 충고를 해주셨어요, 홈즈 씨." 그녀가 씁쓸한 미소를 머금고 말했다. "그런데 그만 그걸 무시했지 뭐예요. 서트로 씨한테 폐를 끼치고 싶지 않아서 보호를 받지 못하고 말았어요."

"오늘 아침에야 이야기를 들었습니다." 변호사가 해명했다.

"홈즈 씨는 친구를 불러들이라고 충고했는데, 내가 그걸 무시하는 바람에 대가를 치른 거죠."

"무척 편찮아 보이시는데, 무슨 일이 일어났는지 이야기해주실 수 있겠습니까?" 홈즈가 말했다.

"여기 다 적혀 있습니다." 경위가 두툼한 공책을 토닥이며 말했다.

"하지만 부인께서 힘들지 않으시다면……."

"길게 할 말도 없어요. 보나마나 못된 수잔이 도둑들이 들어오게 일을 꾸몄겠죠. 그들은 이 집을 속속들이 알고 있는 게 분명해요. 클로로포름을 묻힌 헝겊이 입을 덮는 순간은 생각나는데, 얼마나 오래 정신을 잃고 있었는지 모르겠어요. 깨어 보니 한 남자가 침대 옆에 있었고, 다른 남자가 내 아들의 짐 꾸러미 사이에서 뭘 한 묶음 집어들고 일어서고 있더군요. 가방은 열려 있었고, 바닥에 내용물이 흩어져 있었어요. 그가 물러가기 전에 내가 벌떡 일어나서 붙들었죠."

"아주 위험한 행동을 하신 겁니다." 경위가 말했다.

"그 남자를 붙들고 늘어졌지만, 그가 나를 뿌리쳤어요. 다른 남자가 나를 후려친 모양이에요. 또 의식을 잃었거든요. 하녀인 메리가 소리를 듣고 창밖에 대고 소리를 지르기 시작했어요. 그래서 경찰이 왔는데, 악당들은 벌써 달아난 뒤였죠."

"훔쳐간 게 뭐죠?"

"귀중품을 훔쳐간 것 같지는 않아요. 아들의 가방에는 분명 그런 게 없었거든요."

"그들이 무슨 단서를 남기진 않았나요?"

"내가 붙든 남자한테서 잡아챈 종이 한 장이 있어요. 방바닥에 잔뜩 구겨진 채 놓여 있더군요. 그건 아들이 직접 손으로 쓴 글이에요."

"그건 별 도움이 안 된다는 뜻이군요." 경위가 말했다. "차라리 그게 도둑이 쓴 거라면……."

"맞습니다." 홈즈가 말했다. "딱하게도 그게 상식이죠. 하지만 그걸 한번 보고 싶군요."

경위가 수첩에서 잘 접힌 종이 한 장을 꺼냈다.

"나는 아무리 사소한 것이라도 그냥 넘기는 법이 없습니다." 다소 우쭐하며 그가 말했다. "그게 내가 드리는 조언입니다, 홈즈 씨. 25년 경찰 밥을 먹으며 터득한 거죠. 언제나 지문 같은 게 묻어 있을 가능성이 있어요."

홈즈가 종이를 살펴보았다.

"경위는 이것을 어떻게 생각하십니까?"

"내가 보기에는 꽤 야릇한 소설의 끝부분 같습니다."

"물론 야릇한 이야기의 결말일 수도 있겠죠." 홈즈가 말했다. "페이지의 맨 위에 적힌 숫자를 보셨을 겁니다. 245로군요. 나머지 244쪽까지는 어디 있나요?"

"도둑들이 가져간 모양입니다. 그거 꽤나 쓸모가 많겠군."

"그런 종이뭉치를 훔치려고 침입했다는 것은 이상하군요. 경위는 이게 무슨 뜻이라고 봅니까?"

"그야 놈들이 서두르다가 가장 먼저 손에 잡힌 것을 들고 뛴 것 아니겠습니까? 놈들이 가져간 것을 재밌게 읽기를 빌어주고 싶군요."

"그들이 왜 내 아들 물건에 눈독을 들였을까요?" 매벌리 부인이 물었다.

"그야 1층에서 귀중품을 찾지 못해서 2층을 노렸겠죠. 내가 보기엔 그렇습니다. 홈즈 씨는 어떻게 생각하십니까?"

"좀 더 생각해봐야겠습니다. 창가로 와봐, 왓슨." 우리는 나란히 서서 종이에 쓰인 것을 읽어 보았다. 문장이 중간에서 시작했는데 내용은 이랬다.

……얼굴을 베이고 가격당해 피가 철철 흘렀다. 그러나 사랑스러운 그 얼굴, 그가 목숨이라도 바칠 각오가 되어 있는 그 얼굴의 주인이 그가 고통스레 굴욕을 당하고 있는 것을 내다보고 있다는 것을 알고 그의 억장이 무너진 것에 비하면 그건 아무것도 아니었다. 그녀는 미소 지었다. 그래, 맙소사! 그가 쳐다보자 그녀는 미소를 지었다. 냉혹한 악마라도 되는 듯이. 사랑이 죽고 증오가 태어난 것은 바로 그때였다. 남자라면 무엇인가를 위해 살아야 한다. 나의 여인이여, 그대의 포옹을 위해 살지 못한다면, 그대의 파멸과 나의 완벽한 복수를 위해 살리라.

"이상한 어법이로군." 홈즈가 종이를 경위에게 돌려주며 웃음을 머금고 말했다. "느닷없이 '그'가 '나'로 바뀐 것을 알아차렸습니까? 글쓴이가 자기 이야기에 너무 매료되어 절정의 순간에 스스로 주인공이라고 상상한 겁니다."

"시시껄렁한 이야기 같습니다." 경위가 종이를 수첩에 끼워 넣으며 말했다. "아니! 벌써 가십니까, 홈즈 씨?"

"유능한 분이 사건을 맡고 있으니 지금은 내가 할 일이 없는 것 같습니다. 그런데 매벌리 부인, 여행을 하고 싶다고 하셨죠?"

"늘 여행을 꿈꾸었죠."

"가고 싶은 곳이 어딥니까? 카이로, 마데이라, 리비에라?"

"아, 돈만 있다면 세계 일주를 하고 싶어요."

"그러시군요. 세계 일주라. 그럼 안녕히 계십시오. 저녁에 몇 자 적어 보낼지도 모르겠습니다." 우리가 창가를 지날 때 나는 경위가 히죽웃으며 고개를 내두르는 것을 언뜻 보았다. 그 웃음은 마치 이렇게 말하는 듯했다. '저렇게 머리 좋은 인간들에게는 항상 좀 미치광이 같은 데가 있어.'

"자, 왓슨, 우리의 여행도 막바지에 이르렀어." 소란스러운 런던 중심가로 돌아왔을 때 홈즈가 말했다. "바로 사건을 해결해볼까? 이사도라 클라인 같은 여성을 상대할 때는 목격자가 있는 게 안전하니까 둘이 같이 가는 게 좋겠어."

우리는 마차를 타고 그로브너 광장 어딘가를 향해 속도를 올렸다. 홈즈는 일찌감치 생각에 잠겨 있다가 갑자기 현실로 돌아왔다.

"그런데 왓슨, 어떻게 된 일인지 알겠어?"

"아니, 나로선 안다고 할 수가 없지. 이번 사건의 배후인 그 여자를 만나러 가고 있다는 것만 알고 있어."

"맞아! 그런데 이사도라 클라인이라는 이름을 듣고 떠오르는 거 없어? 물론 그녀는 둘도 없이 유명한 미인이야. 필적할 만한 여자가 없었지. 순수 스페인 혈통인데, 거만한 정복자의 피를 물려받았어. 그녀의 가문에서 수세대에 걸쳐 페르남부코를 지배해왔지. 그녀는 나이 많은 설탕왕 클라인과 결혼해서 현재 이 세상에서 가장 부유하고 가장 아름다운 과부가 되었지. 그 후 불장난을 하며 욕심을 채우던 시기가 있었어. 여러 명의 애인이 있었는데, 런던에서 가장 두드러진 남자들 가운데 한 명인 더글러스 매벌리도 그중 한 명이었지. 누구 말을 들어도 그건 불장난 이상이었다더군. 그는 사교계의 바람둥이가 아니었어. 모든 것을 주고, 모든 것을 받고자 기대한 강하고 자긍심 넘치는 청년이었지. 그러나 그녀는 소설에 나오는 '동정심 없는 아름다운 여인'이야. 그녀가 욕심을 채우면 관계는 끝나지. 상대가 자기 말을 받아들이지 못하면, 그녀는 그것을 단박에 깨닫게 하는 방법을 알고 있어."

"그렇다면 그건 자기 이야기였다는……."

"아하! 이제야 조각그림 맞추기가 되는 모양이군. 그 여자는 젊은 로먼드 공작과 곧 결혼한다고 들었어. 거의 아들뻘인데 말이야. 공작의 어머니는 나이에 아랑곳하지 않는지 몰라도, 커다란 스캔들이 생기는 것은 다른 문제지. 그래서 그게 절박할 수밖에……. 이런! 어느새 다 왔군."

그건 웨스트엔드에서 가장 훌륭한 저택 가운데 하나였다. 정복 차림의 기계 같은 하인이 우리의 명함을 받아들고 가서, 여주인이 부재중이라는 전갈을 가지고 돌아왔다.

"그럼 기다리겠소." 홈즈가 쾌활하게 말했다.

그러자 기계가 망가졌다.

"부재중이라는 것은 '당신'한테만 부재중이라는 뜻입니다." 하인이 말했다.

"잘됐네." 홈즈가 응수했다. "그렇다면 우리가 기다릴 필요가 없다는 뜻이군. 여주인에게 이 편지를 좀 전해주시오."

홈즈가 수첩 한 장에 낱말 몇 개를 적은 후 접어서 하인에게 건네주었다.

"뭐라고 쓴 거야, 홈즈?" 내가 물었다.

"간단히 썼어. '그럼 경찰을 부를까요?' 이 정도면 들어갈 수 있을 거야."

그랬다. 그것도 놀랍도록 빠르게. 잠시 후 우리는 아라비안나이트에나 나올 법한 거실에 들어섰다. 곳곳에 분홍빛 전등을 밝힌, 으스레한 실내는 드넓고 멋들어졌다. 여주인은 한때 아무리 눈부신 미녀였더라도 어느덧 어슴푸레한 빛이 더 반가운 인생의 시기에 접어든 듯했다. 우리가 들어서자 등받이가 있는 긴 의자에서 그녀가 일어섰다. 키가 늘씬하고, 마치 여왕 같은 완벽한 자태에 사랑스러운 가면 같은 얼굴로, 스페인계의 아리따운 두 눈으로 우리를 잡아먹을 듯 쏘아보았다.

"이렇게 들이닥치다니. 이 모욕적인 편지는 대체 뭐죠?" 그녀가 종이를 들어 보이며 물었다.

"굳이 설명하지 않겠습니다. 그러기에는 부인의 지성이 너무나 뛰어나시니 말입니다. 하지만 그런 지성이 최근 놀랍도록 흔들리고 있다는 사실을 말씀드리지 않을 수 없군요."

"어떻게요?"

"악당을 고용해서 겁을 주면 내가 손을 뗄 거라고 생각한 것 말입니다. 위험한 일에 매력을 느끼지 못하고서는 탐정 노릇을 할 수가 없을 겁니다. 그러니 매벌리 사건을 맡도록 내 등을 떼민 것은 바로 부인인 셈입니다."

"무슨 말씀을 하시는지 모르겠네요. 내가 악당을 고용했다고요?"

홈즈가 맥 빠진 표정을 지었다.

"내가 부인의 지성을 과대평가했군요. 그럼 안녕히 계십시오!"

"멈춰요! 어디 가시려는 거죠?"

"런던 경찰국."

우리가 문까지 반도 가기 전에 그녀가 쫓아와서 그의 팔을 붙들었다. 순식간에 그녀는 강철에서 벨벳으로 바뀌었다.

"자 앉아요, 신사분들. 대화로 풀자고요, 홈즈 씨. 당신과는 솔직한 대화를 나눌 수 있을 것 같아요. 당신은 신사다운 느낌을 자아내시는군요. 여자는 그걸 직감으로 바로 알아차린답니다. 이제부터 당신을

친구로 알겠어요."

"나도 그러겠다고는 장담하지 못하겠군요. 나는 법관이 아니지만, 모자라나마 힘이 미치는 한 정의를 대변하는 사람이니까요. 경청할 준비가 됐습니다. 내가 어떻게 행동할지는 들어보고 나서 말씀드리죠."

"당신처럼 대담한 분을 겁주려고 한 내가 어리석었어요."

"진정 어리석었던 것은, 부인을 음해하거나 배신할지도 모르는 악당들의 수중에 자신을 맡겼다는 것입니다."

"아니, 아니에요! 나는 그렇게 어수룩하지 않아요. 솔직하겠다고 약속을 했으니 다 말씀을 드리겠어요. 바니 스톡데일과 그의 아내 수잔 말고는 누가 그들을 고용했는지 전혀 몰라요. 두 사람은 그러니까, 이런 일이 처음도 아니고……."

그녀는 배시시 웃고 고개를 끄떡거리며, 매력적이고 요염한 모습으로 사람의 마음을 잡아끌었다.

"알겠습니다. 이미 그들을 시험해보셨군요."

"그들은 말없이 달리는 착한 사냥개입니다."

"그런 사냥개는 언젠가는 먹이를 주는 손을 물어뜯는 습성이 있어요. 그들은 도둑으로 체포될 것입니다. 경찰이 이미 추적 중이죠."

"그들은 뭐든 감수할 거예요. 그 때문에 돈을 받으니까요. 나는 전면에 드러나지 않을 거예요."

"내가 그렇게 하지 않는다면야."

"그래요, 당신은 그럴 리가 없어요. 신사니까요. 그건 여자의 비밀이고요."

"먼저 원고부터 돌려주십시오."

그녀가 까르르 웃고 벽난로로 다가가더니, 그 안에 하소(어떤 물질을 용융점 아래의 고온으로 가열시켜 산화를 시키거나, 습기나 불순물 등 휘발 성분을 없애고 재로 만드는 일—옮긴이)된 것들을 부지깽이로 들쑤셨다. "이것을 돌려드릴까요?" 그녀가 물었다. 고혹적인 미소를 띠고 우리 앞에 서 있는 그녀의 모습이 너무나 짓궂고 너무나 매력적이어서 홈즈의 범죄자들 가운데 이 여자만큼 까다로운 상대도 없었을 거라는 생각이 들었다. 그러나 홈즈는 감정에 면역이 되어 있었다.

"스스로 운명을 결정하셨군요." 홈즈가 차갑게 말했다. "부인은 행동이 아주 즉각적인데, 이번에는 그게 지나쳤습니다."

그녀는 부지깽이를 철그렁 내던졌다.

"참으로 냉혹하시군요!" 그녀가 외쳤다. "내가 다 털어놓아야 되겠어요?"

"말하지 않아도 알 만합니다."

"하지만 내 처지에서 생각해보셨나요? 최후의 순간에 평생의 야심이 수포로 돌아가는 것을 보는 여자의 심정으로 현실을 보셔야 한다고요. 그런 여자가 자기 방어를 한다고 해서 비난을 당해야 하나요?"

"죄를 지은 것은 부인이 먼저였습니다."

"그래, 그래요! 인정해요. 그는 사랑스러운 청년이었어요, 더글러스는. 하지만 내 계획에 어울리는 사람은 아니었어요. 그는 결혼을 원했죠. 결혼 말예요, 홈즈 씨. 돈도 없는 서민과 결혼을 하다니. 그는 결혼 말고는 안중에도 없었죠. 그 후 그는 물고 늘어졌어요. 내가 좀 주었더니, 계속 줘야 하고 오로지 자기에게만 줘야 한다고 생각한 거예요. 그건 참을 수 없었죠. 결국 그가 깨닫게 할 수밖에 없었어요."

"악당들을 고용해서 당신의 창문 아래서 두드려 팬 것 말이군요."

"정말 모르시는 게 없는 것 같군요. 그래요, 사실이에요. 바니와 애들이 그를 끌어내서 좀 거칠게 굴었다는 건 인정해요. 하지만 그 후 그가 어떻게 했죠? 신사가 설마 그런 식으로 나올지 내가 상상이나 했겠어요? 그는 자기 이야기를 책으로 썼어요. 물론 나는 늑대였고 그는 순한 양이었죠. 그래도 이름은 바꾸었더군요. 하지만 런던 사람치고 누가 누군지 모를 사람이 어디 있겠어요? 그 점에 대해서는 뭐라고 말씀하실 거죠, 홈즈 씨?"

"글을 쓰든 말든 그건 그의 권리입니다."

"그가 이탈리아의 공기를 숨 쉬다 보니까 핏속으로 옛 이탈리아의 잔인한 정신까지 스며든 것 같았어요. 내게 편지를 써 보내면서 원고 사본도 하나 부쳤더군요. 내가 앞일을 걱정하며 괴로워하라고 말이에요. 원고는 두 부가 있는데 하나는 내게, 다른 하나는 출판사에 보낼 거랬어요."

"출판사에서 원고를 받지 못했다는 것은 어떻게 알았나요?"

"출판사 사장을 내가 잘 알아요. 아시다시피, 전에도 그는 소설책을 낸 적이 있거든요. 그 사장이 이탈리아에서 소식을 들은 게 없다는 것을 알아냈어요. 그 후 더글러스가 갑자기 죽었어요. 다른 원고가 세상에 있는 한 나는 안전할 수 없었죠. 물론 원고는 그가 남긴 물건들에 섞여 있을 테고, 그건 그의 어머니에게 보내질 게 분명했어요. 그래서 그 일당들에게 시켰죠. 한 명은 하녀로 들여보냈어요. 나는 정직하게 일을 처리하고 싶었어요. 정말 진실로 말예요. 그 집과 그 안의 모든 것을 사들일 생각을 한 거죠. 그녀가 얼마를 부르든 다 줄 생각이었어요. 하지만 모든 일이 수포로 돌아가자 다른 방법을 써볼 수밖에 없었죠. 자, 홈즈 씨, 비록 내가 더글러스에게는 무정했다 해도, 아, 내가 미안해하는 것을 하늘은 알아주겠죠. 그렇다 해도 내 미래가 온통 위태로워지고 말았는데 내가 달리 어쩔 수 있겠어요?"

셜록 홈즈는 어깨를 으쓱했다.

"음, 그래요, 평소처럼 내가 중죄를 사화(私和. 당사자끼리 화해하여 풀어버린다는 뜻─옮긴이)시켜야겠군요. 1등석으로 세계 일주를 하려면 비용이 얼마나 들까요?"

부인이 놀라서 빤히 바라보았다.

"5,000파운드면 되겠습니까?"

"아, 그럴 거예요, 그래요!"

"좋아요. 부인께서 그 액수의 수표를 끊어주시기 바랍니다. 그러면 내가 매벌리 부인에게 전하겠습니다. 그 정도의 기분 전환은 시켜드려야 마땅할 것입니다. 그리고 부인" 하며 그는 집게손가락을 까딱거리며 이어 말했다. "조심하십시오! 조심해야 합니다! 날카로운 도구를 가지고 놀다가는 언젠가는 그 고운 손을 다치는 수가 있어요."

The Adventure of the
Sussex Vampire

서식스의 뱀파이어

홈즈는 이날 마지막 우편집배원이 가져온 편지를 꼼꼼히 읽었다. 그러고는 그나마 웃음에 가장 가까운 메마른 낄낄거림과 더불어 편지를 내게 툭 던져주었다.

"현대와 중세, 사실과 거친 환상이 뒤범벅되어 정말 참고 읽어줄 수가 없군그래." 그가 말했다. "자네가 보기엔 어때, 왓슨?"

읽어보니 이러했다.

올드주리 46번지, 11월 19일

뱀파이어에 관하여

귀하

민싱 레인의 홍차 중개상 퍼거슨 & 뮤어헤드의 우리 고객 로버트 퍼거슨 씨가 동일자의 편지로 우리에게 뱀파이어에 관한 자문을 구했습니다. 본 법률회사는 기계류 사정평가만을 전문으로 하므로, 그런 문제는 우리의 전문 분야가 아니기에, 퍼거슨 씨에게 귀하를 찾아가 직접 문의하라고 권했습니다. 마틸다 브릭스 사건 때 귀하가 보여준 성공적인

활약을 우리는 잊지 않고 있습니다. 이만 총총,

모리슨, 모리슨, 앤드 도드 사무소

— E.J.C. 올림

"마틸다 브릭스는 젊은 여자 이름이 아니라 배 이름이었어, 왓슨." 홈즈가 추억에 잠긴 음성으로 말했다. "수마트라의 거대한 쥐와 관련된 것인데, 그건 아직 세상에 알릴 수 없는 이야기야. 그런데 뱀파이어에 대해 우리가 알고 있는 게 뭐지? 우리의 전문 분야이긴 한 건가? 노느니 뭐라도 하는 것이 낫겠지만, 이건 정말 그림 형제의 동화나라에 접속이라도 한 것 같군. 팔 좀 뻗어봐, 왓슨. V항목에 뭐가 나오나 보게 말이야."

나는 의자에 등을 기댄 채 그가 말한 커다란 색인집을 꺼냈다. 홈즈는 그것을 무릎 위에 얹고, 평생 축적해온 정보와 함께 섞여 있는 옛 사건들 기록 위로 천천히 애정 어린 눈길을 움직였다.

" '글로리아스콧호' 항해." 그가 항목을 읽었다. "그건 몹쓸 사건이었어. 자네가 이 사건을 기록한 것에 대해 몇 가지 생각이 나는군. 그 결과를 축하해줄 수는 없었지만 말이야. 위조범 빅터 린치. 독도마뱀. 그건 주목할 만한 사건이었지! 서커스단의 미녀 비토리아. 반더빌트와 금고털이. 북살무사. 해머스미스의 명물 비거. 여기 있다! 찾았어! 정말 대단한 색인집이야. 자네도 인정해야 할 거야. 들어봐, 왓슨. 헝가리의 뱀파이어 신앙이라. 또 있어. 트란실바니아의 뱀파이어." 그는 열심히 책장을 넘겼지만, 잠깐 골똘히 정독한 후 실망의 한숨을 내뱉

고 두툼한 책을 내던졌다.

"쓰레기군, 쓰레기야, 왓슨! 심
장에 말뚝을 박아야 무덤에서 나오
지 못하게 할 수 있다는 걸어다니
는 시체가 우리와 무슨 상관이 있다
는 거야? 순전히 미친 소리군."

"하지만 뱀파이어가 꼭 죽은 사람은
아니잖아? 산 사람도 흡혈 습관을 가질 수
있어. 예를 들어 젊음을 유지하기 위해 아이
들의 피를 빨아먹는 늙은이 얘기를 들은 적이 있어."

"그 말이 맞아, 왓슨. 여기 있는 자료 중 하나에도 그런 전설이 나
와. 하지만 그런 전설을 진지하게 생각할 가치가 있을까? 탐정 일이
란 확실한 근거에 입각해서 하는 것이고, 언제나 그래야만 해. 이 세
계는 우리에게 벅차도록 커. 귀신들이 끼어들 필요는 없지. 로버트 퍼
거슨 씨의 말을 너무 진지하게 받아들일 것은 없겠어. 아마 이 편지는
그가 보낸 모양인데, 이걸 보면 대체 무슨 걱정을 하고 있는지 알 수
있겠지."

그는 첫 번째 편지에 신경을 쓰는 동안 눈에 띄지 않던 두 번째 편지
를 탁자에서 집어들었다. 편지를 읽기 시작하며 얼굴에 띠고 있던 흥
겨운 미소는 점점 진지하고 골똘한 관심의 표정으로 바뀌었다. 그는
마침내 다 읽은 편지를 들고 건들건들 흔들며 한동안 생각에 잠겼다.
그러다 흠칫 하며 회상에서 깨어났다.

"램벌리의 치즈먼 저택. 왓슨, 램벌리가 어디 있지?"

"호섬 남쪽 서식스 주에 있지."

"그리 멀지 않군그래? 그럼 치즈먼 저택은?"

"그 고장은 내가 잘 알아. 수세기 전에 저택을 지은 사람들의 이름을 따서 지은 고택이 즐비하지. 오들리 저택, 하비 저택, 캐리턴 저택 따위가 있는데, 사람은 잊혀도 이름만큼은 그렇게 저택에 남아 있어."

"그래." 홈즈가 차갑게 말했다. 새로운 정보를 아주 신속하고 정확하게 두뇌에 차곡차곡 쌓으면서도 그는 무심한 척했는데, 그것은 자존심이 강하고 과묵한 홈즈의 특성 가운데 하나였다. "일을 시작하기 전에 램벌리의 치즈먼 저택에 대해 좀 더 많은 것을 알아두는 게 좋겠어. 내가 기대한 대로 이 편지는 로버트 퍼거슨이 보낸 거야. 그런데 그가 자네를 잘 안다는데?"

"나를!"

"자네도 읽어보는 게 좋겠어."

그가 편지를 건네주었다. 서두에는 앞서 말한 주소가 적혀 있었다.

친애하는 홈즈 씨

내 변호사들이 귀하를 추천해주었습니다만, 정말이지 문제가 워낙 미묘해서 어떻게 말해야 할지 모르겠습니다. 이것은 내가 도와주고 있는 친구와 관련된 문제입니다. 그는 5년 전에 페루의 여성과 결혼했습니다. 질산염 수입 일로 만난 페루 상인의 딸이죠. 그녀는 매우 아름답지만, 그녀가 외국 태생이고 종교도 달라서 부부 사이에 관심사와 생각의 불일치가 늘 발생했습니다. 그래서 얼마 후 그녀에 대한 그의 사랑이 식자, 결혼한 것을 실수로 여기게 되었습니다. 그가 생각하기에 그녀의 성격에는 조사해볼 수도, 이해할 수도 없는 면이 있습니다. 이러한 사실은 그녀가 세상의 그 어떤 아내 못지않게 남편을 사랑하는 아내이기에 더욱 고통스럽다고 합니다. 아내는 어느 모로 보나 전적으로 헌신적입니다.

그 점에 대해서는 나중에 만나서 자세히 말씀드리겠습니다. 사실 이 편지는 귀하에게 일반적인 상황만을 말씀드리고, 이 문제가 귀하의 관심을 끄는가를 알아보기 위한 것입니다. 그 여성은 평소의 상냥하고 부드러운 기질과는 사뭇 딴판으로 이상한 모습을 드러내기 시작했습니다. 남자는 두 번째로 결혼을 한 것인데, 첫 번째 아내가 낳은 아들이 있습니다. 이제 열다섯 살인 아이는 아주 귀엽고 다정다감한데, 불행히도 어릴 적 사고로 몸을 다쳤죠.

아내가 까닭도 없이 불쌍한 이 아이를 때리는 모습이 두 차례 목격되었습니다. 한 번은 막대기로 때려서 아이의 팔뚝에 커다란 자국을 내 놓았답니다.

하지만 아직 돌도 안 지난 친아들한테 한 행동에 비하면 그것은 약과였습니다. 한번은 한 달 전쯤 유모가 이 아기한테서 몇 분 동안 떨어져 있었습니다. 아기가 큰 소리로 울어서 유모가 달려가 보니 안주인이 아기 위에 몸을 숙이고 있었는데, 아기의 목을 물어뜯고 있는 게 분명했습니다. 아기의 목에 작은 상처가 나 있었고, 거기서 피가 흐르고 있었습니다. 유모는 겁에 질려서 아기 아버지를 부르고 싶었지만, 안주인이 그러지 말라고 하소연을 했습니다. 실은 입을 다무는 대가로 유모에게 5파운드를 주었죠. 그 어떤 설명도 하지 않았고, 그것은 일단 없던 일로 했습니다.

하지만 유모는 끔찍한 기억을 떨쳐버릴 수가 없었습니다. 그래서 그때부터 안주인을 가까이에서 지켜보며, 더욱 가까이에서 아기를 보살피기 시작했습니다. 그녀는 아기를 무척이나 사랑했죠. 유모가 아기 엄마를 지켜보고 있을 때, 아기 엄마도 그녀를 지켜보고 있었던 모양입니다. 그녀가 어쩔 수 없이 아기를 혼자 두고 떠날 때마다 아기 엄마가 그 순간을 노리고 있었던 겁니다.

유모는 밤낮없이 아기를 보호했고, 말없고 신중한 아기 엄마도 새끼 양을 노리는 늑대처럼 밤낮없이 숨어서 때를 노린 듯합니다. 이런 이야기가 귀하에게는 결코 믿기지 않겠지만, 부디 진지하게 받아들여주시기 바랍니다. 자칫 아기가 생명을 잃고 한 남자는 미쳐버릴지도 모르는 일이니까 말입니다.

마침내 끔찍한 날이 다가왔습니다. 그녀의 남편에게 사실을 숨기고 있을 수만은 없었던 겁니다. 유모는 겁이 나서 더 이상 견딜 수가 없었습니다. 그래서 아기 아빠한테 모든 사실을 낱낱이 털어놓았죠.

그에게는 아마 지금의 귀하처럼 그것이 황당한 이야기로 들렸던 모양입니다. 그는 아내가 얼마나 사랑이 깊은지 알고 있었습니다. 의붓아들을 때린 것을 빼고는 아주 자상한 어머니였죠. 그런데 왜 친아들에게 상처를 입히겠습니까? 그녀는 유모에게 무슨 잠꼬대를 하느냐고 말했죠. 그것은 말도 안 되는 의심이다, 안주인을 그런 식으로 비방하면 참지 않겠다고 호통을 쳤습니다. 그들이 그런 이야기를 나누고 있을 때 갑자기 아기가 아파서 우는 소리가 들렸습니다. 유모와 바깥주인이 함께 아기 방으로 달려갔습니다. 그의 아내가 아기의 요람 옆에서 무릎을 꿇고 있다가 일어나는 것을 보았는데, 아기의 드러난 목과 시트에 피가 묻어 있는 것을 알게 된 그의 심정이 어땠을지 상상을 해보십시오, 홈즈 씨. 기겁을 해서 소리를 지른 그가 아내의 얼굴을 밝은 데로 돌리고 입술에 피가 묻은 것을 보았습니다. 그녀가 아기의 피를 빤 것입니다. 그건 명명백백했습니다.

이것이 이제까지 일어난 일입니다. 현재 그녀는 방에 갇혀 있습니다. 아무런 변명도 하지 않았죠. 남편은 반쯤 넋이 나갔습니다. 그 친구도 나도 뱀파이어에 대해 아는 것은 그 이름밖에 없습니다. 우리는 그것이 외국의 허황된 이야기인 줄만 알았습니다. 하지만 바로 여기 영국 서식스의 심장부에서……. 아무튼 오늘 아침 귀하와 이 모든 문제를 논의하고자 하는데, 나를 만나주지 않으시겠습니까? 귀하의 훌륭한 능력을 발휘해서 넋이 나간 남자를 도와주시지 않겠습니까? 도와주시겠다면, 램벌리 치즈먼 저택의 퍼거슨에게 전보를 쳐주시기 바랍니다. 그러면 10시에 귀하를 찾아뵙겠습니다.

— 로버트 퍼거슨 올림

추신. 귀하의 친구인 왓슨이 블랙히스의 럭비 선수였던 것으로 알고 있는데, 그때 나는 리치먼드의 스리쿼터백이었습니다. 저로서는 자기 소개를 할 만한 말이 이것뿐이군요.

"물론 그를 알고 있지." 내가 편지를 내려놓으며 말했다. "리치먼드의 역대 스리쿼터백 가운데 최고였어. 늘 성격 좋은 녀석이었지. 친구의 문제에 이토록 관심을 기울이는 게 역시 그 친구답군."

홈즈가 나를 물끄러미 바라보다가 고개를 내둘렀다.

"왓슨, 자네의 한계가 어딘지 모르겠군." 그가 말했다. "자네한테는 내가 모르는 구석이 참 많아. 선량한 사람답게 전보를 치도록 하자. '기꺼이 귀하의 사건을 맡겠음'이라고."

"'귀하'의 사건이라고!"

"우리 탐정 사무소가 그까짓 일에 겁을 집어먹을 거라고 생각하게 해서는 곤란하지. 이것은 물론 그의 사건이야. 그에게 전보를 치고 아침까지 일단 일은 잊어버리자."

⁂

이튿날 아침 정각 10시에 퍼거슨이 우리 하숙집으로 성큼 들어왔다. 유연한 팔다리로 신속하고 멋지게 몸을 틀어 상대 수비수를 제치던 키다리 남자로 그를 기억하고 있었다. 그런데 전성기 때 알고 지낸 훌륭한 선수가 병약해진 모습을 보는 것보다 더 가슴 아픈 것은 없다. 큼직한 체격은 왜소해졌고, 연한 황갈색의 머리는 거의 대머리가 되었고, 등은 굽어 있었다. 나를 바라본 그도 혹시 나와 같은 심정일까?

"어이, 왓슨." 그가 말했다. 목소리가 굵고 따스했다. "올드디어 파크에서 밧줄 너머 관중석으로 내가 자네를 집어던졌을 때의 모습과는 영 딴판인걸? 내 모습도 좀 변했겠지. 그런데 내가 폭삭 늙어버린 것은 최근 하루 이틀 사이야. 홈즈 씨, 내가 다른 사람의 대리인인 척해 봐야 소용이 없다는 것은 전보를 보고 알았습니다."

"일은 직접 처리하는 것이 더 간단한 법이죠." 홈즈가 말했다.

"물론 그렇습니다. 하지만 보호하고 도와줘야 할 여성에 대해 안 좋은 말을 한다는 것이 얼마나 어려운지 아실 겁니다. 내가 달리 어쩌 겠습니까? 경찰서에 가서 그런 이야기를 해야 할까요? 하지만 아이 들은 꼭 지켜야 했습니다. 그것은 정신병일까요, 홈즈 씨? 혈통에 문 제가 있는 것일까요? 비슷한 사건을 경험해보신 적이 있나요? 부디 조언을 해주세요. 저는 어째야 좋을지 모르겠습니다."

"당연히 그러실 겁니다, 퍼거슨 씨. 자, 여기 앉아서 마음을 추스르 고, 몇 가지 질문에 잘 답해주세요. 장담컨대 나는 어째야 좋을지 몰라 쩔쩔매는 일은 결코 없을 겁니다. 자신할 수 있어요. 먼저 퍼거슨 씨가 무슨 조치를 취했는지부터 말씀해주시죠. 부인께서 지금도 아이들 가 까이 있나요?"

"우리는 끔찍한 광경을 보았습니다. 아내는 누구보다도 사랑이 넘 치는 여자입니다, 홈즈 씨. 온 마음을 다해 남편을 사랑한 여자가 세상 에 한 명뿐이라면 그게 바로 그녀입니다. 내가 그토록 끔찍하고 믿기 지 않는 비밀을 알아내자 아내는 크게 상심했습니다. 일체 말을 하려 고 하질 않았어요. 내가 꾸짖어도 대꾸를 하지 않고, 절망과 고뇌에 찬 눈빛으로 나를 쏘아보기만 하더군요. 그러다 자기 방으로 뛰어 들어가 문을 잠가버렸습니다. 그 이후 나를 보려고도 하질 않습니다. 아내에 게는 결혼 전부터 데리고 있던 하녀가 한 명 있는데, 이름이 돌로레스

입니다. 하녀라기보다는 친구에 가깝죠. 그녀가 아내에게 식사를 가져다주고 있습니다."

"그럼 당장 아기가 위험한 것은 아니겠군요?"

"유모인 메이슨 부인이 밤이나 낮이나 아기 곁을 떠나지 않겠다고 다짐했습니다. 유모라면 전적으로 믿을 수 있어요. 나는 잭이 더 걱정됩니다. 편지에서 말씀드렸다시피, 잭은 두 차례나 아내한테 맞은 적이 있으니까요."

"하지만 피를 흘리진 않았죠?"

"예, 다만 야만적으로 때렸죠. 그 애가 착하디착한 장애아라서 그게 더욱 끔찍합니다." 자기 아들 이야기를 하며 퍼거슨의 초췌한 이목구비가 한결 부드러워졌다. "그 애의 상태를 본다면 누구나 연민을 느낄 겁니다. 어릴 때 높은 데서 떨어지는 바람에 척추가 굽었답니다. 하지만 그 애의 마음만큼은 비단결처럼 곱지요."

홈즈는 어제의 편지를 집어들고 쭉 읽어내려 갔다. "집 안에 사는 다른 사람은 없나요, 퍼거슨 씨?"

"얼마 전에 들인 하인이 두 명 있습니다. 집에서 숙식을 하는 마부 마이클이 있고, 아내와 나, 내 아들 잭, 아기, 돌로레스, 메이슨 부인, 그게 전부입니다."

"결혼할 무렵 아내에 대해 잘은 몰랐죠?"

"만난 지 몇 주 만에 결혼했습니다."

"그때 하녀인 돌로레스는 부인과 얼마나 오래 같이 지냈나요?"

"여러 해 되었죠."

"그렇다면 부인에 대해서는 당신보다 돌로레스가 더 잘 알겠군요?"

"그럴 겁니다."

홈즈는 메모를 했다.

"아무래도 여기 있는 것보다 램벌리에 가봐야 더 잘 도와드릴 수 있겠습니다. 이것은 직접 가서 조사를 해봐야 할 사건이라서요. 부인께서 방에만 계시다면, 우리가 가도 부인을 자극하거나 불편하게 할 일은 없을 겁니다. 물론 우리는 객점에서 묵겠습니다."

퍼거슨이 가슴을 쓸어내렸다.

"제가 바라던 바입니다, 홈즈 씨. 곧 가시겠다면 2시에 비토리아발 특급 열차가 있습니다."

"물론 갈 겁니다. 지금 마침 급한 볼일도 없으니, 전력을 다해 도와드릴 수 있습니다. 물론 왓슨, 자네도 같이 가야지? 그런데 출발하기 전에 한두 가지 짚고 넘어갈 것이 있습니다. 불행한 부인께서는 친아들과 당신의 아들, 둘 모두에게 폭행을 가한 것으로 알고 있습니다만."

"그렇습니다."

"하지만 형태가 달랐죠? 당신의 아들은 때렸습니다."

"한 번은 매를 들었고, 한 번은 야만적으로 손을 썼습니다."

"왜 때렸는지 해명을 하지 않았죠?"

"예, 그 애가 밉다고만 하더군요. 거듭 그렇게만 말했습니다."

"음, 그건 계모들 사이에 잘 알려진 일이죠. 죽은 전처에 대한 사후 질투라고나 할까. 부인께서는 질투심이 많은 성격인가요?"

The Case-Book of Sherlock Holmes

"예, 질투를 많이 합니다. 열대 지방의 사랑의 강도가 맹렬한 만큼 질투도 맹렬해요."

"하지만 소년은, 그러니까 아드님은 열다섯 살이라고 들었는데, 신체장애가 있는 만큼 아마 정신은 더욱 발달했을 겁니다. 아드님은 그런 폭행에 대해 이유가 뭐라던가요?"

"그럴 이유가 없었다고 딱 잘라 말하더군요."

"두 사람이 다른 때는 다정했나요?"

"아니요, 결코 다정한 적이 없었습니다."

"하지만 아드님이 다정다감하다면서요?"

"세상에 그렇게 헌신적인 아들은 둘도 없을 겁니다. 자기 삶처럼 내 삶을 위해준답니다. 내 말 한 마디, 행동 한 가지도 허투루 듣고 보는 법이 없어요."

또다시 홈즈는 메모를 했다. 그리고 한동안 그는 묵묵히 앉아 생각에 잠겼다.

"두 번째 결혼을 하기 전에 당신과 아드님 사이에 정이 여간 깊지 않았군요. 서로 정말 허물없는 사이였죠?"

"아주 가까웠죠."

"그토록 다정다감한 성격의 아드님은 친어머니에 대한 기억도 분명 각별하겠죠?"

"아주 각별하죠."

"아드님은 분명 매우 흥미로운 소년인 듯합니다. 그 폭행에 대해 생각해볼 것이 또 하나 있습니다. 아기에 대한 이상한 폭행과 아드님에 대한 폭행이 같은 시기에 벌어졌나요?"

"처음에는 그랬습니다. 마치 광증에 사로잡힌 듯이 두 아이에게 분노를 터트렸어요. 두 번째는 잭만 당했습니다. 다시 아기가 당했다는 얘기는 메이슨 부인한테 듣지 못했어요."

"그렇다면 사건이 복잡해지는군요."

"그게 무슨 뜻이죠?"

"어쩌면 아닐 수도 있습니다. 우리는 임시로 가설을 세우고 때를 기다리거나 더 많은 정보를 모아서 가설을 논파하기도 합니다. 좋지 않은 습관입니다만, 인간의 본성은 허약하죠. 여기 있는 당신의 옛 친구는 과학적인 내 방법론을 과대평가해왔습니다. 하지만 지금 단계에서 내가 말할 수 있는 것은 이 사건이 해결하지 못할 것으로는 보이지 않는다는 것, 그리고 2시에 비토리아에서 기차를 타게 될 것이라는 말뿐입니다."

❧

우중충하고 안개 낀 11월의 어느 날 저녁, 우리는 램벌리의 '체커즈'에 여장을 풀었다. 그리고 서식스의 길고 구불구불한 진흙 길을 마차로 달려 마침내 퍼거슨이 사는 낡고 외딴 농장 저택에 도착했다. 아주 오래된 중앙의 건물에 아주 새로운 부속 건물들을 잇대어 지은 크고 산만한 저택이었다. 튜더 양식의 굴뚝이 솟아 있었고, 높고 가파른 호섭 슬라브 지붕에는 군데군데 지의류가 덮여 있었다. 현관 계단은 닳아서 움푹 파였고, 바닥에 깐 해묵은 타일에는 원래의 건축자 이름인 치즈먼을 나타내는 치즈와 사람 그림이 새겨져 있었다. 실내의 물결무늬 천장에는 무거운 떡갈나무 들보를 올렸고, 고르지 않은 마룻바닥은 군데군데 푹 꺼져 있었다. 무너져가는 건물 전체에 해묵은 세월과 쇠락의 냄새가 짙게 배어 있었다.

퍼거슨은 중앙에 있는 아주 커다란 방으로 우리를 안내했다. 1670년에 만들었다는 큼직한 고풍의 벽난로에서는 멋진 통나무가 탁탁 소리를 내며 활활 타오르고 있었다.

주위를 둘러보니 이 방은 시대와 공간이 아주 독특하게 버무려져 있었다. 반만 판벽널을 두른 벽은 17세기의 첫 집주인 자작농이 남긴 그대로인 것 같았다. 그런데 아래쪽 벽에는 엄선한 현대 수채화가 한 줄로 장식되어 있었고, 떡갈나무 판자 대신 노란 회반죽을 바른 위쪽 벽에는 남아메리카의 멋진 각종 무기류 수집품이 걸려 있었다. 무기류는 2층의 페루인 부인이 가져온 게 분명했다. 홈즈는 열정적인 마음에서 솟구치는 기민한 호기심에 못 이겨 자리에서 일어나 무기류를 꼼꼼히 살펴보았다. 그러고는 생각이 가득한 눈빛을 하고 돌아왔다.

"이것 참!" 그가 외쳤다. "하, 이것 참!"

구석에는 스패니얼이 바구니 안에 누워 있었다. 이 개는 힘겹게 발걸음을 떼며 천천히 주인에게 다가갔다. 꼬리를 바닥에 질질 끌고 뒷다리를 절룩거리며 다가간 개는 퍼거슨의 손을 핥았다.

"왜 그러시죠, 홈즈 씨?"

"그 개 말입니다. 무슨 문제가 있나요?"

"수의사도 몰라서 난감해하더군요. 일종의 마비라던가? 수의사는 수막염일 거라더군요. 하지만 일시적인 현상이랍니다. 곧 괜찮아질 거예요. 그렇지, 카를로?"

대답을 하듯 축 늘어진 꼬리가 살짝 흔들렸다. 처량해 보이는 두 눈이 우리를 향했는데, 우리가 자기 얘기를 하고 있다는 것을 아는 눈치였다.

"갑자기 이렇게 됐나요?"

"예, 하룻밤 사이에."

"그게 언제였죠?"

"넉 달 전이었을 겁니다."

"주목할 만한 사건이군요. 아주 의미심장해요."

"카를로한테서 무엇을 발견하셨습니까, 홈즈 씨?"

"앞서 생각한 것을 확인할 수 있었습니다."

"맙소사, 생각을 하신다고요? 홈즈 씨에게는 이 일이 그저 지적인 수수께끼인가 보군요. 하지만 저에게는 죽느냐 사느냐의 문제입니다! 아내는 살인자가 될지 모르고, 내 아이는 계속 위험에 처해 있다고요! 나를 놀리지 마세요, 홈즈 씨! 이건 정말 심각한 일입니다."

거구의 럭비 스리쿼터백은 온몸을 부들부들 떨었다. 홈즈는 마음을 달래주려는 듯 퍼거슨의 팔에 한 손을 얹었다.

"어떤 식으로 해결을 하든 당신에게는 아픔이 뒤따를 것 같습니다, 퍼거슨 씨." 그가 말했다. "최선을 다해 도와드리겠습니다. 지금 당장은 더 이상 드릴 말씀이 없지만, 내가 이 집을 떠나기 전에 일을 해결할 수 있을 거라고 봅니다."

"제발 그렇게만 된다면! 실례지만 아내의 방에 올라가서 그동안 달라진 게 있는지 알아보겠습니다."

⁂

그가 몇 분 동안 자리를 비운 사이, 홈즈는 벽에 걸린 무기류를 다시 살펴보았다. 집주인이 돌아왔을 때, 어두운 얼굴을 보니 아무런 진전도 없는 것이 분명했다.

"차가 준비됐다, 돌로레스." 퍼거슨이 말했다. "마님이 원하는 게 있는지 가서 알아보렴."

"마님이 많이 아파요." 여자가 분개한 눈으로 바깥주인을 바라보며 외쳤다. "마님은 밥도 안 먹어요. 많이 아파요. 의사가 필요해요. 의사 없이 마님이랑 둘이 있을 때 겁이 났어요."

퍼거슨이 궁금한 눈빛으로 나를 바라보았다.

"내가 도움이 된다면 기쁘겠습니다."

"마님이 왓슨 박사를 만나려고 하실까?"

"제가 모시고 가요. 허락 필요 없어요. 의사가 필요해요."

"그럼 지금 같이 가봅시다."

감정이 격해져서 몸을 떨고 있는 돌로레스를 따라 2층으로 올라가서 고풍의 복도를 지나갔다. 그 끝에 자물쇠를 채운 육중한 문이 있었다. 그것을 보니 퍼거슨이 아내를 만나기도 쉬운 일이 아니라는 생각이 들었다. 하녀가 주머니에서 열쇠를 꺼냈고, 묵직한 떡갈나무 문짝이 돌아가며 낡은 경첩에서 삐걱거리는 소리가 났다. 내가 들어서자 그녀도 얼른 따라 들어와서 문에 빗장을 질렀다. 침대에는 고열에 시달리고 있는 것이 분명한 여자가 누워 있었다. 그녀는 의식이 또렷하지 않았지만, 내가 들어서자 두려워하면서도 아름다운 두 눈을 들어 걱정스레 나를 응시했다. 낯선 사람인 것을 알고 안도한 표정을 짓고는 한숨을 내쉬며 다시 베개에 머리를 뉘었다. 나는 그녀를 안심시키는 말을 몇 마디 건네며 가까이 다가 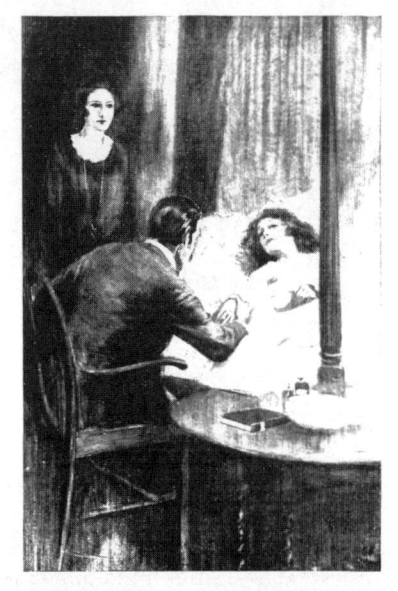 갔다. 맥박과 체온을 재는 동안 그녀는 가만히 누워 있었다. 맥박이 빠르고 체온도 높았지만 실제로 병이 들었다기보다는 정신과 신경이 흥분된 상태라는 인상을 받았다.

"마님은 하루 이틀 내내 이렇게 누워 있어요. 죽은 것 같아요." 하녀가 어눌하게 말했다.

부인이 붉게 달아오른 미모의 얼굴을 내게 돌렸다.

"남편은 어디 있죠?"

"아래층에 계십니다. 부인을 만나고 싶어할 겁니다."

"만나지 않을 거예요. 그이를 만나지 않겠어요." 그러고는 잠시 정신착란을 일으키는 듯했다. "악마! 악마야! 아, 이 악마를 어쩌면 좋아."

"내가 어떻게 도와드리면 좋을까요?"

"아니, 아니에요. 아무도 도와줄 수 없어요. 다 끝났어요. 내가 뭘 어떻게 하든 다 결딴이 나고 말았어요."

부인은 이상한 착란상태에 빠진 것이 분명했다. 나로서는 정직한 퍼거슨을 악마로 볼 수 없었기 때문이다.

"부인." 내가 말했다. "부군께서는 부인을 극진히 사랑합니다. 그는 이번 일을 매우 마음 아파하고 있어요."

다시 그녀는 눈부신 두 눈을 내게 돌렸다.

"그이는 나를 사랑해요. 그래요. 그런데 나는 그이를 사랑하지 않는 줄 아세요? 그이가 상심할까봐 차라리 내가 희생을 자초하는 것이 그이를 사랑하지 않아서인가요? 내 사랑 법은 그런 식이에요. 한데 그이는 나를 어떻게 생각하죠? 어쩌면 나한테 그런 말을 다 할 수가 있죠?"

"그는 몹시 마음이 아프면서도 무슨 영문인지 이해하지 못하고 있습니다."

"그래요, 이해하지 못할 거예요. 하지만 믿어야 해요."

"그를 만나보지 않으시겠습니까?" 내가 제안했다.

"아니, 아니에요. 그이의 그 끔찍한 말과 표정을 잊을 수가 없어요. 만나지 않겠어요. 그만 가보세요. 댁이 나를 위해 해줄 일은 없어요. 다만 한마디만 전해줘요. 내 아기를 원한다고. 나한테는 권리가 있어요. 그이한테 하고 싶은 말은 그것뿐이에요." 그녀는 벽으로 얼굴을 돌리고 더는 말하지 않았다.

나는 1층의 방으로 돌아왔다. 퍼거슨과 홈즈가 여전히 불가에 앉아 있었다.

"내가 어떻게 아이를 보내줄 수 있겠나?" 그가 말했다. "그녀가 무슨 이상한 충동에 사로잡히면 또 어쩌라고. 그녀가 입술에 피를 묻힌 채 아이 곁에서 일어서는 모습을 내가 어떻게 잊을 수가 있겠나?" 그는 지난 일을 생각하며 진저리를 쳤다. "아이는 메이슨 부인과 같이 있는 게 안전해. 그래야 해."

우리가 그 집에서 본 유일한 현대적 존재인 영리한 하녀가 차를 갖다 주었다. 그녀가 차 시중을 들고 있을 때, 문이 열리면서 한 소년이 들어왔다. 눈길을 끄는 이 소년은 창백한 얼굴에 머리가 금발이었는데, 아버지의 모습을 발견한 그의 연청색 두 눈이 갑자기 기쁨과 마음의 동요로 빛을 발했다. 그는 앞으로 달려가서 마치 사랑에 빠진 여자아이처럼 몸을 던져 아버지를 포옹했다.

"아, 아빠!" 그가 외쳤다. "벌써 오실 때가 되었다는 것을 몰랐어요. 알았으면 진작 아빠를 보러 오는 건데. 아, 아빠를 보니 정말 기뻐요!"

퍼거슨은 조금 당황해하며 슬며시 포옹을 풀었다.

"애야." 그가 한 손으로 금발머리를 부드럽게 쓰다듬으며 말했다. "내 친구인 홈즈 씨와 왓슨 박사에게 잘 말씀을 드려서 우리 집에 내려와 같이 밤을 보내게 되었기 때문에 일찍 오게 된 거란다."

"탐정 홈즈 씨가 저분인가요?"

"응."

소년은 우리를 뚫어지게 바라보았다. 어쩐지 우호적인 눈빛 같지가 않았다.

"다른 아이는 어떻습니까, 퍼거슨 씨?" 홈즈가 물었다. "그 아이를

좀 볼 수 있을까요?"

"메이슨 부인에게 아기를 데려오라고
하렴." 퍼거슨이 말했다. 소년은 기묘하게 비틀거리며
방을 나섰다. 외과의사의 눈으로 보니 등뼈가 약한 것이 분명했다. 곧
아이가 돌아왔고, 뒤따라 키가 크고 수척한 여자가 아주 예쁜 아기를
안고 들어왔다. 아기는 눈이 검고 금발에, 색슨족과 라틴족의 특성이
잘 어우러져 있었다. 퍼거슨이 아기를 받아 안고 그지없이 부드럽게
어르는 것을 보니 무척이나 사랑하는 것이 분명했다.

"이런 아이에게 상처를 입힐 마음을 먹다니."

그가 중얼거리며 포동포동한 아이의 목에 난 작고 새빨간 상처를
굽어보았다. 이때 나는 우연히 홈즈에게 고개를 돌렸다가, 홈즈 특유
의 골똘히 생각에 잠긴 표정을 보았다. 그의 얼굴은 마치 오래된 상아
를 깎아놓은 것처럼 굳어 있었는데, 잠시 부자지간을 바라보다가 이제
는 열띤 호기심으로 무엇인가 다른 쪽에 있는 것에 눈길을 고정시켰

서식스의 뱀파이어

다. 그의 눈길을 따라가 보니 음울하게 비가 내리는 창밖의 정원을 내다보고 있다는 것만 짐작할 수 있었다. 덧문이 반쯤 닫혀 있어서 눈길을 차단하고 있기는 했지만, 그런데도 홈즈는 창밖의 무엇인가를 집중해서 바라보고 있는 것이 분명했다. 그러다 빙그레 웃더니 그는 다시 아기에게 눈길을 돌렸다. 토실토실한 목에 난 상처가 아문 자국이 조그맣게 나 있었다. 홈즈는 말없이 상처를 자세히 살펴보았다. 이윽고 그는 눈앞에서 꼼지락거리는 조막손을 쥐고 악수를 했다.

"아기야, 안녕? 너는 인생을 참 묘하게 시작했구나. 유모, 단둘이 얘기하고 싶은 게 있습니다."

그는 유모를 한쪽으로 데려가서 몇 분 동안 열렬히 무슨 말인가를 했다. 내가 들은 것은 마지막의 이런 말뿐이었다. "그럼 곧 근심을 털어버릴 수 있기를 바랍니다." 성격이 무뚝뚝하고 과묵해 보이는 유모가 아기를 안고 물러갔다.

"메이슨 부인은 어떤 사람입니까?" 홈즈가 물었다.

"보시다시피 겉보기에는 그리 인상이 좋지 않지만, 마음씨가 곱고 아기에게 헌신적입니다."

"너도 유모를 좋아하니, 잭?" 홈즈가 갑자기 소년을 돌아보며 말했다. 소년은 표정이 풍부한 얼굴에 그늘을 드리우더니 고개를 내둘렀다.

"잭은 좋아하고 싫어하는 게 아주 뚜렷하답니다." 퍼거슨이 한 팔로 소년을 감싸며 말했다. "나를 좋아해서 다행이죠."

소년이 정답게 머리를 아버지의 가슴에 묻었다. 퍼거슨은 그를 부드럽게 떼어냈다.

"그만 가보렴, 애야." 그가 말했다. 그는 사랑스러운 눈길로 아들이 사라지는 모습을 끝까지 지켜보았다. "아, 홈즈 씨." 소년이 떠나자 그가 이어 말했다. "정말이지 공연히 홈즈 씨를 모셔왔다는 생각이 듭니다. 해주실 수 있는 일이 어쩌면 저를 가엾게 여겨주는 것밖에 없는 듯하니까요. 홈즈 씨에게는 이번 일이 너무나 미묘하고 복잡해 보일 겁니다."

"분명 미묘하긴 하군요." 내 친구가 흥겨운 미소를 머금고 말했다. "하지만 아직까지 복잡하다는 생각은 들지 않습니다. 아주 많은 각각의 실제 사건들에 한정해서 하나씩 지적인 추리를 하다 보면, 주관이 객관이 되고 어느덧 우리는 목표에 이르렀다는 것을 자신 있게 말할 수 있게 됩니다. 실은 베이커 스트리트를 떠나기 전에 이미 사건을 해결했습니다. 남은 것은 다만 직접 보고 확인하는 일뿐이었죠."

퍼거슨이 큼직한 손을 주름진 이마에 척 갖다 대었다.

"맙소사, 홈즈 씨." 그가 목쉰 소리로 말했다. "이 사건의 진상을 알고 계시다면 나를 조마조마하게 하지 마세요. 더 이상 그걸 어떻게 견디겠습니까? 이제 어떻게 해야 하죠? 정말 해결을 했다면 사실들을 어떻게 알아냈는지는 상관이 없습니다."

"당신이 잘 설명해준 덕분이니, 곧 아시게 될 겁니다. 하지만 내 방식대로 사건을 처리하도록 허락해주시겠습니까? 부인이 우리를 만날 수 있겠어, 왓슨?"

"아프긴 하지만 아주 이성적이야."

"좋아. 그녀가 있어야만 이 사건을 깨끗이 해결할 수 있으니, 같이 올라가 봅시다."

"나를 만나려고 하지 않을 겁니다." 퍼거슨이 외쳤다.

"아, 그래요, 그러겠죠." 홈즈가 말했다. 그는 종이에 재빨리 몇 줄 썼다. "왓슨, 자네라면 그래도 입장권을 갖고 있지. 부인께 이 쪽지를 좀 전해주겠어?"

⬥⬥

나는 다시 올라가서, 쭈뼛거리며 문을 열어준 돌로레스에게 쪽지를 건넸다. 잠시 후 안에서 탄성이 들려왔다. 기쁨과 놀라움이 섞인 듯한 탄성이었다. 돌로레스가 밖으로 고개를 내밀었다.

"사람들을 만나시겠대요. 얘기를 듣겠대요." 그녀가 말했다.

내가 부르자 퍼거슨과 홈즈가 올라왔다. 우리가 방으로 들어섰을 때 먼저 퍼거슨이 아내에게 한두 걸음 다가갔다. 침대에서 상체를 세우고 앉아 있던 그녀는 팔을 들어 그가 가까이 오지 못하게 했다. 그는 안락의자에 털썩 주저앉았고, 홈즈가 그녀에게 고개를 숙여 보인 후 곁에 앉았다. 그녀는 놀라서 눈을 크게 뜨고 홈즈를 바라보았다.

"돌로레스는 나가보는 게 좋겠습니다." 홈즈가 말했다. "아, 좋아요, 부인. 돌로레스가 있는 게 낫다고 생각하신다면 반대하지 않겠습니다. 자, 퍼거슨 씨, 찾는 사람이 많아서 나는 바쁜 몸입니다. 그러니 시간을 아낄 수 있는 직접적인 방법을 사용하겠습니다. 수술이 빠를수록 환자가 고통을 덜 받지. 먼저 마음을 편안하게 해드릴 말부터 하겠습니다. 부인은 매우 착하고 매우 자상한데, 매우 부당한 대우를 받았습니다."

퍼거슨이 기쁨의 탄성을 올리며 일어섰다.

"증명해주십시오, 홈즈 씨. 이 은혜는 평생 잊지 않겠습니다."

"그러겠습니다만, 그러다가 당신은 다른 쪽에서 상처를 받게 될 것입니다."

"아내만 결백해진다면 나는 아무래도 좋습니다. 그것에 비하면 세상의 어떤 일도 대수롭지 않아요."

"그럼 말씀드리겠습니다. 베이커 스트리트에서 이미 머릿속에 떠오른 추리 내용은 이렇습니다. 뱀파이어라는 생각은 내가 보기에 황당할 뿐이었습니다. 잉글랜드 범죄계에서 그런 일은 일어나자 않습니다. 하지만 당신이 목격한 것은 틀림이 없었습니다. 아기의 요람 곁에서 일어선 부인의 입술에 피가 묻은 것을 본 것 말입니다."

"그랬죠."

"아기의 상처에서 피가 흘렀는데, 그건 누가 피를 빨아먹은 것이 아니라 다른 목적으로 피가 빨렸을 거라는 생각을 해본 적은 없으시죠? 잉글랜드 역사에서 독을 뽑아내기 위해 그런 상처에서 피를 빨아낸 왕비(카스티야의 에드워드 1세 왕이 십자군 원정에서 단검에 팔을 찔렸을 때 그의 부인 엘리너가 독을 빨아내서 목숨을 구했다는 이야기가 있다─옮긴이)가 있지 않았던가요?"

"독!"

"남아메리카의 가정이라면, 나는 직접 보기 전부터 이미 이런 무기류가 벽에 걸렸을 거라고 직감했습니다. 다른 독일 수도 있었지만, 내게 떠오른 것은 무기에 묻은 독이었어요. 작은 새잡이 활 곁에 있는 화살 통이 비어 있는 것을 보고 내가 예상한 대로라는 것을 알 수 있었죠. 쿠라레 같은 지독한 독을 바른 화살에 아기가 찔렸다면 독을 빨아내지 않고는 목숨을 구할 길이 없습니다.

그리고 그 개! 누구든 그런 독을 사용하려 했다면 아직도 효력이 있는지 먼저 알아보려고 하지 않겠습니까? 그 대상이 개일 줄은 예상치 않았지만, 적어도 그럴 수 있다는 것은 알고 있었고, 개가 사건의 재구성에 딱 들어맞았습니다.

이제 아시겠습니까? 부인께서는 그런 공격을 두려워하신 겁니다. 그러다 실제로 공격하는 것을 보았고 아기의 생명을 구했지만, 당신에게 진실을 밝히지 않았습니다. 당신이 소년을 얼마나 사랑하는지 잘 알고 있기 때문에 사실을 밝히면 당신의 가슴이 미어질까봐 걱정을 한 겁니다."

"잭이!"

"아까 당신이 아기를 안을 때 소년을 지켜보았습니다. 덧문이 닫힌 창문 유리에 그의 얼굴이 고스란히 비쳤죠. 나는 인간의 얼굴에서 그렇게 맹렬한 질투, 그렇게 잔인한 증오의 표정을 본 적이 별로 없습니다."

"우리 잭이!"

"사실을 직시하셔야 합니다, 퍼거슨 씨. 당신을 향한, 어쩌면 죽은 생모를 향한 왜곡된 사랑, 광적이고 과장된 사랑 때문에 그런 짓을 한 것이라서 더욱 가슴이 아플 겁니다. 너무나 귀여운 아기, 자신의 병약함과는 대조되는 건강하고 예쁜 아기에 대한 증오로 영혼을 불사른 겁니다."

"맙소사! 그럴 리가 없어!"

"내 말이 맞습니까, 부인?"

안주인은 얼굴을 베개에 묻고 흐느끼고 있었다. 그러나 이제 남편에게 고개를 돌렸다.

"내 입으로는 차마 말할 수가 없었어요, 여보. 당신이 충격을 받을 것만 같았으니까요. 그래서 기다리고 있다가 내가 아닌 다른 사람에게 듣는 것이 나을 것 같았어요. 마법의 힘을 지닌 듯한 이 신사께서 모든 것을 알고 있다는 쪽지를 써 보내서 얼마나 반가웠는지 몰라요."

"잭을 위해 처방을 내리자면, 한 1년 바다에서 지내는 게 좋을 것 같습니다." 홈즈가 자리에서 일어서며 말했다. "딱 한 가지 미심쩍은 것이 있습니다, 부인. 잭을 때린 것은 충분히 수긍이 갑니다. 어머니의 참을성에도 한계는 있으니까요. 그런데 어떻게 지난 이틀 동안 아기를 내버려둘 수 있었죠?"

"메이슨 부인에게는 사실을 말했어요. 그녀는 알아요."

"그랬군요. 그랬을 거라고 짐작은 했습니다."

퍼거슨은 침대 옆에 서서 떨리는 두 손을 뻗은 채 걷잡을 수 없는 슬픔에 목이 멘 듯했다.

"이제 우리는 떠날 시간이 된 것 같아, 왓슨." 홈즈가 나직이 말했다. "지나치게 충직한 돌로레스는 우리가 같이 데리고 나가자. 그럼,

자." 하고 그는 방을 나가서 문을 닫으며 덧붙여 말했다. "나머지는 부부가 스스로 해결하도록 맡겨두어도 될 거야."

❖❖❖

이 사건에 대해 할 말은 이제 한 가지밖에 없다. 이번 이야기 서두에서 말한 편지에 대해 홈즈가 마지막으로 쓴 답장이 그것이다. 내용은 이렇다.

베이커 스트리트, 11월 21일

뱀파이어에 관하여

귀하

19일자 귀하의 편지에 대해 다음과 같이 알려드리는 바입니다. 귀하의 고객인 민싱 레인의 홍차 중개상 퍼거슨 & 뮤어헤드의 로버트 퍼거슨 씨가 의뢰한 사건을 조사했으며, 문제가 만족스럽게 해결되었습니다. 추천해주신 것에 대해 감사드립니다.

— 셜록 홈즈 드림

The Adventure of the
Three Garridebs

세 명의 개리뎁 씨

그것은 희극이었을 수도 있고, 아니면 비극이었을 수도 있다. 그 때문에 한 사람은 추리를 해야 했고, 나는 피를 흘려야 했고, 또 다른 한 사람은 죗값을 치러야 했다. 하지만 희극의 요소가 있었던 것은 분명하다. 음, 그것은 독자 여러분이 직접 판단해보시라.

그때 그 날짜는 잊으려야 잊을 수가 없다. 장차 언젠가는 밝힐 수 있게 될 임무 덕분에 수여된 기사 작위를 홈즈가 거절한 바로 그 달에 일어난 일이기 때문이다. 말이 난 김에 언젠가는 밝힐 수 있을 거라는 말만 하고 마는 것은, 동료이자 절친한 친구로서 혹시 실언을 하지 않도록 각별히 마음을 쓸 의무가 있기 때문이다. 아무튼 그 덕분에 날짜를 꼭 집어 말할 수 있는데, 때는 1902년 6월 말, 남아프리카 전쟁이 끝난 직후였다. 이따금 그랬듯이 홈즈는 여러 날 내리 침대에서 뒹굴다가, 그날은 웬일인지 아침부터 길쭉한 서류를 들고 나타났는데, 평소에는 엄숙한 회색의 두 눈이 흥겹게 반짝였다.

"왓슨, 자네한테 돈벌이 기회가 생겼어." 그가 말했다. "개리뎁이라는 성씨를 들어본 적 있어?"

나는 들어보지 못했다고 실토했다.

"그러니까 자네가 개리뎁 씨를 찾아내면 돈이 생기는 거야."

"왜?"

"아, 이야기하자면 사연이 긴데, 야릇한 구석이 좀 있지. 우리는 여태 인간의 복잡성에 관한 온갖 탐구를 해왔는데, 이번처럼 독특한 일은 겪어본 적이 없는 것 같아. 의뢰인이 곧 면담을 하러 이리 올 테니, 사연은 그때 공개할게. 하지만 그때까지 그 성씨를 좀 찾아보자."

전화번호부가 내 옆 탁자에 놓여 있었다. 나는 별로 기대도 하지 않고 페이지를 넘겼다. 그런데 놀랍게도 낯선 이 성씨가 버젓이 등록되어 있었다. 나는 환호성을 올렸다.

"찾았어, 홈즈! 여기 있어!"

홈즈가 전화번호부를 가져갔다.

"'개리뎁, N.'이라." 그가 읽었다. "'서부 리틀라이더 스트리트 36번지.' 이봐 왓슨, 자네를 실망시켜서 안됐지만, 이 사람이 바로 의뢰인이야. 그의 편지가 이 주소로 되어 있지. 성씨가 같은 다른 사람을 찾아야 해."

허드슨 부인이 쟁반에 명함을 얹고 방으로 들어왔다. 내가 집어들고 슬쩍 읽어보았다.

"아니, 여기 또 있어!" 내가 놀라서 외쳤다. "이 사람은 이름이 달라. 존 개리뎁, 미국 캔자스 주, 무어빌의 변호사."

홈즈는 명함을 보며 씩 웃었다. "왓슨, 다른 사람을 찾아봐야겠어." 그가 말했다. "이 신사도 이미 각본 속에 들어 있던 사람이야. 오늘 아침 이렇게 만나게 될 줄은 몰랐지만 말이야. 하지만 내가 알고 싶어하는 많은 것을 우리에게 말해줄 위치에 있는 사람이지."

잠시 후 그가 방에 들어섰다. 변호사 존 개리뎁 씨는 키가 작고, 생기가 도는 둥근 얼굴에 미국의 여느 사무원처럼 깨끗이 면도를 한 정열적인 남자였다. 전체적으로 통통하고 다소 어려 보이는 데다 미소를 활짝 짓고 있어서 아주 팔팔한 나이라는 인상을 주었다. 두 눈은 퍽 인상적이었다. 어떤 사람에게서도 그처럼 강렬한 내면의 삶을 고스란히 드러내는 두 눈을 나는 본 적이 없었다. 눈빛이 아주 밝고, 날카롭고, 아주 민감해서, 생각의 변화를 고스란히 드러냈다. 억양은 미국식이었지만 말투가 유별나지는 않았다.

"홈즈 씨?" 그가 물으며 우리를 차례로 바라보았다. "아, 맞아요! 실례가 될지 모르겠지만, 그림으로 본 그대로군요. 나랑 성씨가 같은 네이선 개리뎁 씨가 보낸 편지를 받으신 것으로 알고 있는데, 맞습니까?"

"우선 앉으십시오." 셜록 홈즈가 말했다. "우리는 할 말이 많은 것 같습니다." 홈즈는 예의 긴 종이를 집어들었다. "당신은 물론 이 서류에 언급된 존 개리뎁 씨겠군요. 그런데 잉글랜드에서 지내신 지 꽤 됐나 봅니다?"

"왜 그런 말씀을 하시는 거죠, 홈즈 씨?" 표정이 풍부한 그의 두 눈에 돌연 의심의 빛이 스쳐 지나가는 듯했다.

"차림새가 모두 영국식이어서요."

개리뎁 씨는 쓴웃음을 지었다. "홈즈 씨의 요령에 대해서는 진작에 읽어봤지만, 내가 분석 재료가 될 줄은 미처 몰랐습니다. 그걸 어떻게 알아내셨나요?"

"윗도리의 어깨 마름질, 부츠의 코를 보면 누구나 알 수 있습니다."

"아, 그래요, 내가 영락없는 영국인인 줄은 몰랐습니다. 사업차 여기 온 지 꽤 됐습니다. 그래서 홈즈 씨 말마따나 내 차림새가 거의 런던식입니다. 하지만 바쁘실 텐데, 우리가 지금 내 양말짝 마름질 얘기나 하려고 만난 것은 아니죠. 손에 들고 계신 서류 얘기로 넘어가는 게 어떻겠습니까?"

홈즈가 은연중에 손님의 신경을 건드렸는지, 손님의 통통한 얼굴에서 웃음기가 가셨다.

"참으세요! 좀 참으십시오, 개리뎁 씨!" 내 친구가 나긋하게 말했다. "때로 내가 엉뚱한 소리를 해도 그것이 나중에는 사건과 관계가 있는 것으로 밝혀진다는 것을 우리 왓슨 박사가 증언해줄 겁니다. 그런데 네이선 개리뎁 씨는 왜 같이 오지 않으셨나요?"

"도대체 그가 왜 당신을 끌어들인 겁니까?" 손님이 느닷없이 분통을 터트리며 물었다. "당신이 우리 일과 무슨 상관이 있다는 겁니까? 두 신사 사이에 사업상 볼일이 좀 있을 뿐인데, 탐정을 끌어들일 필요가 뭐가 있단 말입니까! 오늘 아침 그를 만났더니, 나를 바보로 만드는 이런 짓을 했다더군요. 그래서 이렇게 찾아온 겁니다. 아무튼 기분이 좋지 않습니다."

"개리뎁 씨, 당신에게 불명예가 될 일은 없었습니다. 단지 그는 목적을 이루려는 열의에서 그랬던 겁니다. 두 분 다 그 일이 중요한 것으

로 알고 있습니다. 그는 내가 정
보를 수집할 능력이 있다는 것을
알고 있었기 때문에 아주 자연스
레 의뢰를 한 것입니다."

손님의 성난 얼굴이 차츰 밝
아졌다.

"음, 그렇다면 얘기가 달라지
는군." 그가 말했다. "오늘 아침
그를 만나러 갔더니 탐정에게 의
뢰를 했다기에, 주소를 물어서

이렇게 바로 찾아온 겁니다. 나는 사사로운 일에 경찰이 끼어드는 것
을 원치 않아요. 하지만 당신이 사람을 찾는 일을 도와줄 뿐이라면 그
거야 나쁠 게 없죠."

"그래요, 바로 그겁니다." 홈즈가 말했다. "그리고 기왕 여기 오신
김에, 직접 설명을 좀 잘 해주셨으면 좋겠습니다. 여기 있는 내 친구는
사정을 전혀 모르니까요."

개리뎁 씨가 곱지 않은 시선으로 나를 이리저리 뜯어보았다.

"이분이 알 필요가 있나요?" 그가 물었다.

"우리는 보통 같이 일합니다."

"뭐, 비밀로 해야 할 이유는 없죠. 가능한 한 간단히 사실을 말씀드
리겠습니다. 선생이 캔자스 출신이라면 앨릭잰더 해밀턴 개리뎁이 누
군지 내가 말하지 않아도 잘 아실 겁니다. 처음에는 부동산으로, 나중

에는 시카고의 소맥거래소에서 한재산 모았는데, 그것으로 포트 도지 서쪽 아칸소 강변의 땅을 사들였습니다. 영국의 한 개 주 넓이만 한 땅이죠. 목초지, 벌목지, 경작지, 광산 지대 등 돈이 굴러들어올 만한 온갖 종류의 땅을 샀죠.

그분에게는 일가붙이가 한 명도 없었습니다. 있었다 해도 연락이 안 됐죠. 하지만 그분은 희귀한 자기 성씨를 못내 자랑스러워하셨습니다. 그 때문에 우리가 만나게 된 거죠. 나는 토프카에서 변호사로 일했는데, 어느 날 그 노인분께서 찾아오셨습니다. 그분은 자기와 같은 성씨를 가진 사람을 애타게 만나고 싶어하셨죠. 그것은 열렬한 취미이기도 했습니다. 그분은 세상에 개리뎁 성씨를 가진 사람이 또 얼마나 있는지 알아내기로 작정을 했습니다. '또 다른 사람을 찾아주게' 하고 그분이 말씀하셨지만, 나는 바쁜 사람이라서 사람을 찾아 세상을 떠돌 시간이 없다고 말했습니다. '암만 그래도 일이 내 계획대로 된다면 자네는 한사코 찾게 될 걸세' 하고 노인분이 말씀하시더군요. 나는 그게 농담인 줄만 알았는데, 그 말이 참으로 의미심장했다는 것을 곧 알게 되었습니다.

그분은 그 말을 한 지 1년도 안 되어 돌아가셨는데 유언을 남겼습니다. 일찍이 캔자스 주에서 작성된 유언 가운데 가장 이상야릇한 유언이었죠. 그분의 재산을 삼등분해서 그중 하나는 내가 물려받게 되었는데, 나머지 둘을 물려받게 될 두 명의 개리뎁 씨를 찾아야 한다는 조건이었습니다. 미국 돈으로 각자 500만 달러(오늘날의 화폐 가치로는 1억 달러가 넘는 거액—옮긴이)를 받게 되는데, 세 명이 줄을 서지 않으면 돈을 만져볼 수도 없게 되어 있습니다.

이건 너무나 큰 기회라서 나는 변호사 일을 뒷전으로 미루고 다른 개리뎁 씨를 찾아 나섰습니다. 미국에는 한 명도 없더군요. 이 잡듯 샅샅이 뒤졌지만 한 명도 찾지 못했습니다. 그래서 옛 나라에서 찾기로 했죠. 런던 전화번호부에는 과연 이 성씨가 등록되어 있었습니다. 이틀 전 그를 찾아가서 사연을 들려주었죠. 그 역시 나처럼 홀몸이었습니다. 여자 친척은 있었지만 남자는 없었어요. 유언에서 말한 것은 세 명의 성인 남자였습니다. 그래서 아시다시피 아직도 한 명이 모자랍니다. 빈자리를 채울 수 있도록 홈즈 씨가 도와주신다면 아주 기꺼이 사례하겠습니다."

"어때, 왓슨." 홈즈가 미소를 머금고 말했다. "야릇한 구석이 있다고 내가 말했지? 개리뎁 씨, 내 생각으로는 신문의 개인 광고란에 광고를 하는 것이 알기 쉬운 방법이라고 봅니다만."

"광고를 해봤습니다, 홈즈 씨. 응답이 없었어요."

"저런! 이것 참, 아주 묘한 문제로군요. 시간이 나면 나도 찾아보겠습니다. 그런데 토프카에서 오셨다니 참 묘한 일입니다. 지금은 작고하셨지만 1890년에 그곳 시장이었던 라이샌더 스타 박사님과 내가 편지를 주고받곤 했는데 말입니다."

"아, 그 훌륭한 스타 박사님!" 손님이 말했다. "그분은 지금도 존경을 받고 있죠. 아, 홈즈 씨, 우리가 할 수 있는 일은 당신한테 보고를 하고, 일에 진전이 생기면 알려주는 것 정도일 것입니다. 하루나 이틀 안에 소식을 들으실 겁니다."

이렇게 장담을 하며 미국인은 인사를 하고 떠났다.

❖❖❖

홈즈는 파이프에 불을 댕기고 한참 동안 묘한 미소를 머금고 앉아 있었다.

"왜?" 내가 마침내 물었다.

"궁금해서. 그저 좀 궁금해서 그래."

"뭐가?"

홈즈가 입술에서 파이프를 떼었다.

"우리한테 그렇게 구구하게 거짓말을 늘어놓은 그 사람의 진짜 목적이 도대체 무엇인가, 그것이 궁금해, 왓슨. 하마터면 대놓고 그걸 물어볼 뻔했어. 가차 없이 정면 돌파를 하는 것이 최선의 방책일 때가 있으니까 말이야. 하지만 그가 우리를 속여 넘겼다고 생각하게 하는 것이 나을 거라고 판단했어. 팔꿈치가 닳은 영국제 윗도리에 1년은 입어서 무릎이 튀어나온 바지를 입은 사람이 얼마 전에 런던에 온 미국 소도시 사람이라니 원. 게다가 개인 광고란에 그런 광고는 나온 적이 없어. 내가 그런 광고는 놓치지 않는다는 것을 자네도 알잖아. 광고란은 내가 좋아하는 새들의 은신처야. 놀라게 해서 날아오르면 사냥하기 딱 좋은 은신처 말이야. 그렇게 듬직한 수꿩을 내가 놓쳤을 리가 없지. 토프카의 라이샌더 스타 박사라는 사람은 있지도 않아. 어느 구석을 쑤셔봐도 그는 거짓말만 했어. 그 친구가 미국인이라는 것은 사실이겠지만, 억양이 매끄러워진 것을 보면 런던에서 여러 해를 보냈어. 그렇다면 그의 속셈이 뭘까? 황당하게 개리뎁 씨를 찾는다면서 뭘 노리는 것일까? 그건 주목할 가치가 있어. 악당치고는 분명 복잡하고 독창적인 두뇌를 가진 악당이니까 말이야. 이제 우리한테 편지를 보낸 사람도 사기꾼인지 알아봐야겠어. 그에게 전화를 좀 걸어봐, 왓슨."

전화를 걸자, 전화선의 다른 쪽 끝에서 가늘게 떠는 음성이 들려왔다.

"예, 예, 제가 네이선 개리뎁입니다. 거기 홈즈 씨 계신가요? 마침 홈즈 씨에게 꼭 드릴 말씀이 있습니다."

내 친구가 수화기를 건네받았고, 평소처럼 중간에 생략된 대화가 들려왔다.

"예, 그가 다녀갔습니다. 그를 잘 모르시죠? …… 얼마 전에? …… 고작 이틀 전! …… 예, 예, 물론 아주 가망이 높죠. 오늘 저녁때 댁에 계실 겁니까? 당신과 성씨가 같은 분은 그때 거기 안 계시겠죠? …… 좋아요, 그럼 우리가 찾아가겠습니다. 그 사람이 없을 때 얘기를 나누는 것이 좋을 테니까요. …… 왓슨 박사와 같이 갈 겁니다. …… 당신의 편지를 보니 그리 외출을 하지 않으시는 듯합니다. …… 그럼, 6시경에 가겠습니다. 미국인 변호사에게는 말할 필요 없습니다. …… 좋아요, 그럼 안녕히 계십시오!"

멋진 봄날 저녁 해거름 녘이었다. 에지웨어 로드에서 갈라진 작은 길들 중 하나인 리틀라이더 스트리트도 저물어가는 햇살에 비껴 황금빛으로 물든 모습이 경이로웠다. 여기서 가까운 곳에, 돌이켜 생각하기도 흉흉한 타이번 교수대(1196년부터 1783년까지 공개 처형장으로 쓰였다—옮긴이)가 있었는데도 말이다. 우리가 찾던 집은 큼직한 고풍의 조지 왕조 시대 건축물이었다. 지층에 퇴창 둘이 돌출한 것만 빼고는 전면이 밋밋하게 벽돌로 지어져 있었다. 우리의 의뢰인이 사는 곳이 바로 이 지층이었다. 알고 보니 낮은 창문들은 그가 깨어 있는 시간에 머무는 커다란 거실 창문이었다. 희귀 성씨가 적힌 작은 황동 문패를 지나칠 때 홈즈가 문패를 가리켰다.

"몇 년은 묵은 문패야, 왓슨." 그가 변색된 표면을 가리키며 말했다. "아무튼 이 성씨는 진짜군. 주목할 만한 사실이야."

건물 안에는 공용 계단이 있었고, 홀에는 여러 개의 명패가 걸려 있었다. 일부는 사무실이고, 일부는 독신자용 셋방이었다. 주거용 공동주택이 아니라, 자유롭게 사는 독신자들의 숙소에 가까웠다. 우리의 의뢰인이 직접 문을 열어주고는, 4시에 관리인 여자가 떠났다며 사과를 했다. 네이선 개리뎁 씨는 키가 크고, 성치 않은 관절에 등은 굽은 데다 몸이 수척한 예순 살가량의 대머리 노인이었다. 송장 같은 얼굴에 운동이라고는 모르는 사람처럼 피부에 생기가 없었다. 커다란 둥근 안경과 뾰죽한 염소수염이 구부정한 자세와 어우러져 호기심 많은 사람 같은 인상을 풍겼다. 별나 보이기는 해도 전체적인 인상은 호인 같았다.

실내는 주인만큼이나 기묘해서 마치 작은 박물관 같았다. 방은 매우 널따란데, 사방의 찬장이나 유리 진열장에 지질학이나 해부학 표본이 즐비했다. 입구 양쪽 옆에는 나비와 나방 표본 상자가 쌓여 있었다. 중앙의 커다란 탁자에는 온갖 암석 파편이 널려 있었고, 그 사이에 고배율 현미경의 높다란 황동 경통(현미경이나 망원경 따위에서 접안렌즈와 대물렌즈를 연결하는 통—옮긴이)이 우뚝 솟아 있었다. 주위를 둘러본 나는 주인의 관심이 폭넓은 것에 자못 놀랐다. 고대 동전 상자도 있었고, 부싯돌 진열장도 있었다. 중앙 탁자 뒤에는 화석 뼈를 보관한 커다란 진열장이 있었다. 위에는 석고 두개골이 줄줄이 놓였고, 그 아래 '네안데르탈인', '하이델베르크인', '크로마뇽인'이라고 쓰인 표찰이 붙어 있었다. 그는 허다한 주제를 연구하고 있는 것이 분명했다. 이제 우리 앞에 선 그는 동전에 윤을 내는 데 쓰는 새미가죽을 오른손에 들고 있었다.

"전성기의 시라쿠사 동전입니다." 그가 동전을 쥔 채 설명했다. "말기로 접어들면서는 질이 크게 떨어졌죠. 나는 전성기 때의 이 동전을 최고로 치지만, 알렉산드리아 학파를 더 선호하는 이들도 있어요. 여기 어디 의자가 있을 겁니다. 홈즈 씨. 이 뼈들을 좀 치우죠. 그리고 이쪽 분, 아, 그래요, 왓슨 박사님, 일본 꽃병을 옆으로 좀 치워주시겠습니까? 보다시피 이 둘레에 있는 것들은 내 평생의 관심사들입니다. 주치의가 바깥나들이 좀 하라고 잔소릴 하지만, 나를 사로잡는 것들이 여기 이렇게나 많은데 왜 나가겠습니까? 이 유리 진열장 하나의 목록만 제대로 만들려 해도 석 달은 족히 걸릴 겁니다."

홈즈가 호기심에 찬 눈으로 주위를 둘러보았다.

"그런데 정말 밖에 나가지 않는단 말씀입니까?" 그가 말했다.

"가끔은 마차를 타고 서더비스나 크리스티스 경매장에 갑니다. 그 밖에는 집을 나선 적이 거의 없어요. 몸은 그리 튼튼하지 않은데, 연구에 푹 빠져 지내죠. 그런데 홈즈 씨, 내가 얼마나 전율을 느꼈는지 짐작이 가십니까? 이루 말할 수 없는 그 행운 얘기를 들었을 때 말입니다. 그건 즐거우면서도 오싹한 충격이었죠. 조건을 충족시키려면 개리뎁이 한 명만 더 있으면 되는데, 한 명이야 못 찾겠어요? 나한테는 형이 있었는데 그만 세상을 떴고, 여자 친족은 자격이 안 된다는군요. 하지만 세상에는 분명 개리뎁이 또 있을 겁니다. 홈즈 씨가 이상한 사건들을 다루었다는 말을 전에 들은 적이 있어서, 이렇게 의뢰 편지를 띄우게 된 것입니다. 물론 그 미국인 신사의 말이 지당해요. 먼저 그에게 조언을 구했어야 했지만, 다 최선의 결과를 위해 그리 행동한 거죠."

"정말 아주 현명하게 행동하신 겁니다." 홈즈가 말했다. "그런데 진짜로 미국의 부동산을 갖고 싶으십니까?"

"물론 아닙니다. 그런 것 때문에 내 수집품을 버려두고 떠날 수는 없어요. 하지만 그 신사는 우리가 땅을 물려받자마자 모두 자기가 사겠다고 다짐했습니다. 그 액수가 물경 500만 달러라더군요. 현재 내 수집품의 빈자리를 메울 수 있는 표본이 시중에 열 몇 종 나와 있는데, 몇백 파운드가 없어서 그걸 살 수가 없어요. 500만 달러만 있으면 내가 뭘 할 수 있겠는지 한번 생각해보십시오. 국가적인 알짜 수집품을 갖게 될 겁니다. 당대의 한스 슬로안(1660-1753. 자연주의자, 내과의

사, 수집가, 대영박물관의 기부자로 유명─옮긴이)이 되는 거죠."

그의 두 눈이 커다란 안경 뒤에서 빛을 발했다. 네이선 개리뎁 씨는 같은 성씨를 찾는 일에 팔을 걷어붙일 게 분명했다.

"내가 여기 들른 것은 안면을 트기 위해서였지, 연구를 방해하려는 것은 아니었습니다." 홈즈가 말했다. "나는 의뢰인을 직접 만나보기를 좋아합니다. 여쭈어보고 싶은 것이 많지는 않아요. 내 주머니에 아주 자상하게 써 보내신 편지가 있으니까요. 좀 부족한 부분은 미국인 신사가 나를 찾아왔을 때 채울 수 있었습니다. 그런데 그의 존재를 알게 된 것이 이번 주 들어서인 것으로 알고 있습니다만."

"그래요. 지난 화요일에 찾아왔죠."

"그 신사와 내가 오늘 만난 것에 대해 그가 이야기를 하던가요?"

"예, 그는 곧바로 내게 돌아왔습니다. 그 전에는 잔뜩 화가 나 있었죠."

"왜 화를 냈나요?"

"불명예스러운 일이라고 생각한 모양입니다. 하지만 다시 돌아왔을 때는 싱글벙글하더군요."

"그가 어떻게 하자는 제안을 하던가요?"

"아니요, 그러지 않았습니다."

"혹시 당신한테 돈을 받아갔거나, 달라고 하던가요?"

"아니요. 결코!"

"그가 다른 목적을 가진 것 같지는 않던가요?"

"아니요. 그가 직접 말한 것 외에는."

"우리가 전화로 약속한 것을 그에게 말했나요?"

"예, 말했습니다."

홈즈가 생각에 잠긴 것을 보니, 그가 난감해한다는 것을 알 수 있었다.

"수집품 중에 아주 귀중한 물건이 있나요?"

"아니요, 나는 부자가 아닙니다. 이건 훌륭한 수집품이지만, 비싼 것들은 아닙니다."

"도둑 걱정을 하지는 않나요?"

"전혀."

"이 집에서 얼마나 사셨나요?"

"5년 가까이 됩니다."

이때 다급하게 문을 두드리는 소리에 홈즈의 질문이 중단되었다. 우리의 의뢰인이 빗장을 벗기자마자 미국인 변호사가 신이 나서 안으로 뛰어 들어왔다.

"찾았습니다!" 그가 신문을 높이 쳐들고 흔들며 외쳤다. "여러분이 아직 여기에 있을 줄 알았습니다. 네이선 개리뎁 씨, 축하합니다! 당신은 이제 부자가 되었습니다. 일이 잘 끝났어요. 모든 게 잘 됐습니다. 홈즈 씨, 당신에게는 미안하게 됐다는 말밖에 할 말이 없군요. 쓸데없이 폐를 끼쳐서 말입니다."

그는 우리의 의뢰인에게 신문을 건네주었다. 의뢰인은 그대로 선채 표시가 돼 있는 광고문을 바라보았다. 홈즈와 나는 그의 어깨 너머로 읽어보았다. 내용은 이랬다.

```
┌─────────────────────────────────────────┐
│              하워드 개리뎁                │
│             농기구 제작자                 │
│  바인더, 자동 수확기, 증기와 수동 쟁기, 조파기, 써레,  │
│    농업용 수레, 사륜 짐마차 등 각종 농기구.    │
│            분수 우물 시공 견적.           │
│    애스턴, 그로브너 빌딩으로 문의하세요.     │
└─────────────────────────────────────────┘
```

"됐어!" 집주인이 숨차게 외쳤다. "세 번째 사람이 생겼어."

"진작부터 버밍엄을 조사하고 있었습니다." 미국인이 말했다. "그런데 그곳 대리인이 지역 신문에 실린 이 광고를 내게 보낸 겁니다. 서둘러서 일을 마쳐야 합니다. 이 사람한테는 내가 편지를 써 보냈습니다. 오늘 오후 4시에 그의 사무실에서 만나자고 말입니다."

"'내가' 그를 만나야 한다는 겁니까?"

"어떻게 생각하십니까, 홈즈 씨? 그래야 더 현명하지 않겠습니까? 나야 그저 놀라운 이야기를 가져온 종잡을 수 없는 미국인 아닙니까? 그가 내 말을 어떻게 믿겠습니까? 하지만 당신은 신분이 확실한 영국인이니, 당신이 하는 말은 경청할 겁니다. 원한다면 나도 같이 가겠습니다만, 나는 내일 아주 바쁩니다. 당신한테 무슨 문제가 생기면 언제든 바로 뒤따라갈 수 있을 겁니다."

"나는 몇 년 동안 그런 장거리 여행을 해보지 않았습니다."

"그건 괜찮아요, 개리뎁 씨. 내가 차편을 알아봤습니다. 12시에 떠나면 2시 직후에 도착할 겁니다. 그러면 당일 저녁에 돌아올 수 있어요. 당신이 해야 할 일은 그저 그를 만나서 사연을 들려주고, 그가 개리뎁 씨라는 진술서를 받아오면 되는 겁니다. 이거야 원!" 그가 열띤 음성으로 덧붙였다. "내가 미국 한복판에서 이렇게 먼 길을 왔다는 것을 생각해보세요. 그런데 이 일을 매듭짓기 위해 백 몇십 킬로미터쯤 가는 거야 별것도 아니잖습니까."

"아무렴요." 홈즈가 말했다. "이 신사의 말씀이 옳아요."

네이선 개리뎁 씨는 시무룩한 얼굴로 어깨를 으쓱했다. "음, 그렇게까지 말한다면 가겠습니다." 그가 말했다. "나로서는 분명 당신이 무슨 말을 해도 거절하기 힘듭니다. 당신이 내 인생에 안겨준 엄청난 희망을 생각한다면 말이오."

"그럼 그걸로 합의가 됐군요." 홈즈가 말했다. "가능한 한 빨리 내게도 결과를 알려주실 거라고 믿습니다."

"그러리다." 미국인이 말했다. "그런데," 하며 그는 시계를 바라보았다. "나는 가봐야겠습니다. 내일 전화하겠습니다. 네이선 씨. 그리고 버밍엄으로 가실 때 배웅해드리겠습니다. 같이 나갈까요, 홈즈 씨? 아, 그렇다면, 안녕히 계십시오. 홈즈 씨에게는 내일 밤에 좋은 소식을 들려드릴 수 있을 겁니다."

미국인이 떠나자 내 친구의 얼굴이 밝아지면서, 난감해하던 표정도 사라진 것을 알아차릴 수 있었다.

"개리뎁 씨, 수집품을 자세히 살펴보았으면 합니다." 그가 말했다.

"직업상 나한테는 온갖 지식이 다 쓸모가 있는데, 이 방은 지식의 창고 같습니다."

우리의 의뢰인은 아주 반가워하며 커다란 안경 뒤의 눈을 반짝였다.

"홈즈 씨가 아주 지적이라는 말씀을 늘 들어왔습니다." 그가 말했다. "시간이 있으시면 지금 둘러보시렵니까?"

"안타깝게도 지금은 시간이 없습니다. 하지만 표본들을 아주 잘 정리해서 꼬리표까지 달아놓았으니 몸소 설명을 해주실 것까지는 없겠군요. 내일 시간이 나면 둘러보고 싶은데 괜찮을까요?"

"그럼요. 언제든 환영합니다. 물론 이곳이 잠겨 있겠지만, 내일 4시까지는 손더스 부인이 지하실에 있을 테니, 그녀가 가진 열쇠로 문을 열어드릴 겁니다."

"아, 마침 내일 오후에 시간이 나는군요. 손더스 부인에게 미리 말씀해주시면 좋겠습니다. 그런데 이 집 중개인은 누구죠?"

우리의 의뢰인은 갑작스런 질문에 어리둥절해했다.

"에지웨어 로드의 홀로웨이 앤드 스틸 중개소입니다. 그런데 왜요?"

"주택에 대해 고고학적 관심이 좀 있어서요." 홈즈가 웃으며 말했다. "이 집이 퀸 앤 양식인지 조지 양식인지 궁금합니다."

"두말할 나위 없이 조지 양식이죠."

"그렇군요. 나는 좀 더 오래됐나 했습니다. 하지만 쉽게 확인이 됐군요. 그럼, 안녕히 계십시오, 개리뎁 씨. 버밍엄 여행에서 일이 잘 되기를 빕니다."

부동산 중개업소가 근처에 있었지만, 가보니 그날은 문이 닫혀 있어서 우리는 베이커 스트리트로 돌아왔다. 저녁 식사가 끝난 뒤 홈즈는 비로소 이 사건을 입에 올렸다.

"이번 사건도 막바지에 이르고 있어." 그가 말했다. "분명 자네도 내심 해답의 윤곽을 잡았겠지?"

"전혀 종잡지 못하겠어."

"아주 빤한 사건이야. 결말은 내일 알게 되겠지. 광고문에 이상한 점 없었어?"

"'쟁기plough'라는 말을 잘못 쓴 걸 보았어."

"아하, 그걸 알아차렸단 말이야? 어이, 왓슨, 자네는 계속 나아지고 있어. 그래, 쟁기를 'plow'라고 하면 영국 영어가 아니라 미국 영어지. 신문사에서는 받은 대로 조판을 했을 거야. 그리고 사륜 짐마차 buckboard도 미국식 말이야. 분수 우물은 우리보다 그들에게 더 흔하지. 그 내용은 전형적인 미국 광고인데, 영국 회사라는 데서 그런 광고를 냈어. 자네는 그걸 어떻게 생각해?"

"그 미국 변호사가 직접 쓴 광고라는 생각밖에는 안 들어. 그런데 무슨 속셈으로 그랬는지는 도무지 모르겠어."

"음, 그건 달리 풀이할 수 있어. 그러니까, 그 어수룩한 노인네를 버밍엄으로 보내버리고 싶었던 거야. 그건 분명해. 나는 그가 헛걸음만 할 거라고 말해버릴 뻔했어. 하지만 다시 생각해보니, 무대에서 그를 내보내는 게 더 낫겠더군. 내일이야, 왓슨. 내일이면 저절로 다 밝혀질 거야."

홈즈는 일찌감치 일어나서 나갔다. 점심때가 되어 돌아온 그의 표정이 매우 심각해 보였다.

"이건 내가 예상한 것보다 더 심각한 사건이야, 왓슨." 그가 말했다. "사실을 밝히면 자네가 더욱 위험을 무릅쓰게 될 뿐이라는 것을 알지만, 그래도 자네한테는 사실을 밝혀야 마땅할 거야. 나의 왓슨을 이젠 나도 잘 알지. 하지만 정말 위험하니, 자네는 그걸 명심해야 해."

"음, 우리가 한두 번 위험을 같이한 게 아니잖아, 홈즈. 나는 이것이 마지막은 아니길 바라. 이번에 특히 위험한 건 뭐지?"

"아주 까다로운 인물과 맞서야 해. 변호사 존 개리뎁의 신원을 파악했어. 바로 '살인자' 에번즈더군. 살인적인 악명을 날리는 작자 말이야."

"나는 모르는 인물이야."

"아, 기억 속에 휴대용 『뉴게이트 캘린더』(매우 인기 있는 연속 간행물로, 뉴게이트 감옥에 투옥된 죄수들에 대한 이야기 책―옮긴이)를 지참하고 다니는 것은 자네의 전공과 무관하다는 걸 잊었군. 런던 경찰국의 친구 레스트레이드를 만나고 왔어. 이따금 상상력 넘치는 직관은 딸릴지 몰라도, 철저하고 체계적인 데가 있거든. 나는 그들의 기록 중에 우리의 미국인 친구에 관한 것이 있을지 모른다고 생각했지. 과연 악당들의 초상화 갤러리에서 그 통통한 얼굴이 나를 향해 미소 짓고 있는 것을 발견했지. 그 밑에 이런 설명이 붙어 있었어. '제임스 윈터, 일명 모어크로프트, 일명 살인자 에번즈.'"

홈즈는 주머니에서 봉투를 꺼냈다.

"그의 사건 기록에서 중요한 것 몇 가지를 적어왔어. 나이 44세. 시카고 출생. 미국에서 세 사람을 사살한 것으로 알려짐. 정치적 영향력을 발휘해서 교도소에서 탈출. 1893년 런던에 옴. 1895년 1월에 워털루 로드의 나이트클럽에서 카드를 하다가 한 남자에게 총격. 그는 사망했는데, 그가 먼저 공격한 것으로 밝혀짐. 피살자는 시카고에서 화폐 위조범으로 유명한 로저 프레스콧인 것으로 확인. 살인자 에번즈는 1901년에 석방. 그 후 경찰이 감시 중. 겉보기에는 정직하게 살아왔음. 매우 위험한 인물로, 늘 무기를 가지고 다니며 여차하면 사용할 준비가 되어 있음. 이게 우리가 잡아야 할 새야, 왓슨. 만만찮은 새라는 걸 자네도 인정해야 할 거야."

"그런데 그가 뭘 노리는 거지?"

"아, 그건 저절로 밝혀질 거야. 나는 부동산 중개인에게 다녀왔어. 우리의 의뢰인 말대로 거기 산 지 5년 되었더군. 그 전에 1년 동안은 세를 놓지 않았어. 지난번 세입자는 월드런이라는 이름의 일반 신사였어. 중개소에서 월드런의 외모를 잘 기억하고 있더군. 그는 갑자기 실종되었는데, 그 후 감감무소식이었다는 거야. 키가 크고 꽤 검게 탄 얼굴에 수염을 기른 남자였어. 그런데 프레스콧 말이야. 런던 경찰국 말에 따르면, 살인자 에번즈의 총에 맞은 그 남자가 키가 크고 검은 머리에 수염을 길렀다더군. 그러니까 아주 유력한 가설로, 우리의 순진한 의뢰인이 지금 박물관으로 쓰고 있는 그 방에 살았던 사람이 바로 미국인 범죄자 프레스콧이었을 거라는 생각이 들어. 그러니까 우리는 연결고리를 찾은 거야."

"그럼 다음 고리는 뭐지?"

"음, 그건 이제 가서 찾아봐야지."

그는 서랍에서 권총을 꺼내 건네주었다.

"나한테는 전부터 애용하던 것이 있어. 미국 서부 미개척지에서 온 우리의 친구가 제 이름값을 하려고 할지 모르니 대비를 해야 해. 한 시간 줄 테니 낮잠을 좀 자둬, 왓슨. 라이더 스트리트의 모험은 그 후에 떠날 테니까.

☙☙

네이선 개리뎁의 묘한 집에 도착한 것은 정각 4시였다. 막 떠나려고 하던 관리인 손더스 부인은 선뜻 우리를 들여보내 주었다. 닫으면 자동으로 잠기는 문이라서, 홈즈는 우리가 떠날 때 문단속을 잘 하겠다고 약속했다. 바깥문이 닫히고 얼마 되지 않아서 그녀의 보닛 모자가 창문 앞으로 지나갔고, 그 집 지층에는 이제 우리밖에 없다는 것을 알 수 있었다. 홈즈는 재빨리 집 안을 조사했다. 어두운 구석에 벽에서 좀 떨어진 채 세워진 찬장이 하나 있었다. 우리는 그 뒤에 숨었고, 홈즈가 귀엣말로 자기 의도를 간단히 들려주었다.

"그는 우리의 호인 친구를 집에서 내보내고 싶어했어. 그건 분명한 사실이야. 그 수집가가 도무지 밖에 나가질 않으니까, 외출을 하게끔 일을 꾸민 거야. 그가 지어낸 개리뎁 이야기에는 그 밖에 다른 목적이 없는 것이 분명해. 이번 사건은 정말 지독할 정도로 교묘하다는 것을 인정하지 않을 수 없어, 왓슨. 비록 세입자가 워낙 희귀 성씨라서 뜻밖의 기회를 열어주긴 했겠지만 말이야. 그는 정말 놀랍도록 교활한 음모를 꾸몄어."

"그런데 대체 그가 뭘 하려는 거지?"

"글쎄, 그걸 알아내려고 지금 우리가 여기 있는 거야. 내가 보기에 이 상황은 우리의 의뢰인과 아무런 상관도 없어. 살해된 남자와 상관이 있지. 그 남자는 어쩌면 과거에 공범이었을지도 몰라. 이 방 안에 범죄의 비밀이 숨겨져 있어. 내가 보기에는 그래. 처음에는 우리의 의뢰인이 자기도 모르는 값진 수집품을 갖고 있을지도 모른다고 생각했지. 대형 범죄자가 군침을 흘릴 만한 것 말이야. 하지만 범죄자였던 로저 프레스콧이 이 집에서 살았다는 사실은 뭔가 더 깊은 동기가 있다는 뜻이야. 아무튼, 왓슨, 우리는 꾹 참고서 시간이 무엇을 말해줄지 두고 보는 수밖에 없어."

오래 기다리지 않아 그 시간이 도래했다. 바깥문이 열렸다가 닫히는 소리가 나자 우리는 어둠 속에 더욱 은밀히 숨었다. 곧이어 날카로운 금속성 열쇠가 딸깍 하는 소리가 나더니, 예의 그 미국인이 안으로 들어왔다. 그는 살그머니 문을 닫고, 주위를 예리하게 둘러보며 이상이 없는지 확인했다. 웃통을 벗어부친 그는 무엇을 어떻게 해야 할지 아는 사람처럼 서슴없이 중앙 탁자로 걸어갔다. 탁자를 옆으로 밀더니 바닥에 깔린 네모난 양탄자를 걷어 둘둘 말아서 치워놓고는, 안주머니에서 지렛대를 꺼냈다. 그는 무릎을 꿇고 방바닥에서 끙끙거렸다. 곧 판때기가 밀려나는 소리가 들리더니, 잠시 후 마룻바닥에 네모난 구멍

이 생겼다. 살인자 에번즈는 성냥불을 커더니 몽당양초에 불을 붙이고 시야에서 사라졌다.

기다리던 때가 온 것이 분명했다. 홈즈가 신호로 내 손목을 잡았다. 우리는 구멍이 난 곳까지 살금살금 방을 가로질러 갔다. 조심스레 움직였지만 우리 발밑의 해묵은 마룻바닥이 삐걱거린 것이 분명했다. 미국인이 구멍에서 머리를 불쑥 내밀고 걱정스레 주위를 두리번거렸던 것이다. 우리 쪽으로 향한 그의 얼굴에 낭패한 분노의 표정이 어렸다가, 두 정의 총구가 자기 머리를 겨누고 있다는 것을 알고는 화를 삭이고 오히려 부끄럽다는 듯 비시시 웃었다.

"이런, 이런!" 그가 마룻바닥으로 기어오르며 냉정하게 말했다. "내 일에 방해가 될 줄 진작 알아봤소이다, 홈즈 씨. 아마 내 속셈을 꿰뚫어 보고 처음부터 나를 속였겠지. 자, 그럼, 당신한테 넘기겠소. 당신이 이겼으니……."

순간적으로 그는 가슴에서 권총을 휙 꺼내 두 발을 쐈다. 나는 갑자기 뜨겁게 달군 인두로 허벅지를 지지는 듯한 느낌을 받았다. 홈즈가 권총으로 그 남자의 머리를 내리치는 소리가 들렸다. 그가 얼굴에 피를 흘리며 바닥에 널브러지고, 홈즈가 그의 몸을 뒤져 다른 무기를 찾는 모습이 보였다. 그러다 내 친구의 억센 팔이 나를 부축해서 의자에 앉혔다.

"다치지 않았지, 왓슨? 제발 다친 게 아니라고 말해줘."

다치는 것도 해볼 만한 일이었다. 차가운 가면 뒤에 친구에 대한 충실함과 사랑이 깊이 자리 잡고 있다는 것을 알 수 있다면 몇 번이라도

다쳐볼 만했다. 맑고 엄격한 그의 두 눈이 잠깐 흐릿해졌고, 굳은 입술
이 파르르 떨렸다. 나는 이때 오직 한 번 위대한 두뇌만이 아니라 위대
한 가슴을 엿보았다. 변변치는 않지만 애오라지 친구를 도운 그 모든
세월이 이 계시의 순간 절정에 이르렀다.

"괜찮아, 홈즈. 스쳤을 뿐이야."

그가 주머니칼로 내 바지를 쨌다.

"그렇구나." 그가 안도의 한숨을 크게 내쉬며 외쳤다. "겉에만 다쳤
어." 우리의 포로를 바라보는 그의 얼굴은 냉혹했다. 포로는 멍한 얼굴로
앉아 있었다. "이건 당신한테도 천만다행이오. 왓슨이 죽었다면 당신도
살아서 이곳을 나가지 못했을 겁니다. 그래, 변명할 말이 있습니까?"

그는 할 말이 없었다. 그저 오만상을 찌푸리고 누워 있었다. 나는
홈즈의 팔에 기댄 채, 비밀의 뚜껑이 열린 작은 지하실을 홈즈와 같이
굽어보았다. 에번즈가 가지고 내려간 양초가 여전히 켜져 있었다. 녹

슨 기계류 더미에 우리의 눈길이 멎었다. 커다란 종이 두루마리, 어수선하게 흩어진 병, 그리고 작은 탁자 위에 수북이 말끔하게 얹어놓은 단정한 작은 종이 다발들.

"인쇄기로군. 화폐 위조 설비야." 홈즈가 말했다.

"그렇소." 포로가 말했다. 그는 비틀거리며 천천히 일어서서 의자에 털썩 주저앉았다. "런던 역사상 최고의 화폐 위조 기계지. 저건 프레스콧의 기계요. 탁자 위의 저 다발은 각각 100파운드씩 2,000다발이오. 어디서나 통용되는 지폐올시다. 신사분들, 마음대로 가지시오. 협상을 합시다. 대신 나를 보내주기만 하면 됩니다."

홈즈가 껄껄 웃었다.

"우리는 그런 짓을 하지 않습니다, 에번즈 씨. 이 나라에서논 당신이 달아날 구멍이 없습니다. 프레스콧이라는 사람을 쏜 것이 당신이죠?"

"그렇소. 그 때문에 5년이나 썩었지. 먼저 흉기를 들이댄 게 녀석이었는데 말이오. 큰 접시만 한 훈장을 받아야 마땅한데 5년 형이라니. 프레스콧의 지폐와 잉글랜드 은행 지폐를 구별할 수 있는 사람은 아무도 없었소이다. 내가 그를 처치하지 않았다면 런던에 위조지폐가 넘쳐났을 거요. 놈이 그걸 어디서 만드는지 아는 것은 세상에 나뿐이었소. 내가 그곳에 가고 싶었다는 것이 이상한 일입니까? 희한한 성씨를 가진 곤충 채집가라는 미친 얼간이가 그걸 주야장천 깔고 앉아 어딜 갈 생각도 하지 않는다는 사실을 알게 되었을 때, 그가 집을 비우도록 최선을 다하지 않을 수 없었다는 게 이상한 일입니까? 아예 묻어버리는 게 더 현명했을지도 모르지. 그거야 식은 죽 먹기였을 텐데, 나는 마음이 약해서 총을 들지 않은 사람은 쏘질 못해요. 하지만 홈즈 씨, 암튼 내가 뭘 잘못했단 말입니까? 나는 이 기계를 이용하지 않았습니다. 그 늙다리를 해치지도 않았는데, 뭘로 나를 잡아들일 겁니까?"

"지금 내가 아는 것은 살인 미수뿐입니다." 홈즈가 말했다. "하지만 당신을 잡아들이는 것은 우리가 할 일이 아닙니다. 다음 단계는 경찰이 맡아서 할 겁니다. 지금 단계에서 우리가 원하는 것은 그저 당신의 몸뚱이뿐입니다. 런던 경찰국에 전화를 좀 해줘, 왓슨. 거기서도 조금은 기대를 하고 있을 거야."

❧

살인자 에번즈와 세 명의 개리뎁 씨라는 그의 기발한 각본에 대한 진상은 이상과 같다. 우리의 딱한 노인네는 꿈이 물거품이 되고 만 충격을 끝내 이기지 못했다는 소식이 나중에 들려왔다. 공중누각이 와르르 무너지자 그만 그 폐허에 깔리고 만 것이다. 마지막으로 들려온 소식은 그가 브릭스턴의 노인 요양소에 있다는 것이었다. 프레스콧의 장비가 발견되자 런던 경찰국은 환호했다. 존재하는 줄은 알았지만 그가 죽은 뒤 그것을 찾을 수가 없었던 것이다. 에번즈는 큰 공을 세운 셈이어서, 훌륭한 경찰국 수사과 요원들은 한시름 놓을 수 있었다. 화폐 위조범은 단연 비길 데 없이 위험한 존재였기 때문이다. 그들이라면 에번즈가 말한 큰 접시만 한 훈장이라도 기꺼이 주고 싶었겠지만, 안목이 부족한 법정에서는 그걸 그리 호의적으로 보지 않아서, 살인자는 얼마 전에 벗어난 음지로 다시 돌아갔다.

The Problem of Thor Bridge

토르교 사건

채링크로스의 콕스 은행 금고 어딘가에는 '존 H. 왓슨, 의학박사, 전 인도 육군'이라는 내 이름표를 뚜껑에 붙여놓은 양철 서류함이 있다. 오래 가지고 다녀서 낡고 찌그러진 이 함 속에는 서류가 잔뜩 들어 있다. 거의 전부가 이런저런 때 셜록 홈즈 씨가 조사한 사건 기록인데, 저마다 묘한 문제를 제기하고 있다. 일부 사건은 적잖이 흥미롭긴 한데 완전히 실패하고 말았기 때문에 마무리 설명을 할 수가 없어서 이야기보따리를 풀 수가 없다. 연구생에게는 해답 없는 문제가 흥미로울지 몰라도, 일반 독자에게는 뜨악하지 않을 수 없을 것이다. 그 같은 미해결 사건 가운데는 제임스 필리모어 씨 사건도 있다. 그가 우산을 가지러 집에 돌아간 후 그를 봤다는 사람이 세상에 아무도 없다. 역시 주목할 만한 미해결 사건으로 소형 범선 앨리시어호 사건이 있는데, 이 배는 어느 봄날 아침 국지성 안개 속으로 항해한 이후 다시 나타나지 않았다. 범선과 뱃사람 모두 감감무소식이 되고 만 것이다. 세 번째로 주목할 만한 사건은 이사도라 페르사노 사건인데, 유명한 신문기자이자 싸움꾼인 그는 학계에 알려지지 않았다는 기묘한 벌레가 담긴 성냥갑을 앞에 두고 완전히 미쳐버린 상태로 발견되었다.

그러한 미해결 사건 말고도, 이야기가 공개될 가능성이 있다는 생각만 들어도 수많은 지체 높은 가문이 발칵 뒤집어질 정도로 은밀한 비밀과 관련된 사건이 몇 있다. 두말할 나위 없이 그런 비밀을 밝힌다는 것은 생각할 수도 없다. 내 친구가 이제 그 문제에 관심을 돌릴 시간을 갖게 되었으니 그런 기록은 따로 분류해서 폐기 처분될 것이다. 자못 흥미로운 사건들이 이밖에도 많이 남아 있는데, 혹시라도 대중들을 식상하게 해서 내가 누구보다 더 존경하는 그의 명성에 누가 되면 어쩌나 하는 걱정만 하지 않았다면 진작 책을 펴냈을 것이다. 어떤 사건은 내가 직접 관여한 터라 목격자로서 말할 수 있지만, 내가 동참하지 않았거나 너무 작은 역할만 해서 제3자로서 말할 수밖에 없는 사건들도 있다. 이번 사건은 내가 직접 겪은 것이다.

10월의 어느 궂은 날 아침이었다. 옷을 차려입으며 나는 우리 집 뒤뜰을 아름답게 꾸미고 있는 한 그루 플라타너스에서 마지막 남은 잎사귀가 바람에 날리는 모습을 바라보았다. 이미 차려놓은 아침 식사를 하러 내려가며, 내 친구가 우수에 잠겨 있는 모습을 보겠거니 했다. 위대한 예술가들이 다 그렇듯, 내 친구 역시 주위 환경에 예민하게 반응했기 때문이다. 그런데 반대로, 식사를 거의 마친 그는 기분이 유난히 좋아 보였다. 그가 한결 쾌활할 때면 거기에는 영락없이 다소의 불길함이 깃들어 있었다.

"사건을 맡았나 보지?" 내가 꼬집어 말했다.

"추리 능력에는 전염성이 있는 게 분명해, 왓슨." 그가 응수했다. "그래서 자네가 내 비밀을 탐지할 수 있게 된 거야. 그래, 사건을 맡았어. 한 달 동안 하찮은 일이나 하며 뭉그적거렸는데 또다시 바퀴를 굴리게 됐어."

"나도 거들까?"

"거들어줄 일은 별로 없어. 하지만 자네가 새 요리사가 차려준 삶은 달걀 두 개를 다 먹은 후 이야기를 나눌 수는 있지. 어제 홀 탁자에 놓여 있던 《패밀리 헤럴드》와 이 달걀 상태가 무관하지 않을 거야. 달걀을 삶는 사소한 일이라도 시간의 경과를 의식하는 주의력을 필요로 해. 그 훌륭한 잡지에 실린 사랑 이야기를 읽으면서 달걀까지 잘 삶을 수야 없지."

·응·

15분 후 우리는 식탁을 치우고 마주 앉았다. 그가 주머니에서 편지를 꺼냈다.

"황금왕, 닐 깁슨이라고 들어봤어?" 그가 말했다.

"미국 상원의원 말이지?"

"음, 그가 한때 미국 어느 서부 주의 상원의원이긴 했지만, 세상에서 가장 큰 금광을 가진 거물로 더 유명해."

"그래, 누군지 알아. 한동안 잉글랜드에도 살았던 게 분명해. 이름이 귀에 익거든."

"맞아. 5년 전인가 햄프셔의 땅을 잔뜩 샀지. 그의 아내가 비참하게 죽은 이야기도 들었겠지?"

"아무렴. 이제 기억이 나는군. 그 이름이 왜 귀에 익은가 했지. 하지만 자세한 사연은 몰라."

홈즈가 의자 위의 신문을 가리켰다. "이 사건을 내가 맡게 될 줄은 몰랐어. 미리 스크랩이나 해둘걸." 그가 말했다. "사건이 큰 물의를 일으키긴 했지만 사실 그리 까다로워 보이는 사건은 아니야. 용의자의 성격이 흥미롭지만 명백한 증거를 뒤엎을 정도는 아니지. 검시배심은 물론이고 즉결재판 과정에서도 그런 견해를 보였어. 사건은 어제 윈체스터 순회재판으로 넘어갔지. 이번 일은 허탕을 칠지도 모르겠어. 나는 사실을 찾아낼 수 있을 뿐, 바꿀 수는 없으니까. 전혀 새로운 뜻밖의 사실이 드러나지 않는 한 내 의뢰인에게는 희망이 없는 것 같아."

"의뢰인이 누군데?"

"아, 그 얘기 하는 걸 잊었군. 이야기를 거꾸로 하는 자네의 난해한 버릇에 내가 물든 모양이야, 왓슨. 이것부터 읽어보는 것이 좋겠어."

그는 내게 편지를 건네주었다. 굵고 힘찬 필체로 쓴 편지 내용은 이러했다.

클래리지 호텔

10월 3일

친애하는 셜록 홈즈 씨

일찍이 신이 창조한 최고의 여성이 죽어가고 있는데, 그녀를 구하기 위해 가능한 모든 일을 해보지 않고 수수방관할 수만은 없습니다. 나로서는 상황을 설명할 수가 없고 설명할 엄두를 낼 수도 없지만, 던바 양이 단연코 무죄라는 것만은 확실히 알고 있습니다. 홈즈 씨도 그 사건을 아실 겁니다. 그걸 누가 모르겠습니까? 온 나라에 파다하게 소문이 났으니 말입니다.

그런데 그녀를 위해 목소리를 높이는 사람이 아무도 없습니다! 그 모든 것이 너무나 불공평해서 미칠 것만 같습니다. 그녀는 파리 한 마리 죽이지 못할 만큼 마음이 여립니다. 홈즈 씨가 어둠 속에 한 줄기 빛을 던져주시길 빌며 내일 11시에 찾아뵙겠습니다. 어쩌면 내가 단서를 갖고 있으면서도 그걸 모르고 있을 수도 있습니다. 아무튼 내가 아는 모든 것, 내가 가진 모든 것, 나의 모든 것을 내놓을 테니 그녀를 구해주기만 하십시오. 전에 능력을 보여주신 적이 있다면 이제 이 사건에 그 능력을 발휘해주십시오.

— J. 닐 깁슨 올림

"이제 알 만하지?" 셜록 홈즈는 아침 식후의 파이프 담뱃재를 털고 다시 천천히 담배를 채우며 말했다. "지금 그 신사를 기다리는 중이야. 자초지종에 대해 말하자면, 자네가 저 신문을 죄다 읽어볼 시간이 없으니 내가 요약해주지 않을 수 없겠어. 그 과정에 대한 지적 관심이 있다면 말이야. 그 사람은 세계 최고의 부자지. 내가 알기로는 지독하게 폭력적이고 무서운 성격의 남자야. 그는 이 비극의 희생자와 결혼했는데, 당시에 대해 내가 아는 거라고는 그녀의 나이가 한창 때를 지났다는 것뿐이야. 어린 두 아이의 교육을 맡은 입주 가정교사가 아주 매력적인 여성이었다는 게 더욱 불운한 일이었어. 사건 관련자는 이 세 사람이고, 사건 현장은 잉글랜드의 유서 깊은 어느 주의 중심지에 있는 웅장한 옛 저택이야.

그럼 비극에 대해 말해주지. 그의 아내는 집에서 800미터쯤 떨어진 정원에서 발견되었어. 늦은 밤, 야회복 차림으로 양 어깨에는 숄을 두른 채, 머리에 권총을 맞은 상태였지. 시신 근처에서는 무기가 발견되지 않았어. 그 지역에는 살인자에 관한 어떤 단서도 없었지. 그녀의 근처에 무기가 없었다, 이게 중요해, 왓슨. 사건은 저녁 늦게 발생한 듯한데, 사냥터지기가 시신을 발견한 것은 11시경이었어. 경찰과 의사가 검사를 한 후 집 안으로 옮겨졌지. 내가 이야기를 너무 간추렸나? 그래도 잘 이해했지?"

"응. 그런데 가정교사를 왜 의심하는 거야?"

"무엇보다도 직접적인 증거가 있어서 그래. 범행에 사용된 것과 구경이 같고, 약실이 하나 비어 있는 권총이 그녀의 옷장 바닥에서 발견됐어." 그가 시선을 고정시킨 채 말을 끊어가며 다시 되뇌었다. "그녀의, 옷장, 바닥에서." 그리고 그는 입을 꾹 다물었다. 내가 방해해서는 안 될 일련의 생각이 그의 뇌리를 스쳐가고 있다는 것을 알 수 있었다. 그러다 돌연 그는 다시 활기차게 말했다. "그래,

왓슨. 총이 발견되었어. 아주 결정적이지, 안 그래? 두 배심원단(검시 배심원과 즉결재판소 배심원―옮긴이) 모두 그렇게 생각했어. 게다가 피살자는 바로 그곳에서 만나기로 약속한 편지를 지니고 있었는데, 가정교사가 서명한 편지였지. 어때? 결정적인 동기도 있어. 깁슨 상원의원은 매력적인 남자야. 아내가 죽으면 누가 뒤를 이을까? 모든 면에서 고용주의 환심을 단단히 산 그 젊은 아가씨보다 가능성이 높은 여자가 누가 있겠어? 이 중년 남자는 사랑과 재산, 권력, 그 모든 것을 가졌지. 추해, 왓슨. 아주 추한 사건이야!"

"그래, 정말 그렇군."

"그녀에게는 알리바이도 없어. 오히려 그녀는 사건이 일어난 시간에 사건 현장인 토르교 근처에 갔다는 사실을 시인하지 않을 수 없었어. 지나가던 마을 사람 몇이 거기서 그녀를 보았기 때문에 부인할 수가 없었지."

"그건 정말 결정적이군."

"하지만, 왓슨, 하지만! 이 다리, 널따란 돌 한 장으로 된 이 다리 양쪽에는 난간이 있는데, 이 다리는 수심이 깊고 갈대가 물가에 길게 늘어선 호수에서 폭이 가장 좁은 곳에 세워져 있어. 토르 미어라고 부르는 호수야. 피살된 여자는 다리 입구에 쓰러져 있었지. 중요한 사실은 여기까지야. 그런데 내가 잘못 들은 게 아니라면, 약속 시간도 되기 전에 우리의 의뢰인이 온 모양인데?"

문을 연 빌리는 예상 밖의 이름을 외쳤다. 우리 둘 다 처음 들어보는, 말로 베이츠 씨라는 사람이었다. 그는 여위고 신경질적인 작은 체구의 남자였다. 겁을 먹은 두 눈에 쭈뼛거리며 망설이는 태도는 의사로서 보기에 완전한 신경쇠약 직전의 상황인 듯했다.

"불안하신가 보군요, 베이츠 씨." 홈즈가 말했다. "편히 앉으십시오. 11시에 약속이 있어서 긴 시간을 내드릴 수는 없습니다만."

"알고 있습니다." 손님은 숨이 넘어가는 사람처럼 짧은 문장을 말하면서도 숨가빠했다. "깁슨 씨가 오겠죠. 그는 내 고용주입니다. 나는 그의 소유지 관리인입니다, 홈즈 씨. 그는 악당이에요. 극악무도한 자라고요."

"말씀이 심하시군요, 베이츠 씨."

"그렇게 강조하지 않을 수가 없습니다, 홈즈 씨. 시간이 없으니까요. 내가 여기 온 것을 절대로 들켜서는 안 됩니다. 그가 올 때가 거의 다 됐어요. 하지만 사정이 있어서 더 일찍 올 수 없었습니다. 그가 홈즈 씨와 만나기로 했다는 말을 그의 비서인 퍼거슨 씨한테 오늘 아침에야 들었거든요."

"당신이 그의 소유지 관리인이라고요?"

"그만두겠다고 말했습니다. 2주일 후면 지랄 같은 노예 생활을 청산하게 될 겁니다. 그는 모진 사람입니다. 주변의 모든 사람에게 모질게 굴어요. 자선사업을 하는 것은 비밀리에 저지른 죄를 은폐하기 위한 것입니다. 하지만 가장 큰 희생을 당한 것은 그의 아내였습니다. 그는 그녀에게 잔인하게 굴었어요. 그래요, 잔인했어요! 그녀가 어떻게 사망했는지는 모르지만, 그가 그녀의 삶을 비참하게 만든 건 분명해요. 그녀는 열대 지방에서 태어났습니다. 아시겠지만 브라질 태생이죠."

"아니, 그건 처음 듣는 얘기군요."

"태생만이 아니라 기질적으로도 열대 지방 사람이었죠. 태양의 아이, 정열의 아이였어요. 그녀는 어떤 여성 못지않게 정열적으로 남편을 사랑했습니다. 한때는 미모가 대단했다는데, 육체적 매력이 사라지자 더 이상 그를 붙잡을 수가 없었습니다. 우리는 모두 그녀를 좋아했고 동정했어요. 그녀에게 잔인하게 구는 그를 미워했죠. 한데 그는 말주변이 좋고 교활해요. 할 말은 이게 전부입니다. 그를 액면 그대로 믿지 마세요. 더 많은 것을 뒤에 숨기고 있으니까요. 이제 저는 가보겠습니다. 아니, 아니요, 저를 붙잡지 마세요. 그가 올 때가 거의 다 됐어요."

겁먹은 표정으로 벽시계를 바라본 낯선 손님은 말 그대로 부리나케 뛰어서 사라졌다.

"이거야 원!" 잠시 입을 다물고 있던 홈즈가 말했다. "깁슨 씨는 참충직한 가솔을 두고 있군그래. 하지만 유익한 경고야. 이제 본인이 나타날 때까지 기다리기만 하면 되겠어."

⁂

정확히 약속한 시간에 계단을 오르는 육중한 발소리가 들리더니, 그 유명한 백만장자가 방 안에 모습을 드러냈다. 그를 쳐다보자 그의 관리인이 보여준 두려움과 혐오감이 이해가 되었다. 뿐만 아니라 수많은 경쟁 업자들이 그를 통렬히 비난한 것까지도 수긍이 갔다. 내가 양심 없는 철면피 사업가로 성공한 전형적인 인물상을 만들고 싶은 조각가라면, 서슴없이 닐 깁슨 씨를 모델로 쓰겠다. 키가 크고 수척하고 우락부락한 용모는 갈망과 탐욕을 고스란히 보여주었다. 고매한 목적이 아니라 비열한 목적에 골몰하는 에이브러햄 링컨 같다고나 할까. 화강암을 깎아낸 것처럼 딱딱하고 험악하고 몰인정해 보이는 그의 얼굴에는 주름살이 깊이 파인 데다 수많은 위험을 겪어온 흉터까지 자글자글했다. 무성한 눈썹 아래서 매섭게 빛나는 싸늘한 회색의 두 눈이 우리를 차례로 쏘아보았다. 홈즈가 내 이름을 언급하자 그는 건성으로 고개를 숙여 보이고는, 가진 자의 오만한 태도로 내 친구 가까이 의자를 갖다놓고, 앙상한 그의 무릎이 홈즈와 거의 맞닿을 만큼 가까이 앉았다.

"터놓고 말하겠소이다, 홈즈 씨." 그가 입을 열었다. "이번 일에 돈은 문제가 안 됩니다. 진실을 밝히는 데 쓰인다면 얼마든지 태워도 좋습니다. 그 여자는 죄가 없으니 누명을 벗어야 하고, 그건 당신에게 달려 있소. 얼마든지 금액만 말하시오!"

"의뢰비는 정액입니다." 홈즈가 차갑게 말했다. "면제를 해줄지언정 금액을 바꾸지는 않습니다."

"달러가 당신한테 별 의미가 없다면 명성을 생각해보시오. 이번 일을 잘 해결하면 잉글랜드와 미국의 모든 신문에 이름을 날리게 될 거요. 두 대륙의 화젯거리가 된다 이 말씀이오."

"깁슨 씨, 고맙습니다만 나한테는 명성이 필요치 않습니다. 이런 말을 들으면 놀라실지 모르겠지만, 나는 익명으로 일하는 것을 더 좋아합니다. 나를 사로잡는 것은 사건 자체입니다. 그런데 우리는 지금 시간 낭비를 하고 있군요. 사건 이야기로 들어갑시다."

"중요한 사실은 신문을 보면 다 나와 있으니, 내가 추가로 도움이 될 만한 말을 해줄 건 없소. 하지만 당신이 혹시 알고 싶은 것이 있다면, 음, 그걸 대답해주기 위해 여기 온 거요."

"딱 한 가지 있습니다."

"뭡니까?"

"당신과 던바 양은 실제로 어떤 사이입니까?"

황금왕이 흠칫 하며 의자에서 엉거주춤 일어섰다. 그러고는 다시 사뭇 태연한 표정으로 돌아갔다.

"물론 그런 질문을 하는 것이 당신의 권리라고, 아니 어쩌면 의무일 수도 있을 거라고 봅니다, 홈즈 씨."

"우리 생각도 그렇습니다." 홈즈가 말했다.

"확실히 말하지만 우리의 관계는 전적으로, 항상 고용 관계였습니다. 그녀가 아이들과 함께 있을 때를 제외하고는 그녀와 대화를 나누지도, 심지어 만나지도 않았소."

홈즈가 자리에서 일어났다.

"나는 꽤 바쁜 사람입니다, 깁슨 씨." 그가 말했다. "무의미한 대화를 나눌 시간도 없고 그럴 생각도 없습니다. 그럼 안녕히 가십시오."

이미 자리에서 일어나 있던 우리의 손님은 홈즈보다 훨씬 키가 컸다. 굵은 눈썹 아래서 성난 빛이 뿜어져 나오고 창백한 두 볼은 붉으락푸르락했다.

"홈즈 씨, 그게 무슨 소리요? 내 사건을 맡지 않겠다는 것이오?"

"아, 깁슨 씨, 아무튼 돌아가십시오. 내가 알아듣기 쉽게 말씀드린 듯합니다만."

"충분히 알아들었소. 하지만 저의가 무엇이오? 금액을 올려보겠다는 것이오? 아니면 이번 사건을 맡기가 두려운 것이오? 나는 알아듣기 쉽게 설명을 들을 권리가 있소."

"아, 그러시겠지요." 홈즈가 말했다. "말씀드리겠습니다. 이 사건은 거짓 정보로 어려움을 가중시키지 않아도 이미 충분히 복잡한 사건입니다."

"내가 거짓말을 했다는 거요?"

"가능하면 점잖게 말하려고 했습니다만, 그렇게 주장하신다면 부정하지 않겠습니다."

나는 벌떡 일어섰다. 백만장자의 표정이 마귀처럼 일그러지며 거대한 주먹을 쳐들었기 때문이다. 홈즈는 태연히 미소를 머금은 채 파이프에 손을 뻗었다.

"음성을 낮추십시오, 깁슨 씨. 아침 식사를 한 후에는 아주 사소한 언쟁을 해도 쉽게 흥분하죠. 아침 공기를 마시며 산책을 하면서 조용히 생각을 가다듬으시는 게 좋을 듯합니다."

황금왕은 가까스로 화를 누그러뜨렸다. 그가 분노로 펄펄 뛰다가 이내 오만하고 무심한 표정으로 돌아가는 것을 보고 나는 탄복하지 않을 수 없었다.

"음, 그건 당신에게 선택권이 있는 일이지. 사업을 할 줄 아는군. 나로서는 당신의 의지에 반해 사건을 맡길 도리가 없소. 홈즈 씨, 오늘 아침 당신은 실수한 거요. 나는 당신보다 더 강한 사람들도 무너뜨렸

The Case-Book of Sherlock Holmes

으니까. 내 뜻을 거스르고 좋은 꼴을 본 사람은 없소."

"많이들 그리 말하더군요. 하지만 나는 다릅니다." 홈즈가 말했다. "안녕히 가십시오, 깁슨 씨. 당신은 아직 배워야 할 게 많으시군요."

우리의 손님이 요란한 소리를 내며 떠났지만, 홈즈는 꿈꾸는 듯한 눈길을 천장에 고정시킨 채 전혀 동요하지 않고 말없이 담배를 피웠다.

"자네 생각은 어때, 왓슨?" 마침내 그가 물었다.

"아, 홈즈, 솔직히 말해서, 그가 방해가 되는 것을 여지없이 치워버릴 사람이라는 것을 감안할 때, 그리고 그 베이츠라는 사람이 분명히 말했듯이, 그의 아내가 걸림돌이자 혐오의 대상이었을지도 모른다는 것을 생각해볼 때, 내가 보기에는⋯⋯."

"맞았어. 내 생각도 그래."

"그런데 그는 정말 가정교사와 어떤 사이였을까? 자네는 그걸 어떻게 알아냈지?"

"찔러본 거야, 왓슨. 그냥 찔러봤어! 그의 편지는 열정적이고 형식에 얽매이지 않고 사무적이지 않은 어투였어. 그게 자제력이 강한 그의 태도나 외모와는 사뭇 대조가 되는 것으로 미루어볼 때, 그가 피살자보다는 피고에게 더 마음을 쓰고 있다는 게 분명했지. 우리가 진실을 파악하려면 그 세 사람의 정확한 관계를 알아내야 해. 내가 정면 공격을 가했는데 그가 태연히 받아넘긴 것을 자네도 봤어. 그 후 나는 그를 찔러봤지. 실은 온통 의심스러울 뿐인데도 완전히 꿰뚫어 보고 있다는 인상을 준 거야."

"그가 돌아오겠지?"

"틀림없이 돌아올 거야. 돌아오지 않을 도리가 없어. 이대로 두고만 볼 수는 없을 테니까. 하! 저거 초인종 소리 아냐? 그래, 그의 발소리로군. 아, 깁슨 씨, 돌아올 시간이 좀 지났다고 방금 왓슨에게 말하던 참이었습니다."

황금왕은 떠날 때보다 좀 더 부드러운 표정으로 방에 들어섰지만 분개한 두 눈에는 자존심깨나 상했다는 것을 드러내고 있었다. 하지만 목적을 달성하기 위해서는 감정을 다스려야 한다는 상식은 가진 듯했다.

"곰곰 생각해봤소이다, 홈즈 씨. 내 성미가 급해서 당신의 말을 오해한 것 같소. 당신은 무엇이 되었든 사실을 제대로 파악해야 마땅합니다. 그래서 당신을 더욱 높이 평가하게 되었소. 하지만 장담컨대 던바 양과 나의 관계는 이번 사건과 사실상 무관합니다."

"그것은 내가 결정할 일입니다, 안 그렇습니까?"

"그래요, 그럴 겁니다. 당신은 처방을 하기 전에 모든 증상을 알아야 하는 의사와도 같습니다."

"맞습니다. 그렇게 말할 수도 있죠. 자기 병을 숨기려고 하는 환자가 아니라면 의사를 속일 이유가 없습니다."

"그렇게 말할 수도 있겠지만, 홈즈 씨도 인정해야 할 거요. 여자와 무슨 관계냐고 대놓고 물어보면 쑥스러워하지 않을 남자가 누가 있겠소? 실제로 뭔가 진지한 감정을 지니고 있을 때 말이오. 남자라면 누구나 영혼의 한구석에 남들이 침입하기를 바라지 않는 은밀한 데가 조금은 있다고 봅니다. 그런데 당신이 불쑥 쳐들어온 겁니다. 하지만 그녀를 구하려고 그런 것이니, 당신에게는 잘못이 없소. 음, 위험할 것도 없으니 다 공개하겠습니다. 마음대로 뒤져보시오. 그래, 원하는 것이 무엇이오?"

"진실입니다."

황금왕은 생각을 정리하기라도 하듯 잠시 뜸을 들였다. 엄숙하고 깊이 주름살이 파인 얼굴은 더 심각하고 더욱 처연해 보였다.

"몇 마디는 해줄 수 있소이다, 홈즈 씨." 마침내 그가 말했다. "말하기가 어려울 뿐만 아니라 괴로운 것도 있는 법입니다. 그러니 필요 이상으로 깊이 들어가지는 않겠소. 내가 아내를 만난 것은 브라질에서 금광을 찾을 때였소. 마리아 핀투는 마나우스에 사는 정부 관리의 딸이었지. 그녀는 무척 아름다웠소. 나는 당시 젊고 열정적이었지만, 더욱 냉정하고 더욱 비판적인 눈길로 과거를 돌아보면 지금 생각해봐도 그녀는 보기 드물게 놀랍도록 아름다웠소. 내가 아는 미국의 어떤 여성과도 사뭇 다르게, 화통하면서도 정열적이고, 일편단심에 격정적이고 외골수의 성격이었소. 이야기가 길지만 한 마디로 나는 그녀를 사랑해서 결혼까지 했습니다. 우리에게 공통점이 없다는 것을, 정말 전혀 없다는 것을 깨닫게 된 것은 여러 해가 지나 열정이 식었을 때였소. 사랑이 식었지. 그녀의 사랑도 식었으면 일이 간단했을 거요. 하지만 여자가 얼마나 기막힌 존재인지는 당신도 알 겁니다. 무슨 짓을 해도 그녀를 떼어낼 수가 없었습니다. 내가 잔인하다는 소리를 들을 만큼

모질게 굴었다면 거기엔 이유가 있었던 거요. 내가 그녀의 사랑을 꺾어버린다면, 그러니까 사랑을 증오로 바꿔놓는다면, 차라리 우리 두 사람을 위해 그것이 더 낫다는 것을 알고 있었기 때문입니다. 하지만 그 어떤 짓도 그녀를 바꿔놓을 수 없었소. 그녀는 아마존 강둑에서 20년 전에 그랬듯이 저 잉글랜드의 숲에서 여전히 나를 숭배했습니다. 내가 무슨 짓을 해도 그녀는 더욱 헌신적이기만 했소.

그러다 그레이스 던바 양이 나타났지. 그녀는 우리가 낸 광고를 보고 찾아와서 우리 두 아이의 가정교사가 된 겁니다. 아마 당신도 신문에 난 그녀의 사진을 보았을 거요. 그녀가 매우 아름다운 여자라는 거야 온 세상이 다 압니다. 내가 이웃사람들보다 더 고상한 척하지는 않겠소. 그녀와 한지붕 아래서 살고 날마다 만나면서 그녀에 대한 열정을 느끼지 않을 도리가 없었다는 것을 고백하겠습니다. 그렇다고 나를 비난할 겁니까, 홈즈 씨?"

"그렇게 느낀다고 해서 비난하지는 않습니다. 하지만 그것을 표현했다는 것은 비난하지 않을 수 없습니다. 그녀는 어느 면에서 당신의 보호를 받는 처지였으니까요."

"그야 그렇겠지." 백만장자가 말했다. 홈즈의 질책을 들은 그의 두 눈에 순간적으로 분노의 빛이 스쳐 지나갔다. "나는 잘난 척할 생각 없소. 평생 원하는 것을 손에 넣고자 해온 사나이로서, 그 여자를 사랑하고 차지하는 것 이상은 원치 않았소. 그녀에게도 그렇게 말했지."

"하, 그러셨단 말이죠?"

홈즈는 감동을 했을 때도 표정이 섬뜩해 보이는 경우가 있었다.

"그녀와 결혼할 수만 있다면 하겠다고 말했지만, 그건 내 힘으로 될 일이 아니었소. 돈은 문제가 안 되니 그녀를 행복하고 안락하게 해주기 위해 내가 할 수 있는 일은 뭐든 해주겠다고 말했소."

"인심이 좋으시군요." 홈즈가 비아냥거렸다.

"이것 보시오, 홈즈 씨. 내가 당신을 찾아온 것은 증언하러 온 거지 훈계 받으러 온 게 아니오. 당신의 비판은 원치 않소."

"내가 당신의 사건을 맡는다면 그건 순전히 그 젊은 숙녀를 위해서입니다." 홈즈가 엄숙하게 말했다. "그녀의 혐의 사실이 실제로는 당신이 말한 것보다 더 심각할지도 모릅니다. 당신의 지붕 아래 있던 무방비의 숙녀를 당신이 파멸시킨 것인지도 모르고 말입니다. 당신 같은 부자들은 무슨 짓을 해도 뇌물을 뿌리면 세상 사람들이 다 용서해줄 줄 아는데, 그게 오산이라는 것을 알아야 합니다."

놀랍게도 황금왕은 이런 질책을 다소곳이 받아들였다.

"이제는 나도 그것을 절감하고 있습니다. 내가 의도한 대로 일이 돌아가지 않은 것을 오히려 신에게 감사드리고 있습니다. 그녀는 어떤 것도 받으려 하지 않고, 당장 집에서 떠나길 바랐습니다."

"왜 떠나지 않았죠?"

"그건 무엇보다도 그녀가 부양해야 할 식구 때문이었습니다. 그녀가 생활비를 벌지 못하면 부양가족들에게 큰 문제가 생깁니다. 다시는 그녀에게 치근덕거리지 않겠다고 맹세를 하고, 실제로도 그렇게 해서, 그녀는 남아 있기로 한 것입니다. 하지만 또 다른 이유도 있었소. 그녀는 나를 좌우할 힘이 있다는 것을 알고 있었는데, 그 힘은 세상의 그 어떤 힘보다 막강했소. 그녀는 그 힘을 좋은 데 쓰고 싶어했소."

"어떻게 말입니까?"

"그러니까 그녀는 내 사업에 대해 제법 알고 있었소. 그건 보통 사람이 생각하는 것보다 훨씬, 훨씬 더 거대하지. 나는 창조할 수도 있고 파괴할 수도 있는데, 대개는 파괴를 했소. 대상은 개인만이 아니었지. 마을, 도시, 심지어 국가도 대상이었소. 사업이란 모진 게임이라서, 약하면 쓰러집니다. 나는 이익의 극대화를 위해 게임을 했소. 결코 징징거리지 않았고, 누가 징징거려도 아랑곳하지 않았지. 하지만 그녀는 게임을 달리 보았소. 그녀의 말이 옳았다고 봅니다. 그녀는 한 사람이 필요 이상의 재물을 얻기 위해 수많은 사람들의 생계 수단을 빼앗아서는 안 된다고 믿고 내게도 그렇게 말했소. 그게 그녀가 사업을 바라보는 방식이었는데, 그녀는 돈보다 더 가치 있는 것을 알았던 것입니다. 그녀는 내가 자기 말에 귀를 기울인다는 것을 알고, 내 행동에 영향을 미침으로써 세상에 기여하고 있다고 생각했습니다. 그래서 그녀는 남아 있었고, 그러다 그런 일이 생기게 된 겁니다."

"사건 해결에 도움이 될 만한 단서는 없습니까?"

황금왕은 두 손에 머리를 묻고 생각에 잠긴 채 잠시 말이 없었다.

"그녀는 절망적인 상황이오. 그건 부인할 수 없습니다. 여자는 특히 내면적인 삶을 가꾸며 살기 때문에 남자가 미처 파악하지 못한 일을 벌일 수도 있습니다. 처음에 나는 너무 놀라서 어쩔 줄을 몰랐소. 그녀의 천성과는 정반대로 이상하게 탈선이라도 했나 싶었습니다. 그러다 문득 떠오른 게 있는데, 그걸 말씀드리겠습니다. 홈즈 씨. 생각해볼 만한 가치가 있을 테니까요. 아내가 질투심이 많았던 것은 확실합니다. 정신에 대한 질투도 육체에 대한 질투 못지않게 광적일 수 있습니다. 후자에 대해서는 질투할 까닭이 없다는 것을 아내도 잘 알고 있었을 거요. 하지만 그녀는 영국 숙녀가 내 정신과 행동에 영향을 미치고 있다는 것을 알게 되었는데, 자기는 생전 그런 적이 없었소. 그건 선한 방향의 영향력이었지만, 그렇다고 해서 사태가 나아지지는 않았습니다. 그녀는 증오심이 치밀어 미칠 것 같았을 겁니다. 아마존의 열기로 항상 피가 뜨거웠으니까. 그래서 던바 양을 살해할 계획을 세웠을 거요. 아니면 총으로 겁을 줘서 쫓아내려고 했는데, 실랑이를 벌이다가 그만 총이 발사되어 그걸 들고 있던 아내가 맞은 것인지도 모릅니다."

"나도 그런 생각을 해봤습니다." 홈즈가 말했다. "정말이지 고의적인 살인이 아니라면 그 같은 우발적인 사고겠죠."

"하지만 그녀가 전면 부인하고 있습니다."

"아, 그게 전부가 아니다 이거죠? 너무나 끔찍한 일이 벌어지는 바람에 어째야 좋을지 몰라서 권총을 들고 집으로 뛰어갔을 수도 있을 겁니다. 자기가 무슨 행동을 하는지도 모르고 권총을 옷장에 던져버렸는데, 나중에 발견되자 전면 부인을 함으로써 어떻게든 속여 보려고 하는 건지도 모르고 말입니다. 변명을 할 길이 없으니까요. 이런 가설은 어떻습니까?"

"그것도 일체 부인하고 있습니다."

"음, 아마도 아침에 던바 양 면회 허락을 받을 수 있을 겁니다." 홈즈가 시계를 보았다. "그 후 저녁 기차로 윈체스터에 가봅시다. 그 숙녀를 직접 만나보면 내가 좀 더 도움을 드릴 수 있을 겁니다. 하지만 반드시 당신이 바라는 대로 결론이 날 거라는 보장을 할 수는 없습니다."

⁂

면회 허가를 받는 데는 시간이 걸렸다. 그래서 그날 윈체스터에 가는 대신, 우리는 닐 깁슨 씨가 사는 햄프셔의 토르 플레이스로 내려갔다. 그는 우리와 함께 가지 않았지만, 우리는 처음 사건을 조사한 그 고장의 경찰인 코벤트리 경사의 주소를 알고 있었다. 그는 큰 키에 몸이 여위고 아주 창백한 남자였는데, 태도가 워낙 은밀하고 야릇해서 자기가 한 말보다 훨씬 더 많은 것을 알고 있거나 의심하고 있다는 분위기를 물씬 풍겼다. 그는 아주 진부한 정보를 늘어놓으면서도 중대한 기밀 정보를 들려준다는 듯이 갑자기 목소리를 깔고 속삭이듯 말하는 버릇이 있었다. 하지만 그런 버릇에 뒤이어 곧바로 겸손하고 정직한 모습을 보여주었다. 사실 깊이 알지는 못해서 도움이 필요하다는 것을 다소곳이 인정한 것이다.

"아무튼 나로서는 런던 경찰국보다 홈즈 씨가 나아요." 그가 말했다. "경찰국 사람을 불러들이면, 지방 경찰은 사건을 해결해도 공을 다 빼앗기는데, 해결을 못 하면 비난을 받거든요. 그런데 홈즈 씨는 공명정대하다고 들었어요."

"나는 사건 전면에 나설 필요가 없습니다." 홈즈가 말했다. 우리의 우울한 경사에게는 분명 마음이 푹 놓이는 말이었다. "나는 사건을 해결해도 내 이름이 언급되는 것을 원치 않습니다."

토르교 사건

"아, 참 멋지시군요. 그리고 친구 되시는 왓슨 박사님은 믿을 수 있는 분인 것으로 알고 있습니다. 자, 홈즈 씨, 현장으로 슬슬 내려가면서 한 가지 물어보고 싶은 것이 있습니다. 다른 사람한테는 입도 벙긋하지 않을 겁니다." 그는 그 말을 함부로 입에 담을 수 없다는 듯이 주위를 두리번거렸다. "혹시 닐 깁슨 씨에게 혐의가 있다고는 생각지 않으십니까?"

"염두에 두고 있습니다."

"홈즈 씨는 던바 양을 못 보셨죠. 어느 모로 보나 그녀는 정말 훌륭한 여성입니다. 그가 아내를 제거하고 싶었다 해도 놀랄 게 없습니다. 게다가 미국인들은 우리보다 권총에 더 친숙하죠. 아시겠지만 그건 그의 권총이었어요."

"확실히 밝혀진 사실인가요?"

"그럼요. 그가 가진 한 쌍 가운데 하나였죠."

"한 쌍? 그럼 다른 하나는 어디 있나요?"

"아, 그 신사는 이런저런 총기류를 많이 가지고 있어요. 그 권총과 같은 것을 찾지는 못했지만, 상자가 두 개들이였어요."

"그게 한 쌍이었다면 반드시 찾아내야 합니다."

"총기류가 모두 집 안에 그대로 있으니 원하시면 지금 살펴볼 수 있습니다."

"나중에요. 우선 같이 가서 비극의 현장부터 보고 싶군요."

이런 대화를 나눈 것은 그 고장 파출소로 쓰이고 있는 코벤트리 경사의 작은 오두막집 거실에서였다. 시들어가는 양치류의 황금빛과 청

동빛이 너울거리는 바람 부는 황야를 80미터쯤 걸어가자 토르 플레이스 저택으로 통하는 쪽문이 나왔다. 길을 따라 꿩 사냥 금지구역을 지나 공터에 이른 우리 눈앞에 저택이 보였다. 언덕 위에 날개를 펼치고 있는 저택은 반은 튜더 양식, 반은 조지 양식으로 지었는데, 반은 목조 주택이었다. 우리 옆으로 갈대가 자라는 길쭉한 연못이 있었는데, 폭이 좁은 중앙 부분에 마차가 다닐 수 있는 돌다리가 놓였고, 다리 양쪽의 연못은 폭이 넓었다. 우리의 길잡이가 다리 입구에서 발길을 멈추고 바닥을 가리켰다.

"깁슨 부인의 시신이 있던 자리가 여기입니다. 저 돌멩이로 표시를 해두었죠."

"경사가 온 다음에 시신을 옮긴 것으로 알고 있습니다만."

"그렇습니다. 발견하자마자 나를 불렀죠."

"누가요?"

"깁슨 씨가요. 소식을 듣자마자 그가 다른 사람들과 함께 집에서 여기로 달려왔답니다. 그는 경찰이 올 때까지 아무것도 건드리지 못하게 했죠."

"잘했군요. 아주 가까운 거리에서 총이 발사되었다는 신문기사를 본 적이 있습니다."

"예, 아주 가까운 거리였어요."

"오른쪽 관자놀이 근처였죠?"

"바로 그 뒤쪽이었어요."

"시신은 어떻게 놓여 있었나요?"

"드러누운 자세였습니다. 몸싸움을 한 흔적은 없었어요. 발자국도 없었고, 무기도 없었고, 던바 양이 보낸 짧은 편지만 왼손에 움켜쥐고 있었죠."

"움켜쥐었다고요?"

"예. 손가락을 벌리는 데 힘깨나 들었습니다."

"그건 아주 중요한 사실이군요. 누가 살인을 한 후 거짓 단서를 만들어놓으려고 편지를 쥐여주었을 가능성은 없다는 얘기죠. 그것 참! 그런데 편지는 아주 짧았던 것으로 기억합니다.

> 9시에 토르교로 가겠습니다.
>
> — G. 던바

이런 내용이었죠?"

"맞습니다."

"던바 양이 그걸 썼다고 자백했나요?"

"예."

"뭐라고 해명했나요?"

"순회재판 때 변호하겠답니다. 그러고는 일체 말을 하려고 하질 않았어요."

"이 사건은 정말 아주 흥미롭군요. 그 편지의 진의가 분명치 않아요, 그렇죠?"

"글쎄요." 길잡이가 말했다. "감히 말씀을 드리자면, 전체 사건에서 유일하게 분명한 것이 바로 편지 아닐까요?"

홈즈는 고개를 내둘렀다.

"편지가 진짜이고, 실제로 던바 양이 쓴 게 맞다면, 약속 시간 전에 받았을 겁니다. 한두 시간 전에. 그렇다면 왜 그걸 계속 움켜쥐고 있었을까요? 굳이 편지를 가져간 이유는 뭘까요? 만나서 그 편지 얘기를 할 필요는 없었습니다. 그것 참 묘하지 않습니까?"

"음, 말씀을 듣고 보니 그런 것 같군요."

"몇 분 동안 조용히 앉아서 생각을 좀 하고 싶군요." 그는 다리의 돌난간에 걸터앉아 기민한 회색의 두 눈을 의심으로 번뜩이며 사방을 쏘아보았다. 갑자기 벌떡 일어선 그는 맞은편 난간으로 달려가더니 주머니에서 재빨리 돋보기를 꺼내 난간을 살펴보기 시작했다.

"이것 참 묘하군." 그가 말했다.

"예, 우리도 난간에 흠집이 난 것을 보았습니다. 지나가던 사람이 그랬거니 했죠."

돌난간은 잿빛이었는데, 6펜스짜리 동전만 한 크기의 그 부분만 흰색이었다. 가까이서 살펴보니 날카로운 것으로 가격해서 표면의 부스러기가 떨어져나갔다는 것을 알 수 있었다.

"이런 흔적을 남길 정도면 꽤 세게 친 거야." 홈즈가 곰곰 생각하며 말했다. 그가 지팡이로 여러 번 난간을 내리쳤지만 흔적은 남지 않았

다. "그래, 아주 세게 쳤어. 위치도 묘하군. 위에서가 아니라 아래쪽에 서 쳤어. 보다시피 난간 아래쪽 가장자리가 파였으니까."

"그렇지만 여긴 시신에서 줄잡아 5미터는 떨어져 있는데요?"

"그래요. 시신에서 5미터. 그러니 사건과 무관할지도 모르지만, 이 건 주목할 가치가 있습니다. 여기서는 더 이상 알아낼 게 없는 것 같군 요. 발자국이 없었다고 했죠?"

"땅바닥이 아주 단단했어요. 그러니 아무런 흔적도 없었죠."

"그럼 이만 갑시다. 먼저 저택으로 가서 경사가 말한 총기류를 살 펴봅시다. 그런 다음 윈체스터에 가보도록 하죠. 조사를 계속하기 전 에 던바 양을 만나보고 싶으니까요."

⋯❧⋯

닐 깁슨 씨는 런던에서 돌아오지 않았지만, 아침에 우리를 찾아온 신경과민의 베이츠 씨를 집 안에서 만났다. 그는 고용주가 험한 삶을 살아오며 모아들인 다채로운 모양과 크기의 흉흉한 총기류를 신나게 홍보듯 보여주었다.

"깁슨 씨에게는 적이 많습니다. 그의 됨됨이나 삶의 방식을 아는 사람이라면 다들 짐작하겠지만 말입니다." 그가 말했다. "그는 장전 한 권총을 침대 옆의 서랍에 넣어두고 잡니다. 워낙 성격이 포악해 서 우리 모두 겁을 집어먹을 때가 있어요. 세상을 뜬 안주인께서도 정말이지 무서워서 떨 때가 많았다니까요."

"안주인에게 손찌검하는 것을 본 적이 있나요?"

"아니요, 보았다고 할 수는 없습니다. 하지만 그에 못지않게 험한 말을 하는 것을 들었어요. 하인들 앞에서도 냉혹하고 통렬하게 멸시하는 말을 대놓고 했죠."

"우리의 백만장자는 사생활이 그리 밝지 않은 모양이군." 기차역으로 가는 길에 홈즈가 말했다. "그런데 왓슨, 우리는 좋은 정보를 많이 얻었어. 일부는 새로운 정보지만, 결론을 내리기엔 아직 이른 것 같아. 베이츠 씨는 고용주를 끔찍이 싫어하는데도, 피살 소식이 전해졌을 때 그가 틀림없이 서재에 있었다고 증언했지. 저녁 식사는 8시 반에 끝났고, 그때까지는 모든 것이 정상이었어. 소식이 전해진 것은 저녁 늦게였지만, 비극이 일어난 것은 편지에 적힌 9시 무렵인 것이 분명해. 깁슨 씨는 5시에 런던에서 돌아온 후 집 밖에 나갔다는 증거가 전혀 없어. 반면에 던바 양은 편지로 깁슨 부인과 만날 약속을 했다는 것을 시인했어. 그 이상은 아무 말도 하지 않으려고 했지. 변호사가 나중에 변호하라고 조언을 한 거야. 그 젊은 숙녀에게 물어볼 중요한 질문이 여러 가지 있어서, 그녀를 만나기 전에는 마음이 편해질 것 같지 않아. 솔직히 말해서 이 사건은 한 가지 사실만 빼고는 그녀에게 너무나 불리해 보여."

"한 가지가 뭔데?"

"그녀의 옷장에서 권총이 발견되었다는 것."

"맙소사!" 내가 외쳤다. "내가 보기에는 그거야말로 가장 불리한 증거 같은데?"

"그렇지 않아, 왓슨. 처음에 별 생각 없이 신문을 볼 때도 그건 참

The Case-Book of Sherlock Holmes

이상하다는 생각이 들었어. 그런데 사건에 가까이 다가선 지금은 그것이 유일하게 확고한 희망의 토대야. 우리는 일관성이 있는가를 짚어봐야 해. 일관성이 없으면 속임수가 있는지 의심해봐야 하고."

"무슨 말인지 모르겠어."

"그렇다면 이렇게 한번 생각해봐. 자네가 냉정하게 계획적으로 연적을 제거하기로 마음먹은 여자라고 쳐봐. 자네는 계획을 세웠어. 편지를 썼지. 희생자가 왔어. 자네한테는 총이 있어. 범행을 저질렀지. 솜씨 좋게 완벽하게 해냈어. 그런데 그렇게 영악하게 범행을 한 후 총을 아무도 찾을 수 없도록 옆에 있는 갈대밭에 내던져버리는 것을 깜박 까먹고, 그걸 한사코 집에 가져가서, 보나마나 맨 처음 수색을 당하게 될 자기 옷장 속에 넣어두는 바람에 완전범죄를 그만 망치고 말았다고 말할 거야? 아무리 친한 친구라도 그런 걸 계획이라고 말해줄 사람은 없을걸? 하지만 나는 자네가 그렇게 바보같이 일을 망칠 거라고는 생각지 않아."

"하지만 순간적으로 흥분해서……."

"아니, 아니야, 왓슨. 나는 그럴 수 있다고 보지 않아. 냉정하게 범행을 계획했다면, 은폐할 방법도 냉정하게 사전 계획을 하기 마련이야. 따라서 우리는 지금 뭔가 심각하게 잘못 생각하고 있다고 봐."

"하지만 그래서는 설명되지 않는 부분이 너무 많아."

"그래, 이제 우리가 그걸 설명해야지. 일단 관점을 바꾸면, 너무나 저주스러웠던 바로 그 증거가 오히려 진실에 이르는 단서가 되지. 예를 들어 그 권총 말이야. 던바 양은 권총에 대해 일체 아는 바가 없다고 했어. 그런데 우리의 새로운 가설에 따르면 그 말은 사실이야. 그러니까 다른 사람이 그녀의 옷장에 총을 넣어둔 거지. 그게 누굴까? 그녀에게 누명을 씌우고 싶은 사람이겠지. 그렇다면 진범은 바로 그 사람이 아닐까? 보다시피 새로운 가설을 세우자마자 우리의 조사는 곧바로 큰 성과를 거두게 됐어."

❧

면회 신청 수속을 다 마치지 못해 우리는 윈체스터에서 그날 밤을 보내야 했다. 그러나 이튿날 아침, 이번 사건을 맡은 전도유망한 법정 변호사 조이스 커밍스 씨와 함께 감방에서 숙녀를 만나는 것이 허용되었다. 그동안 들은 얘기가 있어서 아름다운 여성을 만나게 될 거라고 기대는 했지만, 과연 던바 양을 만난 소감은 잊을 수 없을 만큼 감명이 깊었다. 오만한 백만장자조차도 자기보다 더 힘이 있는 어떤 것―그를 통제하고 이끌어줄 수 있는 어떤 힘―을 그녀의 내면에서 발견한 것도 이상할 게 없었다. 강인하고 윤곽이 뚜렷하면서도 예민한 얼굴을 보니, 그녀가 혹시 충동적인 행동을 하더라도 항상 선한 쪽으로 영향을 미치는, 그런 타고난 고귀한 성품을 지니고 있다는 것 또한 느낄 수 있었다. 검은 눈, 검은 머리칼에 키가 크고 기품이 있는 얼굴에 당찬 태도를 지녔지만, 그물에 걸려서 아무리 애를 써도 빠져나갈 길을 찾을 수 없는 사냥 당한 동물같이 애처롭고 절망적인 심정이 검은 눈동자에 고스란히 드러나 있었다. 이제 유명한 내 친구가 도와주러 왔다는 것을 알게 되자 창백한 두 볼이 상기되면서, 우리를 향한 눈길에 희망의 빛이 일렁이기 시작했다.

"혹시 닐 깁슨 씨가 우리 사이에 일어난 일을 말씀해주셨나요?" 그녀가 떨리는 낮은 음성으로 물었다.

"예." 홈즈가 대답했다. "마음 아픈 이야기는 굳이 하지 않으셔도 됩니다. 당신을 보니 깁슨 씨의 말이 옳다는 것을 알겠군요. 그에게 영향을 미칠 수 있다는 것과, 그와의 관계가 순수하다는 것 모두 말입니다. 그런데 법정에서 왜 사실을 다 털어놓지 않은 거죠?"

"혐의가 풀리지 않을 줄은 생각도 못 했어요. 조금만 기다리면 가슴 아픈 집안 이야기를 낱낱이 털어놓지 않고도 모든 게 저절로 해결될 줄 알았죠. 그런데 해결되기는커녕 점점 더 심각해져가는 것 같아요."

"친애하는 던바 양." 홈즈가 진심을 담아 외쳤다. "환상을 버리고 부디 현실을 직시하세요. 현재로서는 모든 패가 우리에게 불리하다는 것을 여기 계신 커밍스 씨에게 물어봐도 아실 수 있을 겁니다. 혐의를 벗을 수만 있다면 무슨 일이든 해야 합니다. 던바 양이 크나큰 위험에 빠지지 않은 척하는 것은 잔인한 기만일 뿐입니다. 진실에 이를 수 있도록 최대한 나를 도와주세요."

"아무것도 숨기지 않겠어요."

"그럼 던바 양이 깁슨 씨의 아내와 진짜 어떤 관계인지부터 말씀해주세요."

"그녀는 나를 미워했어요, 홈즈 씨. 열대 지방 사람답게 미움도 열렬했죠. 그녀는 뭐든 어중간하게 하는 법이 없는 여자였어요. 그래서 남편을 열렬히 사랑한 만큼 나를 열렬히 미워한 거예요. 그녀는 아마 우리의 관계를 오해했을 거예요. 나는 그녀에게 전혀 피해를 주고 싶지 않았어요. 하지만 그녀의 사랑은 너무나 육체적이라서, 그녀의 남편과 나 사이의 정신적인, 어떻게 보면 영적인 유대를 이해하지 못했어요. 내가 그의 집에서 지낸 것도 다만 그가 좋은 쪽으로 힘을 사용하도록 돕고 싶은 마음뿐이었다는 것은 상상도 하지 못한 거죠. 하지만 이제 보니 다 내 잘못이었어요. 내가 불행의 원인인데도 굳이 그 집에 남아 있었던 것은 어떤 이유로도 옳다고 할 수 없어요. 하지만 내가 떠났어도 그녀가 불행하기는 마찬가지였을 거예요."

"자, 던바 양." 홈즈가 말했다. "그날 저녁 정확히 무슨 일이 일어났는지 얘기해주세요."

"사실을 아는 대로 말씀드릴 수는 있어요, 홈즈 씨. 하지만 저로서는 그것을 증명할 길이 없어요. 가장 핵심적인 대목은 설명할 수도 없고, 짐작도 가지 않아요."

"던바 양이 사실을 밝히기만 하면 설명은 다른 사람이 할 수도 있습니다."

"그럼 그날 밤 토르교에 갔던 일을 말씀드릴게요. 그날 아침 깁슨 부인의 편지를 받았어요. 편지는 아이들 공부방 책상 위에 놓여 있었는데, 그녀가 직접 갖다놓은 것 같아요. 꼭 할 말이 있으니 저녁 식사 후 거기서 만나달라는 편지였죠. 답신을 써서 정원 해시계 위에 놓아두라고 부탁했는데, 다른 사람은 모르게 둘이 만나기를 바란 거예요. 나는 그런 것을 비밀에 부칠 이유가 없었지만, 약속을 받아들이고 부탁한 대로 했어요. 그녀는 자기 편지를 없애달라고 해서, 공부방 벽난로에 태웠어요. 그녀는 남편을 너무나 무서워했답니다. 남편이 그녀를 너무나 거칠게 대해서인데, 그 때문에 나는 종종 그분을 나무랐답니다. 아무튼 그래서 우리가 만나는 것을 남편에게 알리고 싶지 않아서 그런 줄로만 알았죠."

"하지만 그녀는 아주 정성스레 던바 양의 편지를 간직하고 있었습니다."

"그래요. 죽으면서 손에 쥐고 있었다는 말을 듣고 나도 놀랐어요."

"음, 그 후 어떻게 했죠?"

"약속한 대로 만나러 갔어요. 다리에 가보니 먼저 와 계시더군요. 그분이 나를 얼마나 미워하고 있었는지 그때서야 알았답니다. 그녀는 미친 여자 같았어요. 정말 미친 줄로만 알았다니까요. 미쳤으면서도 남을 속일 수 있는 능력을 지닌 묘한 상태 말예요. 그런 상태가 아니라면 그토록 맹렬히 증오하면서도 날마다 태연히 나를 만날 수 있었겠어요? 그녀가 뭐라고 했는지는 다 말씀드리지 않겠어요. 열화와 같은 분노를 터트리며 정말 지독한 험담을 퍼부었답니다. 나는 대꾸하지 않았어요. 아니 할 수가 없었죠. 그녀를 보고 있는 것조차 무서웠거든요. 나는 두 손으로 귀를 틀어막고 달아났어요. 내가 떠날 때 그녀는 다리 입구에 서서 계속 맹렬하게 욕을 해댔답니다."

"그 후 그녀가 발견된 곳은 어디죠?"

"그 자리에서 몇 미터 떨어진 곳이었어요."

"그런데 던바 양이 떠난 직후 그녀가 죽었다면 총소리가 들렸을 텐데요."

"아니요, 아무 소리도 못 들었어요. 하지만 홈즈 씨, 정말이지 나는 끔찍한 그 욕설 때문에 너무나 무섭고 마음이 떨려서 그저 부리나케 편안한 내 방으로 돌아가겠다는 생각뿐이었어요. 그래서 그 사이에 그녀에게 무슨 일이 일어났는지는 알 수가 없었어요."

"방으로 돌아갔단 말씀이군요. 이튿날 아침이 되기 전에 다시 방을 나섰죠?"

"예. 그녀가 돌아가셨다는 말을 듣고 다른 사람들과 같이 달려갔어요."

"깁슨 씨를 보았나요?"

"예. 그분이 다리에서 막 돌아왔을 때 보았어요. 의사와 경찰을 불러오라고 하셨죠."

"많이 당황한 것 같아 보이던가요?"

"깁슨 씨는 아주 억세고 자제력이 강한 분이에요. 겉으로 감정을 드러내는 것을 본 적이 없을 정도죠. 하지만 나는 그분을 워낙 잘 알고 있었기 때문에, 그분이 몹시 걱정하고 있다는 것을 알 수 있었어요."

"이제 마침내 아주 중요한 대목에 이르렀습니다. 던바 양의 방에서 발견된 권총 말입니다. 그것을 전에 본 적이 있나요?"

"아니요. 맹세할 수도 있어요."

"발견된 게 언제죠?"

"이튿날 아침, 경찰이 수색을 했을 때요."

"옷장에서 발견됐죠?"

"예. 옷장 바닥의 드레스 아래에 있었어요."

"그게 언제부터 거기 있었는지 짐작이 가나요?"

"전날 아침에는 없었어요."

"그걸 어떻게 아시죠?"

"그때 옷장 정리를 했거든요."

"그건 결정적인 사실이군요. 그렇다면 누군가 던바 양의 방에 들어가서, 누명을 씌우기 위해 권총을 넣어두었다는 뜻이죠."

"틀림없어요."

"그럼 그게 언제였을까요?"

"식사 시간, 아니면 내가 아이들과 같이 공부방에 있을 때 그랬을 거예요."

"편지를 받은 것도 공부방에서였다고 했죠?"

"예. 그 후 오전 내내 공부방에 있었어요."

"고마워요, 던바 양. 조사에 도움이 될 만한 다른 중요한 점은 없나요?"

"생각나는 게 없어요."

"다리 난간에 부스러진 자국이 나 있었습니다. 시신 바로 맞은편 난간에 새로 생긴 흠집이죠. 그게 왜 생겼을지 짐작 가는 게 없나요?"

"그냥 우연히 생긴 게 아닐까요?"

"묘해요, 던바 양. 그건 참 묘한 자국입니다. 하필이면 비극의 시간에, 하필이면 바로 그 비극의 장소에 그게 생겼다니 말입니다."

"하지만 어떻게 그런 흠집을 낼 수 있죠? 그런 흠집을 내려면 아주 세게 쳐야만 하잖아요."

홈즈는 아무런 대꾸를 하지 않았다. 창백하고 열띤 그의 얼굴이 돌연 굳으며 꿈꾸는 듯한 표정으로 바뀌었는데, 그의 천재성이 최고조로 발현될 때도 그런다는 것을 나는 경험으로 알고 있었다. 그의 생각이 결정적인 대목에 이른 게 분명해서, 우리는 아무도 입을 열 수 없었다. 변호사와 용의자, 그리고 나는 골똘히 생각에 잠겨 말이 없는 그의 모습을 묵묵히 지켜보았다. 갑자기 그가 급히 할 일이 있다는 듯이 흥분

해서 몸을 부르르 떨며 자리에서 벌떡 일어섰다.

"가자, 왓슨, 어서!" 그가 외쳤다.

"왜 그러세요, 홈즈 씨?"

"걱정하지 마세요, 던바 양. 다시 연락을 드리겠습니다, 커밍스 씨. 정의의 신의 도움으로 잉글랜드를 떠들썩하게 할 만한 사실을 곧 밝혀드리겠습니다. 내일쯤 소식을 듣게 될 겁니다, 던바 양. 먹구름이 걷히고

있으니 안심하세요. 진실의 빛이 비칠 거라고 확신합니다."

❧

윈체스터에서 토르 플레이스 저택까지는 그리 멀지 않았지만, 조바심이 난 내게는 멀게만 느껴졌다. 홈즈에게는 아마 영원처럼 느껴졌을 것이다. 그는 불안해서 가만히 앉아 있지를 못하고 열차 안에서 오락가락하다가 옆에 놓인 쿠션을 길고 예민한 손가락으로 연신 토닥거렸다. 그러다 목적지에 가까워졌을 때 갑자기 그가 내 맞은편에 앉았다. 1등석 열차 안에는 우리밖에 없어서 자리는 텅텅 비어 있었다. 그는 내 두 무릎에 손을 얹고 개구쟁이같이 아주 짓궂은 눈길로 내 눈을 바라보았다.

"왓슨." 그가 말했다. "우리가 이런 나들이를 할 때면 자네는 언제나 무기를 챙겨오는 것으로 알고 있어."

내가 그러는 것은 그를 위해 당연한 일이었다. 그가 일단 사건에 몰두하면 자신의 안전은 아랑곳하지 않았기 때문이다. 그래서 위급할 때 내 권총이 좋은 친구 구실을 해준 게 한두 번이 아니었다. 나는 그런 사실을 그에게 일깨워주었다.

"그래그래. 내가 그런 문제에 좀 소홀하긴 하지. 그런데 지금 권총 갖고 있어?"

내가 뒷주머니에서 권총을 꺼내 보여주었다. 짧고 다루기 쉬우면서도 아주 실용적인 무기였다. 그는 안전장치 고리를 풀고 탄창을 꺼낸 후 꼼꼼히 살펴보았다.

토르교 사건

"묵직한걸? 아주 묵직해." 그가 말했다.

"그래, 아주 튼튼하지."

그는 잠시 생각에 잠겼다.

"이거 알아, 왓슨?" 그가 말했다. "우리가 지금 조사하고 있는 사건과 자네의 권총이 아주 밀접한 관계를 맺게 될 거야."

"맙소사, 홈즈, 무슨 그런 농담을."

"아니야, 왓슨. 이건 진담이야. 곧 시험해볼 게 있는데, 이 시험이 끝나면 모든 게 밝혀질 거야. 그런데 이 시험은 권총이 어떻게 작동하느냐에 달려 있어. 총알 하나는 빼고. 자, 나머지 다섯 발은 다시 집어넣은 후 안전장치를 걸겠어. 됐어! 총알 덕분에 한결 더 묵직해서 재현을 더 잘할 수 있겠어."

나는 그의 속셈이 뭔지 전혀 알 수 없었다. 하지만 그는 말을 해주지 않고 묵묵히 생각에 잠겨 앉아 있었다. 곧 우리는 아담한 햄프셔 역에 도착했다. 거기서 덜컹거리는 경마차를 잡아타고 15분 만에 믿음직한 우리 친구인 경사의 집에 도착했다.

"단서를 잡았다고요, 홈즈 씨? 그게 뭐죠?"

"그건 왓슨 박사의 권총이 얼마나 잘해주느냐에 달려 있습니다." 내 친구가 말했다. "이게 그거죠. 그런데 경사, 10미터쯤 되는 끈이 있나요?"

마을 가게에서 돌돌 말아놓은 끈을 구했다.

"필요한 것은 이게 전부인 것 같군요." 홈즈가 말했다. "자, 괜찮으시다면 이제 마지막 단계이길 바라 마지않는 여행을 떠나봅시다."

The Case-Book of Sherlock Holmes

해가 저물어가며, 너울처럼 펼쳐진 햄프셔의 황야가 경이로운 가을빛 풍광으로 물들었다. 꽤나 비판적인 불신의 눈초리로 내 친구를 쏘아보며 옆에서 휘적휘적 걷는 경사는 홈즈가 제정신인가를 의심하는 빛이 역력했다. 범행 현장으로 가는 동안 나는 버릇처럼 냉정함을 유지하고 있는 홈즈가 실은 사뭇 불안해하고 있다는 것을 알 수 있었다.

"그래." 그가 내 말에 답했다. "자네는 전에 내 추리가 빗나간 것을 본 적이 있지. 나는 추리에 꽤 재간이 있지만, 그게 늘 적중하는 것은 아니야. 윈체스터의 감옥에서 문득 떠올랐을 때는 추리가 확실한 것 같았어. 하지만 팽팽 돌아가는 두뇌에도 한 가지 약점이 있는데, 추리가 빗나갈 수도 있을 가능성을 늘 생각해낸다는 거야. 하지만, 하지만, 왓슨, 우리는 시도해보는 수밖에 없어."

걸어가면서 그는 권총 손잡이에 끈 한쪽 끝을 단단히 묶었다. 어느덧 우리는 비극의 현장에 이르렀다. 그는 경사의 도움을 받아 시신이 놓여 있던 정확한 지점을 아주 공들여 표시했다. 그런 다음 히스와 양치류들 틈에서 꽤 큼직한 돌멩이를 하나 찾아냈다. 돌멩이에 끈의 다른 쪽 끝을 묶은 그는 돌멩이를 다리 난간 너머로 던져 다리 아래의 물 위에 늘어뜨렸다. 그러고서 리볼버를 쥐고 난간에서 다소 떨어진 사망 지점에 섰다. 그는 멀리 있는 묵직한 돌멩이와 권총을 연결한 끈을 팽팽히 잡아당겼다.

"자, 시작한다!"

그 말과 동시에 그는 머리 쪽으로 권총을 들어올렸다가 손을 탁 놓

았다. 돌멩이 무게 때문에 권총이 홱 날아가서 난간을 세게 후려친 후 난간 너머의 물속으로 사라졌다. 그 순간 난간 옆에 무릎을 꿇고 앉은 홈즈는 기대한 것을 발견한 듯 환호성을 올렸다.

"이보다 더 정확한 시범은 있을 수 없을 거야." 그가 외쳤다. "이것 좀 봐, 왓슨. 자네의 권총이 사건을 해결했어!" 그렇게 말하며 그는 돌난간 가장자리 아래쪽에 난 첫 번째 흠집과 크기와 모양이 똑같은 두 번째 흠집을 가리켰다.

"우리는 오늘 밤 객점에서 묵겠습니다." 그가 일어서서 놀란 얼굴의 경사를 마주보며 말했다. "갈고리를 쓰면 내 친구의 권총을 쉽게 건져낼 수 있을 겁니다. 아울러 그 옆에서 묵직한 것을 매단 끈이 달린 다른 권총을 찾아낼 수 있을 겁니다. 복수심에 불탄 그 여자가 자신의 죄(잉글랜드에서 자살은 범죄였다—옮긴이)를 감추고 무고한 이에게 살인 누명을 씌우려고 한 증거물 말입니다. 깁슨 씨에게는 내일 아침 만나서 던바 양을 변호할 조치를 취하잔다고 전해주십시오."

⊰ஃ⊱

그날 저녁 늦게 마을 객점에서 우리가 함께 파이프담배를 피우고 앉아 있을 때 홈즈가 지난 일들을 간단히 설명해주었다.

"왓슨, 내가 보기에 말이야" 하고 그가 말문을 열었다. "토르교 사건을 자네의 기록에 추가해도 내 명성이 높아질 것 같지는 않아. 이번에는 내 정신이 번뜩이지 못했고, 내 기예의 기초를 이루는 상상력과 사실의 결합도 미흡했어. 솔직히 돌난간의 흠집만 보고도 사건을 충분히 해결할 수 있었는데, 더 빨리 해결하지 못한 것은 다 내가 모자란 탓이야.

세상을 뜬 그 여자가 정말 교묘하고 교활하게 머리를 썼다는 것만은 인정해줘야 해. 그녀의 흉계를 깨뜨리는 것은 그리 쉬운 일이 아니었어. 우리가 겪은 모험들 가운데, 비뚤어진 사랑이 어떤 일을 초래할 수 있는지를 이보다 더 기묘하게 보여주는 사례는 없었던 것 같아. 연적이라고 생각한 던바 양의 사랑이 육체적이었든, 그저 정신적이었든 간에, 그녀가 보기에는 마찬가지로 용서할 수 없는 일이었던 모양이야. 너무나 직선적인 그녀의 애정을 뿌리치기 위해 남편이 매정하게 굴면서 매몰찬 말을 퍼부은 것에 대한 책임을 모두 그 무고한 숙녀에게 돌린 것이 분명해. 그녀는 일단 자살을 하기로 결심했겠지. 그러고는 기왕 죽는 김에 무고한 숙녀에게 누명을 씌우려고 했어. 비명횡사를 하는 것보다 더 가혹한 운명의 쓴맛을 보여주려고 한 거지.

이후의 여러 조치에 대해서는 아주 명백히 추리할 수 있는데, 그건 정말 그녀가 교활하기 짝이 없다는 것을 역력히 보여주고 있어. 아주 영악하게도 던바 양이 범죄 현장을 선택한 것처럼 보이게 하는 편지를 받아냈지. 그런데 혹시나 이 편지가 발견되지 않을까봐 최후의 순간까지 그걸 움켜쥐고 있었어. 그것만으로도 나는 좀 더 일찍 그녀를 의심해야 했어.

그 후 그녀는 남편의 권총 하나를 빼내서 자신이 사용하려고 보관했지. 그 집에는 총기류가 즐비했으니까, 비슷한 권총 하나를 또 그날 아침 던바 양의 옷장 안에 감춰두었어. 총신에서 총알을 하나 빼낸 후에 말이야. 그런 일은 들키지 않고 숲에서 손쉽게 해치울 수 있었지.

그런 다음 무기를 없앨 수 있는 기발한 방법을 미리 궁리해둔 약속 장소로 갔어. 던바 양이 나타나자 최후의 숨결이 다하도록 증오를 퍼부었지. 그리고 던바 양이 소리를 들을 수 없는 곳으로 가버리자, 끔찍한 계획을 실천에 옮긴 거야. 이제 모든 고리가 제자리를 찾아서 추리의 사슬이 완벽해졌어. 신문에서는 왜 처음부터 연못 바닥을 훑지 않았냐고 묻겠지만, 사후에 아는 척하기는 쉬운 일이지. 어쨌든 갈대가 무성한 널따란 연못 바닥을 훑는 것은 쉬운 일이 아니야. 어디서 무엇을 찾아야 할지도 모르는 상태에서는 더욱 그렇지. 자, 왓슨, 우리는 주목할 만한 여자와 섬뜩한 남자를 도와주었어. 그들이 장차 손을 맞잡을 가능성이 없지 않으니, 우리가 세속의 교훈을 배우는 슬픔의 공부방에서 닐 깁슨 씨도 뭔가를 배웠다는 것을 재계는 장차 알게 될 거야."

The Adventure of the
Creeping Man

기어다니는 남자

셜록 홈즈는 프레스베리 교수와 관련된 독특한 사건을 내가 발표해야 한다고 늘 주장했다. 약 스무 해 전에 대학 사회를 들끓게 하고 런던의 학계조차 떠들썩하게 했던 그 추악한 소문을 일거에 쓸어버리기 위해서라도 말이다. 하지만 그러는 데는 걸림돌이 있어서, 기묘한 이 사건의 진짜 역사는 내 친구의 수많은 모험 기록이 담긴 양철통 속에 묻혀 있었다. 이제 마침내 우리는 홈즈가 은퇴하기 전에 다룬 후기 사건들 가운데 하나인 이 사건의 이야기보따리를 풀어도 좋다는 허락을 얻기에 이르렀다. 물론 지금도 각별히 말조심을 해야 한다는 것은 두말할 나위가 없다.

❧

1903년 9월의 어느 일요일 초저녁에 나는 홈즈의 간결한 전갈을 받았다.

별일 없으면 즉시 와줘. 별일 있어도 역시 와줘. ― S. H.

이렇게 뒤로 가면서 우리의 관계는 자못 별스러워졌다. 그에게는 판에 박힌 몇 가지 버릇이 있었는데, 나 또한 그에게 버릇처럼 존재하게 된 것이다. 나는 하숙집의 명물인 바이올린이나 새그 잎담배, 해묵은 검정 파이프, 색인집 같은 존재였다. 아니면 그보다 더 볼품없는 물건 비슷한 존재였다. 열심히 뛰어야 할 사건을 맡아서 믿고 의지할 수 있는 용감한 동료가 필요할 때라면 나는 뚜렷하게 할 일이 있었다. 그런데 그 밖에도 나는 쓸모가 있었다. 나는 그의 정신을 버리는 숫돌이었다. 또한 자극제이기도 했다. 그는 내 면전에서 떠들어대며 생각하길 좋아했다. 그것은 내게 하는 말이라고 볼 수가 없었다. 침대를 향해 주절거렸어도 되는 말이 태반이었기 때문이다. 하지만 그런데도 그게 버릇이 됨으로써, 내가 반응을 보이고 말참견을 하는 것이 어느 면에서 도움이 되었다. 일면 느려터진 내 정신의 작동 방식 때문에 그를 짜증나게 하기라도 하면, 오히려 그 덕분에 그의 섬광 같은 직관과 인상이 더욱 생생하고 더욱 빠르게 번뜩였다. 우리의 동맹 관계에서 내가 맡은 변변찮은 역할은 그런 것이었다.

베이커 스트리트에 도착한 나는 홈즈가 안락의자에 발을 끌어올리고 웅크린 자세로 앉아 입에 파이프를 물고 이마에 잔뜩 주름을 잡은 채 생각에 잠겨 있는 것을 보았다. 잘 풀리지 않는 문제를 붙들고 씨름을 하고 있는 것이 분명했다. 그는 손을 들어 안락의자를 가리켰다. 그러나 그 후 30분은 내 존재를 까맣게 잊어버린 듯했다. 그러다 회상에서 깨어났는지 흠칫 몸을 떨더니 평소의 묘한 미소를 지으며 내가 다시 옛집에 돌아온 것을 환영했다.

"아, 왓슨, 넋 놓고 있었던 것을 용서해줘." 그가 말했다. "꽤 이상한 사건을 맡은 지 24시간이 안 됐는데, 그게 좀 일반적인 성격의 사색으로 비화해서 말이야. 탐정 일에 개를 활용하는 것에 관한 소논문을 써볼까 하는 생각을 좀 해봤지."

"그렇지만 홈즈, 그건 이미 연구가 되었잖아." 내가 말했다. "경찰견 블러드하운드, 그러니까 수색견……."

"아니, 아니야, 왓슨. 그런 쪽은 물론 밝혀졌지. 하지만 훨씬 더 미묘한 문제가 있어. 자극적인 면에서 너도밤나무 저택 사건과 쌍벽을 이룬다고 자네가 생각한 그 사건에서 내가 아이의 속내를 지켜봄으로써 아주 모범적이고 존경할 만한 아버지의 범죄 습관을 추리해낼 수 있었던 것을 기억할 거야."

"그래, 또렷이 기억하고 있어."

"개에 관한 내 생각은 그런 식이야. 개는 집안의 삶을 비춰주는 거울이지. 우울한 집안에서 발랄한 개를 본 적 있어? 행복한 집안에서 슬픈 개를? 주인이 짖어대면 그 집 개도 짖어대고, 주인이 위험하면 개도 위험해. 주인의 기분이 바뀌면 개도 기분이 바뀌고 말이야."

나는 고개를 내둘렀다. "홈즈, 그건 좀 지나친 생각이야." 내가 말했다.

그는 파이프에 담배를 채우고 내 말은 들은 척도 하지 않고 다시 자리에 앉았다.

"내가 방금 한 말은 지금 조사하고 있는 사건에 고스란히 적용할 수 있어. 그러니까 그건 엉킨 실타래와 같은데 지금 그것을 풀 실마리를 찾고 있지. 가능한 실마리 가운데 하나는 이런 질문과 관계가 있어. 프레스베리 교수의 충직한 울프하운드 로이는 왜 주인을 물려고 할까?"

나는 자못 실망해서 의자에 등을 기댔다. 내 일터에서 나를 불러낸 것이 고작 그런 하찮은 문제 때문이었단 말인가? 홈즈가 나를 넌지시 바라보았다.

"자네는 여전하군." 그가 말했다. "가장 중요한 것이 가장 사소한 것에 좌우될 수 있다는 것을 아직도 몰라. 캠퍼드 대학의 유명한 생리학자 프레스베리 교수라고 들어봤지? 늙수그레하고 착실한 이 학자는 충직한 울프하운드를 벗 삼아 길렀는데, 이번에 두 번이나 물렸다는 거야. 언뜻 생각하기에도 정말 이상하잖아? 자네 생각은 어때?"

"개가 병들었군."

"음, 그 점도 고려해봐야겠지. 하지만 다른 사람은 공격하지 않아. 두 번 공격한 것을 빼면 평소에 주인을 괴롭히지도 않고 말이야. 묘해, 왓슨, 그것 참 묘한 일이야. 그런데 지금 초인종이 울린 게 맞다면, 젊은 베넷 씨가 약속 시간보다 일찍 왔나 보군. 그가 오기 전에 자네와 좀 더 얘기를 나누고 싶었는데."

❖❖

계단을 오르는 빠른 발소리가 들리더니 날카롭게 노크를 하고는 잠시 후 새로운 의뢰인이 등장했다. 키가 크고 잘생긴 서른 살쯤의 이 청년은 옷을 우아하게 잘 차려입었지만, 교제에 능한 사람의 침착한 태

도보다는 학생처럼 부끄러움을 타는 태도를 보였다. 그는 홈즈와 악수를 하고 다소 의아한 눈길로 나를 바라보았다.

"이것은 아주 민감한 사건입니다, 홈즈 씨." 그가 말했다. "사적으로나 공적으로 제가 프레스베리 교수를 대리하고 있다는 것을 감안해 주세요. 제3자 앞에서 말한다는 것은 결코 마땅치 않습니다."

"걱정 마십시오, 베넷 씨. 왓슨 박사는 분별력이 있는 사람입니다. 그리고 이번 사건은 나를 도와줄 사람이 무척 필요할 것 같습니다."

"좋으실 대로 하십시오, 홈즈 씨. 이번 일이 알려지지 않도록 제가 각별히 조심할 수밖에 없다는 것을 잘 아실 겁니다."

"왓슨, 자네도 알겠지? 이 신사는 트레버 베넷 씨인데, 훌륭한 그 과학자의 조수이고, 그분의 외동딸과 결혼을 약속한 사이에다 한지붕 아래서 살고 있지. 베넷 씨가 교수에게 충직하게 도리를 다하지 않을 수 없다는 것을 우리는 인정해야 해. 하지만 그러기 위해서는 이번의 기묘한 사건을 해결하기 위해 필요한 조치부터 취하는 것이 좋을 것입니다."

"제가 바라는 것도 그것입니다, 홈즈 씨. 그것이 저의 첫째 목표죠. 왓슨 박사님은 상황을 알고 계시나요?"

"설명해줄 시간이 없었습니다."

"그럼 새로 벌어진 일을 말씀드리기 전에 기초적인 사실부터 먼저 알려드려야겠군요."

"내가 설명하겠습니다." 홈즈가 말했다. "내가 사건을 제대로 이해하고 있는지 알아보기 위해서라도 말입니다. 왓슨, 그 교수는 유럽에

명성이 자자한 분이야. 평생을 학문 연구에 바쳐왔지. 그동안 한 점의 추문도 없었어. 홀아비로 에디스라는 외동딸과 같이 살고 있지. 내가 보기에 아주 남성적이고 적극적인데, 어쩌면 전투적이라고까지 할 수 있는 성격이야. 바로 몇 달 전까지만 해도 그랬어.

그런데 삶의 흐름이 확 바뀌게 되었어. 그는 나이가 예순한 살인데, 동료인 비교해부학과의 모피 교수의 딸과 결혼을 약속했어. 내가 알기로는 노교수가 생각 끝에 구애를 한 것이 아니라, 젊은 아가씨가 열렬히 사랑에 빠져서 그렇게 된 건데, 교수보다 더 헌신적인 연인은 없다는 이유에서라더군. 앨리스 모피라는 그 숙녀는 정신적으로나 육체적으로 아주 완벽한 여성이라서, 교수가 충분히 반할 만한 아가씨야. 그런데도 교수 집안에서는 전적으로 내켜하지는 않았어."

"우리는 그게 좀 지나치다고 생각했습니다." 우리의 손님이 말했다.

"그래요. 지나치고 좀 억지스럽고 부자연스럽지. 하지만 프레스베리 교수가 부자였기 때문에 숙녀의 아버지는 결혼을 반대하지 않았어. 그런데 딸의 관점은 아버지와 달랐지. 현실적으로 자격이 좀 부족해도 나이만큼은 잘 어울리는 남편 후보가 여러 명 있었지만, 그 교수가 아주 괴팍한데도 그녀가 교수를 몹시 좋아한 모양이야. 걸림돌이 되는 것은 나이뿐이었지.

그 무렵 다소 수수께끼 같은 일이 벌어지면서 정상적이었던 교수의 생활이 흐트러지기 시작했어. 전에 하지 않던 행동을 하기 시작한 거야. 그는 집을 떠나면서 어디로 간다는 말도 하지 않았어. 보름이나 집을 나갔다가 여행에 지친 모습으로 돌아왔지. 전에는 그지없이 솔직한 사람이었는데, 이제는 어디 다녀왔는지 일언반구도 하지 않았어. 그러다 여기 계신 우리의 의뢰인 베넷 씨가 프라하의 동창에게 편지를 한 통 받게 됐는데, 동창이 프라하에서 프레스베리 교수를 만나서 반가웠다는 내용이야. 비록 얘기를 나눌 수는 없었지만 말이지. 그래서 가족들은 그가 어딜 다녀왔는지 알게 됐어.

자, 이제 중요한 대목에 이르렀군. 그때부터 교수에게 이상한 변화가 일어났어. 사람이 수상쩍고 음험하게 변한 거야. 주변 사람들 모두 그가 딴사람이 되고 말았다고 생각할 정도였어. 고매한 성품에 먹구름이 드리워진 듯했지. 지능은 변함이 없었어. 강의도 전처럼 훌륭했지. 하지만 뭔가 새로운 분위기를 풍겼는데, 생각지 못한 불길한 기운이 늘 감도는 거야. 헌신적인 그의 딸은 옛 관계를 회복하려고 수차 노력을 했어. 아버지가 가면을 쓰고 있는 것 같아서 가면을 벗겨보려고 한 거야. 베넷 씨, 당신도 그런 노력을 했는데 모두 헛수고였던 것으로 알고 있습니다. 자, 그럼, 베넷 씨, 편지 이야기는 직접 말씀해주시죠."

"왓슨 박사님, 먼저 아셔야 할 것은, 교수님이 저한테 아무것도 비밀로 하지 않았다는 것입니다. 그분의 아드님이나 동생이 있다 해도 저보다 더 잘 알지는 못했을 겁니다. 저는 비서로서 교수님께 오는 모든 서류를 다루었습니다. 편지는 개봉을 하고 분류했죠. 교수님이 여행에서 돌아온 직후 그 모든 것이 달라지고 말았습니다. 제게 이렇게 말씀하시더군요. 우표 아래 십자 표시가 있는 편지가 런던에서 올 텐데, 그건 개봉하지 말고 따로 챙겨달라고 말입니다. 그런 편지가 여러

통 제 손을 거쳐 갔는데, 런던 중동부 소인이 찍혀 있었고, 주소는 문맹인의 필체로 쓰여 있었습니다. 교수님이 답장을 쓰셨는지는 몰라도 답장은 내 손이나, 편지를 수집하는 바구니를 거쳐 간 적이 없습니다."

"그리고 그 상자." 홈즈가 말했다.

"아, 예, 그 상자. 교수님은 여행을 하고 작은 나무 상자를 가져오셨습니다. 유럽 대륙에 다녀왔다는 것을 암시하는 게 하나 있었죠. 그러니까 독일과 관련된 예스러운 문양이 새겨진 상자였거든요. 그것을 교수님은 실험기구 진열장에 넣어두셨습니다. 어느 날 제가 캐뉼러(환부에 꽂아 체액을 빼내거나 약물을 주입하는 데 쓰는 작은 금속이나 고무 대롱—옮긴이)를 찾다가 그 상자를 집어들었죠. 그런데 교수님이 벼락같이 화를 내서 무척 놀랐습니다. 저는 그저 호기심이 좀 인 것뿐이었는데 아주 심하게 꾸짖으시는 거예요. 그런 일은 생전 처음이어서 저는 마음에 큰 상처를 받았습니다. 그저 우연히 만진 것뿐이라고 애써 해명을 했지만, 저녁 내내 저를 매섭게 쏘아보신 것으로 보아 교수님이 단단히 틀어지신 게 분명했습니다." 베넷 씨는 주머니에서 작은 일기장을 꺼내고 말했다. "그건 7월 2일의 일이었습니다."

"베넷 씨는 훌륭한 증인이로군요." 홈즈가 말했다. "기록하신 그 일기가 나중에 꼭 필요할 것 같습니다."

"이건 훌륭한 스승한테 배운 많은 것 가운데 하나죠. 교수님의 행동이 이상한 것을 목격한 다음부터 잘 지켜보는 것이 제 의무라는 생각이 들었습니다. 그래서 일기를 쓰게 됐는데, 로이가 교수님을 공격한 것이 바로 7월 2일이었습니다. 교수님이 서재에서 홀로 나오셨을 때였죠. 7월 11일에 다시 똑같은 일이 벌어졌고, 7월 20일에 또 그런 일이 일어났다는 기록이 여기 있군요. 그 후 우리는 어쩔 수 없이 로이를 마구간으로 내보냈습니다. 정말 사랑스러운 개였는데 말이죠. 아, 제 얘기가 지루했나 봅니다?"

⋯⋯

베넷 씨가 꾸짖는 듯한 말투로 말했다. 홈즈가 그의 이야기를 듣지 않고 있는 것이 분명했기 때문이다. 그는 표정이 굳었고, 두 눈은 멍하니 천장을 향하고 있었다. 그는 애써 정신을 차렸다.

"별일이야. 정말 별일이야!" 그가 중얼거렸다. "그건 처음 듣는 이야기로군요, 베넷 씨. 이제 기초적인 사실은 충분히 짚어본 것 같습니다. 그렇죠? 그럼 새로 발생한 일에 대해 들어봅시다."

불쾌한 기억을 떠올렸는지 우리 손님의 밝고 솔직한 얼굴에 그늘이 졌다. "지지난밤에 일어난 일을 말씀드리겠습니다." 그가 말했다. "새벽 2시에 잠이 깬 채 누워 있을 때였습니다. 복도에서 희미한 소리가 들려왔어요. 문을 열고 살짝 내다보았죠. 교수님이 복도 끝 방에서 주무신다는 것을 먼저 말씀드려야겠군요."

"날짜는……?" 홈즈가 물었다.

우리 손님은 부적절하게 말을 끊는 것에 짜증이 난 게 분명했다.

"아까 말씀드렸습니다. 지지난밤이라고. 그러니까 9월 4일입니다."

홈즈가 고개를 끄덕이며 미소를 지었다.

"계속 말씀하세요." 그가 말했다.

"교수님은 복도 끝 방에서 주무시니까, 층계를 내려가려면 제 방문 앞을 지나가야 합니다. 그건 정말 무서운 경험이었습니다, 홈즈 씨. 나도 누구 못지않게 강심장이라고 생각하는데, 그걸 보자 덜덜 떨리더군요. 복도는 중간에 난 창문을 통해 불빛 한 조각이 새어들어오는 것을 빼고는 캄캄했습니다. 뭔가 복도로 다가오고 있는 것이 보였는데, 어둠이 기어오는 것 같았죠. 문득 그것이 불빛 속으로 들어섰을 때, 알고 보니 교수님이었습니다. 교수님은 기어다니고 있었어요! 기어다녔다고요! 꼭 두 손과 무릎으로 긴 것도 아니었습니다. 팔 사이에 머리를 드리우고 손발로 걷고 기다시피 한 거죠. 하지만 힘겨워하는 것 같지는 않았습니다. 편안해 보였죠. 저는 그걸 보고 그만 얼어붙어서, 교수님이 제 방문 앞에 다 와서야 비로소 앞으로 나가서 부축해드리겠다고 말했죠. 교수님의 반응은 엉뚱했습니다. 몸을 곧추세우고 험악한 말을 퍼붓더니, 저를 부리나케 지나쳐서 계단을 내려갔습니다. 한 시간쯤 기다렸지만 돌아오시지 않더군요. 아마 대낮이나 되어서야 돌아오셨을 겁니다."

"음, 왓슨, 자네는 어떻게 생각해?" 홈즈가 희귀 표본을 제시한 병리학자 같은 태도로 물었다.

"요통이겠지. 통증이 심하면 그렇게 걷게 되는 것으로 알고 있어. 그보다 더 성격을 시험하는 것도 없을 거야."

"멋지군, 왓슨! 자네는 늘 우리가 확고히 서 있을 발판을 마련해주지. 하지만 요통이라고 할 수는 없어. 그는 언제든 바로 일어설 수 있으니까."

"교수님은 어느 때보다 더 건강이 좋으십니다." 베넷이 말했다. "여러 해 동안 모셔왔지만 지금보다 더 정정하신 적이 없어요. 그런데 그런 일이 생긴 겁니다, 홈즈 씨. 이것은 경찰을 부를 만한 사건도 아니죠. 하지만 우리는 어째야 할지 정말 암담합니다. 좀 이상한 방식으로 재앙을 향해 표류하는 기분이 다 들었습니다. 에디스, 그러니까 프레스베리 양도 나와 같은 생각인데, 우리는 더 이상 수수방관하고 있을 수만은 없어요."

"정말 기묘하고 의미심장한 사건이군. 왓슨, 자네 생각은 어때?"

"의사로서 말하면, 정신과 진료를 받아야 할 것 같아." 내가 말했다. "사랑 때문에 노신사의 두뇌 활동이 교란된 거야. 해외여행을 한 것도 가슴을 식히려고 그랬겠지. 편지와 상자는 다른 개인적인 거래와 관련된 것일 거야. 그러니까 채권이나 증권이 상자에 담겨 있겠지."

"그럼 울프하운드는 그 금융거래에 찬성하지 않은 거로군? 아니야, 왓슨. 거기엔 그 이상의 뭔가가 있어. 그러니까 내 생각으로는……."

셜록 홈즈가 무슨 말을 하려던 것이었는지는 알 수 없게 되고 말았다. 바로 그때 문이 열리면서 젊은 숙녀가 등장한 것이다. 그녀가 나타나자 베넷 씨가 외마디 탄성을 지르며 벌떡 일어나 두 손을 내밀고 달려가서 그녀가 내민 손을 잡았다.

"아니, 에디스! 설마 무슨 일이?"

"당신을 따라가봐야 할 것 같았어요. 아, 잭, 너무나 무서웠어요! 집에 혼자 있는 게 무서워요."

"홈즈 씨, 이 사람이 제가 말한 그 숙녀입니다. 제 약혼녀죠."

"왓슨, 우리는 점점 결론에 다가가고 있어, 그렇지?" 홈즈가 미소를 띠고 말했다. "프레스베리 양, 또 새로운 일이 일어난 모양이군요. 그래서 알려주려고 오신 거죠?"

전통적인 영국인 유형의 영리하고 잘생긴 우리의 새 손님은 홈즈에게 미소로 답례하며 베넷 씨 옆에 앉았다.

"베넷 씨가 호텔을 떠났다는 것을 알고 아마도 이곳에 계실 거라고 생각했어요. 물론 홈즈 씨한테 자문을 구할 거라는 말을 이미 들었죠. 그런데 아, 홈즈 씨, 불쌍한 우리 아빠를 위해 어떻게 해주실 수 없나요?"

"희망은 있습니다, 프레스베리 양. 하지만 사건이 아직 불투명해요. 프레스베리 양이 이제 말씀해주시려고 하는 이야기가 새로운 빛을 던져줄지도 모르겠습니다."

"간밤이었어요, 홈즈 씨. 아버지는 종일 아주 이상하셨어요. 아버

지는 무슨 행동을 하셨는지 기억을 못 하시는 때가 있는 게 분명해요. 이상한 꿈속에서 사시는 것 같아요. 어제가 바로 그런 날이었죠. 그건 저와 같이 살던 아버지가 아니었어요. 껍데기는 남아 있어도 실은 아버지가 아니었던 거예요."

"무슨 일이 있었는지 말씀해주세요."

"개가 아주 사납게 짖어서 밤중에 잠이 깼어요. 불쌍한 로이는 지금 마구간 근처에 쇠사슬로 묶여 있답니다. 저는 언제나 방문을 잠그고 자요. 잭이, 그러니까 베넷 씨가 말씀드렸나 모르겠는데, 우리는 곧 위험한 일이 일어날 것만 같은 예감이 들었거든요. 제 방은 3층에 있어요. 어쩌다 보니 창문에 커튼을 치지 않았는데, 달빛이 휘영청 밝았죠. 네모난 창밖의 달빛을 응시하며 누워서, 개가 자지러지게 짖어대는 소리를 듣고 있을 때였어요. 갑자기 아버지의 얼굴이 불쑥 나타난 것을 보고 나는 화들짝 놀랐어요. 홈즈 씨, 나는 놀라고 무서워 죽는 줄 알았어요. 아버지는 얼굴을 유리창에 붙이고 계셨는데, 창문을 밀어 올리려는 듯이 한 손을 쳐들었답니다. 창문이 열려 있었다면 나는 아마 미쳐버렸을 거예요. 이건 피해망상이 아니에요, 홈즈 씨. 그런 생각일랑은 하지 마세요. 나는 20초쯤 누워서 몸이 얼어붙은 채 그 얼굴만 쳐다보았어요. 그러다 얼굴이 사라졌지만, 일어나서 밖을 내다볼 엄두가 나지 않더군요. 그대로 누운 채 아침까지 덜덜 떨었죠. 아침 식사를 할 때, 아버지는 신경이 날카롭고 무서워 보였는데, 간밤의 일에 대해서는 아무런 암시도 하지 않으시더군요. 저도 그랬죠. 다만 저는 시내에 다녀올 핑계를 대고, 이렇게 여기 왔어요."

홈즈는 프레스베리 양의 이야기에 자못 놀란 듯했다.

"친애하는 프레스베리 양, 침실이 3층이라고 하셨는데, 정원에 긴 사다리가 있나요?"

"없어요, 홈즈 씨. 그것도 놀라운 점이에요. 3층 창문까지 올라올 수가 없는데, 아버지가 거기 계셨다는 게 말예요."

"날짜는 9월 5일이라." 홈즈가 말했다. "그렇다면 일이 복잡해지는군."

이번에는 젊은 숙녀가 놀란 표정을 지었다.

"날짜를 언급하신 게 두 번째입니다, 홈즈 씨." 베넷이 말했다. "날짜가 사건과 무슨 관계가 있나요?"

"그럴 겁니다. 그럴 공산이 커요. 하지만 현재로서는 아직 자료가 부족합니다."

"혹시 광기와 달의 위상 변화의 관계를 생각하고 계시나요?"

"아니요, 결코 그게 아닙니다. 전혀 다른 쪽을 생각하고 있습니다. 날짜를 좀 확인해보게 일기장을 놓고 가세요. 자, 왓슨, 이제 우리가 뭘 해야 할지 분명해진 것 같아. 이 젊은 숙녀의 아버지는 특정일에 일어난 일을 거의 혹은 전혀 기억하지 못한다는 정보를 준 이 숙녀의 직관을 나는 확고하게 믿어. 그러니 우리는 교수가 그런 날 우리와 만날 약속을 한 것처럼 하고 찾아가자. 그는 기억을 못 하는 줄로만 알겠지. 그래서 아주 가까이서 관찰하며 작전을 펼치는 거야."

"좋은 생각입니다." 베넷 씨가 말했다. "하지만 조심하세요. 교수님은 가끔 발끈해서 폭력을 휘두르시니까요."

The Case-Book of Sherlock Holmes

홈즈가 씩 웃었다. "우리가 바로 가봐야 할 이유가 있습니다. 내 가설이 옳다면 아주 강력한 이유죠. 베넷 씨, 내일 꼭 캠퍼드에 갈 겁니다. 내 기억이 옳다면, 그곳에 체커스라는 객점이 있는데, 객점의 포트와인 맛이 평균 이상이었고, 침대 시트도 나무랄 데 없었지. 왓슨, 그래도 앞으로 며칠 동안은 좀 불편하게 지내야 할 것 같아."

월요일 아침 우리는 그 유명한 대학촌으로 향했다. 뿌리 뽑힐 일이 없는 홈즈야 그게 간단한 일이었지만, 이 무렵 한창 병원 일이 바쁜 나로서는 부랴부랴 계획을 세우고 미친 듯이 서둘러야만 했다. 홈즈는 사건에 대해 한마디도 하지 않다가 그가 말한 오래된 객점에 여장을 푼 뒤에야 입을 뗐다.

"왓슨, 점심시간 직전에 그 교수를 만날 수 있을 것 같아. 11시에 강의를 마치고 집에서 쉬고 있을 거야."

"무슨 명분으로 찾아갈 건데?"

홈즈는 자기 수첩을 슬쩍 바라보았다.

"8월 26일에 흥분을 한 적이 있어. 그때 그는 자기가 한 일을 잘 모를 거라고 봐. 그때 만나기로 약속해서 찾아왔다고 하면 그는 반박하지 못할 거야. 자네는 뻔뻔스럽게 거짓말을 할 수 있겠어?"

"시도해보는 수밖에."

"좋아, 왓슨! '부지런한 꿀벌'과 '더욱더 높이'(아이작 와츠와 헨리 워즈워스 롱펠로의 시에서 인용—옮긴이)를 한데 섞는 거야. 우리는 시도해보는 수밖에 없다, 이것이 회사의 좌우명이지. 그럼 다정한 이곳 주민에게 안내를 받아볼까?"

멋진 핸섬 마차에 앉은 그런 주민이 우리를 태우고 줄지어 선 옛 학부 건물들을 쏜살같이 지나, 나무가 줄지어 선 진입로에 들어서서 마침내 매력적인 저택 문 앞에 멈추었다. 잔디밭으로 둘러싸인 집은 자줏빛 등나무로 덮여 있었다. 그것만 봐도 프레스베리 교수는 안락한 정도가 아니라 사치스럽게 살고 있다는 티가 역력히 났다. 우리가 마차를 세웠을 때 반백의 머리가 거실 창가에 나타났다. 무성한 눈썹 아래 커다란 뿔테 안경 뒤의 예리한 두 눈이 우리를 샅샅이 뜯어보고 있다는 것을 알 수 있었다. 잠시 후 우리는 사실상 밀실 같은 서재에 들어섰다. 괴팍한 행동으로 우리를 런던에서 여기까지 오게 한 수수께끼의 과학자가 우리 앞에 서 있었다. 태도나 겉모습만 보아서는 괴팍한 데가 눈에 띄지 않았다. 키 크고 풍채 좋고 이목구비가 큼직큼직하고, 엄숙하게 프록코트를 걸친 그는 교수로서의 위엄이 넘쳐 보였기 때문이다. 가장 주목할 만한 것은 그의 두 눈이었는데, 아주 예리하고 주의 깊고 교활할 만큼 총기가 있어 보였다.

　　그는 우리의 명함을 바라보았다.

　　"앉으시오, 신사분들. 그래, 무엇을 도와드릴까요?"

　　홈즈가 사근사근하게 미소를 지었다.

　　"그건 우리가 여쭙고 싶은 말입니다, 교수님."

　　"오히려 나에게!"

　　"아마 무슨 착각이 있었나 봅니다. 캠퍼드의 프레스베리 교수님이 내 도움을 필요로 한다는 말을 듣고 찾아왔습니다만."

　　"그래요?" 강렬한 회색의 두 눈에 사악한 빛이 번뜩인 듯한 느낌이

들었다. "그런 말을 들으셨다? 그래 누구한테 들었는지 알 수 있겠소?"

"죄송합니다, 교수님. 그것은 밝힐 수 없습니다. 무슨 착각이 있었다 해도 해로운 건 없었으니까요. 다만 유감스럽다는 말씀을 드리고 싶습니다."

"천만에요. 이 일에 대해 좀 더 얘기를 나누고 싶소. 흥미로워서 말이오. 당신의 말을 입증할 만한 글이나, 편지 혹은 전보를 가지고 있소?"

"아니요. 없습니다."

"설마 내가 당신을 불렀다고 주장하려는 것은 아니라고 봐도 되겠소?"

"그런 질문에는 답하지 않겠습니다." 홈즈가 말했다.

"그래, 그러시겠지." 교수가 신랄하게 말했다. "하지만 그런 일은 당신의 도움 없이도 쉽게 답을 알 수 있소이다."

·⋇·

그는 방을 가로질러가서 초인종을 울렸다. 우리의 런던 친구, 베넷 씨가 부름에 답했다.

"들어오게, 베넷 군. 이 두 신사가 런던에서 왔는데, 누가 불러서 왔다고 하는군그래. 내 모든 편지는 자네가 취급하고 있지. 그래, 홈즈라는 사람에게 보낸 편지가 있었나?"

"없었습니다, 교수님."

"결정적이군." 교수가 내 동료를 성난 눈길로 바라보며 말했다. "자, 보시오." 그는 탁자에 두 손을 얹고 앞으로 기댔다. "보자 하니 정

말 여기에 왜 왔는지 심히 의심스럽군."

홈즈가 어깨를 으쓱했다.

"불필요한 방문을 하게 되어 거듭 죄송하다는 말밖에 드릴 말씀이 없습니다."

"그것으로는 안 되지!" 노인이 험상궂은 얼굴로 버럭 소리를 질렀다. 그는 문을 막아선 채 격분해서 우리를 향해 두 팔을 휘두르며 말했다. "그처럼 쉽사리 이곳을 빠져나갈 수는 없을 거야." 그는 얼굴을 실룩거리며 이빨을 드러내고 미친 듯 화를 내면서 우리를 향해 알아들을 수 없는 말을 연신 내뱉었다. 베넷 씨가 나서지 않았다면 몸싸움을 하지 않고는 방에서 빠져나갈 수 없었을 것이다.

"교수님!" 그가 외쳤다. "체통을 생각하셔야죠! 대학에 무슨 소문이 날지 생각해보세요! 홈즈 씨는 유명한 분입니다. 이렇게 무례하게 대하시면 안 돼요."

주인이—우리가 손님이라면—부루퉁한 얼굴로 길을 열어주었다.

집을 벗어나 나무가 줄지어 선 조용한 진입로로 나오자 비로소 마음이 놓였다. 홈즈는 이런 일이 꽤나 즐거운 듯했다.

"학식 있는 교수의 정신에 좀 이상이 있군." 그가 말했다. "우리가 불쑥 찾아온 것이 좀 무례하긴 했지만, 원하는 대로 개인적인 접촉을 할 수 있었어. 그런데 이런, 왓슨, 그가 우리를 뒤쫓아오고 있어. 아직도 우리를 잡으려고."

뒤에서 달려오는 소리가 났지만, 곡선 진입로를 돌아서 나타난 것은 다행히도 무서운 교수가 아니라 그의 조수였다. 그가 헐떡이며 다가왔다.

"죄송합니다, 홈즈 씨. 사과를 드리고 싶습니다."

"그럴 필요 없습니다. 이런 일을 하다 보면 늘 겪는 일입니다."

"교수님이 이렇게 격렬한 것은 처음 봅니다. 점점 사나워지고 계세요. 그분의 따님과 제가 불안해하는 것이 이해가 가실 겁니다. 하지만 교수님의 정신만큼은 아주 말짱해요."

"너무 말짱하지!" 홈즈가 말했다. "내가 미처 그것을 계산하지 못했습니다. 내가 생각한 것과 달리 기억력이 말짱한 게 분명해요. 그런데 떠나기 전에 프레스베리 양의 방 창문을 좀 볼 수 있을까요?"

베넷 씨가 관목 사이로 앞서 갔다. 곧이어 저택의 측면이 보였다.

"저깁니다. 3층 왼쪽."

"저런, 저기를 올라가긴 어렵겠어. 하지만 창문 아래 담쟁이덩굴이 있고, 발판이 될 만한 수도관이 있군."

"나로서는 결코 올라갈 수 없어요." 베넷 씨가 말했다.

"그럴 겁니다. 보통 사람이 올라가기엔 너무 위험해요."

"말씀드리고 싶은 것이 하나 있습니다, 홈즈 씨. 교수님이 편지를 쓰신 런던 사람의 주소를 알고 있습니다. 교수님이 오늘 아침 편지를 쓰신 모양인데, 압지에 남은 흔적을 보고 알아냈습니다. 신뢰를 받는 비서가 할 짓은 아니지만, 제가 달리 어쩌겠습니까?"

홈즈가 종이를 힐끔 보고는 주머니에 넣었다.

"도랙이라, 참 이상한 이름이군. 슬라브 사람인가? 음, 이것은 중요한 연결 고리입니다. 우리는 오늘 오후 런던으로 돌아가겠습니다, 베넷 씨. 우리가 여기 있어봐야 뾰족하게 할 일이 없어서요. 교수를 체포할 수는 없습니다. 범죄를 저지르지 않았으니까. 그렇다고 구금을 해둘 수도 없습니다. 미쳤다고 증명할 수가 없으니까. 지금으로서는 어떤 조치도 취할 수 없어요."

"그렇다면 우리는 어째야 하죠?"

"조금만 참으십시오, 베넷 씨. 곧 무슨 일이 생길 겁니다. 내가 잘못 생각한 게 아니라면 다음 화요일이 고비가 될 것입니다. 그날은 꼭 캠퍼드에 오겠습니다. 그런데 전반적인 상황이 그리 좋지 않은 것만은 분명합니다. 프레스베리 양이 런던에 좀 더 머물 수 있다면……."

"그건 어렵지 않습니다."

"그렇다면 확실히 모든 위험이 사라질 때까지 런던에 머물라고 하세요. 그리고 교수는 내버려두세요. 뭘 못하게 막지 마시고 말입니다. 교수의 기분 상태만 좋으면 별일 없을 겁니다."

"교수님이 나오셨어요!" 베넷이 놀라서 속삭이듯 말했다. 큰 키에 자세를 곧추세운 인물이 현관문에서 나와 주위를 두리번거리는 모습이 나뭇가지 사이로 보였다. 그는 앞으로 상체를 숙이더니 두 손을 늘어뜨리고, 고개를 이리저리 돌리며 주위를 살폈다. 비서가 마지막으로 손을 흔들고 나무 사이로 슬그머니 사라졌다. 곧이어 교수와 만난 그의 모습이 보였다. 두 사람은 활기차고 어쩌면 흥분한 듯한 모습으로 대화를 나누며 집 안으로 들어갔다.

"내가 보기에 노신사의 판단력이 여간 아니야." 우리가 숙소 쪽으로 걸어갈 때 홈즈가 말했다. "잠깐 만났지만 유난히 명석하고 논리적인 두뇌를 지녔다는 인상을 받았어. 물론 쉽게 발끈하긴 하지만, 탐정이 뒤를 캐고 있고, 가족이 그런 일을 시켰다는 의심이 드는 상황에서는 발끈할 만도 하지. 베넷이 한동안 좀 시달리겠어."

가는 길에 홈즈는 우체국에 들러 전보를 쳤다. 저녁에 도착한 답장을 그가 내게 건네주었다.

커머셜 로드에 들러 도랙을 만났음. 온화한 성격, 초로의 보헤미아 사람. 커다란 잡화상 운영.

— 머서

"머서는 자네를 만난 후에 알게 된 사람이야." 홈즈가 말했다. "잡다한 일을 조사하는 데 두루 쓸모가 많은 사람이지. 교수가 비밀리에 연락을 주고받은 사람에 대해 알아보지 않을 수 없었어. 도랙이 보헤미아 사람이라는 것은 교수가 프라하에 다녀온 것과 관련이 있어."

"뭔가 서로 관련이 있다니 다행이야." 내가 말했다. "그런데 지금 으로서는 서로 관련이 없는 사건들이 즐비한 것 같아. 예를 들어 성난 울프하운드와 보헤미아 방문 사이에 무슨 관련이 있을 수 있지? 아니 면 밤중에 복도를 기어다니는 것과는? 무엇보다도 큰 수수께끼는 자 네가 말한 그 날짜야."

홈즈가 빙그레 웃으며 손을 비볐다. 옛 객점의 해묵은 거실 탁자에 앉아 있는 우리 사이에는 홈즈가 전에 말한 그 유명한 포도주가 놓여 있었다.

"음, 그럼 날짜 얘기부터 해볼까?" 그는 양손 손가락 끝을 맞댄 채 강의를 하는 듯한 태도로 말문을 열었다. "훌륭한 그 청년의 일기를 보면, 7월 2일에 문제가 있었고, 그 후 쭉 9일 간격을 두고 계속되었 어. 내가 기억하기에 딱 한 번만 예외였지. 최근 금요일에 발작을 일으 켰는데, 그건 9월 3일이었어. 앞서 8월 26일에 발작을 일으켰으니 역 시 주기가 딱 맞아떨어져. 이건 우연의 일치가 아니야."

나는 동의하지 않을 수 없었다.

"그럼 이제 교수가 뭔가 강력한 약물을 9일마다 복용했다는 가설 을 세워볼 수 있어. 이 약물은 일시적이지만 강한 독성을 지니고 있어 서, 타고난 폭력 성향이 더 심해지는 거야. 프라하에 있을 때 이 약을 복용하게 되었는데, 지금은 런던의 중개상인 보헤미아 사람에게 공급 을 받고 있어. 이 모든 게 앞뒤가 척척 맞아떨어져, 왓슨!"

"하지만 그 개는? 3층 창문의 얼굴은? 복도를 기어다니는 것은?"

"급하긴. 우리는 이제야 시작했어. 다음 화요일에나 새로운 일이 터질 거야. 그동안 우리 친구 베넷과 연락을 취하면서 매력적인 이 동네 사람들의 친절을 만끽해보자."

⁂

아침에 베넷 씨가 우리 숙소에 몰래 들러서 최근 소식을 들려주었다. 홈즈가 생각한 대로 그는 꽤나 시달리고 있었다. 교수는 우리가 나타난 것에 대한 책임을 대놓고 나무라지는 않았지만, 말투가 매우 거칠고 험해진 것으로 보아 강한 불만을 품고 있는 것이 분명했다. 그러나 이날 아침 그는 다시 본모습으로 돌아가서, 많은 학생들 앞에서 평소처럼 훌륭한 강의를 했다.

"교수님은 이상한 발작을 일으키는 것만 아니면 제가 일찍이 본 적이 없을 만큼 사실상 훨씬 더 원기왕성하시죠." 베넷이 말했다. "두뇌도 더욱 명석하시고요. 하지만 그런 교수님은 우리가 알던 그분이 아닙니다."

"줄잡아 일주일 동안은 걱정할 일이 없을 겁니다." 홈즈가 말했다. "나는 바쁜 사람이고, 왓슨 박사도 돌봐야 할 환자들이 있습니다. 그럼 다음 화요일 이 시간에 여기서 만나기로 합시다. 그때 베넷 씨의 고민을 다 해결해주지는 못하더라도, 자초지종만큼은 확실히 파악해서 설명해드릴 수 있을 겁니다. 그동안 무슨 일이 생기면 연락하세요."

⁂

나는 이후 며칠 동안 친구를 전혀 보지 못했지만, 월요일 저녁에 짧은 편지를 받았다. 다음 날 기차역에서 만나자는 편지였다. 캠퍼드까지 가는 동안 그가 들려준 말에 따르면 모든 게 무사했다. 교수네 집안의 평화는 깨지지 않았고, 그의 행동도 지극히 정상이었다. 그날 저녁 '체커즈'의 우리 옛 숙소에 들른 베넷 씨가 들려준 이야기도 마찬가지였다.

"오늘 또 런던에서 교수님께 연락이 왔습니다. 편지와 작은 소포가 하나 왔는데, 모두 내가 손대지 못하게끔 우표 아래 십자 표시가 되어 있었습니다. 그 밖에 다른 일은 없었습니다."

"그걸로 충분할 겁니다." 홈즈가 섬뜩하게 말했다. "베넷 씨, 우리는 오늘 밤 뭔가 결말을 짓게 될 것입니다. 내 추리가 옳다면 사건을 해결할 기회가 온 겁니다. 그러려면 교수를 지켜볼 필요가 있습니다. 그러니 베넷 씨가 자지 말고 밤새 지켜보았으면 합니다. 교수가 방문 앞을 지나가는 소리가 들려도 막지 말고, 몰래 뒤를 따르세요. 왓슨 박사와 나도 근처에 있을 겁니다. 그런데 베넷 씨가 전에 말한 작은 상자의 열쇠는 어디 있나요?"

"교수님의 회중시곗줄에 매달려 있습니다."

"그쪽을 조사해봐야겠습니다. 최악의 경우에는 자물쇠를 뜯어내는 것도 불사해야 합니다. 저택 안에 건장한 남자가 또 누가 있나요?"

"마부 맥페일이 있습니다."

"그가 자는 곳은 어디죠?"

"마구간 위입니다."

"그 사람이 필요할지 모르겠습니다. 음, 이제 일이 어떻게 돌아갈지 지켜보는 것밖에 달리 할 일이 없습니다. 안녕히 가십시오. 날이 밝기 전에 다시 보게 될 겁니다."

자정이 거의 다 되었을 무렵, 우리는 그 집 현관문 맞은편의 덤불 속에 자리를 잡았다. 날은 맑았지만 쌀쌀해서, 따뜻한 외투를 걸치고 온 것이 다행이었다. 가볍게 바람이 불었고, 흘러가는 구름이 이따금 반달을 가렸다. 우리를 이 자리로 이끈 기대와 흥분, 그리고 우리의 주의를 끈 기묘한 일련의 사건을 마무리 짓게 될 거라는 내 친구의 확신이 없었다면 이렇게 밤샘을 하기는 곤혹스러웠을 것이다.

"9일 주기가 맞다면 오늘 밤 최악의 상황에 놓인 교수를 보게 될 거야." 홈즈가 말했다. "프라하에 다녀온 후 이상한 증상이 시작되었다는 사실, 아마도 프라하의 누군가를 대리하고 있는 런던의 보헤미아 중개인과 은밀한 연락을 주고받았다는 사실, 그리고 바로 오늘 그에게서 소포를 받았다는 사실, 이 모든 것이 한 가지를 가리키고 있어. 교수가 무엇을 왜 복용하고 있는지는 아직 몰라도, 그것이 프라하에서 온 것이라는 사실만큼은 분명해. 교수는 9일마다 규칙적으로 복용하라는 명백한 지시를 따르고 있어. 맨 처음 그것이 내 주의를 끌었지. 그런데 그 증상이 정말 독특해. 혹시 그의 관절을 본 적 있어?"

나는 보지 못했다고 고백할 수밖에 없었다.

"그렇게 굵게 툭 불거진 관절은 처음 봤어. 항상 손을 먼저 보도록 해, 왓슨. 그다음에는 소매, 바지 무릎, 신발을 보고. 뭔가 진행되고 있는 양상이라고밖에 볼 수 없는 아주 기묘한 그런 관절이 생기려면……." 홈즈가 갑자기 말을 멈추고는 자기 이마를 철썩 쳤다. "이런, 왓슨, 왓슨, 나는 정말 바보였어! 믿기지 않지만 바로 그거야. 모든 사실이 한 가지를 가리키고 있어. 모든 게 관련이 있다는 것을 왜 진작 알아보지 못했지? 그 관절, 그런 관절을 흘려보고 말았다니. 그리고 그 개! 그 담쟁이덩굴! 정말 내가 꿈꾸던 작은 농장으로 은퇴할 때가 되었군그래. 저기 봐, 왓슨! 그가 나왔어! 직접 우리 눈으로 확인해 볼 기회가 왔어."

⋄⋅§⋅⋄

현관문이 서서히 열리더니, 등불을 등진 프레스베리 교수의 늘씬한 모습이 보였다. 그는 실내복을 입고 있었다. 문간에 선 교수는 윤곽만 보였는데, 두 발로 서 있긴 했지만 지난번에 보았을 때처럼 앞으로 몸을 숙이고 두 팔을 축 늘어뜨리고 있었다.

이제 진입로로 들어선 그는 확연히 모습이 바뀌었다. 웅크리듯 자세를 푹 낮추고는 두 손과 발로 땅을 짚고 움직였다. 그는 힘이 넘치는지 이따금 껑충껑충 뛰곤 했다. 건물 전면을 따라 이동한 그가 모퉁이를 돌아 사라졌다. 그때 베넷이 슬그머니 현관문을 빠져나와 조용히 뒤를 따라갔다.

"어서, 왓슨, 가자!" 홈즈가 외쳤다. 우리는 최대한 소리 없이 덤불을 헤치고 나아가서, 저택의 측면이 보이는 곳에 자리를 잡았다. 교교한 반달이 떠 있어서, 교수가 담쟁이덩굴로 뒤덮인 벽 아래 웅크리고 있는 것이 환히 보였다. 우리가 지켜보는 동안 교수는 갑자기 믿기지 않을 만큼 민첩하게 덩굴을 타고 위로 올라가기 시작했다. 꿋꿋이 발을 딛고 손으로는 야무지게 휘어잡으며 덩굴에서 덩굴로 도약하고 있는 그는 뚜렷한 목적 없이, 다만 자신의 힘을 즐기고 있는 것이 분명했다. 달빛 밝은 벽에 붙어 커다란 그림자를 드리우고 실내복을 양쪽으로 펄럭이는 모습이 마치 거대한 박쥐처럼 보였다. 곧 그런 즐거움에 물렸는지, 덩굴에서 덩굴로 옮겨가며 벽을 타고 내려와서 예의 그 자세로 몸을 웅크린 채, 전처럼 이상하게 기어서 마구간으로 향했다.

이때 밖으로 나와 있던 울프하운드가 사납게 짖어댔다. 막상 주인의 모습이 보이자 더욱 흥분한 듯했다. 개는 사슬이 끊어질 듯 팽팽하게 목줄을 당기며 사납게 몸부림을 쳤다. 교수는 일부러 울프하운드의 코앞에 바투 다가가서 쪼그려 앉아, 갖은 방법으로 개를 도발하기 시작했다. 진입로에서 조약돌을 한 줌씩 집어 개의 얼굴에 던지고, 막대기를 집어서 쿡쿡 찔러대고, 쩍 벌린 개의 입 앞에서 두 손을 휙휙 움직이는 등, 이미 자제력을 잃은 개를 더욱 성나게 하기 위해 갖은 짓을 다했다. 나는 홈즈와 같이 별의별 모험을 다 했지만 이렇게 기괴한 광경은 전에 본 적이 없었다. 냉정하고 근엄하기까지 한 인물이 개구리처럼 지면에 넙죽 웅크리고 앉아, 자기 앞에서 몸부림치고 으르렁거리며 광분한 개를 독창적이고 계산된 온갖 잔혹한 방법으로 괴롭혀서 더욱 미쳐 날뛰게 하는 모습이라니.

그러다 순간 일이 터졌다! 사슬이 끊어지지는 않았지만, 목걸이가 빠져나간 것이다. 그것은 목이 굵은 뉴펀들랜드용 목걸이였다. 철그렁하며 쇠사슬 떨어지는 소리가 나더니 곧바로 개와 사람이 함께 땅바닥에서 뒹굴었다. 개는 사납게 으르렁거렸고, 사람은 공포에 질려 기묘한 가성으로 비명을 질렀다. 교수의 목숨이 달린 아슬아슬

한 순간이었다. 성난 개가 정확히 그의 목을 물었고, 송곳니가 깊이 파고들었다. 우리가 달려가서 떼어놓기 전에 이미 그는 의식을 잃은 상태였다. 우리에게는 그것이 위험천만한 일이었지만, 거구의 울프하운드는 베넷의 목소리를 듣고 모습을 보자 곧바로 온순해졌다. 마구간 위의 방에서 자던 마부도 이 소동에 놀라서 뛰어나왔다.

"그럴 줄 알았지." 마부가 고개를 내두르며 말했다. "전에도 그러는 걸 봤습니다. 조만간 이 개한테 큰코다칠 줄 알았다니까요."

울프하운드를 묶어두고, 우리는 같이 교수를 방으로 옮겼다. 의과 학위를 받은 베넷이 나를 도와 교수의 찢어진 목을 치료했다. 날카로운 이빨이 아슬아슬하게 경동맥을 비켜갔는데 출혈이 심했다. 30분 후 고비를 넘긴 환자에게 모르핀 주사를 놓자 환자는 깊이 잠들었다. 그 후, 그러니까 그 후 비로소, 우리는 서로를 바라보며 이야기를 나눌 수 있었다.

"일급 외과의사를 불러야겠습니다." 내가 말했다.

"제발이지, 그건 안 돼요!" 베넷이 외쳤다. "지금은 이런 불미스러운 일을 우리 가족만 알고 있습니다. 우리야 괜찮아요. 하지만 소문이 담을 넘어가면 걷잡을 수 없게 됩니다. 대학에서 교수님이 차지하고 계신 위치를 생각해보세요. 유럽에서의 명성과 따님의 심정도요."

"그건 그렇지." 홈즈가 말했다. "이 문제는 우리만 아는 것으로 해둘 수 있을 겁니다. 우리가 가진 자유 재량권으로 재발을 방지할 수도 있고 말입니다. 회중시곗줄의 열쇠를 찾아보세요, 베넷 씨. 맥페일은 환자를 지켜보다가 무슨 일이 생기면 연락해주시오. 우리는 교수의 수상쩍은 상자 안에 무엇이 들어 있는지 알아봅시다."

꧁꧂

내용물이 많지 않았지만 그것만으로 충분했다. 빈 약병 하나, 거의 가득 찬 다른 약병 하나, 피하주사기 하나, 외국인이 쓴 알아보기 힘든 편지 몇 통이 전부였다. 봉투에 십자 표시가 있는 것으로 보아 비서의 일상 업무를 방해한 편지인 것이 분명했다. 모두 커머셜 로드에서 보냈고, 'A. 도랙'이라는 이름이 쓰여 있었다. 내용물은 프레스베리 교수에게 새 병을 보냈다는 송장이거나, 돈을 받은 것에 대한 영수증뿐이었다. 하지만 제법 교육을 받은 필체로 쓴 또 하나의 봉투가 있었는데, 오스트리아 우표에 프라하 소인이 찍혀 있었다.

"찾던 게 바로 이거야!" 홈즈가 내용물을 잡아 뽑으며 외쳤다.

존경하는 동료 교수에게

영광스럽게 이곳을 방문하신 이후 귀하의 일을 깊이 생각해보았습니다. 그런 처지라면 치료를 받아야 할 특별한 사유가 있기는 하지만, 그럼에도 각별한 당부의 말씀을 드리지 않을 수 없습니다. 내 실험 결과에 따르면 어느 정도 위험이 없지 않기 때문입니다.

유인원의 혈청이라면 한결 더 좋았을 것입니다. 설명을 드린 바와 같이, 내가 검은 얼굴의 랑구르원숭이를 사용한 것은 혈청을 손에 넣을 수 있었기 때문입니다. 랑구르원숭이는 물론 땅에서는 기어다니고 나무를 타는 동물입니다. 유인원이라면 직립 보행을 하고 모든 면에서 사람과 가깝지만 말입니다.

The Case-Book of Sherlock Holmes

이번 일이 성급하게 밝혀지지 않도록 만전을 기해주시기를 부탁드립니다. 잉글랜드에 또 한 명의 고객이 있는데, 두 분 모두 도랙이 나를 대리하고 있습니다.

반드시 매주 보고를 해주시기 바랍니다.

— H. 로벤슈타인 올림

로벤슈타인! 이름을 듣자 바로 신문에서 잠깐 읽어본 기억이 났다. 무명의 과학자가 회춘과 불로장생의 비약을 개발하고 있다는 내용의 기사였다. 그래, 프라하의 로벤슈타인! 정력을 증강시키는 놀라운 혈청을 개발한 로벤슈타인은 관련 자료 공개를 거부한 탓에 학계에서 배척을 당했다. 내가 기억하고 있는 사실을 두 사람에게 간단히 들려주었다. 베넷이 책장에서 동물학 편람을 꺼냈다.

"'랑구르원숭이.'" 그가 읽었다. "'히말라야 산비탈에 사는 커다란 검은 얼굴의 원숭이로, 나무를 타는 원숭이 중에서 가장 크고 가장 사람을 닮았다.' 그 밖에도 긴 설명이 나오는군요. 아무튼 감사드립니다, 홈즈 씨. 우리가 악의 근원을 파헤친 것이 분명합니다."

"때 아닌 사랑이야말로 진짜 악의 근원이죠." 홈즈가 말했다. "충동에 사로잡힌 교수가 회춘을 해야만 소망을 이룰 수 있다는 생각을 하기에 이른 철없는 사랑 말입니다. 자연을 딛고 올라서고자 하는 자는 오히려 밑으로 추락하기 쉽습니다. 곧바른 운명의 행로에서 벗어나면 최고의 인간이 짐승의 상태로 후퇴할 수도 있죠."

홈즈는 약병을 손에 들고 안에 든 맑은 액체를 바라보며 잠깐 생각에 잠겼다.

"그 사람에게 편지를 보내서 약물을 유포한 것에 대한 범죄 책임을 묻겠다고 하면 더 이상 문제될 것이 없을 것입니다. 하지만 일이 재발할 수 있어요. 다른 사람들이 더 나은 방법을 찾아낼지도 모르고 말입니다. 위험은 항상 존재합니다. 그건 인간성을 위협하는 진짜 위험입니다. 왓슨, 이걸 생각해봐. 물질적이고 세속적이고 색을 밝히는 인간들이 너나없이 무가치한 목숨을 연장하려고 하리라는 것을 말이야. 영적인 사람이라면 무엇인가 더 높은 것으로의 부름을 피하지 않을 거야. 그래서 세상에는 부적격자만 살아남게 되겠지. 그럼 우리의 이 세계는 무슨 시궁창이 되지 않겠어?"

갑자기 꿈꾸는 사람이 사라지고, 행동하는 인간 홈즈가 자리에서 벌떡 일어섰다.

"베넷 씨, 더 이상 할 말이 없는 것 같군요. 이제 전체적인 틀을 생각해보면 여러 사건들을 쉽게 이해할 수 있을 겁니다. 물론 개는 베넷 씨보다 먼저 변화를 알아차렸습니다. 냄새로 알아차렸겠지요. 로이가 공격한 것은 교수가 아니라 원숭이였습니다. 로이를 괴롭힌 것이 원숭이였듯이 말입니다. 그 동물에게는 위로 올라가는 것이 즐거운 일이어서, 어쩌다 보니 젊은 숙녀의 3층 창문에까지 올라가게 되었을 것입니다. 왓슨, 런던행 새벽 기차가 있지만, 첫 차를 타기 전에 체커즈에서 차 한 잔 할 시간은 있을 거야."

The Adventure of the
Lion's Mane

사자의 갈기

오랜 탐정 활동을 하며 내가 맞닥뜨린 그 어떤 사건에 못지않게 분명 난해하고 기묘한 사건이 내가 은퇴한 후, 그것도 바로 내 집 앞에서, 보란 듯이 일어났다는 것은 여간 얄궂은 노릇이 아니다. 사건이 일어난 것은 내가 서식스의 집으로 은퇴한 후다. 그러니까 음울한 런던에서 오랜 세월을 보내며 종종 열망했던 푸근한 대자연 속의 삶에 완전히 심취해 있을 때였다. 내 인생의 이 시기에는 왓슨도 거의 만나지 못했다. 가끔 주말에 그가 찾아올 때나 만날 수 있었다. 그러니 이제 내가 직접 기록자 노릇을 하지 않을 수 없다. 아! 퍽이나 놀라운 이 사건에 대해, 그리고 갖은 어려움을 이기고 결국에는 내가 승리를 거두는 것에 대해, 왓슨이라면 참으로 멋지게 그려낼 것이다! 하지만 사정이 이러하니 나 자신의 평범한 방식으로 이야기를 늘어놓지 않을 수 없다. 사자의 갈기 사건을 조사하면서 내 앞에 펼쳐진 험난한 길을 나아간 한 걸음 한 걸음을 내 손으로 써서 보여줄 길밖에 없는 것이다.

내 집은 영국 해협이 멋지게 바라다보이는 다운스의 남쪽 비탈에 자리 잡고 있다. 이곳 해안은 온통 백악질의 벼랑으로 이루어져 있다. 길고 구불구불한 외줄기의 길을 따라 해안으로 내려갈 수밖에 없는데, 길은 가파르고 미끄럽다. 길을 내려서면 썰물이 졌을 때도 조약돌 깔린 해안이 100미터 가까이 펼쳐져 있다. 그러나 여기저기 만곡부와 구덩이가 있어서, 썰물이 질 때마다 새로운 물이 가득한 훌륭한 수영장이 된다. 이처럼 멋진 해변은 양쪽으로 수 킬로미터까지 이어져 있다. 작은 만을 이룬 풀워스 마을에서 조약돌 해변이 얼마간 끊길 따름이다.

우리 집은 호젓하다. 나와 늙은 가정부, 그리고 벌들이 식구의 전부다. 하지만 800미터쯤 떨어진 곳에 헤럴드 스택허스트의 유명한 교육원인 게이블스가 있다. 아주 널따란 이 교육원에는 다양한 직업을 준비하는 수십 명의 젊은이와 여러 명의 교사가 있다. 스택허스트는 젊었을 때 이름깨나 날린 조정 대표선수였고, 다재다능하고 뛰어난 학자이기도 했다. 내가 이곳에 온 날부터 그와 나는 늘 친하게 지냈다. 우리는 서로 초대하지 않고 저녁에 불쑥 집에 찾아갈 수 있을 만큼 허물없는 사이였다.

1907년 7월 말경, 강풍이 들이닥쳤다. 해협을 건너온 바람은 벼랑 아래로 파도를 밀어붙였고, 썰물이 지자 작은 석호 하나를 만들어놓았다. 내가 이야기하려고 하는 날 아침에는 바람이 어느덧 잔잔해졌고, 대자연은 얼굴을 새로 말갛게 씻은 듯 싱그러웠다. 이렇게 쾌청한 날에 일을 하고 있을 수는 없어서, 아침 식사 전에 최고의 대기를 만끽하기 위해 산책을 나섰다. 해변으로 내려가는 가파른 길로 이어진 벼랑 위를 걷고 있을 때, 뒤에서 소리쳐 부르는 소리가 들렸다. 헤럴드 스택허스트가 반갑게 손을 흔들고 있었다.

"참으로 멋진 아침입니다, 홈즈 씨! 밖에 나오면 이렇게 만날 줄 알았죠."

"수영하러 가는 길이군요?"

"추리하는 버릇은 여전하십니다." 그가 웃으며 불룩한 주머니를 토닥거렸다. "그래요. 맥퍼슨이 일찌감치 시작했죠. 거기 가면 그가 있을 겁니다."

피츠로이 맥퍼슨은 과학 교사인 훌륭한 젊은이였는데, 전에 류머티즘 열로 인해 심장에 문제가 생겨 삶이 휘청거린 적이 있었다. 하지만 그는 타고난 운동선수라서, 심장에 무리가 가지 않는 게임이라면 누구에게도 지지 않았다. 그는 여름과 겨울에 수영을 했는데, 나도 수영을 좋아해서 곧잘 그와 어울리곤 했다.

바로 그때 맥퍼슨이 우리 눈에 띄었다. 길이 끝나는 벼랑 끝 위로 그의 머리가 보였다. 이어서 그의 전신이 벼랑 위에 나타났는데, 술 취한 사람처럼 비틀거리고 있었다. 다음 순간 그는 두 손을 번쩍 들며 외마디 비명을 지르더니 그대로 엎어졌다. 스택허스트와 나는 줄잡아 50미터에 이르는 길을 부리나케 달려가서, 그를 똑바로 눕혔다.

그는 죽어가고 있는 것이 분명했다. 움푹 꺼진 두 눈이 이미 빛을 잃었고, 뺨은 무섭도록 창백해서 달리 해석할 수가 없었다. 마지막 생기가 가물거리며 잠시 화색이 돌자, 뭔가를 열렬히 경고하듯 두어 마디를 내뱉었다. 발음이 분명치 않았지만, 내가 듣기에 그의 입에서 날

카롭게 튀어나온 마지막 말은 "사자의 갈기"였다. 엉뚱하고 종잡을 수 없는 말이었지만, 그 말소리는 그런 뜻이라고밖에 볼 수 없었다. 그 후 그는 땅에서 반쯤 몸을 일으키더니 허공에 두 팔을 뻗고는 맥없이 모로 쓰러졌다. 죽은 것이다.

　내 동행은 느닷없이 겁에 질려 얼어붙었지만, 짐작하시다시피 나는 경각심을 느끼고 촉각을 곤두세웠다. 그럴 필요가 있었다. 우리가 특별한 사건 현장에 있는 것이 분명하다는 것을 바로 알 수 있었기 때문이다. 청년은 바지에 버버리 코트만 걸치고 끈이 없는 캔버스 운동화를 신고 있었다. 쓰러지면서 외투가 벗겨져 몸통이 드러나 있었다. 우리는 깜짝 놀라서 물끄러미 바라보았다. 가느다란 철사 회초리로 후려친 것처럼 등에 온통 검붉은 줄이 나 있었다. 이런 벌을 가한 도구는 유연한 물건인 것이 분명했다. 긴 상처 자국이 어깨와 옆구리까지 이어져 있었기 때문이다. 그의 뺨 아래로 피가 똑똑 떨어지고 있었다. 고통으로 발작을 일으키며 아랫입술을 깨문 것이다. 일그러진 얼굴은 심한 고통을 겪은 기색이 역력했다.

　나는 시신 옆에 무릎을 꿇고 앉았고, 스택허스트는 옆에 서 있었다. 그때 문득 우리에게 그림자가 드리워졌다. 고개를 들어보니 이언 머독이 옆에 있었다. 머독은 교육원의 수학 교사였다. 키가 크고 검은 머리에 여윈 남자였는데, 워낙 과묵하고 사람을 가까이 하지 않아서 친구라고 할 만한 사람이 아무도 없었다. 그는 보통의 삶과는 동떨어진 무리수와 원뿔곡선이라는 고도로 추상적인 세계에 사는 사람 같았다. 학생들에게 괴짜로 통하는 그는 곧잘 조롱의 대상이 되었다. 그런데 그에게는 이국적인 이상한 피가 흐르고 있었다. 칠흑 같은 두 눈과 거무스레한 얼굴만이 아니라, 이따금 지독하다고밖에 볼 수 없을 만큼 불같이 화를 내는 것만 봐도 그랬다. 어떤 때는 맥퍼슨의 작은 개가 성가시게 군다는 이유로 개를 집어들어 유리창을 향해 내던진 적이 있었다. 그가 교사로서 썩 훌륭하지만 않았다면 스택허스트한테 바로 해고를 당했을 행동이었다. 그렇게 이상하고 성격이 복잡한 남자가 우리 곁에 나타난 것이다. 그는 자기 앞의 광경을 보고 솔직히 충격을 받은 듯했다. 개를 내던진 것으로 볼 때는 죽은 남자를 하등 동정할 것 같지 않았지만 말이다.

"맙소사! 이럴 수가! 어쩌면 좋지? 내가 도와드릴 일이 없나요?"

"맥퍼슨과 같이 있었습니까? 어떻게 된 영문인지 말씀해주실 수 있나요?"

"아니, 아니요. 오늘 아침에는 내가 좀 늦었습니다. 해변에는 얼씬도 하지 않았어요. 지금 곧장 학교에서 오는 길입니다. 내가 도와드릴게 있나요?"

"어서 풀워스 경찰서로 가주세요. 당장 이 사건을 신고해주십시오."

머독은 말없이 부리나케 달려갔다. 내가 계속 이 사건을 조사하는 동안 스택허스트는 비극에 넋을 잃고 멍하니 시신 곁에 남아 있었다. 내가 가장 먼저 해야 할 일은 당연히 바닷가에 누가 있는지 잘 살펴보는 것이었다. 벼랑 위라서 해안의 모습이 한눈에 들어왔다. 멀리서 풀

위스 마을을 향해 가고 있는 검은 인영 두엇 외에는 바닷가에 아무도 없었다. 그 점을 충분히 확인한 후, 천천히 길을 따라 벼랑을 내려갔다. 벼랑의 백악질에는 점토나 부드러운 이회토(탄산석회가 섞인 진흙—옮긴이)가 섞여 있어서, 동일한 발자국이 길을 내려갔다 올라온 흔적이 곳곳에 남아 있었다. 이날 아침 이 길을 따라 바닷가에 내려간 다른 사람은 없었다. 한 곳에서는 펼쳐진 손자국의 손가락이 위를 향해 찍혀 있는 것이 보였다. 그건 올라오다가 넘어졌다는 뜻일 수밖에 없었다. 둥그렇게 눌린 자국들도 있었는데 그것은 몇 번 땅바닥에 무릎을 꿇었다는 뜻이다. 비탈길을 다 내려가자 썰물이 지면서 만들어진 널따란 석호가 있었다. 석호 옆의 바위에 수건이 놓인 것으로 보아 맥퍼슨은 그곳에서 옷을 벗은 듯했다. 수건은 가지런히 접힌 채 마른 상태였다. 그렇다면 물에는 들어가지 않았다고 봐야 할 것이다. 나는 자갈이 깔린 해변을 한두 바퀴 돌다가, 모래가 다소 드러나 있고 운동화와 맨발 자국이 찍힌 곳에 이르렀다. 맨발 자국은 그가 수영할 준비를 마쳤다는 뜻인데, 마른 수건으로 봐서는 실제로 수영을 한 것은 아니었다.

문제를 명확히 정리하면 이렇다. 이 사건은 과거에 내가 다룬 어느 사건 못지않게 기묘하다. 그가 바닷가에 머문 시간은 끽해야 15분이 넘지 않는다. 스택허스트가 학교에서 뒤따라왔으니 그건 의문의 여지가 없다. 맨발 자국으로 알 수 있듯이 그는 수영을 하러 왔고 옷도 벗었다. 그 후 갑자기 허둥지둥 도로 옷을 입었다(단추도 채우지 않고 차림새가 흐트러져 있었다). 그리고 수영도 하지 않고, 아니 수영을 했어도 몸을 닦지 않고, 바로 되돌아갔다. 당초의 목적을 바꾼 이유는 야만적이고 무자비하게 채찍질을 당했기 때문이다. 고통에 못 이겨 입술을 깨물고, 가까스로 기어서 도망치다가 죽을 정도로 괴롭힘을 당했다. 대체 누가 그렇게 잔인한 짓을 한 것일까? 벼랑 아래 크고 작은 동굴이 있는 건 사실이지만, 낮게 떠오른 태양이 동굴을 안쪽 깊숙이까지 비추고 있어서 숨을 곳은 없었다.

해변 멀리 어른거리는 인영이 보였지만, 그들을 범행과 관련짓기에는 거리가 너무 멀어 보였다. 게다가 맥퍼슨과 사람들 사이에는 널따란 석호가 있었고, 물이 가득 차 있었다. 바다에는 그리 멀지 않은 곳에 고기잡이배가 두어 척 있었다. 뱃사람들은 나중에 시간 날 때 만나보면 될 것이다. 조사해야 할 도로가 여럿 있었지만 뭔가 확실한 성과를 올릴 만한 도로는 없었다.

마침내 시신이 있는 곳으로 돌아가 보니 배회하던 사람들이 모여 있었다. 스택허스트는 물론 여전히 그곳에 있었고, 이언 머독이 마을의 순경 앤더슨과 함께 막 도착했다. 순경은 덩치가 크고 황갈색 콧수염을 길렀는데, 우직하고 믿음직한 서식스 혈통―엄숙하고 과묵한 겉모습 아래 꽤나 예리한 분별력을 지닌 혈통―의 사람이었다. 그는 우리가 하는 말에 귀를 기울이며 낱낱이 기록하더니, 이윽고 나를 한쪽으로 데려갔다.

"홈즈 씨, 조언을 좀 해주십시오. 이건 저에게 너무 벅찬 사건입니다. 제가 일을 잘못 처리했다가는 루이스에서 나를 가만두지 않을 겁니다."

나는 당장 상관을 부르고 의사한테 연락하라고 조언했다. 또 아무 것도 옮기지 말고, 사람들이 올 때까지 되도록 새 발자국이 찍히지 않도록 하라고 당부했다. 그 후 나는 고인의 주머니를 살펴보았다. 손수건, 큰 칼, 접을 수 있는 작은 명함집이 들어 있었다. 명함집에 쪽지가 꽂혀 있어서, 그것을 펴서 순경에게 건네주었다. 쪽지에는 흘려 쓴 여자 필체로 이렇게 쓰여 있었다.

그리 꼭 갈게요.

— 모드

시간과 장소는 언급하지 않았지만, 연인들의 밀회 약속 같았다. 순경은 편지를 다시 명함집에 집어넣고, 다른 물건과 같이 버버리 주머니에 도로 넣었다. 그 후 나는 더 이상 눈여겨볼 것이 없어서 아침을 먹으러 집으로 돌아갔다. 물론 벼랑 아래를 샅샅이 수색해야 한다고 일러두었다.

❧

스택허스트는 한두 시간 뒤에 내게 들러서 시신을 학교로 옮겼다는 이야기를 전해주었다. 학교에서 검시를 할 예정이었다. 또 그는 몇 가지 중요하고 명확한 소식을 가져왔다. 예상한 대로 벼랑 아래 작은 동굴들에서는 아무것도 발견되지 않았다. 그는 맥퍼슨의 책상에 있는 서류를 살펴보았는데, 그중에 풀워스의 모드 벨라미 양이라는 여성과 주고받은 연애편지가 몇 통 있었다. 그렇다면 명함집 속에 있던 쪽지를 보낸 사람의 신원을 알아낸 셈이다.

"편지는 경찰이 가지고 있어서 가져올 수 없었습니다." 스택허스트가 설명했다. "하지만 둘 사이가 진지한 연인 관계라는 것은 확실합니다. 그런데 그걸 끔찍한 사건과 연관 지어야 할 이유는 없는 것 같습니다. 실제로 그 숙녀가 맥퍼슨과 만날 약속을 했다는 것만 빼고 말입니다."

"하지만 너나없이 이용하는 수영장에서 만나기로 했을 리는 없습니다." 내가 한마디 했다.

"참 우연히도 그날 맥퍼슨은 학생들과 함께 있질 않았어요." 그가 말했다.

"그게 우연이었다고요?"

스택허스트는 이맛살을 찌푸리고 기억을 되짚었다.

"이언 머독이 아이들을 붙들고 있었어요. 아침 식사를 하기 전에 대수 문제를 좀 풀어야 한다고 고집한 거죠. 가엾은 친구, 그 때문에 너무나 가슴 아파하고 있답니다."

"하지만 두 사람은 친구가 아니잖아요?"

"전에는 그랬지요. 하지만 최근 1년간 머독은 맥퍼슨과 아주 친하게 지냈습니다. 머독이 천성적으로 다정한 성격은 아니죠."

"성격이 그렇다는 건 나도 알고 있습니다. 그런데 개를 학대한 일 때문에 다퉜다는 말을 하지 않았던가요?"

"그 일은 잘 무마되었어요."

"하지만 얼마간 앙심을 품지 않았을까요?"

"아니, 아니요. 두 사람은 진짜 친구가 된 것이 분명해요."

"음, 그렇다면 여자 문제를 짚어봐야겠군요. 그녀에 대해 좀 아십니까?"

"벨라미 양을 누가 모르겠습니까. 일대에서 최고의 미녀랍니다. 어디 가도 눈길을 끌 만한 진짜 미인이죠. 맥퍼슨이 벨라미 양한테 반한 줄은 알고 있었지만, 그런 연애편지를 주고받는 사이가 된 줄은 미처 몰랐습니다."

"그런데 그녀는 누군가요?"

"풀워스의 모든 선박과 수영막집(수영복이라는 것을 남우세스럽게 생각한 정숙한 여성이 이용한, 사방이 막힌 마차처럼 생긴·이동·막집—옮긴이)을 소유하고 있는 톰 벨라미의 딸이랍니다. 처음에 어부로 출발해서 지금은 막대한 재산을 지닌 사람이죠. 그는 아들 윌리엄과 함께 사업을 하고 있어요."

"같이 풀워스에 가서 그들을 만나볼까요?"

"무슨 핑계로 말입니까?"

"아, 핑계야 얼마든지 찾을 수 있죠. 어쨌든 고인이 된 청년이 그토록 잔인하게 자신을 채찍질한 건 아니니까요. 정말 채찍으로 그런 상처를 냈다면, 그 채찍을 쥔 것은 다른 사람의 손이었습니다. 이런 외딴 동네에서야 교제한 사람들이라는 게 한정돼 있을 수밖에 없습니다. 모든 방향을 다 둘러보면 틀림없이 동기를 찾아낼 수 있을 겁니다. 그러면 범인이 드러날 수밖에 없죠."

비극을 목격한 탓에 마음이 뜨악하지만 않았다면, 백리향 향내 짙은 다운스 고원을 걷는 일은 참으로 흔쾌했을 것이다. 풀워스 마을은 만을 둘러싼 반원형의 우묵한 지형에 자리 잡고 있다. 고풍의 작은 마을 뒤쪽 언덕 위에는 현대식 저택 몇 채가 서 있었다. 스택허스트가 나를 안내한 곳이 바로 그중 한 집이었다.

"저것이 헤이븐 저택입니다. 벨라미가 자기 집을 그렇게 부르죠. 석판 지붕을 얹고, 모퉁이에 탑이 있는 집입니다. 빈손으로 시작한 사람치고는 썩 훌륭한, 아니, 저기 좀 보세요!"

헤이븐 저택의 대문이 열리더니 한 남자가 나왔다. 키가 크고 수척한 데다 헝클어진 머리를 보니, 분명 수학 교사 이언 머독이었다. 잠시 후 우리는 길에서 머독과 마주쳤다.

"이보게!" 스택허스트가 불렀다. 머독은 고개를 끄덕이더니 야릇한 검은 눈으로 우리를 힐끔 곁눈질하고 스쳐 지나가려고 했지만, 원장이 그를 붙들었다.

"대체 여기서 뭘 하고 있었나?" 원장이 물었다.

머독은 얼굴을 붉히며 화를 냈다. "저는 원장님의 지붕 밑에서 사는 부하 직원이긴 합니다만, 사생활에 대해 설명할 의무는 없다고 봅니다."

여러 가지 일을 겪으며 스택허스트는 신경이 무척이나 날카로워져 있었다. 그렇지만 않았으면 좀 더 참았을 것이다. 이제 그는 완전히 자제력을 잃고 말았다.

"이 상황에서 그런 대답은 너무나 무례하네, 머독 선생."

"원장님의 질문도 마찬가지입니다."

"자네가 너무나 불손한데도 참아 넘긴 게 한두 번이 아닐세. 하지만 이번이 마지막일걸세. 가능한 한 빨리 새 일자리를 알아보기 바라네."

"벌써부터 그럴 작정이었습니다. 교육원을 지낼 만한 곳으로 만들어준 유일한 사람을 오늘 잃고 말았으니까요."

머독은 홱 하니 자리를 떴다. 스택허스트는 성난 눈길로 그의 뒷모습을 노려보며 서 있었다. "정말 상종 못 할 종자가 아닌가!" 그가 외쳤다.

이때 내 뇌리에 퍼뜩 떠오른 것은, 이언 머독 선생이 범죄 현장에서 달아날 기회를 잡게 되었다는 것이었다. 막연하고 모호했던 의심이 이제 틀을 갖추기 시작했다. 벨라미 씨네 사람들을 만나보면 사건이 좀 더 분명해질 듯했다. 스택허스트가 마음을 진정시키자 우리는 그 집으로 향했다.

❦

벨라미 씨는 불타는 듯한 새빨간 턱수염을 기른 중년의 남자였다. 몹시 화가 난 듯한 그의 얼굴은 곧 수염만큼이나 빨개졌다.

"됐소이다. 자세한 얘기는 듣고 싶지 않소. 여기 있는," 하며 그는 거실 구석에 우울하고 부루퉁한 얼굴로 앉아 있는 건장한 청년을 가리키며 이어 말했다. "내 아들도 나와 같은 생각이오. 맥퍼슨 선생이 모드한테 관심이 있었다는 건 모욕이란 말이외다. 그렇소이다, 원장 선생. '결혼'이란 말은 입에 담은 적도 없었소. 편지가 오가고 서로 만나기도 했다지만, 우리 부자는 결단코 시인할 수 없소이다. 그 애한테는 어미가 없으니, 보호자는 우리뿐이오. 우리는 결단코……."

하지만 당사자가 나타나자 말이 뚝 끊겼다. 그녀가 세상 어떤 모임이라도 우아하게 빛내줄 만한 미인이라는 것은 부정할 수 없었다. 그토록 희귀한 꽃이 그런 뿌리, 그런 환경에서 자라났을 거라고 누가 상상할 수 있겠는가? 여자가 내 눈길을 끄는 일은 거의 없는데, 그것은 내 두뇌가 항상 가슴을 지배하고 있기 때문이다. 그런데 고원 지대의 싱그러움이 묻어나는 뽀얀 볼을 지닌, 완벽하게 매끄러운 그녀의 얼굴에서 나는 눈을 뗄 수가 없었다. 그녀 앞에서 가슴이 울렁거리지 않을 젊은이는 없을 것이다. 방문을 열고 들어와, 이제 눈을 둥그렇게 뜨고 격앙된 표정으로 헤럴드 스택허스트 앞에 서 있는 이가 바로 그런 여성이었다.

"피츠로이가 죽었다는 건 이미 알고 있어요." 그녀가 말했다. "염려하지 마시고 자세한 이야기를 해주세요."

"당신네 다른 신사가 소식을 전해주었소." 그녀의 아버지가 설명했다.

"내 동생이 그런 사건에 휘말려야 할 까닭이 없습니다." 청년이 으르렁거리듯 말했다.

누이는 오라비를 향해 날카로운 눈길을 던졌다. "오빠, 이건 내 일이야. 부디 내 방식대로 처리하게 해줘. 누구 말을 들어봐도 그건 살인 사건이야. 누가 그랬는지 밝혀내는 일을 내가 도울 수 있다면, 고인이 된 그이를 위해 적어도 그 정도는 해야 하잖아."

그녀는 침착하게 집중을 한 채 내 동행의 짧은 설명에 귀를 기울였다. 그 모습을 보니 그녀는 대단한 미인일 뿐 아니라 품성도 빼어나다는 것을 알 수 있었다. 모드 벨라미는 가장 완벽하고 빼어난 여성으로 언제까지나 내 기억에 남아 있을 것이다. 그녀는 나를 잘 알고 있는 듯했다. 이야기가 끝나자 나를 돌아보며 말했다.

"홈즈 선생님, 그들에게 정의의 심판을 내려주세요. 그들이 누가 되었든, 성심껏 선생님을 돕겠어요." 그렇게 말하면서 아버지와 오라비를 흘끔 바라보는 모습이 내게는 어쩐지 반항적으로 보였다.

"고맙습니다." 내가 말했다. "이런 사건에서는 여성의 직관이 한몫 할 수 있을 거라고 봅니다. 그런데 아까 '그들'이라는 말을 쓴 걸 보니, 범인이 한 명이 아니라고 생각하는군요?"

"맥퍼슨 씨가 얼마나 용감하고 강한지 잘 알고 있어요. 누가 혼자서 그이에게 그런 짓을 할 수 있겠어요?"

"단둘이 이야기를 좀 나눌 수 있을까요?"

"모드, 이런 사건에 끼어들지 말라고 했잖아." 그녀의 아버지가 화를 내며 외쳤다.

그녀는 난감한 표정으로 나를 바라보았다. "어쩌면 좋죠?"

"하긴 곧 세상이 다 알게 될 테니, 여기서 이야기한들 뭐가 문제겠습니까." 내가 말했다. "단둘이 이야기를 나누었으면 좋겠지만, 부친께서 허락지 않으시니 다들 신중하시기만 바랄밖에요." 그리고 나는 고인의 주머니에서 발견한 쪽지 이야기를 했다. "검시배심 때 쪽지가 제시될 것이 분명합니다. 그 쪽지에 대해 설명을 좀 해주시겠습니까?"

"감출 것도 없습니다." 그녀가 대답했다. "우린 결혼을 약속했는데, 그것을 비밀에 부친 건 그이의 숙부 때문이었어요. 워낙 연로하셔서 곧 돌아가실 거라고들 하는데, 그분의 뜻에 반해서 결혼을 하면 유산을 물려주지 않을 거라더군요. 다른 이유는 없었어요."

"우리한테 말도 않고." 벨라미 씨가 역정을 냈다.

"호감을 보여주셨다면 말했을 거예요, 아버지."

"내 딸이 신분이 다른 남자와 사귀는 건 안 돼."

"우리가 말씀을 드리지 못한 것은 그이에 대한 아버지의 편견 때문이었어요. 그 약속에 대해 말씀드리면," 하며 그녀는 드레스 안에서 구겨진 쪽지를 꺼냈다. "이 편지에 답한 것이었어요."

내 사랑,

화요일 해가 진 직후 해변의 그곳. 그때나 나갈 수 있어요.

— F. M.

"오늘이 화요일입니다. 저녁에 그이를 만날 참이었어요."

나는 쪽지를 뒤집어 보았다.

"우편으로 온 게 아니군. 어떻게 이걸 받았나요?"

"그 질문에는 답하지 않겠어요. 조사하고 계신 사건과 아무런 관계가 없으니까요. 조금이라도 관계가 있다면 기꺼이 대답하겠어요."

그녀는 약속대로 성실히 답해주었지만 조사에 도움이 될 만한 이야기는 없었다. '약혼자'에게 원한을 품을 만한 사람은 없지만, 자기한

테 열렬히 구애한 남자는 몇 명 있었다고 그녀는 시인했다.

"이언 머독이 구애자 가운데 한 명이었나요?"

그녀는 얼굴을 붉히며 난처해하는 것 같았다.

"그런 줄 알았던 때가 있었어요. 하지만 피츠로이와 저의 관계를 알게 된 다음에 그분은 완전히 달라졌어요."

그 이상한 남자 주위의 그림자가 좀 더 분명한 모양을 갖춰가는 듯했다. 그의 기록을 조사해볼 필요가 있었다. 그의 방도 은밀히 뒤져봐야겠다. 스택허스트가 기꺼이 도와줄 것이다. 그도 내심 머독을 의심하고 있으니 말이다. 우리는 뒤엉킨 실타래의 실마리를 이미 손에 넣었기를 바라며 헤이븐 저택에서 돌아왔다.

⚜

일주일이 지났다. 검시배심원 심리는 사건을 전혀 밝혀내지 못한 채 증거 부족으로 재판이 연기되었다. 스택허스트는 머독 선생에 대해 신중하게 조사했고, 그의 방도 대충 뒤져보았지만 성과가 없었다. 나도 나름대로 몸과 마음을 다 동원해서 사건을 완전히 재검토해봤지만 어떤 새로운 결론도 내리지 못했다. 내 연대기를 읽어본 독자라면 내가 이토록 완전히 능력의 한계에 부닥친 사건은 없었다는 사실을 알 것이다. 아무리 상상력을 발휘해도 해결책이 떠오르지 않았다. 그러던 참에 개 사건이 터졌다.

먼저 소식을 접한 사람은 우리 집 가정부였다. 그런 사람들은 시골 마을의 소식을 묘한 무선통신으로 수집한다.

"정말 슬픈 이야기예요. 맥퍼슨 선생의 개 말입니다." 어느 날 저녁 그녀가 말했다.

나는 그런 대화를 권장하지 않지만, 이번 이야기에는 귀가 솔깃 했다.

"맥퍼슨 선생의 개가 어쨌는데요?"

"죽었다네요. 주인을 애도하다가 죽었다는 거예요."

"그걸 누구한테 들었죠?"

"그거야, 너나없이 입방아를 찧어대고 있는걸요. 개가 괴로워하더 니 일주일 동안 아무것도 먹질 않았답니다. 그러다 오늘 두 학생이 해 변에서 개가 죽어 있는 걸 발견했다는군요. 주인이 죽은 바로 그곳에 서 말예요."

"바로 그곳에서." 그 말이 뇌리에 아로새겨졌다. 그 문제가 아주 중 요하다는 예감이 들었다. 개가 주인을 따라 죽는 것은 아름답고 충성 스러운 본성 탓이다. 하지만 '바로 그곳'이라니! 하필이면 왜 호젓한 그 바닷가에서 죽은 것일까? 개도 무슨 앙심 때문에 희생된 것은 아닐 까? 그렇다면 혹시……. 그래, 아직 분명치는 않지만, 무엇인가 이미 마음속에서 척척 형태를 갖춰가고 있었다. 나는 곧바로 게이블스로 달 려갔다. 스택허스트는 서재에 있었다. 내가 요청한 대로 그는 개를 발 견한 두 학생, 서드베리와 블라운트를 불러주었다.

"예, 개는 수영장 가장자리에 쓰러져 있었어요." 한 학생이 말했다. "돌아가신 주인의 냄새를 쫓아간 게 분명해요."

에어데일테리어 종의 충성스러운 작은 개는 홀의 깔개 위에 놓여 있었다. 몸이 뻣뻣하게 굳었고, 두 눈이 튀어나온 데다 사지가 뒤틀려 있었다. 고통에 시달린 흔적이 역력했다.

나는 게이블스에서 해변 수영장까지 걸어갔다. 해가 지고, 납판처럼 흐리게 번들거리는 바닷물 위로 거대한 절벽의 그림자가 검게 드리워졌다. 해변은 텅 비어, 끼룩거리며 머리 위를 맴도는 바다새 두 마리를 빼면 생명의 기척도 느낄 수 없었다. 어스레한 빛 속에서 모래 위에 찍힌 작은 개의 발자국이 희미하게 보였다. 주인이 수건을 올려 놓았던 바로 그 바위 근처였다. 오랫동안 서서 깊은 생각에 잠긴 사이에 땅거미가 더욱 짙어졌다. 수많은 생각이 뇌리를 스쳐 지나갔다. 마치 가위눌린 듯한 기분이 들었다. 뭔가 아주 중요한 것을 찾고자 하고, 그게 정녕 거기 있다는 것을 아는데, 막상 그게 무엇인지를 알아낼 수가 없는 답답한 기분 말이다. 그날 저녁 죽음의 장소에 홀로 서 있을 때 내가 느낀 기분이 바로 그랬다. 그 후 결국 천천히 집으로 발길을 돌렸다.

막 벼랑 위로 올라섰을 때 불현듯 그 생각이 떠올랐다. 그토록 열심히 생각했지만 결코 알아낼 수 없었던 것이 섬광처럼 떠오른 것이다. 내가 막대한 양의 방만한 지식을 지니고 있다는 것을 왓슨이 공연히 기록해서 독자께서도 알고 계실 것이다. 그 지식이 과학적인 체계는 없어도 내 일을 하는 데는 제법 쓸모가 있다. 내 정신은 온갖 꾸러미가 잔뜩 들어찬 골방과 같은데, 꾹꾹 채워 넣은 것이 워낙 많아서 거기 뭐가 있는지 그저 어렴풋이만 알고 있는 것이 허다하다. 그중에 이 사건과 관련된 것도 있다는 것을 알고 있었다. 그게 뭔지는 아직도 막연하지만, 그것을 명확히 알아낼 방법을 나는 알고 있었다. 그것은 터무니없고 믿기 힘들지만 그래도 가능성은 있었다. 나는 기어이 확인하고야 말 것이다.

내 작은 집에는 책으로 채워진 큼직한 다락방이 있다. 내가 곧장 다락방으로 뛰어 들어가서 한 시간 동안 뒤진 것이 바로 그 책들이었다. 한 시간 뒤 나는 초콜릿색과 은색으로 된 작은 책 한 권을 들고 나왔다. 희미한 기억 속에 있는 내용을 찾아 책장을 부지런히 넘겼다. 과연 그랬다. 그것은 정말 터무니없고 황당한 가설이었지만, 정말 그럴 가능성이 있다는 것을 확인한 뒤에야 나는 비로소 편히 쉴 수 있었다. 밤늦게 잠자리에 들면서 나는 내일 할 일이 벌써부터 기대되었다.

하지만 그 일은 귀찮게도 방해를 받았다. 아침 일찍 바닷가에 나가보려고 서둘러 차 한 잔 하고 있을 때 서식스 경찰대의 바들 경위가 들이닥친 것이다. 소같이 우직하고 착실한 남자였는데, 사려 깊은 눈에 꽤나 난감한 표정을 띠고 나를 바라보았다.

"선생님께서 아주 노련하시다는 걸 알고 있습니다. 물론 비공식적으로 찾아온 건데, 큰 폐를 끼치진 않겠습니다. 이 맥퍼슨 사건 때문에 꽤나 골치가 아픈데, 문제는 체포할 것인가, 말 것인가입니다."

"이언 머독 선생 말입니까?"

"예. 생각해보면 달리 떠오르는 사람이 없습니다. 그것이 바로 이렇게 외딴 마을의 장점이죠. 용의자를 아주 작은 범위까지 좁힐 수 있어요. 머독이 아니라면 누가 그랬겠습니까?"

"증거가 있나요?"

바들 경위는 나와 같은 고랑에서 이삭을 주웠다. 머독의 성격과 그를 둘러싼 수수께끼가 문제였다. 개 사건에서 알 수 있는 것처럼 그는 다혈질이었다. 지난날 맥퍼슨과 싸운 적도 있고, 맥퍼슨이 벨라미 양에게 관심을 가진 것에 대해 분개했을 수도 있다. 경위는 대체로 나와 같은 생각을 했는데, 머독이 완전히 떠날 준비를 하고 있는 듯하다는 사실을 빼고는 새로운 정보도 없었다.

"그런 혐의가 있는데도 슬그머니 도망치게 내버려둔다면 제 입장이 어떻게 되겠습니까?" 우직하고 차분한 남자가 꽤나 고민을 했다.

"당신의 주장에는 중대한 결함이 있습니다." 내가 말했다. "사건 당일 아침 머독 선생에게는 확실한 알리바이가 있습니다. 그는 다른 교사들과 같이 있다가 맥퍼슨이 벼랑 위로 올라온 지 몇 분 뒤 우리 뒤에서 나타났습니다. 게다가 머독 혼자서는 자기 못지않게 억센 남자에게 그런 상처를 입힐 수 없다는 것을 생각해보세요. 마지막으로, 그 상처를 입힌 도구의 문제가 남아 있습니다."

"무슨 유연한 채찍이 아니었다면 대체 뭘까요?"

"상처를 살펴보았나요?" 내가 물었다.

"보았습니다. 의사도 보았어요."

"그런데 나는 돋보기로 아주 꼼꼼히 살펴보았습니다. 상당히 특이했죠."

"어땠나요?"

나는 책상 앞으로 가서 확대한 사진을 한 장 꺼냈다. "이번 사건과 같은 경우에 이런 방법을 씁니다." 내가 설명했다.

"홈즈 선생님, 일을 철저하게 하시는군요."

"그러지 않았다면 지금의 나는 없었을 겁니다. 그건 그렇고, 오른쪽 어깨에 둥그렇게 난 부르튼 자국을 살펴보십시오. 유난히 눈에 띄는 게 없나요?"

"모르겠는데요."

"부르튼 정도가 고르지 않습니다. 여기에 혈액이 관외 유출된 반점이 있고, 또 여기도 있습니다. 아래쪽의 부르튼 자국도 비슷합니다. 이게 무슨 뜻이겠습니까?"

"모르겠는데요. 선생님은 아십니까?"

"알 듯 말 듯합니다. 곧 일러드릴 수 있을 겁니다. 이런 상처를 낸 것이 무엇인지만 알아내면 범인은 우리 수중에 있는 셈입니다."

"물론 터무니없는 생각이긴 합니다만, 벌겋게 달군 철망으로 등을 내리친 것 같습니다." 경찰이 말했다. "그러면 철망의 교차 지점에 이렇게 더욱 뚜렷한 자국이 나겠죠."

"아주 독창적인 비유입니다. 아니면 작고 단단한 매듭이 있는 아주 빳빳한 아홉 가닥 채찍은 아닐까요?"

"오오, 홈즈 선생님, 그게 정답인 것 같습니다."

"아니, 원인이 전혀 다른 곳에 있을 수도 있습니다, 바들 경위. 그런데 머독 선생을 체포하기에는 경위의 주장이 너무 설득력이 약합니다. 게다가 우리는 고인이 마지막으로 남긴 말을 알고 있습니다. '사자의 갈기Lion's Mane' 말입니다."

"혹시 이언을 라이언으로……."

"그래요, 나도 그런 생각을 해봤습니다. 만일 두 번째 낱말이 '머독'과 비슷했다면. 하지만 비슷하지 않았습니다. 그는 거의 비명을 지르다시피 그 말을 했어요. '갈기'라는 말을 똑똑히 들었습니다."

"홈즈 선생님, 뭔가 다른 생각은 없으십니까?"

"글쎄요. 하지만 좀 더 확실한 단서를 잡기 전에는 이야기하고 싶지 않습니다."

"그러면 언제쯤 들을 수 있을까요?"

"한 시간 뒤, 어쩌면 더 빨리."

경위는 턱을 문지르며 믿을 수 없다는 듯이 나를 바라보았다.

"선생님의 속내를 들여다볼 수 있다면 딱 좋겠군요. 고기잡이배들을 의심하고 계신가요?"

"아니, 아니요, 그 배들은 너무 멀리 떨어져 있었습니다."

"음, 그렇다면 벨라미 씨와 거구의 아들인가요? 그들은 맥퍼슨 선생을 달가워하지 않았죠. 그들이 못된 짓을 한 걸까요?"

"그만, 그만두시오. 때가 되기 전까지는 내게서 한 마디도 끌어내지 못할 테니." 내가 빙그레 웃으며 말했다. "그건 그렇고, 경위, 우리는 각자 볼 일이 있습니다. 이따가 점심때 이곳으로 날 찾아오면……."

이야기가 여기에 이르렀을 때, 우리의 대화를 가로막는 엄청난 일이 일어났는데, 그것은 사건 종결의 시작이었다.

　현관문이 와락 열리고
복도에서 휘청거리는 발소리가
들리더니 이언 머독이 비틀거리며 방으로 들어왔다. 앙상한 두 손으로
가구를 움켜쥐고 몸을 가눈 그는 얼굴이 창백하고, 머리는 산발을 한
채 옷차림새가 흐트러져 있었다.

　"브랜디! 브랜디!"

　그가 숨넘어가는 소리로 말하며 소파에 쓰러져 신음했다.

　머독은 혼자가 아니었다. 뒤따라 스택허스트가 들어왔다. 그는 모
자도 안 쓰고 헉헉거리며 동행만큼이나 넋이 나가 있었다.

　"그래! 브랜디!" 그가 외쳤다. "생명이 위독해요. 가까스로 여기
까지 데려왔습니다. 오는 길에 두 번이나 의식을 잃었어요."

　물을 타지 않은 술을 반 컵 들이켜자 놀라운 변화가 일어났다. 그는
한 팔을 짚고 몸을 일으키더니, 어깨를 덮은 외투를 벗어젖혔다. "아
아 제발, 오일을, 마약을, 모르핀을!" 그가 외쳤다. "이 지옥의 고통을
덜어줄 수 있는 거라면 아무거나!"

　경위와 나는 드러난 상처를 보고 경악했다. 맨살을 드러낸 그의 어

깨에 피츠로이 맥퍼슨의 죽음의 징표와 똑같은, 기묘한 그물 모양으로 빨갛게 부풀어 오른 상처가 나 있었다.

정말 지독한 통증은 국부적인 게 아니었다. 한동안 호흡까지 중단되고 얼굴이 까맣게 변할 정도였기 때문이다. 그러다 밭은 숨을 몰아쉬며 손으로 가슴을 두드려댔고, 이마에서 구슬땀이 뚝뚝 떨어졌다. 그는 금방이라도 숨이 넘어갈 것 같았다. 머독은 목구멍 속으로 거푸 브랜디를 쏟아 부었고, 술이 들어갈수록 더 생기가 돌았다. 탈지면에 샐러드 오일을 적셔서 발라주자 기묘한 상처의 통증이 줄어든 모양이었다. 마침내 그는 쿠션 위에 머리를 무겁게 떨어뜨렸다. 지친 자연은 자신의 마지막 생명의 보고에서 안식처를 찾았다. 반은 잠이 들고 반은 기절한 상태였지만 그래도 통증은 누그러졌다.

머독에게 질문을 하는 것은 불가능했다. 상태가 좋아진 것을 확인하자마자, 스택허스트가 나를 돌아보았다.

"세상에! 홈즈, 이게 어떻게 된 일입니까? 어떻게 이런 일이!" 그가 소리쳤다.

"어디서 발견했나요?"

"아래쪽 해변에서요. 맥퍼슨이 최후를 맞은 바로 그곳이었습니다. 이 사람의 심장이 맥퍼슨만큼 약했다면 여기까지 오지도 못했을 겁니다. 데리고 오는 동안 이제는 죽었다고 생각한 게 한두 번이 아니었어요. 게이블스까지는 너무 멀어서 이리 온 겁니다."

"해변에서 발견했다고요?"

"비명소리가 들렸을 때 나는 벼랑 위를 걷고 있었습니다. 그가 물가에서 술 취한 사람처럼 비틀거리고 있더군요. 뛰어 내려가서 옷을 좀 걸쳐주고 데려온 겁니다. 제발이지, 홈즈, 있는 힘을 다해서 수고를 아끼지 말고 이곳의 저주를 풀어주십시오. 여기가 더는 살 수 없는 곳이 되어가고 있으니 말입니다. 세계적인 명성을 지닌 당신이 우리를 위해 설마 아무것도 할 수 없는 건 아니겠죠?"

"스택허스트, 내가 해결할 수 있을 겁니다. 자, 같이 갑시다! 그리고 경위도 따라오세요! 살인자를 당신의 손에 넘겨줄 수 있는지 알아봅시다."

의식을 잃은 남자는 가정부에게 맡기고 우리는 죽음의 석호를 향했다. 자갈밭에는 피해자의 옷과 수건이 한데 겹쳐져 있었다. 나는 천천히 석호 둘레를 돌았고, 동료들은 일렬종대로 내 뒤를 따랐다. 석호는 대부분 아주 얕았지만, 벼랑 바로 아래쪽에는 수심이 1.5미터까지 되는 곳도 있었다. 수영하러 온 사람이 당연히 찾는 곳이 바로 그곳이었다. 그곳은 수정처럼 맑고 투명한 아름다운 녹색 웅덩이를 이루고 있었기 때문이다. 벼랑 바로 아래 있는 웅덩이 위로는 바위가 줄지어 돌출해 있었다. 나는 그 위를 걸으며 아래쪽 웅덩이를 골똘히 들여다보았다. 수심이 가장 깊고 가장 잔잔한 곳에 왔을 때, 찾고 있던 것이 눈에 띄었다. 나는 환호성을 올렸다.

"키아네아!" 내가 외쳤다. "키아네아다! 사자의 갈기!"

내가 가리킨 기묘한 물체는 정말 사자 갈기에서 떼어낸 엉킨 털북숭이처럼 보였다. 물밑 90센티미터쯤에 있는 암반에 앉아 있었는데, 묘하게 물결치듯 흔들리고 있는 노란 털북숭이 사이로 은빛 줄무늬가

난 털투성이 생물체였다. 그것은 느릿느릿 둔중하게 심장 박동을 하며 수축과 팽창을 반복했다.

"바로 저것이 아주 못된 짓을 했어. 넌 이제 끝장이야!" 내가 외쳤다. "날 좀 도와주십시오, 스택허스트! 살인자를 아주 끝장냅시다!"

웅덩이 위로 돌출한 바위 위에 큼직한 둥근 돌이 있었는데, 힘을 합쳐 굴리자 엄청난 물보라를 일으키며 물속에 빠졌다. 물결이 잦아든 뒤에 보니, 둥근 돌이 물속 암반에 얹혀 있었다. 노란 갓의 가장자리가 너울거리는 것을 보니 해파리가 밑에 깔렸다는 것을 알 수 있었다. 기름기 섞인 걸쭉한 체액이 돌 밑에서 흘러나와 물을 오염시키며 천천히 수면으로 올라왔다.

"그런데 이게 무슨 영문입니까?" 경위가 외쳤다. "홈즈 선생님, 방금 그게 뭐였죠? 저는 이 지방에서 나고 자랐지만 저런 것은 처음 봅니다. 서식스에는 저런 게 없었어요."

"서식스를 위해서는 다행한 일입니다. 강한 서남풍에 밀려 왔을 겁니다. 우리 집으로 갑시다, 두 분 다. 똑같은 해난을 당한 것을 잊지 못할 사람의 끔찍한 경험담을 내가 일러드리겠습니다."

⚜

서재에 가보니 머독은 일어나 앉을 수 있을 만큼 회복되어 있었다. 그러나 정신은 멍했고, 이따금 통증이 엄습하곤 했다. 그는 더듬더듬 자초지종을 이야기했다. 갑자기 심한 통증이 몰려와서 악착같이 물 밖으로 나온 것 말고는 도대체 어떻게 된 일인지 모르겠다는 이야기

The Case-Book of Sherlock Holmes

였다.

"이 책을 보십시오." 내가 작은 책을 꺼내며 말했다. "영영 어둠에 묻힐 뻔했던 일을 최초로 밝혀준 것이 바로 이 책입니다. 이것은 유명한 관찰자, J. G. 우드가 쓴 『야외』라는 책입니다. 우드 본인도 이 맹독성 생명체를 만나 하마터면 죽을 뻔했죠. 그래서 아주 자세히 써놓았습니다. '키아네아 카필라타'라는 게 그 사악한 생명체의 정식 이름인데, 쏘였다 하면 코브라한테 물렸을 때만큼이나 생명이 위독해지고 통증은 훨씬 더 심합니다. 간단히 발췌해서 읽어보겠습니다.

수영을 하다 황갈색 막과 섬유로 이루어진 다소 둥그런 물체가 은종이에 사자 갈기를 한 아름 붙여놓은 것처럼 보일 때는 각별히 조심해야 한다. 가공할 침을 가진 키아네아 카필라타이기 때문이다.

불길한 이 녀석을 이보다 더 잘 묘사할 수는 없을 겁니다.

우드는 이어서 켄트 주의 해안으로 수영하러 갔다가 이 녀석을 만난 이야기를 하고 있습니다. 그는 이 생물체가 눈에 안 보이는 가는 섬유를 15미터 거리까지 발사해서, 그 반경 안에 있다가는 사망할 위험이 있다는 사실을 알아냈습니다. 멀리 있던 우드에게 미친 영향도 거의 치명적이었죠.

다수의 섬유에 쏘여서 피부에 연한 주홍색 선이 생겼는데, 자세히 살펴보니 그것은 작은 점이나 농포膿疱였다. 각각의 점마다 말하자면 새

빨갛게 달군 바늘로 신경을 쑤셔대는 것만 같다.

우드의 설명에 따르면, 국부적인 통증은 격렬한 고통의 전초전에 불과하다고 합니다.

가슴으로 통증이 치밀 때 나는 총 맞은 사람처럼 맥없이 쓰러졌다. 맥박이 멈추었다가, 심장이 흉곽을 뚫고 튀어나올 것처럼 예닐곱 번 쾅쾅 뛰곤 했다.

우드는 좁다란 수영장이 아니라 거친 바다에서 살짝 쏘였을 뿐인데도 거의 죽을 뻔했습니다. 나중에 자기 얼굴이 너무나 창백하고 쭈글쭈글 주름이 잡혀서 본인도 알아볼 수 없을 정도였다고 합니다. 그는 브랜디 한 병을 통째로 들이켜고서, 그 덕분에 목숨을 구한 모양입니다. 여기 책이 있습니다, 경위. 이 책을 맡겨두겠습니다. 맥퍼슨의 참사에 대한 완벽한 설명이 여기 담겨 있다는 것을 확인할 수 있을 겁니다."

"그리고 덤으로 나도 혐의를 벗겠군." 머독이 쓴웃음을 지으며 말했다. "나는 경위도 홈즈 씨도 탓하지 않습니다. 의심을 할 만했으니까요. 나는 바야흐로 체포되기 직전에 가엾은 내 친구와 같은 운명을 맞이한 덕분에 겨우 혐의를 벗은 것 같군요."

"아니요, 머독 선생. 나는 진작에 감을 잡았습니다. 계획대로 내가 일찍 집을 나섰더라면, 선생이 그토록 끔찍한 경험을 하지 않아도 되었을 겁니다."

"그런데 대체 어떻게 아셨습니까?"

"내 독서 습성은 잡식성인데, 묘하게도 사소한 것에 대한 기억력이 썩 좋은 편입니다. '사자의 갈기'라는 말이 뇌리에서 떠나질 않더군요. 그 말을 어디선가, 뜻밖의 책에서 본 적이 있었죠. 아까 보았다시피, 그 말은 그 생물체의 생김새를 묘사한 겁니다. 맥퍼슨은 그것이 떠다니는 모습을 본 게 틀림없어요. 죽음을 몰고 온 생물체에 대해 경고하기 위해 그가 가까스로 내뱉을 수 있는 말이 그 한마디였죠."

"어쨌든 나는 결백해졌군요." 머독이 천천히 일어서며 말했다. "여러분의 수사 방향을 알고 있어서 하는 말인데, 한두 가지 꼭 해명할 게 있습니다. 내가 벨라미 양을 사랑한 것은 사실입니다. 하지만 그녀가 내 친구 맥퍼슨을 선택한 이후, 나는 다만 그녀가 행복하게끔 돕고 싶었을 뿐입니다. 나는 옆으로 비켜서서 두 사람의 다리를 놓아주는 것으로 만족했어요. 종종 편지를 전달해주었는데, 그건 두 사람의 사정을 알고 있었기 때문입니다. 그리고 그녀는 내게 아주 소중한 존재였기 때문에 친구의 죽음을 누구보다 앞서서 알려주었습니다. 다른 누군가 그 소식을 밑도 끝도 없이 몰인정하게 전하는 일이 없도록 말입니다. 그녀가 여러분에게 우리의 관계를 말하지 않은 것은 공연히 내가 오해를 사서 괴롭힘을 당할까봐 그런 것입니다. 이제 허락해주신다면 나는 게이블스로 돌아가겠습니다. 내 침대가 무척이나 나를 반길 테니까요."

스택허스트가 손을 내밀었다. "우리 모두 신경이 곤두서 있었네.

머독, 지난 일을 용서해주게. 앞으로 서로를 더욱 잘 알게 되길 바라네." 두 사람은 다정하게 팔짱을 끼고 떠났다. 경위는 소처럼 동그란 눈으로 말없이 나를 바라보았다.

"과연, 해내셨군요!" 그가 마침내 외쳤다. "말씀은 많이 들었지만 사실 믿지 않았는데, 정말 놀랍습니다!"

나는 고개를 내두르지 않을 수 없었다. 그런 칭찬을 받아들이는 것은 자신의 기준을 스스로 낮추는 꼴이었다.

"처음에 나는 갈피를 잡지 못했습니다. 책잡힐 정도로 말입니다. 시신이 물속에서 발견됐다면 그러지 않았을 겁니다. 헛다리를 짚은 것은 그 수건 때문이었어요. 고인은 몸을 닦을 엄두도 내지 못했는데, 그걸 나는 물에 들어가지 않은 걸로 넘겨짚고 말았습니다. 그러니 수중 생물의 공격은 생각도 할 수 없었죠. 그래서 헛다리를 짚고 만 겁니다. 이거야, 원, 경위, 나는 경찰대 신사들을 함부로 놀려대곤 했는데, 키아네아 카필라타가 런던 경찰국의 복수를 멋지게 해낼 뻔했군요."

The Adventure of the
Veiled Lodger

베일을 쓴 하숙인

셜록 홈즈 씨가 23년 동안 활발하게 활약하고, 그 중 17년 동안 내가 그를 거들어주며 그의 활약상을 계속 기록해왔다는 것을 생각해보면, 내가 풀어놓을 수 있는 이야기보따리가 빵빵하다는 것은 두말할 나위가 없을 것이다. 문제는 항상 무엇을 캐낼 것인가가 아니라 무엇을 선택할 것인가였다. 책장 선반에는 해마다의 기록이 길게 줄지어 있고, 기록으로 채워진 서류함도 한두 개가 아니다. 범죄에 대해서만이 아니라 빅토리아 후기의 사교계와 정계의 스캔들을 연구하려는 사람들에게 더할 나위 없이 풍요한 자료의 보고라고 할 수 있다. 후자와 관련해서, 가족의 명예나 유명한 선조의 명성에 누가 되지 않게 해달라는 고뇌 어린 편지를 보낸 이들은 하등 염려할 것 없다. 이런 회고담을 선택할 때, 내 친구만의 남다른 신중함과 높은 직업의식이 변함없이 작용하고 있으니, 어떤 비밀도 함부로 흘리는 일은 없을 것이다. 그런데 최근 이런 서류를 입수하여 말살하려는 여러 차례의 시도에 대해 아주 강력히 비난하는 바이다. 그처럼 무도한 행위의 배후는 익히 알고 있으니, 만약 그런 시도가 거듭될 경우, 나는 셜록 홈즈의 이름으로 해당 정치인과 등대, 길들인 가마우지와 관련된 이야기를 대중 앞에 낱낱이 공개할 권한이 있음을 밝혀둔다. 이 말을 이해할 독자가 적어도 한 명은 있다.

이 회고담에서도 나는 홈즈의 빼어난 직관과 관찰력을 선보이려고 고심했는데, 사실 모든 사건마다 그런 능력을 선보일 기회가 있었다고 볼 수는 없다. 때로 그는 열매를 따기 위해 갖은 노력을 해야 했고, 때로는 수월하게 따기도 했다. 하지만 가장 끔찍한 비극 중에 능력을 발휘할 기회가 거의 주어지지 않은 사건도 많았는데, 내가 지금 이야기 보따리를 풀고자 하는 사건이 바로 그중 하나다. 이야기를 하면서 이름과 지명을 살짝 바꾸겠지만 그 밖의 사실은 실제 그대로다.

때는 1896년 말이었다. 어느 날 오전에 나는 어서 와달라는 홈즈의 전갈을 받았다. 가서 보니 그는 담배 연기가 자욱한 가운데 나이 지긋한 하숙집 안주인형의 풍만하고 서글서글한 여성과 함께 앉아 있었다.

"이쪽은 사우스 브릭스턴의 메릴로 부인이야." 내 친구가 손으로 가리키며 말했다. "메릴로 부인은 담배를 싫어하시지 않아, 왓슨. 자네의 그 지저분한 습관에 탐닉하고 싶다면 뜻대로 해도 돼. 메릴로 부인이 흥미로운 이야기를 들려주셨는데, 일이 더 진전되면 자네가 필요할 것 같더군."

"내가 할 수 있다면야 뭐든⋯⋯."

"메릴로 부인, 론더 부인 이야기라면 목격자가 있는 것이 좋겠습니다. 우리가 거기 가기 전에 그 점을 론더 부인에게 일러주세요."

"복 받으실 거예요, 홈즈 씨." 손님이 말했다. "론더 부인은 한사코 당신을 만나고 싶어한답니다. 안 가셨다가는 온 교구 사람들이 쫓아올 거예요!"

"그럼 우리 둘이 오후 일찍 가보겠습니다. 그러기 전에 우리가 사실을 제대로 파악하고 있는지 확인해봅시다. 그걸 다시 짚어보면, 왓슨 박사가 돌아가는 사정을 이해하는 데 도움이 되겠죠. 그러니까 론더 부인이 7년 동안 하숙을 했는데 얼굴을 본 것은 딱 한 번뿐이라고 하셨습니다."

"차라리 안 보았으면 싶어요!" 메릴로 부인이 말했다.

"얼굴이 심하게 훼손됐다고 하셨죠."

"원, 그건 당최 얼굴이랄 수도 없답니다. 홈즈 씨. 얼굴로 안 보인다니까요. 어느 날 그 여자가 2층에서 창밖을 내다보고 있을 때, 우리 집 우유 배달부가 그녀를 슬쩍 보고는 그만 양철통을 떨어뜨려서 앞마당에 우유를 몽땅 엎지른 적도 있답니다. 얼굴이 그 지경이에요. 나는 우연히 불시에 그녀를 본 적 있어요. 그녀는 얼른 베일을 내리더니 말하더군요. '메릴로 부인, 이제 내가 왜 베일을 벗지 않는지 아시게 됐군요' 하고요."

"그 여자의 과거에 대해 좀 아시나요?"

"전혀 몰라요."

"처음에 신원 증명서를 받지 않았나요?"

"아니요. 빳빳한 현찰을 받았죠. 그것도 듬뿍 말예요. 즉석에서 선불로 세 달치 집세를 내면서, 계약 조건에 대해서는 한마디도 않더군요. 이런 시절에 나같이 딱한 여자가 그런 기회를 마다할 수 있겠어요?"

"그녀가 댁의 하숙집을 선택한 이유는 뭐라던가요?"

"우리 집은 도로에서 좀 떨어져 있어서 여느 집보다 눈에 덜 띄죠. 게다가 나는 독신자만 받고, 나도 가족이 없어요. 그녀는 다른 집들도 보고 찾아왔겠죠. 그래서 우리 집만한 데가 없다는 걸 알았을 거예요. 그녀는 남의 눈에 안 띄길 바란 거예요. 그걸 위해 선뜻 돈을 내놓았고요."

"그녀가 우연히 한 번 얼굴을 비친 것을 빼고는 처음부터 끝까지 얼굴을 보여준 적이 없다고 하셨습니다. 음, 그것 참 솔깃한 이야기로 군요. 정말 솔깃해요. 조사해보고 싶은 것도 무리가 아닙니다."

"그게 아니에요, 홈즈 씨. 나는 집세만 받을 수 있으면 대만족이에요. 그렇게 조용한 하숙인, 까탈도 부리지 않는 하숙인이 세상 천지에 또 어디 있겠어요?"

"그럼 뭐가 문제인 거죠?"

"그 여자의 건강이오, 홈즈 씨. 갈수록 약해지고 있는 것 같아요. 또 무슨 가슴에 맺힌 일이 있나봐요. '살인이야! 살인이야!' 하고 외친다 니까요. 한번은 이런 소리를 들었어요. '이 짐승! 이 괴물!' 오밤중에 그랬는데, 온 집구석이 들썩여서 소름이 쫙 끼치더라고요. 그래서 아침에 찾아갔죠. '론더 부인,' 하고 내가 말했어요. '한 맺힌 일이라도 있으면 목사님이 계시잖아요' 하고 내가 말했어요. '경찰도 있고 말예요. 누군가는 도움이 될 거예요.' 그러자 그녀가 말했어요. '제발이지, 경찰은 안돼요! 목사님도 지난 일을 바꿔놓을 수는 없어요. 하지만,' 하고 그녀가 이어 말했죠. '죽기 전에 누군가에게 진실을 털어놓을 수 있으면 마음이 한결 편해지겠죠.' 그래서 내가 그랬어요. '음, 경찰이 안 된다면 우리가 어디선가 읽은 그 탐정이라는 작자도 있잖아요.'—용서하세요, 홈즈 씨. 암튼 그러자 글쎄, 그녀가 좋아라고 펄쩍 뛰지 뭐예요. '바로 그 사람이에요' 하고 그녀가 말했어요. '아니 왜 진작 그 생각을 못 했지? 그분을 좀 데려와 주세요, 메릴로 부인. 그분이 안 오시려고 하면, 내가 바로 맹수 쇼를 한 론더의 아내라고 전해주세요. 애버스 파바라는 이름도 대시고요.' 그녀가 써준 이름이 여기 있어요. 애버스 파바. '이거라면 그분이 오실 거예요. 그분이 내가 생각하는 바로 그분이라면.'"

"그래요." 홈즈가 말했다. "좋습니다, 메릴로 부인. 나는 왓슨 박사와 할 이야기가 있는데, 점심때까지는 얘기가 끝날 겁니다. 3시쯤에 브릭스턴의 댁에서 뵙겠습니다."

⁂

손님이 뒤뚱거리며—메릴로 부인이 전진하는 모습을 다른 말로는 형용할 수가 없다—방을 나가자마자 셜록 홈즈는 구석에 쌓여 있는 잡동사니 책 더미에 몸을 던졌다. 몇 분 동안 휙휙 책장 넘기는 소리가 들리더니 찾던 것을 손에 넣은 듯 흡족한 탄성을 질렀다. 자못 흥분한 그는 일어서지도 않고, 두꺼운 책들에 둘러싸인 채 좀 이상한 부처처럼 바닥에 주저앉아 다리를 꼬고 무릎 위에 책 한 권을 펼쳐놓고 있었다.

베일을 쓴 하숙인

"당시 그 사건 때문에 고민깨나 했어. 여기 여백에 메모해놓은 것만 봐도 그걸 알 수 있지. 솔직히 나는 그 사건을 해결하지 못했어. 하지만 검시관이 틀렸다는 것만은 확신하고 있었지. 애버스 파바의 참사 몰라?"

"응."

"하지만 그때 자네는 나와 같이 있었어. 그런데 나도 실은 피상적으로만 알았지. 뭔가 판단을 할 자료도 없었고, 어느 쪽에서도 내게 의뢰를 하지 않았거든. 이 서류를 좀 읽어보겠어?"

"자네가 요점만 짚어줘."

"그거야 쉽지. 얘기를 듣다 보면 기억이 날 거야. 물론 론더는 유명한 사람이었어. 그는 당대 최고의 흥행사인 웜웰(잉글랜드 최대의 순회동물원 소유주—옮긴이)과 생어(작은 순회 서커스단을 운영한 조지 생어와 존 생어 형제—옮긴이)의 라이벌이었지. 하지만 술독에 빠지는 바람에, 그 참사가 일어날 무렵 론더도 그의 서커스도 한물간 상태였어. 참사가 일어난 그날 밤, 서커스단은 버크셔의 작은 마을인 애버스 파바에서 묵었지. 도로를 따라 윔블던으로 가는 중이었는데, 그 마을에선 공연을 하지 않고 야영만 했어. 워낙 작은 마을이라 공연을 해서 득이 될 게 없었거든.

그들에게는 멋진 북아프리카산 사자가 있었어. 이름이 '사하라 왕'이었는데, 항상 론더 부부가 둘 다 사자 우리에 들어가서 쇼를 했지. 이것 좀 봐. 이 공연 사진을 보면 론더가 거구의 돼지 같은 남자고, 아내는 아주 멋진 여자라는 것을 알 수 있을 거야. 당시 법정 증언에 따르면, 사자가 위험한 징후를 보였는데도, 평소처럼 으레 그러려니 하고 주의를 기울이지 않았다더군.

❧

론더나 그의 아내는 보통 밤에 사자한테 먹이를 주었어. 때로는 한 명이, 때로는 부부가 같이 갔지만, 그 일을 다른 사람한테 맡기는 법이 없었지. 직접 먹이를 주면 사자가 그들 부부를 은인으로 알고 결코 해치지 않을 거라고 믿었거든. 그런데 7년 전 바로 그날 밤, 둘이서 먹이를 주러 갔다가 아주 끔찍한 일을 당했는데, 자세한 내막은 밝혀지지 않았어.

자정 무렵, 사자가 울부짖는 소리와 여자의 비명소리에 단원들 모두 잠이 깬 모양이야. 마부와 일꾼들이 텐트에서 달려나와 랜턴을 들고 가보니 참상이 펼쳐져 있었어. 열려 있는 사자 우리에서 10미터쯤 떨어진 곳에 론더가 쓰러져 있었는데, 뒤통수가 으스러지고 머리가죽이 맹수 발톱에 깊이 파여 있었지. 우리 문 가까이에 쓰러져 있는 론더 부인 위에는 사자가 올라타고 앉아 으르렁거리고 있었고, 부인의 얼굴은 어찌나 심하게 찢어졌는지 살아날 수 있을 것 같질 않았어. 힘이 장사인 리어나도와 광대 그릭스가 앞장서서 서커스 단원 여러 명이 장대로 사자를 밀어냈지. 사자가 우리 속으로 뛰어들자 얼른 문을 잠갔어. 사자가 어떻게 우리 밖으로 풀려났는지는 수수께끼야. 부부가 우리 안으로 들어가려고 문을 여는 순간 사자가 뛰쳐나와 덮쳤을 거라고 보고 있지. 증언에 흥미로운 구석은 이것밖에 없어. 그러니까, 숙소로 쓰는

베일을 쓴 하숙인

포장마차로 부인을 옮길 때, 심한 고통으로 정신착란 상태에 빠진 채 그녀가 '겁쟁이! 겁쟁이!' 하고 계속 소리를 질렀다는 거야. 증언을 할 수 있을 만큼 회복된 것은 6개월이 지난 뒤였어. 지체 없이 심리가 열렸지만 명백한 사고사라는 판결이 났지."

"그런데 다른 가능성이 있다고 보는 거야?" 내가 말했다.

"그렇다고 할 수 있지. 버크셔 경찰대의 젊은 친구 에드먼스는 한두 가지 의문을 품었어. 제법 영리한 친구였지! 그는 나중에 알라하바드로 전출됐어. 내가 그 사건에 대해 알게 된 것도 그 친구 덕분이야. 나한테 들러 파이프 한두 대 피우며 그 이야기를 들려주었거든."

"노랑머리의 여윈 남자?"

"맞아. 금방 기억해낼 줄 알았어."

"그런데 그가 무슨 의문을 품었는데?"

"아, 우리 둘 다 생각이 같았어. 사건을 재구성하는 건 정말 지독히도 어려웠지. 사자부터 생각해볼까? 사자는 우리에서 풀려났어. 어떤 행동을 할까? 몇 걸음 도약해서 론더를 덮쳤어. 론더는 돌아서서 달아나려고 하지만 사자한테 당했지. 그건 뒤통수 발톱 자국을 보면 알 수 있어. 그 후 사자는 계속 내닫거나 달아나지 않고, 우리 가까이 있던 여자를 향했지. 여자를 쓰러뜨리고 얼굴을 물어뜯었어. 여자가 외친 소리는 남편이 어떻게든 자기를 구하려 하지 않았다는 뜻일 거야. 이미 고인이 된 사람이 아내를 구하기 위해 뭘 어쩔 수 있었겠어? 이해 안 되는 것 없지?"

"그래."

"그러고 보니 한 가지가 더 있어. 다시 생각해보니 이제 기억이 나는군. 사자가 울부짖고 여자가 비명을 지른 바로 그때, 어떤 남자가 겁에 질려 내지른 소리가 들렸다는 증언이 있었어."

"그거야, 론더라는 남자였겠지."

"음, 머리가 박살이 났는데 소리를 지를 수 있었을까? 여자와 남자의 비명소리가 함께 들렸다는 증언을 한 사람이 최소한 두 명이야."

"그 무렵에는 다들 깨어나서 소리를 질러대고 있지 않았을까? 앞서의 문제에 대해서는 해답을 제시할 수 있을 것 같아."

"그것 참 반갑군. 어디 들어볼까?"

"사자가 풀려났을 때, 두 사람은 우리에서 9미터쯤 떨어진 곳에 같이 있었어. 남자가 돌아섰다가 바로 당했지. 여자는 우리 안으로 들어가서 문을 잠그려고 했어. 거기가 유일한 피신처였으니까. 그래서 우리로 향해 달려갔지만 미처 들어서기 전에 사자가 덮쳐서 그녀를 쓰러뜨렸어. 그녀는 남편이 사자에게 등을 보이는 바람에 맹수를 자극한 것에 대해 화가 났지. 마주 바라봤다면 사자가 겁을 먹을 수도 있으니까. 그래서 그녀가 '겁쟁이!'라고 외친 거야."

"대단해, 왓슨! 옥에 티 하나만 빼고."

"무슨 티?"

"두 사람 다 사자 우리에서 열 걸음 떨어진 곳에 있었다면 사자는 어떻게 풀려났지?"

"사자를 풀어놓을 만한 원한을 산 사람이 있었겠지?"

"그럼 우리 안에서 부부와 같이 곧잘 어울려 묘기를 부리던 사자가 잔인하게 부부를 공격한 이유는 뭐지?"

"원한을 산 사람이 사자를 자극했겠지."

홈즈는 생각에 잠긴 눈으로 잠시 침묵을 지켰다.

"그래, 왓슨, 자네의 가설을 뒷받침하는 증언이 있긴 해. 론더한테는 적이 많았어. 에드먼스한테 들었는데, 술주정이 이만저만이 아니었다더군. 덩치도 만만찮은 남자가 심사가 꼬이면 아무한테나 욕을 하고 채찍을 휘둘렀다는 거야. 아까 하숙집 안주인이 짐승이니 괴물이니 하고 외치는 소리를 들었다는데, 그건 바로 죽은 남편을 떠올리고 외친 소릴 거야. 하지만 사실을 알기 전에 지레짐작을 해봐야 다 헛일이지. 찬장에 차가운 자고새 고기가 있어, 왓슨. 몽라셰(부르고뉴 지방의 고급 백포도주—옮긴이)도 한 병 있지. 씩씩하게 찾아가기 전에 원기를 좀 보충하자."

⋯⋯

우리는 핸섬 이륜마차를 타고 메릴로 부인의 집 앞에 내렸다. 뚱뚱한 안주인이 허름하지만 한적한 하숙집 현관문을 열어둔 채 문을 꽉 채우고 서 있었다. 소중한 하숙인을 잃지 않으려는 일념이 고스란히 엿보였다. 우리를 안내하기 전에 그녀는 혹시라도 원치 않는 일을 초래할 행동은 하지 말아달라고 신신당부했다. 우리는 부인을 안심시킨 뒤, 부인을 뒤따라 카펫을 엉성하게 깔아놓은 직선 계단을 올라 수수께끼의 하숙인이 묵고 있는 방으로 들어갔다.

예상한 대로, 방은 늘 닫혀 있어서 곰팡내가 나고 환기도 되어 있지 않았다. 입주자가 좀처럼 밖에 나가지 않은 탓이다. 짐승들을 우리에 가두었던 그녀가 인과응보로 자기가 우리 속에 갇힌 짐승 신세가 된 듯했다. 그녀는 어두운 방 한쪽 구석의 부서진 안락의자에 앉아 있었다. 여러 해 바깥나들이를 하지 않은 탓에 모습이 초췌해지긴 했지만, 한때는 아름다웠던 것이 분명해서 여전히 풍만하고 육감적이었다. 두꺼운 검은 베일로 얼굴을 가리고 있었지만, 베일이 입술까지는 덮지 않아 완벽한 입매와 둥근 턱의 섬세한 곡선이 드러나 있었다. 나는 그녀가 빼어난 미인이었을 거라고 확신할 수 있었다. 목소리도 곱고 듣기 좋았다.

"홈즈 씨, 제 이름이 낯설지 않을 거예요. 이름을 들으면 오실 줄 알았어요."

"그렇습니다, 부인. 그런데 내가 부인의 사건에 관심을 두었다는 건 어떻게 아셨나요?"

"건강을 회복한 뒤 그 주의 형사인 에드먼스 씨한테 조사를 받으면서 알게 됐어요. 그에게는 거짓말을 좀 했는데, 어쩌면 진실을 말하는 것이 더 나았을지도 모르겠어요."

"대체로 진실을 말하는 편이 더 낫죠. 그런데 왜 거짓말을 하셨나요?"

"다른 사람의 운명이 달려 있었으니까요. 그 남자가 지켜줄 가치가 없는 인간이라는 것은 알고 있었지만, 양심상 파멸시키고 싶지는 않았어요. 우리는 그토록 가까운……, 그토록 가까운 사이였어요!"

"그런데 이제는 걸림돌이 제거되었나요?"

"예. 제가 말한 그 사람이 죽었어요."

"그럼 이제 경찰에 사실을 털어놓지 않는 이유는 뭔가요?"

"배려해야 할 사람이 또 있으니까요. 바로 나 자신 말예요. 경찰 조사를 받으면 퍼지게 될 소문을 견딜 수가 없어요. 살날이 얼마 남지도 않았지만, 그동안이라도 조용히 살다가 죽고 싶어요. 하지만 제가 세상을 뜬 뒤에라도 진실이 밝혀질 수 있도록, 끔찍한 제 이야기를 들어줄 수 있는 사려 깊은 분을 찾고 싶었어요."

"과찬을 해주시는군요, 부인. 한편으로 나는 책임감이 강한 사람입니다. 부인의 말씀을 듣고 입을 다물겠다는 약속을 하진 않겠습니다. 사건을 경찰에 알리는 것이 내 의무라는 생각이 들 수도 있으니까요."

"그러실 줄 알았습니다. 홈즈 씨의 성격과 방법은 너무나 잘 알고 있어요. 지난 몇 년 동안의 활약상을 늘 눈여겨보아 왔거든요. 글을 읽는 것은 운명이 저에게 남겨준 유일한 즐거움이랍니다. 그래서 세상에서 일어나는 일들은 거의 놓치는 게 없죠. 어쨌거나 저의 비극을 듣고 홈즈 씨가 어떻게 하실지는 운에 맡기겠어요. 그 이야기를 털어놓으면 저는 속이 후련해질 거예요."

"친구와 함께 잘 듣겠습니다."

그녀는 일어서서 서랍에서 남자 사진을 꺼냈다. 직업 곡예사인 것이 분명했다. 몸매가 멋지고, 탄탄한 가슴 근육 위로 우람한 두 팔을 팔짱낀 채, 무성한 콧수염 아래 입술에는 여자깨나 울린 남자의 우쭐한 미소를 머금고 있었다.

"이 사람이 리어나도예요." 그녀가 말했다.

"증언을 한 장사 리어나도 말인가요?"

"예. 그리고 이 사람, 이 사람은 제 남편입니다."

얼굴이 끔찍했다. 인간 돼지, 아니 인간 멧돼지라고 할 만큼, 야수 같은 얼굴이 아주 섬뜩했다. 혐오스러운 입을 보면 마소처럼 우적우적 씹어대고 분노로 게거품을 무는 모습이 상상됐고, 작고 표독스러운 눈을 보면 순전히 악의적으로 세상을 쏘아보는 모습이 떠올랐다. 악당, 양아치, 짐승—턱살이 축 늘어진 얼굴에 바로 그런 말들이 쓰여 있는 듯했다.

"이 두 장의 사진을 보면 자초지종을 이해하는 데 도움이 될 거예요. 저는 톱밥 위에서 자란 가련한 서커스 소녀였어요. 열 살도 되기 전부터 불붙은 굴렁쇠를 통과하는 묘기를 부렸죠. 제가 성인이 되자 이 남자가 저를 사랑했어요. 욕정도 사랑이라고 부를 수 있다면 말예요. 불행히도 저는 그의 아내가 됐고, 그날부터 사는 게 지옥이었어요. 그 인간은 지옥에서 고문을 하는 악마였고요. 단원 중에 그걸 모르는 사람은 아무도 없었어요. 그는 저를 버리고 다른 여자들과 놀아났죠. 불평이라도 하면 묶어놓고 채찍질을 했어요. 모두가 저를 동정하고 그를 혐오했지만, 그들이 뭘 어쩌겠어요? 하나같이 그를 두려워하기만 했죠. 평소에도 무서운데 술만 취하면 더욱 흉포해졌거든요. 몇 번이나 폭행

죄와 짐승을 학대한 죄로 잡혀갔지만, 돈이 많아서 벌금형 따위는 안중에도 없었어요. 좋은 사람들은 모두 우리 곁을 떠났고 서커스는 내리막 길을 걷기 시작했죠. 그나마 명맥을 이어간 것은 건 리어나도와 저, 그리고 어릿광대 지미 그릭스 덕분이었어요. 가엾은 지미, 아무런 낙이 없는 서커스단에서 그는 어떻게든 버텨보려고 최선을 다했답니다.

그 후 리어나도가 제 삶 안으로 점점 깊이 들어왔어요. 그가 어떻게 생겼는지 보셨으니 아실 거예요. 그 빛나는 육체에 초라한 정신이 숨어 있었다는 것을 지금은 알지만, 남편에 비하면 그는 가브리엘 천사 같았죠. 그는 저를 딱하게 여기고 도와주었어요. 그러다가 이윽고 친밀한 감정이 사랑으로 변했죠. 마냥 깊고 열정적인 사랑, 늘 꿈꿔왔지만 차마 바라지는 못한 그런 사랑이었어요. 남편이 의심을 했지만, 그는 악독하면서도 겁은 많았던 모양이에요. 그는 리어나도를 무서워했죠. 그는 자기 방식대로 복수를 했어요. 전보다 더 심하게 저를 괴롭힌 거죠. 어느 날 밤, 제 비명소리를 듣고 리어나도가 우리 포장마차로 달려온 적이 있어요. 그날 비극적인 사건이 터질 뻔했답니다. 그래서 애인과 저는 비극을 피할 길이 없다는 것을 알게 됐어요. 남편은 죽어 마땅한 인간이었어요. 우리는 그를 없앨 계획을 세웠죠.

리어나도는 영리하고 교활했어요. 일을 꾸민 건 그 사람이었죠. 그를 비난하려고 이런 말을 하는 건 아니에요. 저는 모든 것을 그와 함께할 각오가 되어 있었으니까요. 하지만 저는 아무리 머리를 굴려도 그런 계획을 생각해내지 못했을 거예요. 우리는 곤봉을 만들었어요. 리어나도가 만든 거죠. 그는 곤봉 머리에 납을 심고, 거기에 긴 쇠못 다섯 개를 끝이 밖으로 나오게 박았어요. 사자가 발톱을 세운 모양처럼 말이에요. 그걸로 남편을 가격해서 죽인 다음, 사자한테 당한 것처럼 꾸미려고 한 거죠.

❖❖

어느 날 칠흑같이 어두운 밤에, 평소대로 남편과 같이 사자한테 밥을 주러 갔어요. 우리는 양동이에 날고기를 담아 가지고 갔죠. 리어나도는 사자 우리로 가는 길목의 큰 포장마차 모퉁이에서 기다리고 있었어요. 그런데 그가 너무 굼떠서, 곤봉을 미처 휘두르기 전에 우리가 지나가고 말았어요. 하지만 그는 까치발로 몰래 뒤따라왔고, 곤봉으로 남편의 뒤통수를 후려치는 소리가 났어요. 그 소리를 듣고 나는 기뻐서 가슴이 다 두근거렸죠. 나는 재빨리 앞으로 달려가서, 커다란 사자 우리의 문을 잠근 고리를 벗겨냈어요.

그러고는 끔찍한 일이 터졌답니다. 그런 맹수가 인간의 피 냄새를 얼마나 빨리 맡는지, 그러면 얼마나 흥분하는지, 아마 들어보셨을 거예요. 사자는 본능적으로 인간이 살해되었다는 것을 바로 알아차린 모양이에요. 빗장을 열자마자 사자가 와락 뛰쳐나와서 순식간에 나를 덮쳤죠. 리어나도라면 나를 구할 수도 있었어요. 얼른 달려와서 곤봉을 휘둘렀다면 사자는 물러섰겠죠. 하지만 그 남자는 용기를 잃고 말았어요. 그가 겁에 질려 외치는 소리가 들리더니 냉큼 돌아서서 줄행랑을 치는 모습이 보이더군요. 그 순간 사자 이빨이 내 안면을 파고들었어요.

뜨겁고 냄새 고약한 사자의 숨결에 이미 중독된 터라 고통을 의식하지도 못했죠. 김이 나면서 피가 뚝뚝 떨어지는 사자 턱주가리를 두 손으로 밀어내리려고 안간힘을 다하면서 살려 달라고 비명을 질렀어요. 야영지가 술렁이는 것을 알겠더군요. 그 후 사람들이 나를 구해낸 게 어렴풋이 기억나요. 리어나도와 그릭스를 비롯한 여러 사람들이 사자의 발 아래 있는 나를 끌어낸 거죠. 기억은 그게 마지막이에요, 홈즈 씨. 그 후 여러 달 동안 넋을 놓고 지냈죠. 마침내 정신을 차린 후 거울을 보고는 사자를 마냥 저주했어요. 아, 얼마나 저주했는지 몰라요! 그 사자는 내 아름다움을 찢어발길 것이 아니라 내 목숨을 찢어발겨야 했어요. 그 후 내가 바라는 것은 한 가지밖에 없었어요, 홈즈 씨. 바람을 충족시킬 수 있는 돈도 있었죠. 이 흉측한 얼굴을 아무도 보지 못하게 가리고, 아는 사람들이 나를 찾아낼 수 없는 곳에 가서 숨어 살고 싶다는 것이 내 바람이었답니다. 내가 할 수 있는 일은 그것뿐이었고, 그렇게 해왔어요. 죽을 자리를 찾아 굴속으로 기어든 상처 입은 딱한 짐승, 그것이 바로 유지니아 론더의 결말이에요."

⁂

불쌍한 여인이 이야기를 마친 후 한동안 우리는 말없이 앉아 있었다. 그러다 홈즈가 긴 팔을 내밀고는, 자못 동정심을 비치며 그녀의 손을 토닥거렸다. 홈즈는 결코 동정심을 드러내는 법이 없는 줄만 알았는데 말이다.

"안됐군요!" 그가 말했다. "정말 안됐군요! 인간의 운명은 갈피를

베일을 쓴 하숙인

잡을 수가 없습니다. 장차 아무런 보상이 없다면 세상살이는 참으로 잔인한 한 토막 농담이겠죠. 그런데 그 리어나도라는 사람은 어떻게 됐나요?"

"다시 만나지도, 소식을 듣지도 못했어요. 그를 그토록 원망한 건 잘못인지도 모르겠어요. 사자가 남겨놓은 나 같은 것을 사랑하느니 차라리 우리가 온 나라를 데리고 다닌 기형 인간들을 사랑했을 그런 인간을 원망하다니 말예요. 하지만 여자의 사랑은 쉽게 접어버릴 수가 없답니다. 그는 나를 맹수의 발톱 아래 버려두었고, 가장 어려울 때 나를 버렸지만, 내가 손수 그를 교수대로 보낼 수는 없었어요. 나야 어떻게 되든 무슨 상관이겠어요. 현실의 내 인생보다 더 끔찍한 것이 어디 있겠어요. 그런데도 리어나도를 배려해주었죠."

"그런데 그가 죽었다고요?"

"지난달 마게이트 근처에서 수영하다가 익사했어요. 신문에 사망 기사가 났더군요."

"그런데 당신의 이야기 중에서 가장 독특하고 독창적인 부분인 다섯 개의 쇠못이 박힌 곤봉을 그가 어떻게 했죠?"

"저도 몰라요, 홈즈 씨. 야영장 옆에 백악질의 구덩이가 있었는데, 물이 깊이 고여서 파랬어요. 아마 그 물속에⋯⋯."

"음, 그래요. 그거야 이제는 별 의미도 없죠. 사건은 종결됐으니까."

"그래요, 사건은 종결됐어요." 여자가 말했다.

우리가 일어서서 가려고 할 때, 심상치 않은 여자의 목소리가 홈즈의 발목을 잡았다. 그는 여자를 향해 홱 하니 돌아섰다.

"당신의 목숨은 당신 것이 아닙니다." 그가 말했다. "목숨을 함부로 버리지 마세요."

"살아서 뭐 하게요."

"어떻게 그런 말씀을! 고통을 견뎌 낸 부인의 사례는 그 자체가 견디기 힘든 이 세상에 더없이 소중한 교훈이 됩니다."

여자의 대답은 섬뜩했다. 베일을 걷고 빛 속에 선 것이다.

"당신이라면 이걸 견딜 수 있겠어요?" 그녀가 말했다.

참혹한 얼굴이었다. 얼굴 자체가 사라진 그 얼굴의 윤곽을 무슨 말로 형용하겠는가. 소름끼치는 폐허에서 슬프게 바깥을 내다보는 두 개의 생생하고 아름다운 갈색 눈 때문에 얼굴은 도리어 더욱 참혹해 보였다. 홈즈는 연민과 이의를 표하는 몸짓으로 한 손을 들어올렸고, 우리는 함께 방을 나섰다.

❖

이틀 후, 친구 집에 들렀더니 그가 자랑스럽게 벽난로 위의 작은 푸른 병을 가리켰다. 집어들고 보니 빨간 독극물 표시가 있었다. 뚜껑을 열자 상큼한 아몬드 냄새가 났다.

"청산?" 내가 말했다.

"그래. 우편으로 왔어. 이런 글이 있었지. '나를 유혹하던 것을 보냅니다. 당신의 충고에 따르겠어요.' 왓슨, 그것을 보낸 용감한 여성의 이름을 우리가 모를 수 없겠지?"

The Adventure of
Shoscombe Old Place

쇼스콤 고택

셜록 홈즈는 구부정한 자세로 한참 동안 저배율 현미경을 들여다보고 있었다. 이윽고 허리를 편 그는 의기양양하게 나를 돌아보았다.

"이건 아교야, 왓슨." 그가 말했다. "틀림없이 아교야. 이리 와서 렌즈 아래 흩어져 있는 물질들을 좀 들여다봐!"

나는 구부정하니 몸을 숙이고 접안렌즈에 초점을 맞추었다.

"털 같은 것은 트위드 코트에서 나온 실이야. 불규칙한 회색 덩어리는 먼지고. 왼쪽에 있는 건 상피 비늘이지. 중앙의 갈색 얼룩은 분명 아교야."

"그래." 내가 웃으며 말했다. "자네 말이라면 나는 언제든 믿을 자세가 되어 있어. 그런데 이게 뭘 말하는 거지?"

"이건 아주 멋들어진 증거야." 그가 대답했다. "세인트 팽크라스 사건 때, 죽은 경찰 옆에서 모자가 하나 발견된 것을 자네도 기억할 거야. 피의자는 그게 자기 것이 아니라고 한사코 부인하고 있어. 그런데 그는 노상 아교를 쓰는 액자를 만드는 사람이거든."

"그 사건을 맡은 거야?"

"아니. 런던 경찰국의 내 친구 머리베일이 조사를 좀 해달라더군. 내가 위조 주화 제조범의 소매 솔기에서 아연과 구리 줄밥(톱밥처럼, 줄로 갈 때 나오는 부스러기—옮긴이)을 찾아내 체포한 다음부터 그들도 비로소 현미경이 중요하다는 것을 알아차리기 시작했어."

그는 안달이 난 듯 회중시계를 보았다. "새 의뢰인이 오기로 했는데, 어째 늦는군. 그런데 왓슨, 경마에 대해서 좀 알아?"

"당연하지. 상이연금의 절반은 경마에 바치고 있으니까."

"그럼 자네를 '휴대용 경마 안내서'로 삼아야겠군. 로버트 노버턴 경이라는 이름을 듣고 뭐 좀 떠오르는 거 없어?"

"있지. 그는 쇼스콤 고택에서 살고 있어. 예전에 내 여름 숙소가 그곳에 있었기 때문에 잘 알고 있어. 노버턴은 자네의 전문분야에 들어설 뻔한 적도 있지."

"어떻게?"

"뉴마켓 히스의 커즌 스트리트에 사는 유명한 고리대금업자, 샘 브루어를 말채찍으로 후려쳤거든. 하마터면 사람 잡을 뻔했어."

"아하, 듣고 보니 참 흥미로운 인물이군! 혹시 자주 그러나?"

"그래, 위험한 인물로 낙인이 찍혔지. 잉글랜드에서 가장 저돌적인 기수이기도 해. 몇 해 전에는 그랜드 내셔널에서 2등을 했어. 그는 시대를 잘못 타고난 인물이야. 섭정기였다면 한가락 했을 거야. 권투 선수에 육상 선수, 못 말리는 경마 도박사, 또 아름다운 숙녀들의 연인이기도 한데, 알고 보면 파산을 해서 회복할 수 없는 지경에 빠졌을 수도 있어."

"훌륭해, 왓슨! 잘 요약해주었어. 어떤 사람인지 알 만해. 그럼 이제 쇼스콤 고택에 대해서 말해봐."

"쇼스콤 대정원 한가운데 있고, 그 유명한 쇼스콤 종마 사육장과 훈련장이 있다는 것밖에 몰라."

"그리고 수석 조교사는 존 메이슨이지." 홈즈가 말했다. "내가 그걸 안다고 놀랄 건 없어. 내가 펼쳐든 이 편지를 바로 그 사람이 보냈거든. 하지만 쇼스콤에 대해서는 좀 더 알아보자. 어쩐지 광맥을 찾은 것 같거든."

"거기엔 쇼스콤 스패니얼이 있어." 내가 말했다. "개 박람회에만 가면 늘 듣는 이름이지. 잉글랜드에서 가장 우수한 종자야. 쇼스콤 고택의 안주인은 그 개를 유난히 자랑스러워해."

"안주인은 로버트 노버턴 경의 부인이겠지!"

"로버트 경은 결혼한 적이 없어. 장래를 생각하면 차라리 그게 낫겠지. 과부가 된 누나, 비어트리스 폴더 부인과 함께 살고 있어."

"누나가 동생한테 와서 산다는 거야?"

"아니, 아니야. 그 집은 부인의 작고한 남편 제임스 경의 소유였어. 노버턴은 아무런 권리가 없어. 폴더 부인한테는 종신용익권(용익권은 사용권과 이익권의 준말. 다른 사람의 소유물을 일정 기간 사용하며 이익을 얻을 수 있는 권리—옮긴이)만 있어서, 부인이 사망하면 시동생에게 재산이 돌아가지. 하지만 부인 생전에는 매년 임대료 수입을 챙길 수 있어."

"그 수입이라는 건 동생이 다 쓰겠군?"

"대충 그렇지. 그 망종은 보나마나 누나를 달달 볶겠지. 그런데 듣기로는 그녀가 동생에게 헌신적이라더군. 그런데 쇼스콤에 문제가 생긴 거야?"

"아, 내가 알고 싶은 것이 바로 그거야. 그런데 우리한테 그 얘기를 해줄 사람이 온 것 같아."

᭏᭏

방문이 열리며 키가 크고 수염을 깨끗이 민 남자가 사환의 안내를 받고 들어왔다. 말이나 마구간 청년들을 다루는 사람한테나 볼 수 있는 단호하고 준엄한 표정을 짓고 있었다. 존 메이슨 씨는 말뿐 아니라 청년들도 많이 거느리고 있었는데, 과연 그런 일에 적임자로 보였다. 그는 냉정하고 침착한 태도로 고개를 숙여 인사를 하고 홈즈가 가리킨 의자에 앉았다.

"홈즈 씨, 제 편지 받으셨죠?"

"예, 하지만 별다른 설명이 없더군요."

"아주 민감한 일이라서 서면으로는 자세히 말씀드릴 수가 없었습니다. 게다가 너무 복잡하고요. 직접 만나서 말씀드릴 수밖에 없었습니다."

"음, 들을 준비가 됐습니다."

"홈즈 씨, 무엇보다 먼저, 저의 고용주이신 로버트 경이 미친 것 같습니다."

홈즈는 눈썹을 치켜들었다. "여기는 할리 스트리트(정신과 치료를 요하는 문제라면, 캐번디시 광장의 할리 스트리트에 있는 많은 의사들 가운데 한 명을 찾아가야 하는 문제가 아니냐는 뜻이다―옮긴이)가 아니라 베이커 스트리트입니다. 그런데 왜 그런 말씀을 하시죠?"

"사람이 한두 가지 이상한 짓을 하면 거기엔 그럴 만한 까닭이 있을 겁니다. 하지만 사사건건 이상한 짓을 하면 황당해지기 시작하죠. 제가 보기에 쇼스콤 프린스와 더비 경마 때문에 로버트 경이 돌아버린 것 같습니다."

"쇼스콤 프린스가 그쪽 출주마로군요?"

"예, 잉글랜드 최고죠. 누구보다도 그걸 잘 아는 사람이 바로 접니다. 이제 솔직히 말씀드리죠. 홈즈 씨가 덕망 있는 신사라는 것과 제 말이 누설되지 않으리라는 걸 잘 알고 있으니까요. 로버트 경은 더비 대회에서 기필코 우승해야 합니다. 지금 빚에 허덕이고 있어서, 이게 마지막 기회죠. 자금을 있는 대로 긁어모으고 빌려서 그 말에 걸었습니다. 그리고 배당도 썩 좋아요! 처음 프린스한테 걸기 시작했을 때는 거의 100배당이었는데, 지금도 40배당(우승할 경우 베팅한 액수의 40배를 돌려받는다는 뜻―옮긴이)은 됩니다."

"아니 그렇게 좋은 말이 어떻게 그토록 배당이 좋을 수가 있죠?"

"사람들은 프린스가 얼마나 좋은 말인지 몰라요. 로버트 경은 예상꾼들을 아주 현명하게 속여 넘겼죠. 프린스의 배다른 말이 질주하는 것을 보여준 겁니다. 그 둘은 구별할 수 없을 만큼 닮았어요. 그런데 전속력으로 달릴 때 두 말은 1펄롱에 2마신 차이가 납니다. 로버트 경은 애오라지 말과 경마 생각만 해요. 경마에 인생을 걸었죠. 대회가 끝날 때까지는 유대인('빚쟁이'라는 뜻—옮긴이)들을 막을 수 있을 겁니다. 우승하지 못하면 로버트 경의 인생은 끝장이죠."

"꽤나 필사적으로 도박을 하는 것 같은데, 미쳤다는 것은 왜죠?"

"아, 그건 척 보면 압니다. 도대체 주무시는 것 같지가 않아요. 24시간 마구간에 붙어 있답니다. 눈에는 광기가 흘러요. 지나치게 신경을 혹사하고 있는 거예요. 게다가 비어트리스 부인에 대한 행동은 또 어떻고요!"

"아! 어떤데요?"

"자제姊弟는 항상 아주 친하게 지냈습니다. 두 분이 취미도 같아서, 부인은 동생 못지않게 말을 사랑하셨죠. 아침마다 같은 시간에 마차를 타고 가서 말들을 둘러보셨답니다. 말 중에서 가장 사랑한 건 프린스였어요. 프린스는 아침마다 귀를 쫑긋 세우고 있다가, 자갈 위로 마차 바퀴 구르는 소리가 들리면, 마차로 달려가서 각설탕을 받아먹었죠. 그런데 이제 다 끝났습니다."

"왜요?"

"부인께선 말에 대한 관심을 다 잃어버린 모양입니다. 지금 일주일째 마구간 앞을 지나가면서도 아침인사 한마디 없답니다!"

"두 분이 싸웠다고 생각하시나요?"

"그것도 아주 심하게 대판 싸워서 서로 원수가 된 모양입니다. 그렇지 않았다면 부인이 자식처럼 애지중지하는 애완견 스패니얼을 없애버릴 리가 없죠. 며칠 전에 5킬로미터쯤 떨어진 곳에 있는 크렌달의 '그린 드래곤' 주인인 반즈 영감에게 개를 줘버렸답니다."

"그건 정말 이상한 일이군요."

"물론, 부인이 심장이 약하고 수종까지 앓으시는 탓에, 동생과 같이 돌아다니지는 못하실 겁니다. 하지만 로버트 경은 저녁마다 누님 방에 가서 두 시간을 같이 보냈어요. 경이 할 수 있는 일을 하는 거야 당연한 일이었죠. 동생에겐 부인이 참 각별했으니까요. 하지만 그것도 다 끝난 일입니다. 이제 로버트 경은 누님을 가까이하지 않아요. 부인은 그게 가슴에 사무쳤나 봅니다. 그저 속으로 앓으면서 시무룩하니 술만 드시죠. 홈즈 씨, 그것도 아주 술고래처럼 드신다니까요."

"싸우기 전에도 술을 드셨나요?"

"예, 잔술을 좀 하셨죠. 그런데 이제는 하룻저녁에 한 병을 다 드시는 일이 많아요. 집사 스티븐스가 그렇다고 하더군요. 모든 게 변했어요, 홈즈 씨. 그런데 거기엔 뭔가 수상쩍은 데가 있어요. 그건 그렇고, 로버트 경이 한밤중에 낡은 교회의 지하실로 내려가서 대체 뭘 하시는 걸까요? 그리고 거기서 만나는 사람은 대체 누굴까요?"

홈즈는 두 손을 마주 비볐다.

"계속하세요, 메이슨 씨. 갈수록 흥미진진하군요."

"로버트 경이 그곳에 가는 것을 본 것은 집사였습니다. 자정에, 비까지 퍼부었는데 말입니다. 그래서 이튿날 밤에 나는 잠자리에 들지 않았습니다. 과연 경이 다시 집을 나서더군요. 스티븐스와 나는 뒤를 밟았죠. 하지만 은근히 겁이 났어요. 들켰다가는 큰일이니까요. 로버트 경은 일이 터졌다 하면 한주먹 하거든요. 상대를 가리지 않죠. 그래서 우리는 가까이 붙지 않았지만, 그래도 행방을 놓치진 않았습니다. 경이 향한 곳은 귀신이 나오는 지하 납골당이었는데, 거기서 한 남자가 기다리고 있었습니다."

"귀신이 나오는 지하 납골당이라는 게 뭐죠?"

"그러니까, 저택의 대정원에는 폐허가 된 오래된 교회가 있습니다. 워낙 오래돼서 언제 세워졌는지 아는 사람이 없을 정도죠. 그리고 그 아래 지하 납골당이 있는데, 우리들 사이에선 평판이 안 좋아요. 낮에도 어둡고 눅눅하고 괴괴한 곳인데, 하물며 한밤중에 얼씬거릴 만큼 간이 큰 마을사람은 아무도 없을 겁니다. 그런데 로버트 경은 무서움을 몰라요. 평생 무엇을 두려워해본 적이 없죠. 하지만 밤중에 거기서 무엇을 하시는 걸까요?"

"잠깐!" 홈즈가 말했다. "아까 또 다른 사람이 있었다고 했습니다. 당신네 마구간의 일꾼이거나 집안 하인 가운데 하나였겠죠! 그 사람한테 물어보면 되지 않겠습니까?"

"아는 사람이 아니었습니다."

"그걸 어떻게 아시죠?"

"만나봤으니까요. 두 번째 날 밤이었습니다. 로버트 경은 우리가 숨어 있는 곳을 지나갔어요. 저와 스티븐스는 두 마리 토끼처럼 덤불 속에 숨어서 들킬까봐 벌벌 떨었죠. 그날 밤은 달이 떴거든요. 그런데

뒤에서 다른 사람이 움직이는 소
리가 들렸습니다.

　우리가 그를 두려워할 필요는
없었죠. 그래서 로버트 경이 떠나
자, 우린 일어서서 방금 달빛 아
래 산책이나 하러 나온 척했습니
다. 그래서 짐짓 태연히 아무것도
모르는 척하고 그에게 다가갔죠.
'어이, 안녕하시오! 근데 댁은 뉘
슈?' 하고 내가 물었습니다. 그는
우리가 다가가는 소리를 듣지 못
한 모양입니다. 마치 지옥에서 출
현한 악마라도 본 듯한 얼굴로 어깨 너머로 우리를 돌아보더군요.
'헉' 하고 놀라더니 어둠 속으로 오금에서 불이 나게 내빼고 말았습
니다. 정말 날렵했어요! 그건 인정해줘야겠더군요. 순식간에 보이지
도 들리지도 않는 곳으로 사라져서, 그가 누군지, 무슨 일을 하는지
알아내지 못했습니다."

　"하지만 달빛 속에서 얼굴은 똑똑히 보았겠죠?"

　"예, 맹세코 얼굴이 누리끼리했습니다. 정말 꾀죄죄하게 생겼더군
요. 그런 인간이 로버트 경하고 무슨 볼일이 있는 걸까요?"

　홈즈는 잠시 생각에 잠겨 묵묵히 앉아 있었다.

　"비어트리스 폴더 부인을 돌보고 있는 사람은 누굽니까?" 그가 마

침내 물었다.

"그녀의 하녀, 캐리 에번스입니다. 5년째 부인을 모시고 있어요."

"물론 헌신적이겠죠?"

메이슨 씨는 심기가 불편한 듯 우물쭈물했다.

"헌신적입니다." 그가 마침내 대답했다. "하지만 누구한테 그런지 는 말씀드리지 않겠습니다."

"아!" 홈즈가 말했다.

"집안의 비밀을 누설할 순 없습니다."

"무슨 말인지 알겠습니다, 메이슨 씨. 물론, 그런 일이야 익히 알 만 하죠. 로버트 경에 대해서는 왓슨 박사한테 들었는데, 여자를 가만두 지 않는 모양이더군요. 그 때문에 누나와 남동생 사이에 싸움이라도 벌어진 건 아닐까요?"

"글쎄요, 스캔들이 파다하게 퍼진 지는 꽤 됐습니다."

"하지만 부인은 얼마 전까지 그걸 몰랐을 수도 있죠. 그러다 갑자 기 사실을 알게 됐다고 칩시다. 그럼 부인은 그 여자를 내쫓고 싶을 겁 니다. 동생은 안 된다고 할 테고. 심장이 약하고 거동이 불편한 환자는 의지대로 강행할 방법이 없습니다. 밉살스러운 시녀는 찰거머리처럼 곁에 붙어 있죠. 부인은 아예 말문을 닫고, 시무룩하니 술이나 마십니 다. 로버트 경은 홧김에 누나의 애완견을 빼앗아버립니다. 그 모든 것 이 척척 들어맞지 않습니까?"

"글쎄요, 그런지도 모르죠. 부분적으로는."

"바로 그겁니다! 부분적으로는. 하지만 그 모든 것이 밤중에 해묵은 지하 납골당에 들르는 것과 무슨 관계가 있을까? 그 부분은 꿰맞출 수가 없군요."

"그래요. 그리고 꿰맞출 수 없는 게 또 있습니다. 로버트 경은 왜 시신을 파내고 싶어하는 걸까요?"

홈즈가 상체를 벌떡 세웠다.

"어제서야 그것을 알게 되었습니다. 홈즈 씨한테 편지를 부친 다음 이었죠. 어제 로버트 경은 런던에 가셨습니다. 그래서 스티븐스와 나는 지하 납골당으로 내려가 봤습니다. 한 가지만 빼고는 다 제자리에 있었습니다. 한쪽 구석에 인간의 유골 일부가 놓여 있는 것만 빼고 말입니다."

"경찰에 알렸나요?"

방문객은 섬뜩하게 웃었다.

"아, 홈즈 씨, 경찰이 그런 것에 관심을 보이진 않을 겁니다. 그건 그저 바싹 마른 머리와 뼈 몇 개에 지나지 않았어요. 천 년은 묵은 유골인지도 모릅니다. 그런데 전에는 그 자리에 없었어요. 장담할 수 있습니다. 스티븐스도 그렇고요. 유해는 구석에 판자로 덮여 있는데, 전에는 그곳에 아무것도 없었습니다."

"그걸 어떻게 했나요?"

"그거야, 그냥 그대로 두었죠."

"잘했습니다. 어제 로버트 경이 런던에 갔다고 했는데, 돌아왔나요?"

"오늘 돌아오실 예정입니다."

"로버트 경이 누나의 개를 남한테 줘버린 것은 언제였나요?"

"꼭 일주일 전 오늘이었습니다. 개가 오래된 우물집 밖에서 낑낑대고 있었는데, 하필 그날 아침 로버트 경의 기분이 언짢았어요. 경이 녀석을 집어들기에, 나는 죽이려는 줄 알았습니다. 그런데 녀석을 기수인 샌디 베인에게 건네주면서, '그린 드래곤'의 반즈 영감에게 갖다 주라지 뭡니까? 다시는 보고 싶지 않다면서 말입니다."

❧

홈즈는 한동안 묵묵히 생각에 잠겼다. 그는 여러 파이프 중에서 가장 해묵고 가장 더러운 것에 불을 댕겼다.

"나는 아직도 잘 모르겠군요, 메이슨 씨. 대체 내가 뭘 해주기를 바라는지 말입니다." 그가 마침내 말했다. "뭐가 문제인지 좀 더 명확히 짚어주시죠."

"이 얘기를 들으시면 아마 명확해질 겁니다, 홈즈 씨." 방문객이 말했다.

그는 주머니에서 종이를 꺼내, 접힌 데를 살살 펴서 검게 탄 뼛조각을 보여주었다.

홈즈는 흥미롭게 살펴보았다.

"어디서 난 겁니까?"

"비어트리스 부인의 방 바로 아래 지하실에는 중앙 난방로가 있습니다. 한동안 불을 때지 않았는데, 로버트 경이 춥다고 하셔서 다시 불을 지폈습니다. 난방로를 맡고 있는 것은 내 밑에 있는 하비라는 애입니다. 바로 오늘 아침에 그가 내게 이걸 가져왔습니다. 재를 긁어내다가 발견했답니다. 볼꼴 사납다고 손사래를 치더군요."

"내가 보기에도 그렇군요." 홈즈가 말했다. "자네는 어떻게 생각해, 왓슨?"

그것은 검게 탔지만, 해부학적인 의미에 대해서는 의문의 여지가 없었다.

"인간 대퇴골 상부 관절융기로군." 내가 말했다.

"바로 그거야!" 홈즈는 아주 진지해졌다. "그가 난방로에 가서 일하는 건 언제죠?"

"저녁마다 불을 지펴놓고 나옵니다."

"그럼 밤중에 누구든 거기 갈 수 있었겠군요?"

"예."

"집 밖에서 들어갈 수 있나요?"

"밖으로 난 문이 하나 있습니다. 계단을 올라가서 비어트리스 부인의 방이 있는 복도로 나가는 문이 하나 또 있죠."

"이건 심각한 사건입니다, 메이슨 씨. 심각하고 추해요. 로버트 경이 엊저녁에 집에 없었다고 했죠?"

"예."

"그렇다면 유골을 태운 게 로버트 경은 아니었다는 얘기로군요."

"그럼요."

"아까 말한 여관 이름이 뭐라고 했죠?"

"'그린 드래곤'입니다."

"버크셔의 그 지역에서 낚시는 잘 됩니까?"

정직한 조교사는 그렇잖아도 괴로운 자기 인생에 또 한 명의 미치광이가 뛰어들었다고 확신하는 기색이 역력했다.

"글쎄요, 하천에는 송어가 있고 홀 저수지에는 창꼬치가 있다는 말은 들었습니다."

"그러면 됐습니다. 왓슨과 나는 쟁쟁한 낚시꾼입니다. 그렇지, 왓슨? 우리한테는 앞으로 '그린 드래곤'으로 연락하십시오. 오늘 밤 그곳에 도착할 겁니다. 메이슨 씨, 두말할 나위 없이 당신을 거기서 만나고 싶지는 않습니다. 연락은 편지로 하고, 내가 당신을 만나고 싶으면 찾아가겠습니다. 좀 더 사건을 조사해보고, 잘 생각한 다음 내 의견을 알려드리죠."

⚜

그리하여 화창한 5월 저녁에 홈즈와 나는 단둘이 열차 일등칸에 올라, '요구시 정차' 하는 간이역 쇼스콤으로 향했다. 머리 위 선반에는 낚싯대, 릴, 바구니 등 엄청난 잡동사니로 채워졌다. 목적지에 도착해서 마차로 잠깐 가자 고풍스러운 여인숙 앞에 이르렀다. 모험을 좋아하는 여인숙 주인 조사이어 반즈는 근방의 물고기를 싹쓸이하려는 우리의 계획에 열렬히 동조했다.

"홀 저수지는 어떤가요? 창꼬치가 잘 잡힙니까?" 홈즈가 물었다.

여인숙 주인은 얼굴을 찡그렸다.

"거긴 안 될 겁니다. 낚시를 끝내기 전에 물속 구경을 할 가망이 높습니다."

"아니, 그건 왜요?"

"로버트 경 때문입니다. 그분은 경주마 예상꾼들을 막으려고 촉각이 곤두서 있습니다. 낯선 당신네 두 사람이 훈련장 근처에 얼씬거리면 여지없이 쫓아올 겁니다. 로버트 경은 몸을 사리지 않아요. 그렇고 말고."

"그분이 더비 대회에 경주마를 출주시킨다는 얘기를 들었습니다."

"예, 아주 좋은 말이죠. 그분은 우리 돈을 몽땅 긁어가고 게다가 자신의 돈까지 죄다 마권에 쏟아 넣었습니다. 그런데," 하며 그는 수상쩍다는 눈초리로 우리를 바라보았다. "설마 두 분께서 이번 경마에 돈을 걸지는 않았겠죠?"

"물론입니다. 우리는 버크셔의 맑은 공기가 절실히 필요한 지친 런던 사람일 뿐입니다."

"음, 그렇다면 잘 찾아오신 겁니다. 맑은 공기라면 사방에 넘쳐나죠. 그런데 로버트 경에 대한 얘기는 꼭 명심하십시오. 그분은 말보다 주먹이 앞서는 분입니다. 저택의 대정원에는 접근하지 마세요."

"물론입니다, 반즈 씨! 꼭 그러겠습니다. 그런데 홀에서 낑낑거리던 스패니얼이 아주 멋지더군요."

"그렇습니다. 진짜 쇼스콤 혈통이죠. 잉글랜드에 이보다 더 좋은 혈통은 없어요."

"나도 개를 무척이나 좋아합니다." 홈즈가 말했다. "여쭤봐도 될지 모르겠는데, 저런 명견은 얼마나 합니까?"

"내 능력으로는 못 삽니다. 로버트 경이 내게 주셨죠. 줄에 묶어놓은 것도 그래서입니다. 풀어주면 한달음에 저택으로 달려갈 테니까요."

여관 주인이 떠나자 홈즈가 말했다. "우린 몇 장의 패를 가지고 있어, 왓슨. 이건 호락호락한 게임이 아니지만, 하루 이틀 안으로 무슨 수가 날 거야. 그런데 로버트 경은 아직도 런던에 있다고 했어. 아마 오늘 밤에는 육탄 공격을 받을 걱정 없이 그 신성불가침의 사유지에 들어갈 수 있을 거야. 확인하고 싶은 것이 한두 가지 있으니까."

"가설을 세운 거야?"

"가설은 이것뿐이야. 그러니까, 일주일 전쯤 쇼스콤 저택 사람들의 삶을 뒤흔들어놓은 어떤 사건이 터졌다는 것. 그건 어떤 사건일까? 우리는 결과를 보고 미루어 짐작해보는 수밖에 없어. 결과는 묘하게 뒤섞인 듯해. 하지만 그것은 분명 우리에게 도움이 될 거야. 사건이 표 나지 않고 평온무사하다면 오히려 해결할 가망이 없지."

❦

"우리가 가진 정보를 되짚어볼까? 로버트 경은 병든 누나를 사랑했는데 더 이상 누나에게 들르지 않아. 누나의 애완견은 남한테 줘버렸어. 누나의 개를! 왓슨, 그 사실에 대해 떠오르는 것 없어?"

"글쎄, 동생이 무슨 앙심을 품었다는 것밖에는."

"음, 그럴 수도 있지. 아니면, 음, 다른 가능성도 있어. 그럼 싸움이 일어난 시점, 정말 싸움이 벌어졌는지는 모르지만, 아무튼 그 시점부터 상황을 한번 되짚어보자. 부인은 평소 습관을 바꾸고 방에서 나오질 않아. 하녀와 함께 마차를 타고 외출할 때만 빼고는 보이질 않지. 마구간에서 마차를 세우고 애마를 만나보는 것도 그만두더니, 술독에 빠졌어. 이만하면 정리가 된 거지?"

"지하 납골당에서의 일이 빠졌어."

"그건 따로 생각해봐야 할 문제야. 사건이 두 가지니까 혼동하지 마. 비어트리스 부인과 관련된 사건 A는 어쩐지 불길한 예감이 들어, 그렇지?"

"나는 전혀 감을 못 잡겠어."

"아무튼, 이제 우리는 로버트 경과 관련된 사건 B를 짚어보자. 그는 더비 대회에서 우승하려고 광분하고 있어. 유대인들한테 꽉 잡혀 있어서, 하시라도 재산이 경매에 넘어가고 경주마는 빚쟁이들한테 빼앗길 수 있어. 그는 대담하고도 무모한 사람이야. 그의 수입은 누나한 테서 나오는데, 누나의 하녀는 그의 꼭두각시나 다름없어. 여기까지는 분명한 것 같아, 그렇지?"

"하지만 지하 납골당은?"

"아, 그래, 지하 납골당! 이렇게 생각해봐, 왓슨, 불미스러운 가정이지만, 그저 논의를 하기 위한 가정으로, 로버트 경이 누나를 살해했다고 생각해봐."

"맙소사, 홈즈, 그럴 리가 없어."

"그럴 가능성이 높아, 왓슨. 로버트 경이 뼈대 있는 가문 출신이긴 하지만, 독수리 무리에는 이따금 까마귀가 섞여 있게 마련이거든. 일단 그렇게 가정하고 논의를 해보자. 로버트 경은 한밑천 잡기 전에는 해외로 튈 수 없어. 그런데 한밑천 잡으려면 쇼스콤 프린스로 한 건하는 수밖에 없어. 따라서 아직은 근거지를 지키고 있어야 하고, 그러려면 희생자의 시신을 처리하고, 부인 역할을 해줄 대역을 찾아야 해. 하녀가 그의 막역한 친구라니 그건 불가능한 일이 아니야. 사람들이 얼씬거리지 않는 지하 납골당에 부인의 시신을 옮겨놓았다가, 밤중에 은밀히 난방로에서 태워버렸을 수도 있어. 그래서 우리가 앞서 본 그런 증거물이 남은 거지. 자네 생각은 어때, 왓슨?"

"음, 당초의 황당한 가정을 받아들인다면 모두 가능해."

"내일 작은 실험을 해볼 수 있을 거야, 왓슨. 진상을 밝히기 위해서 말이야. 그때까지 본색을 드러내지 않으려면, 주인을 초대해서 그가 가져올 포도주를 마시면서 뱀장어와 황어(잉어과의 작은 민물고기―옮긴이)에 관한 고상한 대화를 나누는 게 어떨까? 그게 그의 환심을 살 수 있는 첩경일 거야. 그러다 혹시 이 고장의 쓸 만한 소문을 주워들을지도 모르지."

❧❧

아침에 홈즈는 전갱이류용의 루어낚시(인조 미끼를 쓰는 릴낚시―옮긴이) 도구를 놓고 왔다는 사실을 알아차렸고, 그 핑계로 그날은 낚시를 하지 않을 수 있었다. 11시 무렵 우리는 산책을 나섰다. 홈즈는 검은 스패니얼을 데려가도 좋다는 허락을 받았다.

"바로 여기야." 가문의 상징인 그리핀 상이 높이 세워진 두 짝의 대문 앞에 이르렀을 때 홈즈가 말했다. "반즈 씨한테 들었는데, 노부인이 정오 무렵에 마차를 타고 나선다던데, 대문이 열리는 동안 마차는 속도를 늦출 수밖에 없어. 마차가 대문을 통과해서 속도를 높이기 직전에 자네 도움이 필요해, 왓슨. 마차를 세우고 마부에게 아무거나 좀 물어봐줘. 나한테는 신경 쓸 것 없어. 나는 호랑가시나무 덤불 뒤에 서 있다가 따로 할 일이 있으니까."

곧 노리던 때가 왔다. 15분도 되지 않아서 지붕을 열어젖힌 노란색의 큼직한 버루슈 마차가 긴 진입로를 내려오는 모습이 보였다. 보폭이 큰 멋진 회색 말 두 필이 마차를 끌고 있었다. 홈즈는 개와 함께 덤불 뒤에 웅크렸다. 나는 무심히 단장을 흔들며 길을 막고 서 있었다. 수위가 달려나와 대문을 열어젖혔다.

마차는 보행 속도로 움직였기 때문에, 나는 승객을 자세히 볼 수 있었다. 왼쪽에는 아마빛 머리에 건방진 눈빛의 화사한 여자가 앉아 있었다. 오른쪽에는 등이 굽은 노인이 병자라는 것을 증명하듯 얼굴과 어깨를 숄로 칭칭 감싸고 있었다. 두 마리 말이 한길로 들어섰을 때 나는 의젓하게 손을 들었다. 마부가 마차를 세우자, 나는 로버트 경이 댁에 계신지 물었다.

그 순간 홈즈가 걸어 나오며 스패니얼을 풀어주었다. 개는 반갑게 짖으며 마차로 달려가서 발판 위로 뛰어올랐다. 그러다 어느 순간 반가워하던 개가 돌연 사납게 변하며, 위쪽의 검정 치마를 물어뜯었다.

"출발! 출발해!" 거친 목소리가 컬컬하게 울렸다. 마부가 채찍을 휘두르자, 이내 우리 둘만 길에 남았다.

"좋아, 왓슨, 이걸로 됐어." 홈즈가 말하며, 흥분한 스패니얼의 목

줄을 잡아당겼다. "자기 여주인인 줄 알았는데, 알고 보니 낯선 사람이었던 거야. 개는 사람을 착각하는 법이 없지."

"그런데 그건 남자 목소리였어!" 내가 외쳤다.

"그래! 우린 패를 한 장 더 갖게 됐어, 왓슨. 그래도 게임은 신중하게 할 필요가 있어."

내 친구는 그날 또 다른 계획이 없는 듯해서, 우리는 물방아 돌리는 냇가에서 실제로 낚시를 했다. 덕분에 저녁 식사로 송어 요리를 먹었다. 식사 후 비로소 홈즈는 활동을 재개할 뜻을 비쳤다. 우리는 저택의 대문으로 이어진 아침의 그 길을 다시 밟았다. 그곳에는 키가 크고 검은 인영이 기다리고 있었다. 알고 보니 런던에서 알게 된 조교사 존 메이슨 씨였다.

"신사 여러분, 안녕하십니까?" 그가 말했다. "당신의 편지를 받았습니다, 홈즈 씨. 로버트 경은 아직 돌아오지 않았지만, 오늘 밤 돌아오신다고 들었습니다."

"지하 납골당은 집에서 얼마나 떨어져 있나요?" 홈즈가 물었다.

"400미터는 될 겁니다."

"그럼 로버트 경은 염려할 것 없겠군요."

"저는 그럴 수 없습니다, 홈즈 씨. 집에 오자마자 나를 불러서 쇼스콤 프린스의 근황을 물을 테니까요."

"알겠습니다! 그렇다면 우리 둘이서 해야겠군요. 지하 납골당까지 안내해주고 돌아가십시오."

칠흑같이 어두운 밤이었다. 메이슨이 우리를 데리고 목초지를 지났을 때, 어둠 속에서 검은 물체가 불쑥 나타났다. 오래된 교회였다. 우리는 한때 현관이었던 곳의 부서진 틈새를 통해 안으로 들어갔다. 길잡이는 군데군데 무너져 내린 돌무더기에 치여 비틀거리며 건물 모퉁이로 다가갔다. 그곳에 지하로 내려가는 가파른 계단이 있었다. 메이슨은 성냥불을 켜서 음울한 지하를 밝혔다. 지하는 황량하고 퀴퀴한 냄새가 풍겼다. 거칠게 돌을 쪼아서 쌓은 오래된 벽은 바스러져가고, 더러는 납으로, 더러는 돌로 만든 관들이 어둠 때문에 끝이 보이지 않는 머리 위 교차궁륭(궁륭은 활이나 무지개같이 한가운데가 높고 길게 굽은 형상, 또는 그렇게 만든 천장이나 지붕을 뜻한다—옮긴이) 천장까지 빼곡히 쌓여 있었다. 홈즈가 랜턴을 켜자, 작은 터널 같은 샛노란 빛의 터널이 음산한 지하를 비췄다. 그 불빛에 관에 붙은 명패가 번들거렸는데, 오래된 가문의 상징인 그리핀과 코로닛이 새겨진 명패가 많았다. 죽음의 문전까지 가문의 명예로운 상징을 들고 간 것이다.

"메이슨 씨, 뼈 이야기를 한 적이 있는데, 돌아가기 전에 그것 좀 보여주시죠."

"여기 이 구석에 있습니다." 조교사는 성큼 실내를 가로질러 갔다가, 우리의 불빛이 그곳을 비추자 어리둥절해서 말없이 서 있었다. "사라졌어요." 그가 말했다.

"그럴 줄 알았습니다." 홈즈가 나직이 웃으며 말했다. "그 유골을 태운 재가 지금도 그 난방로에 남아 있을지 모릅니다."

"하지만 천 년 전에 죽은 사람의 뼈를 태우는 이유가 도대체 뭐죠?" 존 메이슨이 물었다.

"그걸 알아내려고 우리가 여기 온 겁니다." 홈즈가 말했다. "조사하는 데 시간이 좀 걸릴 텐데, 당신을 붙들어둘 필요는 없겠죠. 오늘 밤 안으로 해답을 찾아낼 수 있을 겁니다."

존 메이슨이 떠나자, 홈즈는 아주 조심스럽게 무덤을 조사하기 시작했다. 색슨족의 것으로 보이는 중앙의 아주 오래된 관에서, 노르만족 휴고 씨네와 오도 씨네의 긴 줄을 거쳐, 우리는 18세기 윌리엄 폴더 경과 데니스 폴더 경의 관 앞에 이르렀다. 홈즈가 지하 입구 앞에 똑바로 세워져 있는 납관 앞에 이른 것은 한 시간 남짓 흐른 뒤였다. 친구가 흡족하게 외치는 작은 탄성이 들렸다. 서두르면서도 목적이 뚜렷한 동작을 하는 것을 보니 목표물을 찾은 모양이었다. 그는 육중한 뚜껑의 가장자리를 돋보기로 열심히 조사했다. 그러다 주머니에서 상자따개로 쓰는 짤막한 쇠지레를 꺼내 틈새로 쑤셔 넣고 뚜껑 전체를 들어올리기 시작했다. 관 뚜껑은 꺾쇠 두 개만 박아놓은 듯했다. 뚜껑이 열리면서 비틀리고 찢어지는 소리가 났다. 그러나 돌쩌귀가 젖혀지며 내용물을 살짝 드러내기도 전에 예견치 못한 방해에 부닥쳤다.

머리 위 교회에서 발소리가 들려온 것이다. 그건 이곳을 잘 아는 사람이 뚜렷한 목적을 가지고 걸어오는 확고하고 신속한 발소리였다. 불빛 한 점이 계단으로 흘러 내려오더니, 잠시 후 등불을 든 남자가 입구의 고딕식 아치 아래 나타났다. 그는 섬뜩한 용모에 몸집이 우람하고

태도가 사나웠다. 앞에 들고 있는 커다란 마사용 랜턴이 짙은 콧수염을 기른 강인한 얼굴과 성난 눈을 비추었다. 주위의 지하 납골당을 구석구석 쏘아보던 그는 마침내 내 친구와 나에게 눈길을 고정하고 죽일 듯 노려보았다.

"대체 뭐 하는 자들인가?" 그가 호통을 쳤다. "내 사유지에서 뭘 하는 거지?" 홈즈가 대꾸를 하지 않자, 그는 두어 걸음 앞으로 나서며 들고 다니는 묵직한 단장을 쳐들었다. "내 말이 들리지 않는가?" 그가 외쳤다. "당신들은 누구지? 여기서 뭘 하고 있는 거야?" 공중에서 단장이 파르르 떨렸다.

그러나 홈즈는 움츠러들지 않고 앞으로 나서서 그를 맞이했다.

"나도 묻고 싶은 게 있습니다, 로버트 경." 그가 아주 엄한 말투로 말했다. "이건 누굽니까? 왜 여기 있는 겁니까?"

그는 돌아서서 뒤에 있던 관 뚜껑을 뜯어 젖혔다. 랜턴 불빛 속에서, 머리에서 발끝까지 천으로 감싼 시신이 보였다. 코와 턱만 있는 마녀처럼 무서운 얼굴이 한쪽 끝에 도드라져 있었다. 변색되고 허물어지고 있는 얼굴은 생기 없는 흐릿한 두 눈을 부릅뜨고 있었다.

준남작은 자지러지게 놀라서 뒤로 휘청하며 석관에 몸을 기댔다.

"이걸 어떻게 알았지?" 그가 외쳤다. 그러고는 다시 사나운 태도를 다소 되찾았다. "이게 당신과 무슨 상관인가?"

"내 이름은 셜록 홈즈입니다." 내 친구가 말했다. "아마 들어보셨을 것입니다. 어떤 사건에서든, 내 일은 모든 선량한 시민들과 마찬가지로, 법을 지키는 것입니다. 내가 보기에 당신은 해명해야 할 것이 많은 듯합니다."

로버트 경은 잠시 눈빛을 이글거렸지만, 홈즈의 나직한 목소리와 차분하고 자신에 찬 태도가 효과를 발휘했다.

"홈즈 씨, 맹세코 나는 정당합니다." 그가 말했다. "겉보기에 내게 문제가 있다는 것은 인정하리다. 하지만 어쩔 도리가 없었소."

"나도 그렇게 생각하고 싶지만, 경찰 앞에서 해명을 해야 할 겁니다."

로버트 경은 널따란 어깨를 으쓱했다.

"음, 꼭 그래야 한다면 그래야겠죠. 우리 집으로 가서, 어떻게 된 사연인지 당신이 직접 판단해보시오."

15분 후, 우리는 유리 진열장 안에 잘 닦아놓은 총신이 줄줄이 늘어선 것으로 보아 고택의 총기실인 듯한 방에 들어섰다. 실내에는 안락한 가구가 갖춰져 있었다. 로버트 경은 우리 둘만 남겨두고 잠시 자리를 떴다. 다시 돌아온 그는 두 사람을 데려왔다. 한 명은 예의 마차에서 본 적이 있는 혈색 좋은 젊은 여자였고, 다른 한 명은 교활해 보이는 태도에 얼굴이 생쥐 같은 왜소한 남자였다. 두 사람이 몹시 당황하는 것으로 봐서, 상황이 급변했다는 것을 준남작이 설명해줄 겨를이 없었다는 것을 알 수 있었다.

"이쪽은 놀렛 부부올시다." 로버트 경이 두 사람을 가리키며 말했다. "놀렛 부인의 처녀 적 성씨는 에번스입니다. 여러 해 동안 누님의 둘도 없는 하녀였지요. 두 사람을 데려온 것은, 내 상황을 사실대로 말씀드리는 것이 최선이라고 생각하기 때문입니다. 이 세상에서 내 말이 사실이라는 걸 입증해줄 수 있는 것은 이 두 사람뿐입니다."

"로버트 경, 이럴 필요가 있나요? 이것이 지금 다 생각하고 하시는 행동인가요?" 여자가 외쳤다.

"나로 말하자면, 나는 어떤 책임도 지지 않겠소." 그녀의 남편이 말했다.

로버트 경은 그에게 경멸의 눈길을 던졌다. "내가 모든 책임을 떠맡도록 하지. 자, 홈즈 씨, 사실을 솔직히 털어놓을 테니 들어보십시오.

홈즈 씨는 내 문제를 아주 깊이 조사한 게 분명합니다. 그렇지 않았다면 거기서 당신을 발견했을 리가 없으니까. 십중팔구 이미 알고 계시겠지만, 나는 더비 경마 대회에 다크호스를 출주시킬 예정인데, 우승 여부에 모든 게 달려 있소. 내 말이 이긴다면 만사형통할 겁니다. 진다면……, 아, 그건 생각하기도 싫소!"

"그런 처지는 잘 알고 있습니다." 홈즈가 말했다.

"나는 누님이신 비어트리스 부인에게 모든 것을 의탁하고 있습니다. 그런데 누님이 재산에 대한 용익권만 지니고 있다는 것은 잘 알려진 사실입니다. 나는 유대인들에게 꽉 잡혀 있습니다. 누님께서 돌아가시면 빚쟁이들이 대머리독수리처럼 내 재산에 달려들 거라는 사실을 나는 잘 알고 있었습니다. 나는 모든 것을 다 빼앗길 겁니다. 마사와 말, 그 모든 걸 말입니다. 그런데, 홈즈 씨, 누님께서는 일주일 전에 정말 돌아가시고 말았소."

"그런데 아무한테도 알리지 않았군요!"

"그럼 내가 어쩌겠소? 거덜이 나고 말 텐데. 어떻게든 3주일만 잘 모면하면 모든 것이 술술 풀릴 상황이었소. 여기 이 사람, 그러니까 누님 하녀의 남편은 배우입니다. 우리는, 아니 나는 이 사람이 잠시 누님 행세를 할 수 있을 거라고 생각했습니다. 날마다 마차를 타고 나타나기만 하면 되는 일이었으니 말이오. 하녀 외에는 아무도 누님 방에 들어갈 필요가 없기 때문에 그 정도는 어렵지 않은 일이었습니다. 누님은 오랫동안 앓아온 수종 때문에 돌아가셨습니다."

"그건 검시관이 판단하게 될 겁니다."

"누님께서 여러 달 동안 위독한 증상을 보였다는 것을 의사가 확인해줄 겁니다."

"아무튼 그래서 어떻게 하셨습니까?"

"시신을 방에 놔둘 수는 없었습니다. 그래서 첫날 밤 놀렛과 나는 더 이상 사용하지 않는 낡은 우물집에 옮겨놓았소. 그런데 누님의 애견 스패니얼이 따라와서 문밖에서 하염없이 짖어대더군요. 그래서 좀 더 안전한 곳이 필요하다고 생각했습니다. 개를 없애버린 나는 시신을 교회 지하 납골당으로 모셨습니다. 시신을 모독하거나 불경한 행위를 하진 않았소이다, 홈즈 씨. 나는 고인에게 어떤 잘못을 저질렀다고도 생각지 않소."

"내가 보기에 당신의 행동은 변명의 여지가 없습니다, 로버트 경."

준남작은 성마르게 고개를 내둘렀다. "남을 탓하기는 쉬운 일이오." 그가 말했다. "홈즈 씨가 나와 같은 처지였다면 그렇게 생각지 않앉을 거요. 모든 희망, 모든 계획이 마지막 순간에 산산조각 나려고 하는데, 어떻게든 노력을 해보지 않고 그저 바라보고만 있을 사람이 어디 있겠습니까? 신성한 곳에 누워계시는 자형의 선조 가운데 한 분의 관에 누님을 당분간 모신다 해도, 그곳이 남부끄러운 안식처는 아니라고 보았소이다. 우리는 그런 관을 하나 열어서 그 안의 유골을 꺼내고, 당신도 보았듯이 누님을 거기 모셨소. 관에서 꺼낸 오래된 유골은 납골당 바닥에 방치해둘 수가 없었습니다. 놀렛과 내가 그걸 치웠고, 놀렛이 밤에 중앙 난방로에 내려가 태웠습니다. 이야기는 이게 다입니다, 홈즈 씨. 내가 입을 열게끔 당신이 어떻게 사실을 알아냈는지는 모르겠지만 말이오."

홈즈는 잠시 생각에 잠겨 앉아 있었다.

"당신의 이야기엔 허점이 하나 있습니다, 로버트 경. 당신은 마권을 샀으니, 빚쟁이들이 재산을 압류해도 미래의 희망은 유효하지 않습니까?"

"말들도 내 재산의 일부입니다. 내가 베팅을 한 것에 그들이 아랑곳이나 하겠습니까? 아예 프린스를 출주시키지 않을지도 모릅니다. 불행히도 내 최대의 채권자가 바로 최대의 적입니다. 그는 샘 브루어라는 악당인데, 뉴마켓 히스에서 나한테 말채찍으로 맞은 적이 있습니다. 그런 자가 나를 구해주려고 하겠습니까?"

"아무튼, 로버트 경." 홈즈가 일어서며 말했다. "물론 이건 경찰이 처리해야 할 사건입니다. 내 의무는 사실을 밝히는 것뿐이니, 나는 이쯤에서 손을 뗄 수밖에 없습니다. 당신이 한 일의 도덕성이나 품격에 대해서는 가타부타 말하고 싶지도 않습니다. 왓슨, 자정이 가깝군. 우리는 이만 소박한 거처로 돌아가는 게 좋겠어."

⸜ॐ⸝

독특한 이 일화는 로버트 경이 받아 마땅한 것보다 더 행복한 결말로 끝났다는 것을 이제는 누구나 알고 있다. 쇼스콤 프린스는 더비 대회에서 우승을 했고, 도박을 좋아하는 주인은 경마로 8만 파운드(오늘날의 경제 가치로 510만 파운드, 곧 약 100억 원에 해당한다—옮긴이)를 땄다. 빚쟁이들은 경마가 끝날 때까지 참아주었고, 덕분에 빚 전액을 돌려받았다. 로버트 경은 그러고도 재기하기에 충분한 재산을 남겨 신분에 걸맞은 삶을 살 수 있었다. 경찰과 검시관은 로버트 경의 행동을 관대하게 이해해주었다. 고인의 사망 신고를 미룬 일에 대해서는 가벼운 비난만 받음으로써, 행운의 주인은 아무런 피해 없이 이 기묘한 사건에서 벗어날 수 있었다. 그는 이제 사건의 그늘에서 벗어나 명예로운 말년을 보낼 수 있게 되었다.

The Adventure of the
Retired Colourman

은퇴한 물감 제조업자

셜록 홈즈는 그날 아침 우울하고 철학적인 기분이었다. 기민하고 실천적인 그의 천성은 걸핏하면 그런 반응을 보였다.

"그 사람 봤어?" 홈즈가 물었다.

"방금 나간 노인 말이야?"

"맞아."

"응, 문간에서 마주쳤어."

"그를 보니 어떤 것 같아?"

"딱하고, 변변찮고, 인생 망친 사람 같더군."

"그래, 왓슨. 딱하고 변변찮지. 하지만 결국은 모든 인생이 딱하고 보잘것없는 것 아닐까? 그의 일생이 모든 삶의 축소판 아닐까? 우리는 손을 뻗고, 움켜잡지. 그런데 마지막에 우리 손에 남아 있는 게 뭐지? 허상. 아니 허상보다 더 나쁜, 비참함."

"자네 의뢰인이야?"

"뭐, 그렇다고 할 수 있지. 런던 경찰국에서 보냈어. 의사들이 때로 불치병 환자를 돌팔이한테 보내는 것처럼 말이야. 그들은 더 이상 어떻게 해볼 수가 없고, 무슨 일이 생기든 환자가 지금보다 더 나빠질 게 없다고 주장하지."

"무슨 사건인데?"

홈즈는 탁자에서 때 묻은 명함을 집어들었다. "조사이어 앰벌리. 본인 말로는, 미술 재료를 만드는 브릭폴 앤드 앰벌리 사의 부사장이었다더군. 그림물감 상자를 보면 그 회사 이름을 볼 수 있을 거야. 그는 재산깨나 모아서 예순한 살에 은퇴하고, 루이셤에 정착했어. 끝없이 맷돌을 돌리던 생활을 마치고 이제 쉬려고 말이야. 누가 봐도 웬만큼은 안정된 미래가 보장된 셈이지."

"그건 그렇군."

홈즈는 봉투 뒷면에 메모해놓은 것을 힐끔 보았다.

"은퇴한 게 1896년이야, 왓슨. 이듬해 초에 스무 살 연하의 여성과 결혼했는데, 그것도 미인이야. 사진이 아첨이라도 떠는 게 아니라면 말이지. 재산 많고, 예쁜 마누라에, 시간은 남아도니, 그의 앞에는 탄탄대로가 뻗어 있는 듯했지. 그런데 2년 만에, 자네도 보았다시피, 태양 아래 기어가는 벌레만큼이나 비참한 꼴이 되고 말았어."

"아니 어째서?"

"케케묵은 이야기야, 왓슨. 배신한 친구와 바람난 아내 말이지. 앰벌리 영감에게 취미가 딱 하나 있었던 모양인데, 그게 체스야. 영감이 사는 루이셤에서 멀지 않은 곳에 체스를 즐기는 젊은 의사가 살았어. 이름을 적어두었지. 레이 어니스트 박사로군. 어니스트가 자주 들르자, 그와 앰벌리 부인이 가까워진 것은 당연한 수순이었지. 자네도 인정할 수밖에 없다시피, 우리의 불운한 의뢰인은 외면이 과히 우아하지 못해. 내면은 어떤지 몰라도 말이야. 두 남녀는 지난주에 같이 사라져 버렸어. 행방이 묘연하지. 게다가 그 부정한 배우자는 영감의 재산 대부분이 들어 있는 서류 상자를 자기 보따리에 싸서 가져가 버렸다더군. 우리가 그 여자를 찾아낼 수 있을까? 돈을 되찾을 수 있을까? 이제까지 벌어진 일로 봐서는 진부한 사건이지만, 조사이어 앰벌리한테는 너무나 중요한 문제야."

"자넨 어떻게 할 건데?"

"아, 왓슨, 당장의 문제는 내가 아닌 자네가 어떻게 할 것인가 하는 거야. 자네가 고맙게도 내 역할을 대신해준다면 말이야. 알다시피 나는 지금 두 명의 콥트교 교황 사건에 매달려 있는데, 오늘이 고비야. 루이셤에 갈 시간이 정말 없는데, 이런 사건은 현장 증거가 특히 중요해. 영감은 내가 가봐야 한다고 고집깨나 부렸지만, 그건 어렵다고 잘 이야기했어. 지금 그는 내 대리인을 맞이할 준비가 되어 있지."

"꼭 가겠어." 내가 답했다. "솔직히 내가 얼마나 도움이 될지는 모르겠지만, 최선을 다하겠어."

그래서 여름날 오후에 나는 루이셤을 향해 출발했는데, 내가 참여한 이 사건이 일주일도 지나지 않아 잉글랜드를 뜨겁게 달궈놓을 줄은 꿈에도 몰랐다.

※

내가 베이커 스트리트로 돌아가서 임무 보고를 한 것은 저녁 늦게였다. 홈즈는 푹신한 의자에 여윈 몸을 쭉 뻗고 앉아 있었다. 담배파이프에서는 매운 연기가 모락모락 피어올랐다. 그는 나른하게 눈을 감고 있어서 거의 잠들어 있는 듯했다. 하지만 내가 이야기를 하다가 잠깐 뜸을 들이거나 아리송한 말을 하면 양날의 검처럼 밝고 예리하게 빛나는 회색 눈을 반쯤 뜨고 탐색하는 눈길로 나를 응시했다.

"조사이어 앰벌리의 집은 헤이븐 저택이라고 하더군." 내가 설명했다. "자네도 한 번 볼 만한 집이야, 홈즈. 못난이들 속에 떨어진 인색한 중세 귀족 같다고나 할까. 그런 지역은 자네도 잘 알고 있을 거야. 단조로운 벽돌집 거리, 지루한 교외의 한길. 바로 그 한가운데에 해묵은 집이 오랜 문화와 안락함으로 이루어진 작은 섬처럼 자리 잡고 있지. 햇빛에 구워진 높다란 담벼락은 지의류가 덕지덕지 덮이고 위에는 이끼가 끼어 있어서, 담벼락은 일종의……."

"시는 그만 읊어, 왓슨." 홈즈가 독하게 말했다. "높다란 벽돌담이었다 이거지?"

"그래. 그것이 헤이븐 저택이라는 것은 길거리에서 담배를 피우던 어느 한량한테 물어보고 나서야 알았지. 한량 이야기를 한 건 이유가 있어. 키가 크고 머리칼이 검고, 콧수염이 무성한 남자였는데, 군인 같은 인상이었지. 내 물음에 턱으로 그 집을 가리커 보이고는 수상쩍은 눈빛으로 나를 바라보았는데, 얼마 후에 다시 나타나서 기억을 환기시켜 주더군.

대문 안에 들어서자마자 앰벌리 씨가 진입로를 내려오는 것이 보였어. 오늘 아침 그를 잠깐 보았을 때도 확실히 묘한 사람이라는 인상을 풍겼는데, 대낮에 보니 그 모습이 훨씬 더 비정상적으로 보이더군."

"물론 나도 자세히 봤지만, 자네는 어떤 인상을 받았는지 궁금한걸." 홈즈가 말했다.

"말 그대로 시름에 겨운 사람 같았어. 무거운 짐을 진 사람처럼 등이 휘어 있었지. 하지만 첫인상과 달리 약골은 아니었어. 어깨와 가슴이 거인처럼 떡 벌어졌으니까. 하지만 풍채가 아래로 점점 가늘어져서 다리는 한 쌍의 물렛가락 같던걸."

"왼쪽 신발은 구겨졌고, 오른쪽 신발은 매끈하지."

"그건 못 봤어."

"그래, 못 봤을 거야. 나는 한쪽 다리가 의족이라는 걸 알아차렸지. 아무튼 계속 말해봐."

"낡은 밀짚모자 아래로 구불구불한 반백의 머리칼과 깊이 주름진 사납고 열띤 표정이 눈길을 끌더군."

"잘 봤어, 왓슨. 그가 무슨 말을 했지?"

"괴로운 심정을 털어놓기 시작했어. 우리는 진입로를 같이 걸었는데, 물론 나는 주위를 잘 살펴봤지. 그렇게 관리가 안 된 정원은 처음이야. 정원이 완전히 황폐해졌더군. 식물들이 예술적이기보다는 자연 그대로 자라도록 전혀 신경을 쓰지 않은 인상을 주었어. 소양이 있는 안주인이라면 그 지경이 되도록 방치할 수가 없을 텐데. 건물도 정말 엉망이었지만 딱한 그 영감이 그걸 의식하고 고쳐보려고 하는 것 같았어. 홀 중앙에 커다란 초록색 페인트 통이 놓여 있고, 영감이 왼손에 굵은 붓을 들고 있었거든. 실내의 나무에 페인트를 칠하는 중이었어.

그가 나를 음산한 서재로 안내해서, 우리는 긴 대화를 나눴지. 물론 자네가 직접 오지 않았다고 실망하며 이렇게 말하더군. '나처럼 하잘 것없는 사람이, 엄청난 재정적 손실까지 입은 마당에, 셜록 홈즈 씨처럼 유명하신 분의 관심을 한 몸에 받을 수 있을 거라고는 기대하지도 않았습니다.'

돈 문제는 입에 올린 적도 없다고 안심시켜 주었어. 그러자 그가 말했지. '물론, 그러셨겠죠. 홈즈 씨에겐 그것이 예술을 위한 예술이라니 말입니다. 하지만 범죄의 예술적인 측면에서도 홈즈 씨는 아마 여기서 뭔가 배울 만한 게 있을 겁니다. 그리고 인간의 본성이라는 것 말입니다. 어쩌면 그렇게 배은망덕할 수가 있습니까! 아내의 부탁을 한 번도 거절한 적이 없건만! 자기 하고 싶은 대로 다 하고 산 여편네가 세상에 또 어디 있다고! 그리고 내 아들뻘인 그 젊은 놈……. 놈은 내 집을 제 집처럼 들락거렸습니다. 그런데 그들이 결국 나를 어떻게 대접했는지 보시오! 아, 왓슨 박사, 정말 무섭소이다. 정말 무서운 세상이오!'

한 시간이 넘도록 후렴처럼 그렇게 계속 되뇌더군. 그는 간통을 의심치 않는 것 같았어. 그들 부부는 낮에 왔다가 저녁 6시에 돌아가는 가정부 한 명을 빼고는 단둘이 살았어. 그 사건이 벌어진 날 저녁에,

앰벌리 영감은 아내를 위해 헤이마켓 극장 어퍼서클 좌석표 두 장을 샀다더군. 그런데 마지막 순간에 부인이 머리가 아프다며 극장에 가지 않겠다고 해서 영감이 혼자 갔다더군. 그건 사실인 것 같아. 영감이 쓰지 못한 아내의 좌석표를 꺼내서 보여주었거든."

"그건 주목할 만하군. 꽤 주목할 만해." 이렇게 말하며 홈즈는 사건에 점점 흥미가 동하는 듯했다. "계속해봐, 왓슨. 이야기가 정말 흥미로워. 그 표는 직접 봤겠지? 좌석 번호는 기억하지 못하겠지만 말이야."

"요행히 기억하고 있어." 나는 자못 뿌듯하게 대답했다. "우연찮게도 옛날 내 학생 번호와 똑같았거든. 31번. 그래서 뇌리에 새겨졌지."

"잘했어, 왓슨! 그럼 그 영감의 좌석 번호는 30번 아니면 32번이었겠군."

"그렇지." 나는 다소 어리둥절해서 대답했다. "그리고 B열이야."

"그건 아주 만족스럽군. 또 무슨 말을 했지?"

"그가 금고실이라고 부르는 것을 보여주었어. 정말 은행 금고실처럼 철문에 덧문까지 달려 있어서, 노인 말마따나 도둑은 얼씬도 못하겠더군. 하지만 부인은 열쇠를 복제해두었던 모양이야. 그래서 7,000파운드 상당의 현금과 유가증권을 가져갔다는 거야."

"유가증권! 그걸 어떻게 처분하려고?"

"영감은 경찰에 증권 목록을 제출했다며 두 사람이 그걸 팔 수 없기를 바란다고 말하더군. 그는 자정 무렵 극장에서 돌아와서 집이 털린 것을 알게 됐어. 문과 창문이 열려 있고 도망자들은 떠난 뒤였지. 편지

나 전하는 말 같은 것도 없었고, 그 뒤
로는 아무런 소식도 듣지 못했다더
군. 그는 바로 경찰에 신고했어."

홈즈는 잠시 생각에 잠겼다.

"그가 페인트칠을 하고 있었다고
했는데, 어디를 칠하고 있었지?"

"음, 복도를 칠하고 있었어. 하
지만 아까 말한 금고실 방문과 나무
벽에는 이미 칠이 돼 있었지."

"그런 상황에서 하는 일치고는 이상하다
는 생각 안 들어?"

"그는 이렇게 해명했어. '아픔을 잊기 위해 뭐든 하지 않을 수 없
습니다.' 그게 물론 괴팍한 행동이지만, 그 영감부터가 분명 괴팍하잖
아. 그는 내 앞에서 아내의 사진을 박박 찢더군. 미친 듯이 화를 내며
갈기갈기 찢는 거야. 그리고 이렇게 외쳐댔어. '그 빌어먹을 여자의
얼굴은 두 번 다시 보고 싶지 않아.'"

"또 뭐 없나, 왓슨?"

"아, 특히 생각나는 게 한 가지 있어. 나는 블랙히스 역까지 마차를
타고 가서 거기서 기차를 탔는데, 막 출발하려는 순간 어떤 남자가 내
옆의 객실로 쏜살같이 올라타는 것을 보았어. 내가 사람들 얼굴을 알
아보는 눈썰미가 좋다는 것을 자네도 알 거야, 홈즈. 길에서 나한테 헤
이븐 저택을 가르쳐준 키 크고 머리가 검은 그 남자가 분명해. 런던교

에서 또다시 봤지만, 인파 속에서 놓치고 말았어. 틀림없이 내 뒤를 밟았을 거야."

"틀림없어! 틀림없고말고!" 홈즈가 말했다. "키가 크고 머리가 검고, 콧수염이 무성한 남자라고 했는데, 잿빛이 도는 선글라스를 끼었겠지?"

"홈즈, 자네는 마법사로군. 말하지 않았지만 정말 회색 선글라스를 끼고 있었어."

"그리고 프리메이슨 단원의 넥타이핀을 꽂았고?"

"세상에!"

"별거 아냐, 왓슨. 그건 그렇고 실제 문제로 들어가 보기로 하자. 솔직히 이 사건은 주목할 가치도 없이 너무나 단순해 보였는데, 갑자기 전혀 다른 양상을 나타내고 있어. 자네는 임무를 수행하며 중요한 모든 것을 놓쳤어. 하지만 자네 눈앞에 저절로 드러난 것들조차도 자못 심각하게 여겨지는걸?"

"내가 뭘 놓쳤기에?"

"기분 나빠하지 마, 왓슨. 내가 워낙 객관적인 사람이라는 것은 자네도 잘 알잖아. 누구라도 자네보다 더 잘하지는 못했을 거야. 자네보다 못할 사람도 꽤 있을 테고. 하지만 자네가 몇 가지 핵심을 놓친 건 분명해. 앰벌리 영감과 그의 아내에 대한 이웃의 평은 어땠지? 그건 확실히 중요한 사실이야. 또 어니스트 박사라는 사람은? 그는 로사리오(난봉꾼, 호색한, 바람둥이, 색마, 탕아를 뜻하는 말—옮긴이) 같은 놈팡이였을까? 왓슨, 자네가 타고난 몇 가지 장점을 이용하면 모든 여자들이 선뜻 자네를 도울 거야. 우체국 아가씨나 야채 장수 마누라는 어떨까? 자네가 블루 앵커의 젊은 아가씨에게 부드러운 빈말을 속삭이고, 답례로 딱딱한 정보를 얻는 모습이 바로 떠오르는걸? 그런데 그런 일을 일체 하지 않았지."

"지금이라도 할 수 있어."

"내가 이미 했어. 전화와 런던 경찰국의 도움 덕분에 평소 방에 앉아서도 핵심 정보를 수집할 수 있거든. 내 정보에 따르면 영감의 이야기는 사실이야. 그는 그 고장에서 지독한 구두쇠에 무정하고 가혹한 남편으로 소문났어. 자기 집 금고실에 상당한 액수의 돈을 보관한 것도 분명한 사실이야. 어니스트라는 젊은 총각 의사가 앰벌리와 체스를 둔 것도 사실이고, 그의 아내와 놀아난 것도 아마 사실일 거야. 이 모든 것이 아주 빤하기 때문에 사람들은 더 이상 할 말이 없다고 생각할 거야. 하지만! 하지만!"

"무슨 문제라도 있어?"

"어쩌면 내 상상일 뿐인지도 모르지. 아, 그 얘기는 그만하고, 음악의 옆문으로 지루한 일상의 세계를 벗어나자. 오늘 밤에 카리나가 앨버트 홀에서 노래하는데, 아직 시간이 있으니까 정장으로 갈아입고 가서 만찬을 들며 즐겨보자."

❧

나는 아침에 때맞춰 일어났는데, 토스트 부스러기와 달걀 껍데기 두 개를 보니 내 친구가 나보다 일찍 일어난 모양이었다. 식탁 위에 쪽지가 놓여 있었다.

왓슨에게

조사이어 앰벌리 씨를 만나서 알아봐야 할 한두 가지 사실이 있어. 그
걸 마치면 결말이 날 거야. 자네가 필요할지 몰라서 그러는데, 3시경에
집에 있어주면 좋겠어.

— S. H.

종일 홈즈를 보지 못했는데, 그가 말한 시간에 생각에 잠긴 채 침통
하고 냉담한 얼굴로 돌아왔다. 그런 때는 혼자 있게 내버려두는 것이
나았다.

"앰벌리가 다녀갔어?"

"아니."

"하! 여기 올 줄 알았는데."

그는 실망하지 않았다. 곧이어 노인이 까탈스러운 얼굴에 당황하
고 수심이 가득한 표정을 짓고 도착했기 때문이다.

"전보를 받았소, 홈즈 씨. 근데 이게 무슨 소린지 모르겠소이다."
그가 전보를 건네자, 홈즈가 소리 내어 읽었다.

곧바로 꼭 와주시오. 귀하의 최근 손실에 대한 정보 제공 가능.

— 엘먼
목사관

은퇴한 물감 제조업자

"리틀 펄링턴에서 2시 10분에 전보를 쳤군." 홈즈가 말했다. "리틀 펄링턴은 에식스 주에 있는 것으로 알고 있습니다. 프린턴에서 멀지 않죠. 아, 물론 바로 출발하십시오. 그곳 목사라면, 무책임한 인간이 전보를 보낸 것이 아닌 게 분명하니 말입니다. 내 크록퍼드(『크록퍼드 목회자 사전』―옮긴이)가 어디 있지? 아, 여기 있군. 'J. C. 엘먼, 문학 석사, 리틀 펄링턴과 무스무어 교구.' 왓슨, 기차 시간 좀 알아봐."

"리버풀 스트리트에서 5시 20분에 한 대 있어."

"좋아. 자네가 모시고 같이 가는 것이 좋겠어, 왓슨. 도움이나 조언이 필요할지 모르거든. 분명 이 사건은 중대한 국면에 이르렀어."

하지만 의뢰인은 결코 내키지 않는 듯했다.

"이건 말도 안 됩니다, 홈즈 씨. 그 목사가 여기서 일어난 일을 어떻게 알 수 있단 말입니까? 이건 시간 낭비에 돈 낭비올시다."

"아무것도 모르면서 당신에게 전보를 쳤을 리가 없습니다. 당장 가겠다고 전보를 치세요."

"나는 갈 생각이 없소."

홈즈는 짐짓 아주 엄한 표정을 지었다.

"앰벌리 씨, 이렇게 명백한 단서가 나타났는데 그것을 조사하지 않는다면, 경찰도 나도 아주 나쁜 인상을 받게 될 겁니다. 당신이 사실상 수사에 열의가 없다고 생각할 거란 말입니다."

그 말에 의뢰인은 화들짝 놀란 듯했다.

"이런, 당신이 그런 식으로 생각한다면 물론 가겠소." 그가 말했다. "보나마나 그 목사가 뭘 안다는 게 말도 안 되는 소리 같지만, 당신이 정 그렇게 생각한다면……."

"정녕 그렇게 생각합니다." 홈즈는 힘주어 말했다.

그래서 우리는 길을 떠나게 되었다. 우리가 떠나기 전에 홈즈는 나를 한쪽으로 데려가서 조언을 한마디 했다. 이번 일을 아주 중요하게 생각한다는 뜻이었다. "무슨 일이 있더라도 영감이 꼭 거기 가게 해야 해." 그가 말했다. "영감이 딴 곳으로 새거나 집으로 돌아가면, 가까운 전화 교환국에 가서 '도망'이라고 전보를 치도록 해. 여기로 전보를 치면, 내가 어디 있든 전보를 받을 수 있도록 조치해놓을 테니까."

리틀 펄링턴은 철로 지선에 위치해 있어서 찾아가기 쉬운 곳이 아니다. 그 여행의 추억은 과히 유쾌하지 않다. 날씨는 덥고, 기차는 느리고, 동행은 볼이 부은 채 말도 없고, 어쩌다 하는 소리라고는 가봤자 아무 소용이 없다고 쏘아대는 말뿐이었기 때문이다. 마침내 작은 역에 도착했는데, 목사관까지는 마차를 타고 3킬로미터 남짓 더 가야 했다. 큰 체구에 근엄하고 살이 좀 찐 목사가 서재에서 우리를 맞이했다. 그의 앞에는 우리가 보낸 전보가 놓여 있었다.

"자, 신사 여러분, 무엇을 도와드릴까요?" 목사가 물었다.

"목사님의 전보를 받고 왔습니다." 내가 설명했다.

"내가 전보를? 난 그런 적이 없습니다."

"조사이어 앰벌리 씨에게 보낸 전보 말입니다. 이분의 부인과 돈에 관한 내용이었습니다."

"농담치고는 참 수상쩍은 농담이로군요." 목사가 화를 내며 말했다. "나는 당신이 말한 신사 이름은 들어본 적도 없고, 누구한테 전보

를 보낸 일도 없소이다."

의뢰인과 나는 어리둥절해서 서로 얼굴을 바라보았다.

"아마 착오가 있었나 보군요." 내가 말했다. "목사관이 두 군데 있나요? 여기 전보가 있습니다. '앨먼'이라는 성함과 '목사관'이라는 주소가 쓰여 있습니다."

"이보시오, 이곳은 목사관도 하나, 목사도 한 명뿐이오. 이 전보는 몹쓸 거짓 전보올시다. 누가 보냈는지 경찰 조사를 시켜야겠소. 아무튼 더 이상 이런 면담을 계속할 이유가 없소."

그래서 앰벌리 씨와 나는 잉글랜드에서 가장 촌스럽게 보이는 마을 길가로 내쫓겼다. 우체국으로 향했지만 이미 문이 닫혀 있었다. 하지만 레일웨이 암스 상점에 전화가 한 대 있어서 홈즈에게 연락을 할 수 있었다. 나는 황당한 여행 결과에 대해 알렸다.

"정말 별일이군!" 목소리가 감이 멀었다. "참 별일이야! 왓슨, 오늘 밤에 돌아오는 기차 편은 없을 거야. 뜻하지 않게 자네를 끔찍한 시골 여인숙에 집어넣게 됐군그래. 하지만 거기에도 대자연이 있잖아. 조사이어 앰벌리도 있고. 그 둘을 벗 삼아 잘 지내봐." 홈즈가 수화기를 내려놓으며 키득거리는 소리가 들렸다.

동행은 과연 구두쇠로 소문날 만하다는 것을 바로 알 수 있었다. 올 때는 여행 경비에 대해 투덜거리며 삼등칸을 타자고 고집을 부리더니, 이제는 숙박비가 마음에 안 든다고 떠들어댔다. 이튿날 아침, 마침내 런던에 도착했을 때는 두 사람 가운데 누가 더 불쾌한지 알 수 없을 지경이었다.

"가는 길에 베이커 스트리트에 들르는 게 좋을 겁니다." 내가 말했다. "홈즈 씨가 새로운 지시를 할 게 있을지 모릅니다."

"지난번보다 나을 게 없다면 그것도 쓰잘데기 없을 거요."

앰벌리가 오만상을 찌푸리고 말했다. 그래도 그는 계속 나와 동행했다. 홈즈에게 전보로 도착 시간을 알렸는데, 집에 와 보니 그는 루이섬에서 기다릴 거라는 쪽지를 남겨두었다. 그것은 뜻밖이었지만, 더욱 뜻밖의 일은 그가 의뢰인의 거실에 혼자 있지 않았다는 것이다. 냉정하고 단호해 보이는 남자가 홈즈 옆에 앉아 있었다. 검은 머리에 잿빛이 도는 안경을 쓰고, 넥타이에 꽂힌 큼직한 프리메이슨 핀이 도드라져 보였다.

"이쪽은 내 친구 바커 씨입니다." 홈즈가 말했다. "이 친구도 당신의 일에 관심이 많습니다, 조사이어 앰벌리 씨. 우리는 독자적으로 일을 해왔습니다. 그런데 우리 둘 다 당신한테 똑같은 것을 묻고 싶습니다!"

앰벌리 씨는 침울하게 앉아 있었다. 위험이 다가오는 것을 느낀 것이다. 긴장한 눈빛과 실룩거리는 이목구비에 그렇게 쓰여 있었다.

"질문이 뭐요, 홈즈 씨?"

"딱 한 가지입니다. 시신을 어떻게 했습니까?"

영감은 거칠게 외마디 비명을 지르며 벌떡 일어섰다. 그는 앙상한 두 손으로 허공을 할퀴며 입을 딱 벌렸다. 그 모습이 다소 섬뜩한 맹금류처럼 보였다. 그 짧은 순간에 우리는 조사이어 앰벌리의 본래 모습을 엿볼 수 있었다. 육신만큼이나 뒤틀린 정신을 지닌 기형의 악마를 본 것이다. 그는 다시 의자에 털썩 앉으며 터져나오는 기침을 삼키려는 듯 손으로 입을 틀어막았다. 홈즈가 비호같이 달려들어 영감의 목덜미를 거머쥐고 고개를 밑으로 꺾었다. 벌어진 입술 사이로 하얀 환약이 빠져나왔다.

"지름길은 없습니다, 조사이어 앰벌리. 일은 품위 있고 질서 있게 해야 하는 겁니다. 바커, 그건 어떻게 됐나?"

"문 앞에 마차를 대놓았네." 과묵한 동료가 말했다.

"경찰서까지는 몇백 미터밖에 안 되니, 같이 가도록 하지. 왓슨, 자네는 여기서 기다려. 30분 안에 돌아올 테니까."

⚜

상체가 우람한 늙은 물감 제조업자는 사자 같은 완력을 지녔지만, 거친 남자를 다루는 데 숙달된 두 사람의 수중에서는 맥을 추지 못했다. 영감은 몸을 비틀고 몸부림을 치며 대기 중인 마차로 끌려갔고, 나는 혼자 남아 불길한 집을 지켰다. 하지만 홈즈는 자기가 말한 시간이 되기 전에 날렵해 보이는 젊은 경위와 함께 돌아왔다.

"공식적인 일처리는 바커한테 맡겼어." 홈즈가 말했다. "자네는 바커를 처음 봤을 거야, 왓슨. 서리 해안의 언짢은 내 라이벌이지. 키 크고 머리가 검고, 콧수염이 무성한 남자 이야기를 자네가 했을 때, 그가 누군지 어렵지 않게 알아차릴 수 있었어. 그는 여러 사건을 멋지게 해결한 적이 있지. 그렇지 않소, 경위?"

"확실히 간섭을 몇 번 한 적은 있습니다." 경위가 신중히 대답했다.

"분명 이 친구의 방식은 나처럼 변칙적이지. 때로는 변칙이 유용할 때가 있다는 것은 경위 자네도 알 걸세. 예를 들어, 당신이 한 말은 당신에게 불리한 증거로 사용될 수 있다는 그런 의무적인 경고를 정식으로 운운하고 과연 악당의 자백을 받아낼 수 있을까?"

"자백을 못 받겠죠. 하지만 그래도 우리는 결국 목적을 달성합니다, 홈즈 씨. 경찰이 이 사건에 대해 아무런 감도 못 잡고, 결국 범인을 체포하지도 못했을 거라고 상상하지는 마십시오. 죄송하지만 우리는 당신이 중간에 끼어들어 경찰이 쓸 수 없는 방법을 구사해서 공을 가로챌 때는 정말 속이 상합니다."

"매키넌, 공을 가로채는 일은 없을 걸세. 나는 이제 손을 떼겠네. 그리고 바커에 대해 말하자면, 그는 내가 말해준 것 말고는 아무것도 한 일이 없다네."

경위는 자못 안심한 눈치였다.

"정말 멋집니다, 홈즈 씨. 홈즈 씨에게는 칭찬이나 비난이 대수롭지 않겠지만, 신문에서 따지기 시작하면 우리는 여간 곤혹스러운 게 아니죠."

"그렇겠지. 그런데 아무튼 따지기 시작할 게 분명하다면 대답을 마련해놓는 게 좋겠군. 예를 들어, 지적이고 도전적인 젊은 기자가 자네에게 물을 걸세. 사건에 의혹을 품게 되어 이윽고 진실에 대한 확신을 갖게 된 계기가 정확히 무엇이냐고. 그럼 자네는 뭐라고 대답하겠나?"

경위는 당황한 듯했다.

"우린 아직 진실을 파악하지는 못한 것 같습니다, 홈즈 씨. 피고인이 세 명의 증인 앞에서 자살을 기도해서, 그가 아내와 정부를 살해했다는 것을 사실상 자백했다고 하셨습니다. 그 밖에 또 어떤 사실을 알고 계시나요?"

"가택 수색은 시켰겠지?"

"순경 셋이 수색중입니다."

"그렇다면 곧 결정적인 사실을 입수하게 될 걸세. 시신은 멀리 있을 리가 없으니까. 지하실과 정원에서 찾아보게. 수상쩍은 장소를 파본다면 오래 걸리지 않겠지. 이 집은 수도관보다 더 오래된 집이니, 쓰지 않는 우물이 어딘가 있을 걸세. 거기서 운을 시험해보든지."

"그런데 그걸 어떻게 아셨죠? 도대체 이게 어떻게 된 사건입니까?"

"어떻게 된 사건인지부터 말해주지. 그런 다음 자네에게, 그리고 무엇보다도 내내 값진 역할을 해준 참을성 많은 내 친구에게 마땅히 들려줘야 할 설명을 해주겠네. 그런데 먼저 그 영감의 정신 상태부터 일러주지. 그건 참 보기 드문 정신 상태일세. 교수대보다 브로드무어(범죄를 저지른 정신이상자를 수용한 곳—옮긴이)로 보내야 한다고 생각될 정도지. 현대 영국인보다는 중세 이탈리아인의 특성에 훨씬 더 가까운 그런 정신 상태를 보이고 있어. 얼마나 지독한 구두쇠였는지, 아내가 너무나 비참한 나머지 난봉꾼한테라도 기꺼이 넘어갈 준비가 되어 있었지. 그런데 그런 인물이 정말 나타난 걸세. 체스를 두는 의사라는 인물로. 앰벌리는 체스를 잘 뒀어. 그런데 왓슨, 그건 교활한 사람다운 특성이 아닐까? 여느 구두쇠처럼 영감은 시샘이 많았는데, 그는 광적일 정도로 질투가 심했어. 바람난 것이 사실이든 아니든, 그는 부정한 음모의 낌새를 느꼈어. 그래서 복수하기로 결심하고 악마적인 머리를 굴려서 계획을 세웠지. 이리 와보게!"

⚜

홈즈는 그 집에서 사는 사람처럼 망설임 없이 우리를 이끌고 복도를 지나, 열려 있는 금고실 문 앞에 멈춰 섰다.

"휴! 페인트 냄새가 지독하군요!" 경위가 외쳤다.

"이것이 첫 번째 단서였어." 홈즈가 말했다. "이 단서를 잡은 것에 대해 자네는 왓슨 박사의 관찰력에 감사해야 할 걸세. 왓슨이 이 단서에서 추리를 이끌어내지는 못했지만. 덕분에 나는 꼬리를 밟을 수 있었지. 영감은 왜 하필 이런 때에 강렬한 냄새로 집 안을 채우려고 했을까? 그건 명백히 다른 냄새를 감추고 싶어서였던 걸세. 그건 범죄를 의심할 만한 냄새였겠지. 그 후 바로 이 철문과 덧문이 달린 방 생각이 났네. 남몰래 봉인된 이 방. 두 가지 사실을 결합하면 어디로 이어질까? 그건 이 집을 몸소 살펴봐야만 판단을 내릴 수 있었지. 나는 이미 이것이 심상찮은 사건이라는 확신을 가지고 있었어. 헤이마켓 극장 매표소의 자료를 조사해보았거든. 그것 역시 왓슨 박사 덕분인데, 그날 밤 어퍼서클 B열 30번과 32번이 공석이었다는 걸 확인했지. 앰벌리는 극장에 가지 않았으니 알리바이가 무너진 걸세. 빈틈없는 내 친구한테 그가 아내를 위해 샀다는 극장표 번호를 보여준 것은 악수였어. 문제는 이제 이 집을 어떻게 조사할 것인가였지. 나는 생각해낼 수 있는 가장 환상적인 마을로 심부름꾼을 보내 영감을 불러들이게 했어. 바로 돌아올 수 없는 시간을 골라서. 그리고 일이 틀어지지 않도록 왓슨 박사를 동행시켰지. 선량한 목사의 이름은 물론 내 크록퍼드 사전에서 뽑은 걸세. 혹시 이해가 안 되는 대목이 있나?"

"정말 대단하시군요." 경위가 경외하는 음성으로 말했다.

"이제 방해받을 염려를 덜었으니 주거 침입을 하게 되었지. 내가 택할 만한 다른 직업이 있다면 항상 물망에 오르는 게 바로 빈집털이거든. 사실 내가 진작 전면에 나섰어야 했어. 내가 발견한 것을 보게. 이 굽도리널을 따라 이어진 가스 배관 말일세. 그래. 배관이 벽 모서리에서 위로 올라가, 여기 구석에 개폐용 밸브가 달려 있지. 가스 배관은 보다시피 금고실로 들어가 천장 한가운데의 저 석고 장미 안에서 끝났어. 배관 끝이 저 장미에 감춰져 있는데, 그 끝이 활짝 열려 있지. 언제든 밖에서 밸브를 돌리면 금고실이 가스로 가득 차게 되어 있어. 금고실 문과 덧문을 잠그고 밸브를 틀어놓으면 저 작은 방에 갇힌 사람이 의식을 잃기까지는 2분도 안 걸릴 거야. 영감이 무슨 흉계를 써서 두 사람을 유인했는지는 모르겠지만, 일단 금고실에 들어가자 영감이 그들의 명줄을 틀어쥐게 되었지."

경위가 흥미롭게 가스관을 살펴보고 말했다. "어느 순경이 가스 냄새가 난다는 말을 했죠. 그런데 물론 그때 창문과 방문은 다 열려 있었고 이미 페인트칠을 일부 마친 뒤였습니다. 앰벌리 본인 말에 따르면 전날 페인트칠을 시작했다더군요. 그런데 홈즈 씨, 그다음에는 뭘 하셨나요?"

"아, 그다음에 다소 뜻밖의 일이 일
어났다네. 이른 새벽 식료품 저장실
창문으로 빠져나오는데, 누가 내 목
깃을 거머쥐더니 이렇게 말하더군.
'이놈, 안에서 무슨 짓을 했지?' 가
까스로 고개를 틀어 보니, 색안경을
쓴 내 친구이자 라이벌 바커가 아니
겠나. 참 묘하게 마주치고 보니, 우
리 둘 다 웃음이 나오더군. 그는 레이 어
니스트 박사의 가족이 의뢰를 해서 조사에 나섰다
가, 나와 마찬가지로 살인 사건이 터졌다는 결론을 내린 모양
이야. 그는 며칠 동안 이 집을 감시하다가, 집에 찾아온 왓슨 박사를
수상한 인물로 봤지. 그렇다고 왓슨을 체포할 수는 없었지만, 내가 식
료품 저장실 창문으로 나오는 것을 보고 참을성의 한계에 이른 걸세.
물론 나는 그에게 자초지종을 이야기하고 함께 조사를 계속했지."

"왜 하필 그분이죠? 우리를 안 부르고?"

"왜냐하면 자그마한 실험을 해볼 생각이었거든. 결국 멋지게 성공
시켰지. 경찰이라면 그렇게 성공을 거두지 못했을 걸세."

경위는 히죽 웃었다.

"음, 아마도 그랬겠지요. 홈즈 씨는 이제 사건에서 손을 떼고 조사
결과를 우리한테 모두 넘겨주겠다고 하셨습니다."

"물론이지. 항상 그렇게 해왔다네."

"경찰의 이름으로 감사드립니다. 말씀대로 사건은 명백한 것 같습니다. 시신을 찾는 것도 그리 어렵지 않겠죠."

"자네한테 섬뜩한 증거를 하나 보여주겠네." 홈즈가 말했다. "앰벌리는 그걸 못 본 것이 분명해. 경위, 자네는 항상 입장을 바꿔서, 나라면 어떻게 했을까 하는 생각을 해보면 좋은 결과를 얻게 될 거야. 상상력이 좀 필요하지만, 그만한 보상이 따르지. 자, 이제부터 자네가 이 작은 방에 갇혔다고 쳐볼까? 살 시간은 2분도 안 남았어. 자네는 문밖에서 자네를 비웃고 있을 악마한테 복수하고 싶지. 자, 어떻게 하겠나?"

"메시지를 남기겠습니다."

"그래. 사람들한테 자네가 어떻게 죽었는지 말하고 싶을 거야. 종이에 써서는 소용이 없어. 바로 발각당할 테니까. 벽에 써놓으면 아무나 알아차릴 수 없지. 자, 여길 보게! 굽도리널 바로 위에 지워지지 않는 자주색 연필로 쓴 글씨가 있어. '우리는 ㅅ…….' 그게 다로군."

"무슨 뜻일까요?"

"음, 방바닥에서 불과 30센티미터 위에 쓰여 있어. 딱한 그 친구가 쓰러져 죽어가면서 쓴 거지. 다 쓰지 못하고 정신을 잃었을 거야."

"'우리는 살해당했다'라고 쓰려고 한 거군요."

"나도 그렇게 생각했지. 자네가 시신에서 지워지지 않는 연필을 발견한다면……."

"저희가 꼭 찾아내겠습니다. 그런데 증권은? 그건 분명 도둑맞지 않았습니다. 노인은 그걸 확실히 갖고 있었어요. 그건 우리가 이미 확인했습니다."

"그거야 안전한 곳에 감춰두었겠지. 가출 사건이 기억의 저편으로 넘어간 뒤, 갑자기 되찾았다고 하려고 말이야. 죄진 남녀가 마음이 약해져서 훔쳐간 것을 돌려보냈다고 하거나, 도망치다가 흘린 것을 되찾게 되었다고 둘러대겠지."

"정말 그 어려운 걸 다 풀어내셨군요." 경위가 말했다. "그가 우리 경찰을 찾은 거야 당연한데, 왜 홈즈 씨한테까지 찾아갔는지 이해가 안 됩니다."

"잘난 척깨나 한 거지!" 홈즈가 대답했다. "자기가 너무나 똑똑하고 잘나서 필적할 사람이 없는 줄 안 걸세. 혹시라도 이웃사람이 수상쩍게 생각하면 이렇게 쏘아줄 수도 있었지. '내가 어떤 조치를 취했는지 좀 봐. 경찰에 신고했을 뿐만 아니라, 심지어 셜록 홈즈한테도 의뢰했다.'"

경위가 웃었다.

"'심지어'라는 말씀은 못 들은 걸로 하겠습니다, 홈즈 씨." 그가 말했다. "두고두고 기억할 만한 장인다운 멋진 솜씨를 보여주셨으니 말입니다."

⚜

며칠 후 내 친구는 격주간지 《노스서리 옵저버》를 내게 건네주었다. '헤이븐 저택의 공포'로 시작해서 '눈부신 경찰 수사'로 끝나는 열렬한 제목 아래, 최초로 사건의 전모를 밝힌 장문의 기사가 실려 있었다. 마지막 구절은 전체 기사의 특징을 잘 드러내고 있는데, 내용은 이러하다.

놀랍도록 날카로운 통찰력으로, 매키넌 경위는 페인트 냄새가 뭔가 다른 냄새, 예컨대 가스 냄새를 지우기 위한 것일 수 있다는 사실을 추리해냈다. 또한 대담한 추리력으로, 금고실이 죽음의 방일지도 모른다는 것을 밝혀냈다. 그리고 후속 조사를 통해, 영악하게 개집으로 위장해 놓은 폐우물에서 시체를 발견하기에 이르렀다. 이 모든 것은 우리 경찰의 지적 능력을 보여주는 사례로 역사에 길이 남을 만하다.

"흠, 그래, 매키넌은 괜찮은 녀석이지." 홈즈가 느긋하게 웃으며 말했다. "왓슨, 이 사건을 기록철에 잘 챙겨놔. 언젠가는 진실을 이야기할 때가 있을 테니까."

셜록 홈즈의 사건집

지은이 | 아서 코난 도일
옮긴이 | 승영조
펴낸이 | 양숙진

초판 1쇄 펴낸날 | 2012년 3월 5일

펴낸곳 | ㈜현대문학
등록번호 | 제1-452호
주소 | 137-905 서울시 서초구 잠원동 41-10
전화 | 02-2017-0280
팩스 | 02-516-5433
홈페이지 www.hdmh.co.kr

ISBN 978-89-7275-594-4 04840
ISBN 978-89-7275-563-0 (세트)

* 책값은 뒤표지에 있습니다.